SUPERSTITIONS

ELLISON COOPER

SUPERSTITIONS

Traduit de l'anglais (États-Unis) par Cindy Colin-Kapen

le cherche midi

Du même auteur
au cherche midi

Rituels, 2018
Sacrifices, 2019

Vous pouvez consulter notre catalogue général
et l'annonce de nos prochaines parutions sur notre site :
www.cherche-midi.com

Directeur de collection : Arnaud Hofmarcher

Titre original : *Cut to the Bone*
Éditeur original : Minotaur Books, an imprint of St. Martin's Publishing Group

92, avenue de France
75013 Paris

Composition : Peter Vogelpoel
Dépôt légal : octobre 2021
ISBN 978-2-7491-5772-6

À mes parents, Bob et Judy,
qui ont toujours cru en moi.

CENTRAL DU COMMISSARIAT DE POLICE DU DISTRICT DE COLUMBIA

Washington, D.C.

La radio crépita dans les écouteurs de Karla Haskell.

« Ici l'officier 2026 pour compte rendu. Au sud, rien de nouveau. »

L'opératrice sentit ses joues s'enflammer lorsqu'elle reconnut la voix de l'officier Frankie Graham.

« Salut, Frankie. Bien reçu. » Elle s'efforça de prendre un ton désinvolte, mais leurs conversations étaient de plus en plus fréquentes depuis qu'il avait été affecté aux patrouilles à pied. Bien que les agents n'aient l'obligation de contacter le central qu'une fois par période de service, Frankie l'appelait bien plus souvent ces derniers temps. La veille, il avait même laissé sa radio allumée presque toute la nuit, et ils avaient discuté durant des heures entre les appels réguliers des autres officiers.

Elle entendait le bruit discret de ses pas et sa respiration légèrement haletante. La patrouille de nuit à la fin du mois de décembre n'était pas de tout repos, même lorsque le temps était clément, ce qui n'était pas le cas ce soir-là puisqu'il avait neigé par intermittence toute la journée. Elle jeta un coup d'œil à l'horloge. Il n'était même pas neuf heures trente. Ce serait pour lui une nuit longue et froide.

« On se pèle les miches ici. » Frankie marqua une pause avant d'ajouter : « Pardon pour ma vulgarité, je voulais dire qu'il fait froid.

— Je fais ce boulot depuis dix-neuf ans, Frankie, répondit-elle avec un rire discret. Dans mon monde, se peler les miches est loin d'être vulgaire. »

Il rit à son tour. « Ouf, ça me rassure. Attends une seconde, je crois que j'ai repéré un graffeur.

— Où es-tu ? demanda Karla, reprenant aussitôt son sérieux.

— Au croisement de Constitution et de la 22e. On dirait qu'il est en train de taguer la statue d'Einstein. Laisse-moi juste une seconde pour le faire déguerpir. Tu veux bien rester en ligne ? J'ai quelque chose à te demander…

— Je ne vais nulle part. » Karla était heureuse qu'il ne puisse pas voir le rouge lui monter au visage. Frankie n'avait peut-être pas le physique de Patrick Swayze, mais son sourire tout en dents était sincère et il avait au commissariat la réputation d'être un chic type. En plus, cela faisait des années que Karla n'avait pas eu de rencards.

« Hé, toi », lança Frankie.

S'ensuivit un long silence, puis une brusque inspiration. « Qu'est-ce que… » bafouilla-t-il, et Karla perçut l'inquiétude dans sa voix.

Lorsque le claquement aigu d'un coup de pistolet retentit et que Frankie laissa échapper un cri viscéral, l'opératrice tressaillit de tout son corps. « Frankie ? Frankie ? » cria-t-elle dans son micro, le cœur battant à tout rompre.

Elle entendit un fracas suivi d'un gémissement rauque qui se mua en une série de grognements humides. Au bout de plusieurs secondes de silence intolérable, elle perçut le son lointain d'une voix qui chantonnait.

La mélopée atonale lui donna la chair de poule.

Alors qu'elle criait « 10-33, officier à terre ! », la radio de Frankie se tut.

UNIVERSITÉ DE GEORGETOWN

Georgetown, D.C.

L'agent spécial Sayer Altair jeta un coup d'œil à l'horloge au fond de l'amphithéâtre. Sa conférence était terminée depuis près de trente minutes, mais les étudiants n'en finissaient pas de lui poser des questions. Elle désigna un jeune homme assis au premier rang, qui levait la main avec enthousiasme.

« Agent… Docteur… ? » Il se tut, rouge comme une pivoine.

« Les deux me conviennent. » Sayer essaya de sourire mais ne parvint qu'à esquisser un rictus grimaçant. Elle avait accepté de donner cette conférence dans le département de neurologie de l'université de Georgetown pour rendre service à son ancien directeur d'études, mais elle ne s'attendait pas à se retrouver piégée dans une interminable séance de questions-réponses. En tant que neuroscientifique qui étudiait le cerveau des tueurs en série pour le Centre national d'analyse des crimes violents du FBI, Sayer était apparemment bien plus intéressante aux yeux des étudiants que les autres neurologues invités par l'université.

« Vous dites que vous avez décelé de nombreuses différences dans les cerveaux des tueurs en série, poursuivit l'étudiant.

— De nombreuses anomalies, oui. »

Il baissa les yeux sur ses notes. « Ils possèdent moins de matière grise au niveau du système limbique, une amygdale plus petite que la moyenne, et un cortex préfrontal ventromédian moins actif. Ma question est : pensez-vous que nous devrions chercher ces marqueurs cérébraux chez les enfants ? »

Sayer cligna des yeux. Aussi horrifiante que fût cette idée, c'était une question intéressante. Elle prit une longue inspiration avant de répondre.

« Que faire d'un enfant avec un cerveau "psychopathique" ? Ma réponse est… rien. Bien que notre structure cérébrale ait une influence déterminante sur notre comportement, un psychopathe n'est pas nécessairement un tueur en série. Cet enfant ne gagnera probablement pas de concours de gentillesse, mais statistiquement il a bien plus de chances de devenir chirurgien ou homme politique que tueur en série. »

Un murmure se propagea dans l'amphithéâtre.

Sayer poursuivit. « En fait, j'ai, dans le cadre de mon dernier projet, interviewé ce que j'appelle des psychopathes prosociaux – des individus qui présentent des traits psychopathiques mais parviennent à mettre à profit leur narcissisme, leur manque d'empathie et leur calme olympien pour mener de brillantes carrières de PDG, avocat, officier de police ou médecin. Des millions de personnes peuvent être qualifiées de psychopathes selon le test de psychopathie de Hare et n'ont pourtant jamais commis le moindre crime. » Elle parcourut du regard son auditoire plongé dans l'obscurité. Elle aurait pu développer cette idée, mais elle savait qu'un repas de fête l'attendait à la maison. Adi, l'adolescente qu'elle avait récemment adoptée, partait le lendemain matin à Stanford pour visiter l'université, et Tino, son voisin et coparent de son chien, venait d'obtenir son diplôme de thérapie canine. Autant de bonnes nouvelles que Sayer brûlait d'impatience de fêter autour d'une bière et d'un bon petit plat.

« Je prends une dernière question et nous devrons conclure », annonça-t-elle.

Une dizaine de mains se levèrent dans l'instant.

Sayer fit signe à une jeune femme discrète assise au fond de la salle.

« Vous avez mené des centaines d'entretiens avec des psychopathes, lequel vous a paru le plus inquiétant ? »

Sayer eut la chair de poule en pensant malgré elle au sujet 037.

« C'est drôle que vous me demandiez cela juste après la question de votre camarade. L'entretien le plus étrange et déconcertant que j'aie mené est celui d'un de mes sujets de recherche non criminels… » Sayer marqua une pause pour prendre le temps de s'assurer que sa réponse respecterait la clause de confidentialité qu'elle avait signée. « Un des individus que j'ai interviewés pour ce projet a obtenu un score parfait sur l'échelle de Hare. Même les tueurs les plus dérangés que j'ai étudiés n'ont pas réussi un tel exploit.

— Votre entretien le plus inquiétant n'était pas avec un tueur en série ? insista la jeune femme.

— C'est exact. Les tueurs que j'ai interviewés étaient pour la plupart d'une intelligence moyenne et dotés d'un ego surdimensionné. Ne vous méprenez pas, ce sont des monstres qui ont détruit un nombre de vies incalculable, mais ils inspirent généralement davantage de pitié que de peur. En revanche, ce sujet anonyme était… » Sayer peinait à trouver les mots pour décrire le sujet 037. « Glaçant.

— Et vous ne savez pas qui c'est ? lança un étudiant.

— Tout à fait, j'ai autorisé mes sujets à rester totalement anonymes. Autrement, beaucoup d'entre eux n'auraient jamais accepté de me parler. Mais les psychopathes ont tendance à s'autoglorifier et j'ai constaté qu'ils étaient souvent ravis d'être interviewés. Ce sujet, en revanche, tenait à son anonymat et a pris grand soin de le protéger. »

Sayer omit de préciser que, pendant son étude, le sujet 037 avait manifesté un intérêt malsain pour sa vie et sa carrière. Elle savait qu'il avait des relations à DC et le soupçonnait d'être lui-même un membre haut placé de la NSA, et il s'était servi de ses contacts pour sauver la carrière de Sayer lors du scandale qui avait ébranlé le FBI. Le fait qu'il se soit autant investi pour la protéger était aussi inexplicable qu'inquiétant.

À chacune de ses interactions avec le sujet 037, elle se sentait comme une scientifique qui essaierait d'attirer l'attention d'un tigre apprivoisé – c'était une excellente occasion d'étudier le fonctionnement d'un esprit tout à fait inhabituel, mais aussi incroyablement dangereux. Elle savait qu'un homme comme le sujet 037 pouvait à tout moment s'en prendre à elle.

« Qu'avait-il de si inquiétant ? » demanda un autre étudiant. Sayer s'apprêtait à lui répondre lorsque son téléphone vibra sur le pupitre. Jamais elle n'avait été aussi heureuse d'être interrompue. Bien qu'elle travaillât principalement en tant que neuroscientifique pour le FBI, elle était également agent de terrain au sein du groupe de réponse aux incidents critiques, et elle était toujours de service.

« Désolée, je dois prendre cet appel. » Elle posa les yeux sur son téléphone et fut surprise de voir s'afficher sur l'écran les mots « Directeur Anderson ».

Elle s'empressa de décrocher.

« Agent Altair, dit-il de sa voix traînante de patricien qui n'atténuait en rien la sévérité de son ton.

— Monsieur le directeur… » Sayer adressa un signe de la main aux étudiants en manière d'excuse et descendit à toute vitesse de l'estrade.

« Nous avons un double meurtre en ville, poursuivit-il sans plus de civilités. Une des victimes est un agent de la police de DC. Ils ont des raisons de penser que ce pourrait être l'œuvre d'un tueur en série et ont demandé à ce que le FBI se charge de l'enquête. Pour être plus précis, vos admirateurs de la police de DC vous ont réclamée, ajouta-t-il avec une désapprobation qu'il ne cherchait pas à masquer. Ne souhaitant pas décevoir les forces de police locales, j'ai décidé de confier l'affaire à l'enfant chérie des médias. »

Ignorant ses railleries, Sayer lut le fichier qui venait d'être envoyé sur son téléphone. L'officier avait interrompu le tueur et reçu une balle dans le torse. Un corps de femme avait également été découvert sur les lieux. Il était question d'éléments rituels.

« Je lis "éléments rituels". Savez-vous de quoi il s'agit ? demanda Sayer.

— Vous me prenez pour votre secrétaire ? répliqua sèchement Anderson. C'est arrivé sur le site de l'Académie nationale des sciences, juste en face du Mall. Une semaine à peine après Noël, le maire craint que ça ne fasse fuir les touristes. La police pense que le corps est celui d'une adolescente et le tueur a laissé un message en lettres de sang. Vous êtes seule sur cette affaire. Tenez-moi au courant. »

Là-dessus, Anderson raccrocha avec un déclic.

Sayer contempla le téléphone. La remarque du directeur sur le fait qu'elle serait seule était on ne peut plus limpide. Dans la mesure où elle consacrait la majeure partie de son temps à ses recherches, elle n'avait pas de partenaire à temps plein et, apparemment, il n'était pas question de lui en attribuer un pour cette affaire. Elle n'aurait donc personne pour la soutenir ou couvrir ses arrières, ce qui était d'autant plus regrettable que l'affaire impliquait la mort d'un policier. Les enjeux de l'enquête seraient dès le départ très élevés.

Laissant le poids de ce lourd fardeau peser sur ses épaules, elle salua rapidement son ancien directeur d'études, remercia les étudiants, puis attrapa son casque et sortit dans l'air froid de la nuit. Elle s'arrêta un instant à côté de sa moto. Le monde semblait parfaitement immobile, hormis les flocons de neige qui voletaient autour d'elle, se coinçaient dans ses cils et ses courtes boucles brunes. Elle profita du silence, consciente qu'elle vivait sans doute son dernier moment de calme avant très longtemps.

Une adolescente et un policier tués. Il y aurait des familles à prévenir, ce qui n'était jamais une tâche facile, mais en cette période de fêtes ce serait tout simplement déchirant.

Elle frissonna tandis que la chaleur qu'elle avait emmagasinée dans l'amphithéâtre se dissipait dans l'air glacial, enfila son casque et fit ronfler si fort le moteur de sa Matchless Silver Hawk que la roue arrière chassa sur la neige.

Tandis qu'elle filait à toute allure vers la scène de crime, elle ne put s'empêcher de songer à ce qui l'attendait.

Route de l'Académie nationale des sciences, Washington, D.C.

Sayer longea la 14e Rue, qui, encore parée de ses décorations de Noël, scintillait de mille feux. Comme elle approchait de la scène, elle appela son ami Ezra Coen, analyste du FBI et petit génie de l'informatique.

« Ez, t'as entendu parler des meurtres qui viennent d'avoir lieu à DC ? Je suis en charge de l'enquête et je veux que ce soit toi qui coordonnes les analyses.

— Je savais que tu aurais besoin de moi et je suis déjà en route pour le bureau, histoire de rassembler les infos à mesure qu'elles nous parviennent. J'aurai tout organisé d'ici ton arrivée.

— Super. Mais pour commencer il va nous falloir un petit groupe de travail. Lance la demande et choisis quelques agents de terrain et analystes. Ensuite, je veux que tu t'occupes de l'identification de notre victime de sexe féminin. Apparemment, il est possible qu'elle soit très jeune.

— Ça roule. Demande-leur de m'envoyer ses empreintes et photo dès que le légiste arrive.

— T'es le meilleur.

— Un peu, mon neveu. D'ailleurs, je suis parti en plein milieu d'un rencard pour ça, donc tu m'en dois une. Ton adulation pourra prendre la forme d'une invitation à un dîner chez Tino dans un futur proche. »

Sayer lâcha un petit rire. « Tu es dur en affaires.

— Toujours. On se voit au bureau. » Sur ces mots, il raccrocha.

Sayer était ravie de voir s'exprimer chaque jour un peu plus la vraie nature, impertinente et espiègle, d'Ezra. Il avait perdu ses deux jambes lors d'une explosion un an plus tôt, et le chemin de la guérison était long et difficile.

De l'autre côté du National Mall, Sayer guida sa moto sur Constitution Avenue et longea les éclairages festifs de l'arbre de Noël national au moment où le ciel s'éclaircissait pour la première fois en une semaine. Dans l'air froid, les étoiles semblaient étrangement briller d'une lueur plus forte, et même la Voie lactée, d'ordinaire si discrète, dessinait un arc au-dessus de la ville silencieuse.

La saison hivernale à DC pouvait être une pénible succession de ciels gris et de pluies de neige fondue, mais, entre les étoiles, le fin manteau de neige et la lueur des illuminations de Noël, on aurait pu se croire dans un conte de fées.

L'illusion fut très vite brisée par la rangée de voitures de police stationnées le long de Constitution Avenue, dont les gyrophares rouge et bleu se reflétaient sur la neige tels des stroboscopes. Toute l'action était concentrée dans l'angle sud-ouest de l'Académie nationale des sciences, qui hébergeait le mémorial que Sayer chérissait plus que tout autre à DC : la statue d'Albert Einstein.

Elle se gara et se fraya un chemin à travers un petit troupeau de curieux, dont les yeux brillaient de ce mélange familier de dégoût et de fascination. C'était la même chose sur toutes les scènes de crime, qui attiraient inévitablement des badauds excités par la présence de la mort si proche de leurs cœurs battants.

Un officier de police aux larges épaules lui bloqua le passage alors qu'elle se baissait pour franchir le cordon de sécurité. « Reculez, madame. C'est une scène de crime. »

Sayer prit conscience de l'impression que devait donner en ce lieu une femme à la peau foncée, habillée en motarde et couverte d'éclaboussures de neige sale. « FBI. Agent spécial Altair, annonça-t-elle en montrant son badge.

— Ça alors, agent Altair ! » L'officier sourit. « Je vous reconnais maintenant. Vous avez travaillé avec mon cousin, Wilson Tooby, sur l'affaire du tueur à la cage. Je suis Joe Tooby. »

Sayer hocha rapidement la tête. « Comment va Wilson ? se força-t-elle à demander, bien qu'elle n'eût aucune envie de perdre du temps à échanger des banalités.

— Très bien. Il a pris sa retraite le mois dernier. Il passe un peu de temps avec sa fille avant qu'elle parte à la fac. Content que vous soyez en charge de l'enquête. L'inspecteur Wyatt vous attend. » Ce disant, il désigna un officier corpulent.

Vêtu d'une grosse doudoune noire et d'un bonnet pelucheux rouge, l'homme était penché sur son carnet, prenant calmement des notes au milieu du chaos de la scène de crime.

« Bienvenue en enfer, agent Altair, lança-t-il en la voyant approcher.

— Vous devez être l'inspecteur Wyatt. »

Il leva les yeux de son carnet. Son visage rond et juvénile affichait une expression profondément contrite. « J'ai beaucoup entendu parler de vous. Ravi de faire enfin votre connaissance.

— Dommage que ce soit dans de telles circonstances. »

Ils se tournèrent tous deux vers le corps de l'officier Graham.

« Alors, qu'avons-nous ? » demanda Sayer.

Wyatt lui fit signe de le suivre jusqu'au corps étendu à côté du trottoir. Il gisait sur le dos, son uniforme déchiré au niveau du torse par les secouristes qui avaient tenté de le réanimer. Les contours de la flaque de sang sur le sol gelé commençaient déjà à se figer dans le froid.

« Officier Frank Graham, sept ans de service. Il était en communication avec le central quand il a vu un individu en train de peindre ce qu'il pensait être un graffiti sur le mémorial Einstein. L'opératrice dit qu'il a interrompu la personne qui lui a aussitôt tiré dessus sans sommation. » La voix de Wyatt se fit plus grave sous le coup de l'émotion. « Il s'est vidé de son sang avant l'arrivée des secouristes. »

Sayer se tenait au-dessus du corps de l'agent, son cœur battant douloureusement dans sa gorge. « Il a des enfants ?

— Ouais, un fils, qui vit avec son ex-femme.

— Merde. » Elle ne put s'empêcher de repenser au moment où elle avait reçu l'appel lui annonçant la mort de Jake, son fiancé. Elle savait précisément ce que ressentirait sa famille en recevant l'appel ce soir. Elle ignora le pincement au cœur qu'elle éprouvait toujours quand elle pensait à Jake et se tourna pour observer les traces de pas sanglantes encerclant le corps. Impossible de dire si elles appartenaient aux secouristes ou au tueur. Ce serait aux techniciens de scène de crime de le déterminer.

La mine sombre, l'inspecteur Wyatt la conduisit jusqu'au mémorial. « C'est la seconde victime qui nous a poussés à faire appel à vous. Elle doit avoir entre quinze et vingt ans. Ce qui est certain, c'est qu'il y a des éléments rituels. Je vous laisse en juger par vous-même. »

Sur cette vague introduction, il recula. Sayer appréciait qu'il la laisse se forger sa propre opinion.

Elle marcha vers la sculpture. Haute de près de quatre mètres, elle représentait le célèbre physicien assis sur un banc de pierre blanche en demi-cercle, tenant dans sa main gauche un livre sur lequel étaient inscrites trois de ses équations.

« La joie et l'étonnement face à la beauté et à la grandeur de ce monde, dont l'homme ne peut avoir qu'un vague pressentiment », murmura Sayer, récitant sa citation préférée d'Einstein comme un talisman en approchant du mémorial.

Aux pieds de la statue s'étendait une carte du ciel circulaire. Large de près de dix mètres, elle était composée de milliers de clous en métal représentant les planètes, le Soleil, la Lune et les étoiles, qui scintillaient sur la dalle de granit brillant.

Au centre de la carte céleste, une jeune femme qui paraissait terriblement petite gisait sur le dos. Son corps était en parfait état, intact à l'exception d'une trace de sang sur ses lèvres.

Au cours de sa carrière, Sayer avait vu son lot de cadavres et elle avait appris à tenir à distance l'horreur de la mort. Pourtant, ce spectacle lui retourna l'estomac. Le meurtre est généralement un acte violent et sale, la perfection volontaire de ce corps avait donc quelque chose de profondément dérangeant, sans qu'elle pût s'expliquer clairement pourquoi. Ravalant sa nausée, elle examina plus attentivement la scène.

Une grosse hache était placée dans la main droite de la fille. Le long du banc de granit blanc, les mots « en haut tel qu'en bas » étaient écrits en lettres de sang.

Mais ce que le tableau avait de plus intrigant, c'était les neuf figurines sculptées, dont aucune ne mesurait plus de trente centimètres, accroupies en cercle autour de la victime. Sayer s'approcha pour mieux les étudier. Les petites statues avaient de courts museaux dont dépassaient des dents pointues. Leurs corps de primate étaient courbés en avant, tels des humains, les mains posées sur les genoux.

Neuf babouins encerclaient la fille à la manière d'un public l'observant dans la mort.

MÉMORIAL ALBERT EINSTEIN

Washington, D.C.

Sayer demeura un moment au bord de la carte céleste, digérant le spectacle qui s'offrait à elle. Elle était pour le moins agacée que le directeur ait jugé bon de la laisser mener seule cette enquête. Il savait qu'il s'agissait d'une de ces affaires qui ne peuvent bien se terminer. Même si elle arrêtait le tueur ce soir, une adolescente et un flic étaient morts d'une manière qui alimenterait à coup sûr des spéculations sans fin de la part des médias.

Et Anderson tenait visiblement à ce que Sayer subisse seule cette attention.

Le Bureau peinait à se remettre du scandale qui avait récemment causé le départ forcé de la directrice adjointe Holt, laquelle avait été l'un des plus précieux mentors de Sayer au FBI. Sans qu'elle sache très bien pourquoi, Anderson avait décidé de se débarrasser de Holt et de Sayer. À la faveur de magouilles politiciennes et de manipulations médiatiques expertes, il avait contraint Holt à la démission, et ce n'était que de justesse que Sayer était parvenue à garder son boulot.

Peut-être espérait-il, en lui refilant une affaire de meurtre complexe qui serait à coup sûr médiatisée, réussir à la dépeindre comme un agent incompétent dont il n'avait d'autre choix que de se séparer.

Ces conneries n'ont pas d'importance pour l'instant, songea Sayer en remontant ses épaisses boucles sous un turban et enfilant des surchaussures en papier par-dessus ses grosses bottines. Lorsque le photographe eut terminé de prendre des clichés aériens, elle enjamba avec précaution les babouins pour atteindre le corps de la jeune fille.

L'inspecteur Wyatt resta en retrait, regardant Sayer travailler.

« On dirait que ses poignets ont été attachés », observa-t-elle en enfilant des gants et en pressant délicatement les doigts de la fille sur le scanner portable.

Après avoir scanné ses empreintes, Sayer désigna le trottoir. « Comment se fait-il que personne n'ait rien remarqué ? On est pile en face du Mall, pas franchement à l'abri des regards. Il a pris un sacré risque. »

Ils se trouvaient à cinq mètres à peine de Constitution Avenue, une des artères principales de Washington D.C. Le monument aux morts du Vietnam s'étendait de l'autre côté de la rue, et c'était un des lieux les plus populaires du National Mall.

« Peut-être que le tueur se fiche d'être attrapé », hasarda l'inspecteur Wyatt.

Sayer hocha la tête, se construisant déjà une image mentale du meurtrier. Elle avait besoin de savoir à quel genre d'individu elle avait affaire et la perspective d'affronter un tueur intrépide aiguisait son instinct de chasseuse.

« Le sang sur sa bouche semble avoir été placé volontairement. » L'inspecteur désigna du doigt la petite trace rouge en forme de cœur au centre des lèvres de la fille.

Sayer se contenta de hocher de nouveau la tête, examinant la scène en silence. Elle recula d'un pas pour sortir du cercle de babouins et marcha jusqu'au message écrit sur le banc.

« En haut tel qu'en bas », lut-elle à voix haute. Les mots semblaient avoir été tracés avec du sang et ils commençaient déjà à sécher, se teintant d'une couleur de rouille. Elle chercha l'expression sur son téléphone et obtint des centaines de résultats, qu'elle n'avait ni le temps ni le courage de parcourir sur place, dans le froid.

Sayer recula encore de quelques pas pour observer la scène dans son ensemble tandis que les techniciens et le légiste poursuivaient leur méticuleux travail, rassemblant le moindre petit indice susceptible de les mettre sur la trace du tueur.

Elle laissa libre cours à ses idées, dressant mentalement la liste de tous les éléments insolites de la scène. Des figurines de babouins. Une hache. Des mots écrits en lettres de sang. Pourquoi ici, au pied de la statue d'Einstein ? Le physicien avait-il une importance particulière pour le tueur ? Ou peut-être l'Académie nationale des sciences ? Il s'agissait de toute évidence d'éléments rituels, mais quelle était leur fonction ? Elle passa en revue toutes les religions qu'elle connaissait, mais elle n'en voyait aucune dans laquelle les babouins et les haches revêtaient une signification particulière. Même le satanisme ne collait pas.

Elle regarda les équipes du FBI analyser la scène, accomplissant leur travail avec calme et efficacité. « Allez », murmura-t-elle pour elle-même, encourageant intérieurement ses agents à découvrir un indice qui l'aiderait à mettre la main sur le responsable de cette atrocité.

Route du siège du FBI, Quantico, Virginie

Près d'une heure plus tard, Sayer filait vers Quantico sous un ciel toujours dégagé. L'air froid s'insinuait à travers les coutures de son blouson de motard et les plaques de glace noire émaillant l'asphalte avaient transformé l'autoroute en une course d'obstacles mortelle, l'obligeant à rouler bien en dessous de la vitesse limite autorisée.

Elle tremblait de froid lorsqu'elle gara enfin sa Silver Hawk dans le parking presque désert. Impatiente de réchauffer ses os glacés, Sayer marcha d'un pas lourd vers le bâtiment et, par habitude, prit la direction du bureau de Holt. La pièce était vide et obscure. Elle avait oublié que la directrice adjointe ne travaillait plus ici.

Ne sachant pas trop si elle devait passer voir Anderson, elle décida de le faire après la réunion. Le directeur du FBI n'avait tout de même pas besoin d'un compte rendu toutes les heures, songea-t-elle en se dirigeant vers son propre bureau.

Ezra l'attendait, une thermos à la main. Avec ses cheveux bleu pétant et sa demi-douzaine de piercings, il ressemblait davantage à un hipster de DC qu'à un analyste du FBI. Ses jambes prothétiques étaient ornées de rayures bleu électrique assorties à ses cheveux.

Sayer accepta avec gratitude la thermos de café brûlant. « Tu me sauves la vie. »

Ezra ricana.

« Alors, où en sommes-nous ? demanda-t-elle.

— J'ai monté le groupe de travail, ils sont en train de se rassembler. Les corps sont en chemin et l'autopsie de la fille devrait bientôt commencer. J'ai affecté deux analystes à l'étude du message en lettres de sang et des objets bizarres laissés sur la scène de crime. Nous avons demandé un profil mais je n'ai pas encore de nouvelles du service d'analyse comportementale. » Une mèche de cheveux bleus tomba devant ses yeux et il souffla dessus pour la repousser.

« Une idée de l'identité de la fille ? interrogea Sayer.

— Pas encore. Ses empreintes n'ont rien donné dans le système. On bosse sur l'ADN. On devrait bientôt avoir les résultats. J'ai rassemblé des infos sur le mémorial et des photos pour montrer au groupe de travail dès que tu seras prête.

— Merci, Ezra. On prévoit la réunion pour… » Sayer consulta l'horloge. « 1 heure. Ça me laisse vingt minutes pour tout passer en revue avant qu'on commence.

— Bien, madame », répondit Ezra en ôtant un chapeau invisible. Ses jambes produisirent un cliquetis métallique lorsqu'il se mit debout à l'aide de sa canne. Pas encore tout à fait à l'aise avec ses doubles prothèses, Ezra s'éloigna d'un pas saccadé mais assuré.

Sayer contempla son bureau vide et prit conscience qu'elle n'avait rien de nouveau à passer en revue. Lorsque son téléphone sonna, signalant un appel anonyme, elle s'empressa de décrocher dans l'espoir que ce fût un agent qui l'appelait pour lui annoncer qu'ils avaient trouvé une piste.

Mais ce fut la voix grave du sujet 037 qui la salua.

« Bonjour, Sayer.

— Que voulez-vous ? dit-elle sèchement, n'étant pas d'humeur à se lancer dans le genre de badinages qu'il attendait d'elle.

— Dites donc, vous êtes bien grincheuse. J'appelais simplement pour vous souhaiter bonne chance avec votre nouvelle affaire… »

Sayer prit une longue inspiration. Elle envisageait de demander un financement pour réaliser une étude approfondie du sujet 037. Aussi dangereux fût-il, il était également fascinant et elle ne voulait surtout pas mettre en péril ses chances de l'étudier en l'invitant à aller se faire voir.

« Je m'apprêtais à partir en réunion, parvint-elle à dire calmement.

— Bien sûr. Je garde un œil sur vous, vous savez, et j'ai appris qu'on vous avait confié l'enquête sur ces deux meurtres horribles qui viennent de frapper DC. Quelle tragédie. » Sa voix suintait d'une pitié qui, Sayer le savait, était entièrement simulée. Comme la plupart des psychopathes, 037 n'éprouvait pas ce genre de sentiments.

Elle faillit lui demander ce qu'il entendait quand il disait garder un œil sur elle mais se ravisa, jugeant qu'elle préférait ne pas savoir pour le moment. Pour la énième fois, elle envisagea d'essayer de localiser ses appels. Avec ses ressources au FBI, elle aurait pu découvrir facilement sa véritable identité. Mais, lorsqu'il avait accepté de participer à ses recherches sur les psychopathes non criminels, ils avaient tous deux signé un accord garantissant son anonymat. La rupture de cet accord constituerait un grave manquement à l'éthique auquel elle ne pouvait se résoudre.

« Je ne vous dérange pas plus longtemps, reprit-il. Je voulais simplement exprimer mes condoléances aux familles de ces pauvres victimes. » Il ricana de son rire grave et raccrocha.

Sayer secoua la tête et porta de nouveau son attention sur l'enquête. Elle commença à étudier les clichés de la scène de crime qui lui arrivaient peu à peu. À contrecœur, elle écouta aussi l'enregistrement déchirant du meurtre de l'officier Graham. Le son de son agonie et la voix psalmodiant un chant indéchiffrable lui donnèrent la chair de poule.

Hélas, c'étaient là les seuls éléments dont ils disposaient pour le moment. Ils n'avaient aucune information sur la balle qui avait tué le policier, aucun rapport d'autopsie, aucun nom à mettre sur le visage de l'autre victime. C'était l'étape de l'enquête qu'elle aimait le moins, lorsque aucune piste ne s'était encore dessinée, mais qu'elle éprouvait malgré tout un besoin viscéral d'agir.

Son téléphone vibra. C'était une image, qu'elle ouvrit en s'attendant à voir un nouveau cliché de la scène de crime, aussi resta-t-elle un instant interdite devant la photo de sa famille réunie autour de l'immense table de Tino. Les cheveux roses et ébouriffés d'Adi lui tombaient devant le visage, couvrant la moitié de son sourire rayonnant. La jeune femme de dix-huit ans avait appris quelques semaines plus tôt son admission anticipée à Stanford, et elle n'avait pas cessé de sourire depuis. Elle se rendait en Californie le lendemain matin pour visiter le campus.

La grand-mère de Sayer affichait un sourire calme et complice, un bras protecteur entourant l'épaule d'Adi. Ses petites boucles d'oreilles en or et perle étaient assorties au collier sobre qui tombait sur son tricot de cachemire noir. Bien qu'elle eût soixante-dix ans passés, Sophia semblait toujours tout droit sortie d'une publicité Chanel.

Avec sa moustache aux poils raides et ses lunettes à fine monture, Tino ressemblait davantage à un philosophe argentin qu'au chef cuisinier et ancien interrogateur de l'armée qu'il avait été. Il arborait lui aussi un sourire rayonnant, une main posée sur la tête au pelage argenté de Vesper, qui regardait par-dessus le rebord de la table avec un grand sourire niais. Depuis peu, Tino et le chien à trois pattes formaient officiellement une équipe de thérapie canine, et Sayer aurait pu jurer que Vesper était aussi ravi que ses humains.

Le message d'Adi accompagnant la photo disait : *On a fait notre repas de fête sans toi. Tu nous as manqué ! J'espère te voir avant de partir à Stanford demain. Bisous*

Un faible sourire passa sur les lèvres de Sayer, puis elle se força à penser à la fille morte gisant sur la pierre glacée.

Au même moment, elle reçut un message d'Ezra.

Le légiste a trouvé une empreinte sur la joue de la victime ! Je suis dans la salle de conférences, j'ai déjà lancé l'analyse.

Soulagée, Sayer se précipita vers le petit poste de commandement. Avec un peu de chance, cette empreinte leur permettrait une avancée rapide de l'enquête.

POSTE DE COMMANDEMENT DU FBI

Quantico, Virginie

Dès qu'elle pénétra dans la salle, Sayer sut que les nouvelles n'étaient pas bonnes.

« Aucune correspondance dans l'AFIS. » Ezra fronça les sourcils. L'AFIS, le système d'identification automatique par empreintes digitales, permettait de parcourir des dizaines de milliers d'empreintes à travers tout le pays. « J'ai lancé un programme qui fouille les autres bases de données publiques, mais ça prendra bien une heure ou deux.

— Merde, soupira Sayer en s'asseyant à la tête de la grande table de conférence. On est certains que c'est l'empreinte du tueur ?

— Ma foi, elle était sur sa joue, qui était autrement immaculée. Elle était si propre qu'il l'a sûrement lavée. »

Sayer grommela et passa les quelques minutes suivantes à parcourir sa pile de notes désespérément mince.

Fronçant de nouveau les sourcils, Ezra se remit à tapoter bruyamment sur son clavier.

Petit à petit, les membres de l'équipe arrivèrent pour la réunion et, sur le coup de 1 heure, Sayer se leva pour faire taire les agents rassemblés. Ezra, trois analystes du FBI, quatre agents de terrain et deux officiers de la DCPD la regardèrent avec attention, visiblement impatients de commencer.

Sayer fit signe à Ezra d'afficher une première photo. Elle travaillait avec lui depuis suffisamment longtemps pour savoir qu'elle pouvait le laisser choisir celle qu'il jugeait la plus appropriée.

Le bourdonnement sourd des bavardages laissa place au silence lorsque les agents virent le corps du policier. Se faire tirer dessus par hasard était une des plus grandes peurs de tout officier des forces de l'ordre, et la vision du cadavre de leur collègue causa un vif émoi dans la salle.

« Bien, nous avons donc affaire à un double meurtre. À 21 h 26, l'officier Frank Graham a cru voir un individu peindre un graffiti dans l'enceinte de l'Académie nationale des sciences. Il était en communication avec le central lorsqu'il a interpellé le tueur, qui lui a immédiatement tiré dessus. Rien n'indique qu'il s'agissait d'un acte prémédité. L'opératrice avec qui il était en communication a signalé avoir entendu quelqu'un, je cite, "psalmodier un chant" juste après le coup de feu. Nous avons un enregistrement du meurtre. Ezra ? »

Le crépitement de l'enregistrement se fit entendre à travers les haut-parleurs.

Il était impossible de ne pas remarquer le ton de la conversation entre l'officier et l'opératrice, qui étaient de toute évidence en train de flirter. On aurait presque pu prendre la détonation du coup de feu pour un effet sonore humoristique, mais le hurlement de douleur rauque de l'officier Graham fit pâlir toute la salle.

Le chant inintelligible qui clôturait la séquence donna une nouvelle fois des frissons dans le dos à Sayer, et, lorsqu'un déclic brutal signala la fin de l'enregistrement, elle laissa aux agents un instant pour se remettre de leurs émotions.

« Est-ce que quelqu'un reconnaît la chanson ? » demanda-t-elle.

Comme personne ne répondit, elle poursuivit. « D'accord, moi non plus. Ezra ?

— J'ai envoyé une copie de l'enregistrement au département des langues et à l'équipe d'analyse audio pour voir s'ils parviennent à détecter des sons qu'on aurait ratés. »

Sayer hocha la tête en guise d'approbation et lui fit signe d'afficher l'image suivante.

Une photo en gros plan de l'adolescente décédée apparut à l'écran. Dans la lumière blanche du flash, la trace de sang sur ses lèvres semblait d'un rouge artificiel.

« La seconde victime est cette jeune femme non identifiée, dit Sayer. Son corps a été découvert sans vie au mémorial Einstein. Que savons-nous pour l'instant ? »

Ezra souleva un morceau de papier. « J'ai les remarques préliminaires du légiste. Elle avait environ dix-sept ans. C'était une jeune femme bien nourrie, en bonne santé, qui a toute sa vie bénéficié de soins dentaires et médicaux. Son corps présente des éraflures au niveau des poignets qui suggèrent qu'elle a été attachée.

— Pouvons-nous savoir pendant combien de temps ?

— Pas vraiment. Ils ont fait analyser l'ADN de la peau prélevée sous ses ongles mais n'ont trouvé aucune correspondance dans le CODIS. Je suis en train de parcourir les autres bases. » Même si le CODIS était la plus vaste base de données ADN au monde, elle n'incluait pas les centaines de bases privées ou d'accès restreint.

« Elle l'a griffé ? demanda Sayer.

— On dirait, oui. » Ezra regarda de nouveau la page, la tension creusant des sillons autour de ses yeux.

« Bien joué », murmura Sayer à la fille sur la photo. Elle aurait aimé pouvoir pénétrer dans l'image pour toucher la peau fine de sa main.

« Ils ont aussi prélevé des échantillons du sang sur ses lèvres et du message en lettres de sang. Ils correspondent tous à une même personne, un individu de sexe masculin. On va créer un profil à partir de l'ADN, mais tu sais que c'est loin d'être fiable, dit Ezra.

— Donc, pour l'instant, il semble que nous ayons affaire à un tueur solitaire. Intéressant qu'il ait volontairement laissé son sang sur la scène de crime. Peut-être qu'il sait qu'il n'est pas dans le système. Que savons-nous de la cause du décès ? »

Ezra lut le rapport d'une page dans sa main. « Elle est morte vers 19 heures par noyade. »

L'estomac de Sayer se noua. « Par noyade ? » parvint-elle à dire. Bien que le rapport d'autopsie initial de Jake indiquât qu'il avait succombé à une blessure par balle, elle avait fini par découvrir qu'il s'était en réalité noyé, une mort relativement peu courante pour un policier dans l'exercice de ses fonctions. Ignorant la bile qui remontait à l'arrière de sa gorge, elle se força à se concentrer sur les paroles d'Ezra.

« Oui, elle est morte noyée dans de l'eau douce. Ils ont détecté de légères ecchymoses sur sa nuque qui laissent penser que quelqu'un lui a simplement maintenu la tête sous l'eau. » Ezra remua ses papiers, les traits tirés. « Rien d'autre à signaler. Pas de trace d'agression sexuelle. Ils vont commencer l'autopsie, ils nous préviendront s'ils trouvent quoi que ce soit d'important.

— D'accord. » Sayer fit signe à Ezra de poursuivre.

La photo suivante était prise à un angle assez large pour montrer la hache dans la main de la fille ainsi que le cercle de babouins accroupis autour d'elle. Des murmures se propagèrent dans la salle face à cet étrange spectacle.

« Comme vous pouvez le voir, son corps a été soigneusement déposé au centre de cette installation très ritualisée composée d'un cercle de neuf figurines de babouins. Une hache a été placée dans sa main et les mots "en haut tel qu'en bas" écrits avec ce qui semble être le sang du tueur sur le banc derrière elle. Le tout se trouve sur le mémorial Einstein. Que savons-nous de cet endroit ? Il n'y a pas de point d'eau à proximité, donc elle a de toute évidence été tuée ailleurs. Pourquoi apporter son corps ici ? Ezra, tu veux bien nous donner quelques informations de contexte sur le mémorial ? »

Il afficha une photo de la statue d'Einstein tirée d'une banque d'images. « Le mémorial Einstein a été inauguré le 22 avril 1979 sur le site de l'Académie nationale des sciences. »

Ezra cliqua sur le cliché suivant. Pris de haut, il montrait la jeune femme reposant au centre de la carte céleste. Le tableau était saisissant. On avait l'impression qu'elle flottait sur un ciel noir aux reflets verts, au milieu de centaines d'étoiles formant un cosmos scintillant.

« Le corps de la victime a été placé sur la carte céleste aux pieds d'Einstein, poursuivit Ezra. Elle est composée d'un bloc circulaire de granit vert émeraude et ces clous en métal représentent les étoiles et les planètes à la position exacte où elles se seraient trouvées à midi le jour où le mémorial a été inauguré. »

Sayer contempla la photographie. Elle aurait aimé pouvoir croire que c'était là que se trouvait réellement la jeune femme, quelque part au milieu des étoiles.

L'image suivante montrait un gros plan des mots « en haut tel qu'en bas » tracés en lettres de sang le long du banc de pierre.

« Cette expression m'est familière, dit Sayer. Je suis tombée sur plusieurs sites qui suggèrent une origine occulte… »

Ezra opina. « L'expression t'est familière parce qu'elle est partout. Personne n'en connaît l'origine exacte, mais les premières mentions écrites remontent à un ancien texte de philosophie hermétique du VIIe siècle, la Table d'émeraude.

— Philosophie hermétique ?

— C'est une tradition occulte associée à l'alchimie et à l'astrologie, en gros. Voilà les premières lignes de la Table d'émeraude. » Ezra plissa les yeux pour lire sur son écran. « "Il est vrai, sans mentir, certain et très véritable : Ce qui est en bas est comme ce qui est en haut et ce qui est en haut est comme ce qui est en bas, pour accomplir les miracles d'une seule chose." Ça vient donc d'un livre précis, mais c'est une idée répandue dans de nombreuses religions et sociétés, des premiers chrétiens aux francs-maçons. N'importe quelle personne avec des racines chrétiennes connaît l'expression "sur la terre comme au ciel". C'est la même idée.

— Je comprends le concept général, l'idée que le microcosme puisse refléter le macrocosme, mais l'expression a-t-elle un sens plus précis ? demanda Sayer.

— Oui, j'étais justement en train de lire un article sur le sujet. Les philosophes hermétiques, qui furent les premiers alchimistes, appelaient cela le principe de correspondance. L'idée que chaque objet dans les cieux correspond à un objet sur terre. En gros, que le spirituel et le matériel sont reliés et que l'on peut manipuler les cieux si l'on connaît le matériel correspondant sur terre. »

Sayer contempla les lettres de sang. « Ça me rappelle la citation de Carl Sagan, "nous sommes faits de poussière d'étoiles." »

Ezra hocha la tête. « Exactement. Au niveau le plus profond, nous ne faisons qu'un avec l'univers, et patati et patata. Donc peut-être que le tueur tente d'établir un lien symbolique entre le corps de cette fille et les cieux ?

— Ça expliquerait pourquoi la victime a été placée sur une carte céleste. On va creuser cette idée et voir où ça nous mène, mais tant qu'on ne sait pas ce que le tueur essaie de dire, ça ne nous aide pas beaucoup. Ezra, vois si d'autres crimes ont été commis avec un thème similaire. Photo suivante, s'il te plaît. »

Le nouveau cliché montrait un des babouins en gros plan.

« Ce que la mise en scène a de plus curieux, ce sont les figurines de babouins. On sait quelque chose sur eux ?

— Que dalle, répondit Ezra. Chaque petite statue est légèrement différente des autres et elles sont faites de divers matériaux, comme le basalte noir et l'argile. On cherche toujours leur origine.

— Personne ne sait ce que peuvent bien symboliser neuf babouins et une hache ? » demanda Sayer, frustrée. Elle aurait bien fait appel à une aide extérieure, mais encore aurait-il fallu qu'elle sache de quel genre de spécialiste elle avait besoin – un philosophe hermétique ? Un physicien ? Un expert en babouins ?

« Bien. » Elle se plaça face à la salle. « De toute évidence, le tueur cherche à accomplir quelque chose. Notre tâche est de découvrir ce que c'est. Pourquoi notre victime a-t-elle été tuée et disposée ainsi ? Pourquoi a-t-il choisi cet endroit précis ? Quel est le symbolisme des divers éléments de la mise en scène ? »

L'ordinateur d'Ezra émit un tintement. « Oh, le département d'analyse comportementale vient d'envoyer un profil préliminaire. »

Sayer ouvrit le document sur son téléphone et le parcourut rapidement.

« Bon, ça ne nous apprend pas grand-chose. Rien qui suggère une motivation sexuelle ou dominatrice. La composante rituelle indique en revanche une éventuelle activité sectaire. Étant donné l'absence d'élément sexuel, de signes pouvant laisser penser qu'il a agi sous le coup de la colère, et l'aspect extrêmement ritualisé de la mise en scène, il est possible que nous ayons affaire à un tueur qui n'en serait pas à son premier meurtre.

En d'autres mots, dit Sayer en levant les yeux vers sa petite équipe de travail, notre suspect est un individu intelligent et dangereux, et, entre le message écrit avec du sang et la mise en scène, il y a fort à parier qu'il s'agit d'un tueur en série. Tant que rien ne prouve le contraire, nous devons nous attendre à ce qu'il frappe de nouveau. »

Après la réunion, Sayer et Ezra essayèrent d'avancer, mais ils tournaient en rond. À 2 heures du matin, ils n'avaient toujours fait aucun progrès et Sayer prit conscience qu'ils n'auraient rien de neuf à se mettre sous la dent avant le lendemain matin. Elle programma une nouvelle réunion à 7 heures et envoya ses agents chez eux pour quelques heures de sommeil.

POSTE DE COMMANDEMENT DU FBI

Quantico, Virginie

Lorsque tout le monde fut parti, Ezra lança sa musique et monta le volume jusqu'à ce que les basses tonitruantes fassent vibrer les haut-parleurs du petit poste de commandement. Il était généralement coincé derrière son bureau, dans la mine à ciel ouvert où bossaient tous les analystes, mais cette nuit, puisqu'il faisait partie du groupe de travail, il avait un accès illimité à cette pièce, qui se trouvait justement être dotée de la meilleure sono de tout Quantico. Parfois, Ezra avait besoin d'écouter la musique à plein volume et il détestait utiliser un casque, cet endroit était donc le paradis.

Ayant la pièce tout à lui, il monta encore un peu le son pour profiter à fond de la musique, un nouveau groupe d'avant-garde islandais qu'il venait de découvrir.

Quand il pivota sur sa chaise et que ses prothèses claquèrent pour la énième fois contre la table, il décida de les retirer. Il éprouvait toujours un certain soulagement lorsqu'il enlevait les emboîtures rigides et les chaussettes en silicone qui enveloppaient ses moignons. Sans ses prothèses pour entraver ses mouvements, il pouvait facilement glisser sur sa chaise le long de la table de conférence de façon à rejoindre les différentes piles de documents et les trois ordinateurs portables ouverts.

Le premier ordinateur finissait tout juste de chercher dans les bases de données une correspondance avec l'empreinte de leur victime.

« Négatif », dit Ezra par-dessus les plaintes des violons.

L'ordinateur suivant parcourait les bases de données en quête d'une correspondance avec l'ADN de leur tueur. S'il parvenait à l'identifier, l'affaire pourrait être résolue dès ce soir.

« Encore négatif », dit-il tandis que les percussions de la chanson enflaient, faisant trembler sa chaise qu'il laissait glisser vers le dernier ordinateur. Il avait écrit un programme qui cherchait sur les réseaux sociaux et dans les bases de données de reconnaissance faciale publiques la photo de leur victime.

Une case verte apparut sur l'écran. Il avait trouvé une correspondance.

La musique entraînante laissa place à un rythme plus dépouillé, des basses obsédantes qui emplirent Ezra d'un sentiment proche de l'effroi.

Il cliqua sur la case clignotante et fixa la photo qui s'afficha. Le lien le conduisit à une autre photo, puis une autre.

« Mon Dieu », souffla-t-il tandis que la pulsation atmosphérique faiblissait puis s'éteignait totalement.

Lorsqu'il atteignit le dernier cliché, ses mains tremblaient si fort qu'il parvenait à peine à composer le numéro de Sayer.

APPARTEMENT DE SAYER ALTAIR

Alexandria, Virginie

Sur le chemin de chez elle, Sayer laissa son esprit vagabonder. Elle songea à la famille du policier décédé et à ce pauvre enfant qui associerait à jamais cette période de l'année à la mort de son père.

Pour rejoindre son appartement, elle empruntait généralement la Route 1 de Quantico à Alexandria, mais celle-ci était tellement verglacée en ce moment qu'elle préféra rester sur l'autoroute. Exception faite d'une voiture, l'I-95 était déserte. Sans quoi elle n'aurait jamais remarqué que cette voiture prenait la même sortie qu'elle.

Puis la suivit à distance sur les trois intersections suivantes. Son alarme interne lui signala de ralentir.

La voiture ralentit à son tour.

Sayer décida de passer devant chez elle sans s'arrêter et de tourner à droite dans la prochaine rue.

Mais la voiture prit à gauche et disparut.

Riant de son hypervigilance qui frisait la paranoïa, Sayer se gara devant sa maison de ville. La façade de la vieille demeure coloniale n'avait pas changé depuis l'époque de sa construction, au XVIIIe siècle. Bien qu'elle fût aujourd'hui divisée en deux appartements, un par étage, Sayer appréciait qu'elle ait conservé le charme de l'édifice d'origine.

Elle retira son casque et se frotta le front pour essayer de soulager la tension qui brûlait à ses tempes. La route était calme comme la mort, sans aucun signe de la mystérieuse voiture. Rejoignant l'arrière de la maison, elle trouva la fenêtre de Tino au rez-de-chaussée plongée dans le noir, mais une faible lueur bleue brillait à l'étage. Peut-être Adi ne dormait-elle pas encore ?

La fine couche de neige crissait sous ses pieds tandis qu'elle longeait le petit chemin traversant le jardin derrière la vieille maison. Elle s'arrêta en humant une odeur d'épices et de chocolat devant la porte de Tino. Ils avaient dû manger son célèbre poulet au mole, dont les effluves alléchants flottaient toujours dans l'air froid.

Son estomac gargouilla et elle prit conscience qu'elle n'avait rien avalé depuis le déjeuner.

Elle gravit l'escalier conduisant à son appartement et fut surprise de trouver sa grand-mère, Sophia McDuff, assise à la table de la cuisine, les yeux rivés à son ordinateur portable. Même affublée d'un des pyjamas en flanelle de Sayer trop grand pour elle et de chaussettes pelucheuses roses, elle ressemblait toujours à l'élégante bibliothécaire qu'elle avait été, avec ses cheveux argentés attachés en un chignon bas et ses lunettes de lecture à monture d'écaille perchées au bout de son nez.

Vesper dormait d'un sommeil satisfait à ses pieds.

« Mamie ? » Remarquant que sa grand-mère portait un casque, Sayer lui tapota doucement l'épaule.

Vesper sursauta au son de sa voix et elle s'accroupit pour gratter le dos du chien à trois pattes.

Sophia fit glisser le casque autour de son cou et il s'en échappa une mélodie assourdie. « Ah, te voilà. Je commençais à croire que tu ne rentrerais pas de la nuit. » Elle attira Sayer à elle pour lui donner une accolade qui sentait bon le Chanel n° 5. « Adi dort comme un bébé. Tino t'a laissé un mot et à manger. »

Sayer trouva le message de Tino sur le comptoir.

Je sais que tu n'as rien avalé depuis des heures. Passe simplement l'assiette que j'ai laissée dans ton frigo au micro-ondes pendant deux minutes. Ne t'avise pas d'aller te coucher sans avoir mangé ou je serai terriblement vexé et convaincu que tu me détestes ainsi que ma cuisine.

Elle était bien trop fatiguée pour rire, mais elle parvint à esquisser un sourire.

« Tu ferais bien de manger le plat que Tino t'a laissé si tu ne veux pas qu'il nous désavoue et cesse à tout jamais de cuisiner pour nous, dit Sophia en la rejoignant dans la cuisine.

— Quelle horreur ! s'exclama Sayer en feignant la terreur. Alors que fais-tu debout si tard ? Et pourquoi es-tu ici, dans mon pyjama ? » Sayer sortit du frigo l'assiette remplie à ras bord de poulet au mole et de plantains frits, et la plaça dans le micro-ondes.

« J'ai festoyé avec Tino et Adi et, comme j'ai bu deux verres de vin, j'ai préféré ne pas prendre le volant. En plus, je quitte la ville à la dernière minute et je voulais te voir avant de partir demain. J'espère que ça ne t'embête pas que j'aie réquisitionné un de tes pyjamas et ces merveilleuses chaussettes. » Pour souligner son propos, elle exécuta quelques pas de charleston en faisant glisser ses pieds sur le plancher de la cuisine.

« Un voyage de dernière minute ? » s'étonna Sayer en décapsulant une cannette de bière fraîche.

Sophia se pencha sur le comptoir. « Oui, j'ai un nouveau boulot.

— Tu as un travail ? » Sayer divisa le plat en deux assiettes et en fit glisser une vers Sophia.

Celle-ci haussa évasivement les épaules et regagna la table d'un pas traînant avec son assiette. Elle avala une bouchée et ferma les yeux. « Mon Dieu, Tino est vraiment un cuisinier hors pair. » Elle savoura un long moment cette première bouchée avant de poursuivre. « La retraite, c'est ennuyeux à mourir. Il est possible que j'aie oublié de mentionner que je cherchais un travail.

— Y a que toi pour oublier de mentionner un truc pareil, mamie. »

Les deux femmes mangèrent en silence pendant un moment. Sayer brûlait d'envie de la questionner davantage, mais elle savait que sa grand-mère parlerait quand elle serait prête à le faire.

« J'ai remarqué que tu avais sorti les dossiers sur Jake. Tu les lis toujours avant de te coucher ? » Sophia désigna la pile de documents cornés au bord de la table.

Jake travaillait sur une opération clandestine top-secret lorsqu'il avait été tué, près de quatre ans plus tôt, mais Sayer était convaincue que quelque chose avait mal tourné pendant l'opération, car toute cette histoire sentait le mensonge à plein nez. Comment avait-il pu mourir noyé en service ? Et pourquoi ses supérieurs se montraient-ils aussi cachottiers sur les détails de sa mort ? Tous les soirs avant d'aller dormir, Sayer parcourait les documents lourdement caviardés dans l'espoir de voir quelque chose qu'elle aurait raté jusque-là. Elle voulait simplement découvrir ce qui lui était vraiment arrivé.

« Oui, tu le sais bien. » Elle n'était pas d'humeur à se faire sermonner au sujet de Jake. Personne n'arrivait à comprendre pourquoi elle tenait tant à enquêter sur sa mort. « J'aimerais juste savoir ce qui lui est arrivé.

— Il te manque.

— Tous les jours.

— Bon, je sais que tu n'aimes pas qu'on te fasse la leçon, mais…

— Mamie, pas maintenant, s'il te plaît. Je viens de commencer une nouvelle enquête et je dois me concentrer dessus.

— Tu es consciente que ta tristesse n'est pas seulement liée à la mort de Jake, n'est-ce pas ?

— Mamie… » fit Sayer avec une légère menace dans la voix.

Sophia agita la main. « Oh, merde, à la fin. Je suis trop vieille pour repousser des conversations aussi importantes.

— Mamie », répéta Sayer, mais elle ne put réprimer le faible sourire qui se dessina sur ses lèvres. Chaque fois que sa grand-mère prononçait des grossièretés, elle était un peu choquée malgré elle. Sophia s'était toute sa vie comportée comme une véritable lady du vieux Washington, à cette époque où l'on attendait des femmes qu'elles confectionnent des gâteaux et soutiennent leurs maris. En tant qu'épouse d'un sénateur puissant, elle occupait ses journées, quand elle ne travaillait pas à la bibliothèque, à organiser des soirées chics et sans doute aussi, cela n'aurait pas surpris Sayer, à négocier des accords en sous-main avec d'autres femmes de politiciens. Mais, à présent que son mari était mort, sa fille unique également, et que ses petits-enfants avaient leur propre vie, elle pouvait enfin laisser s'exprimer sa vraie nature.

« Non, écoute-moi, reprit-elle, une lueur espiègle dans les yeux. En plus, si ça se trouve, je serai morte avant d'être rentrée. Je suis une vieille dame après tout.

— Mamie !

— Tu vas répéter ce mot toute la nuit ? demanda-t-elle en souriant. Écoute-moi. Cette obsession que tu as de relire le même dossier tous les soirs n'a pas grand-chose à voir avec la mort de Jake.

— Bien sûr que si. J'essaie de comprendre ce qui lui est arrivé. Et où vas-tu ?

— Ne change pas de sujet. Évidemment que tu essaies de comprendre ce qui est arrivé à Jake. Mais crois-tu vraiment qu'à ce stade tu vas découvrir quelque chose de nouveau dans cette pile de documents que tu as déjà lus des milliers de fois ? C'est devenu une sorte de rituel, une manière de repousser la nécessité d'aller de l'avant. Il est mort depuis des années. Combien as-tu eu de rencards depuis ?

— Combien as-tu eu de rencards depuis la mort de papi ? demanda sèchement Sayer.

— Voyons voir, laisse-moi un instant… » Sophia compta sur ses doigts. « Six, sept, huit. J'ai eu huit rencards rien que l'année dernière.

— Quoi ? s'étrangla Sayer, clignant des yeux. Je n'en ai jamais entendu parler.

— Charles me manque, mais je ne suis pas encore morte. » Elle décocha un clin d'œil à Sayer. « Et arrête d'essayer de changer de sujet. Tu te sers du mystère entourant le décès de Jake comme d'un bouclier qui t'empêche de te retrouver de nouveau en position de vulnérabilité. Tu n'as jamais admis que tu pleurais aussi la mort de l'existence que tu pensais mener avec Jake. Vous aviez un plan, deux agents du FBI, luttant contre le crime, construisant leurs carrières, dit Sophia gentiment. Tu as non seulement perdu Jake, mais aussi ce futur que tu avais imaginé avec lui. Et te voilà en train de boire une bière dans ta cuisine austère en compagnie de ta vieille grand-mère qui te sermonne avec de grosses chaussettes pelucheuses aux pieds. »

Sayer rit. « Au point où on en est, je crois que tu ferais mieux de laisser ta propre paire ici.

— Écoute-moi. » Sophia désigna la pièce d'un grand geste. « Tu t'es bricolé cette famille avec une adolescente que tu as sauvée d'une tueuse en série, ton voisin ronchon, un chien à trois pattes, et ta grand-mère qui t'enquiquine à 3 heures du matin.

— Une famille qui me satisfait pleinement. Pourquoi voudrais-je d'une personne en plus pour compliquer les choses ? On peut changer de sujet ? Quel est cet endroit mystérieux où tu te rends ? »

Sophia termina son assiette et posa sa fourchette d'un air guindé. « Je pars dans le Montana. Tu sais que je travaille avec cette association de santé communautaire en ville ? Eh bien, le CDC nous a demandé d'aller aider à gérer une épidémie de rougeole qui s'est déclarée dans une petite ville.

— Tu te rends au milieu d'une épidémie de rougeole dans le Montana ? »

Sophia darda sur elle le regard que Sayer avait si souvent essuyé dans sa jeunesse. Le regard qui disait : n'essaie pas de faire la maligne. « C'est une mission courte, je vais simplement aider les médecins et les soignants locaux à installer une clinique de proximité pour informer et aider les habitants.

— Ce n'est pas un peu dangereux ?

— Dit la chasseuse de tueurs en série…

— Mais je veux dire… c'est moi… » Sayer trébuchait sur ses mots. « Tu as plus de soixante-dix ans… tu es une ancienne bibliothécaire…

— Une bibliothécaire qui sait organiser et mettre en œuvre des opérations complexes tout en gardant une trace de tout ce qui est fait. Mes compétences peuvent aider les gens. J'en ai assez des déjeuners avec les ladies de Georgetown.

— Tu en as marre des déjeuners, donc tu vas travailler au milieu d'une épidémie, dit Sayer d'un ton impassible.

— Oui. La personne qu'ils ont embauchée a quitté le navire au dernier moment pour des raisons personnelles ; ils avaient mon CV. En plus, j'ai eu la rougeole quand j'étais petite, donc je ne crains rien. Et ça ne devrait durer que quelques jours. » Les traits de Sophia s'adoucirent. « Écoute, je sais que tu aimerais que je profite tranquillement de ma retraite, mais je n’ai plus beaucoup de bonnes années devant moi et je veux les vivre en faisant quelque chose qui compte pour moi. »

Elle insista sur le mot « moi » et Sayer comprit. Sophia avait passé toute son existence à s’assurer que personne ne manquait de rien. À présent, elle était prête à vivre sa propre vie.

« Tu savais que je voulais être médecin quand j’étais petite ? demanda Sophia.

— Tu as dû me le dire un jour, oui. » Sayer fronça les sourcils.

« Eh bien, quand je suis allée à la fac, on considérait encore que les filles étaient là surtout pour se dégotter un mari, le meilleur parti possible. Quand j’ai annoncé à mon conseiller que je voulais faire médecine, il m’a littéralement ri au nez et m’a couvert d’un regard plein de pitié, l’air de dire “qu’elle est mignonne”. J’ai donc choisi la science des bibliothèques comme une bonne petite fille. Et j’ai eu une carrière que j’adorais, mais ce n’était pas ce que je souhaitais réellement, ce n’était pas une vocation.

— Je comprends. Vraiment. » Sayer ne savait pas pourquoi elle réagissait si violemment à l’idée que sa grand-mère parte pour quelques jours.

« Tu ne peux pas me demander de rester éternellement ici et de finir ma vie dans un ennui mortel. » Sophia tendit le bras par-dessus la table et prit la main de Sayer dans la sienne.

Sayer contempla leurs doigts entrelacés tandis que les deux femmes restaient assises en silence. À soixante-quatorze ans, Sophia avait toujours un regard perçant, mais sa peau était fine comme du papier, ses poignets terriblement frêles. Quand les parents de Sayer avaient trouvé la mort dans un accident de voiture, Sophia les avait recueillies, elle et sa sœur, et couvertes d’un amour féroce. La perte de ses parents avait laissé une cicatrice sur son cœur, mais Sayer avait grandi en sachant qu’elle était aimée et en sécurité grâce à cette femme. Sophia était pour elle un filet de sécurité, toujours présente quand elle avait besoin d'elle. Il était temps qu'elle accepte qu'il n'en serait pas toujours ainsi.

« Quand pars-tu ? demanda finalement Sayer.

— Demain, répondit Sophia d'un ton doux mais sans réplique. D'ailleurs, je me rends à l'aéroport avec Adi. On part toutes les deux pour de grandes aventures. Adi va choisir une université, et moi, je vais sauver le monde. » Ses yeux brillaient d'excitation. « Désolée de t'annoncer ça alors que tu viens d'entamer une grosse enquête. Tu veux en parler ? »

Sayer cligna des yeux, surprise du changement de sujet, mais elle comprit que Sophia avait terminé d'évoquer son voyage. « Une adolescente morte, un policier de DC abattu par balle pour avoir interrompu le tueur, expliqua-t-elle, restant volontairement vague.

— Oh non. » Sophia porta sa main à sa poitrine, l'air sincèrement horrifié. « Bon, je suis certaine que tu attraperas le coupable. »

Sayer vida sa bière et envisagea d'en ouvrir une seconde lorsque son téléphone sonna. Quand elle vit le nom d'Ezra sur l'écran, son cœur manqua un battement. Pour qu'il appelle à cette heure-ci, ce devait être important.

« T'as trouvé quelque chose ? aboya-t-elle dans le téléphone.

— Je pense avoir identifié la victime, et c'est du lourd. Ça vient des réseaux sociaux donc ce n'est pas encore confirmé, mais bon, regarde ça. Je t'envoie un lien. »

Sayer sortit son ordinateur et l'alluma. Le lien s'ouvrit sur une photo d'adolescente portant des lunettes de protection et une blouse de laboratoire, ses joues roses recourbées au-dessus d'un sourire sincère, les yeux plissés en deux croissants de joie. La fille tenait une éprouvette dans une main. Sous la photo, la légende disait : « Gagné un nouveau concours de sciences. Atlanta, me voilà ! »

« Cette fille ressemble comme deux gouttes d'eau à notre victime, dit-elle doucement.

— L'algorithme des réseaux sociaux est du même avis. J'ai cherché sa photo sur plusieurs sites, et j'ai immédiatement obtenu une correspondance.

— Rowena Chang, dit Sayer, lisant son nom à voix haute.

— J'ai cherché des infos sur elle. Rowena a dix-sept ans et elle fréquente la Science Magnet High School[1] de DC. Pas de casier judiciaire. D'après ses comptes sur les réseaux sociaux, c'est une vraie scientifique en herbe. Elle a remporté plusieurs concours locaux et régionaux dans la catégorie chimie.

— Contactons sa famille. Depuis quand a-t-elle disparu ? Et où était-elle à ce moment-là ? » Sayer était déjà en train de se lever, prête à regagner Quantico.

« Attends, ce n'est pas tout. »

Sayer se figea en percevant le tremblement dans sa voix.

« Clique sur le deuxième lien que je t'ai envoyé. »

Une autre photo apparut sur son écran, qui montrait un groupe d'adolescents posant devant un gros autocar argenté. Sur le flanc du véhicule, une bannière annonçait « Les STEM[2], c'est le futur ! » en lettres bombées aux couleurs vives. Sayer reconnut Rowena Chang, adossée contre le car à l'arrière du groupe.

Le cœur de Sayer se serra lorsqu'elle lut le lieu et la date de publication. « Elle a été postée il y a à peine douze heures.

— Ouais, c'est là que ça se complique. J'ai cliqué sur les pages des autres ados tagués sur l'image. Ils sont tous montés dans un bus affrété par le district scolaire pour rejoindre une sorte de

1. Les *magnet schools* sont des établissements publics d'excellence recrutant des élèves de toutes origines sociales (Ndlt).

2. Acronyme de *Science, Technology, Engineering and Mathematics* (Ndlt).

compétition de sciences et technologie à Georgia Tech. D'après les informations que j'ai pu glaner, les parents ont tous déposé leurs enfants à Wilkerson High et le bus est parti vers 16 h 30 hier après-midi. Apparemment, il devait rouler toute la nuit jusqu'à Atlanta. »

Sayer observa la photographie. Elle compta vingt-quatre gamins, douze filles et douze garçons. « On est certains que Rowena est montée à bord ?

— Ouais, j'ai trouvé une photo postée par un des ados, qui la montre dans le car.

— Donc le car est parti à 16 h 30 vers le sud. Entre le moment du départ et 19 heures, quelqu'un a réussi à enlever et tuer Rowena et à déposer son corps en ville avant 21 h 30. » Sayer marqua une pause, redoutant de poser la question qui s'imposait. « Et les autres gamins ?

— Aucun n'a posté quoi que ce soit sur les réseaux sociaux depuis 17 heures hier. »

Sayer et Ezra se turent un moment. Impossible d'imaginer que tous ces adolescents n'aient rien publié sur les réseaux sociaux pendant si longtemps.

« Ils n'ont rien posté du tout ? interrogea Sayer, qui savait parfaitement ce que cela signifiait.

— À part d'autres photos similaires au départ du car, non. J'ai vérifié, et ils auraient dû atteindre Atlanta il y a une heure environ. »

Bien qu'elle ne voulût pas vraiment connaître la réponse, Sayer demanda : « Tu as appelé pour savoir s'ils étaient arrivés ?

— J'ai appelé les organisateurs de la compétition à Georgia Tech et l'hôtel où séjournent les participants. Le car n'est jamais arrivé.

— Bon sang. T'es en train de me dire qu'un autocar entier d'adolescents a disparu ? » Sayer n'avait encore jamais senti le sol se dérober sous ses pieds, mais ce qu'elle éprouva alors y ressemblait fort. « Personne n'a signalé leur disparition ? demanda-t-elle doucement.

— Pour autant que je sache, non. Mais ce sont des élèves de terminale et ils étaient censés arriver au milieu de la nuit. Une heure ou deux de retard, ce n'est pas si étrange, et peut-être que leurs familles n'attendent pas de nouvelles d'eux avant le matin ?

— Bon. » Sayer marqua une pause pour tenter d'organiser ses pensées. « Il faut qu'on sache ce qu'il se passe. Je serai à Quantico dans quarante minutes. Je veux que tu appelles le district scolaire et la compagnie de cars pour vérifier que les gamins ont vraiment disparu. Si on a raison, on va avoir besoin de… merde, je sais même pas de quoi on a besoin.

— Plus d'effectifs, dit Ezra.

— Ouais. Si tu as la confirmation que le car et les gamins ont disparu, je veux que tu déclenches le protocole enlèvement d'enfants. » Sayer bascula en arrière sur sa chaise, accablée par cette idée. « Je vais appeler Anderson pour demander du personnel. J'ai besoin que quelqu'un rassemble des infos sur tous ces gamins. Le chauffeur de bus. Tous les adultes qui les accompagnaient. Mais pour commencer, vérifie que nous avons bien vingt-trois lycéens disparus.

— Compris, répondit Ezra, concis et efficace. On se voit là-bas. » Sur ce, il raccrocha.

Sayer prit un moment pour contempler les visages des vingt-quatre enfants qui s'apprêtaient à monter dans le car : la désinvolture de leur langage corporel, la manière dont ils levaient la tête, pleins d'assurance, et leurs sourires qui exprimaient tout l'optimisme d'adolescents promis à un avenir radieux.

Le cœur lourd, Sayer réveilla Adi pour lui dire rapidement au revoir et embrassa Sophia avant de courir jusqu'à sa moto.

Son corps bourdonnait d'excitation lorsqu'elle quitta le trottoir dans un crissement de pneus, songeant à l'ampleur de cette affaire. Si tous ces adolescents avaient réellement disparu, elle s'apprêtait à diriger la plus grosse enquête sur un enlèvement d'enfants jamais gérée par le FBI.

POSTE DE COMMANDEMENT DU FBI

Quantico, Virginie

La nouvelle de l'enlèvement de masse fit l'effet d'une bombe. Les protocoles d'urgence du FBI furent déclenchés et un tourbillon d'activité s'empara aussitôt des lieux. À peine quarante minutes après qu'Ezra eut confirmé le kidnapping, Sayer faisait les cent pas à l'avant du grand poste de commandement généralement réservé aux urgences nationales. La pièce commença à se remplir d'agents appelés en renfort pour la réunion d'urgence déclenchée par le service en charge des enlèvements d'enfants.

À mesure qu'ils arrivaient, Sayer prit conscience qu'elle se retrouvait soudain à la tête d'une équipe de plus de cinquante personnes. Elle aurait davantage l'impression de diriger un paquebot qu'une voiture de course.

Ezra avait affiché sur l'écran face à la salle une photographie des adolescents posant devant l'autocar.

« Bien, commençons. » Sayer leva les mains pour demander le silence. « Nous avons eu la confirmation que ce car transportant vingt-quatre adolescents scolarisés dans des lycées publics de DC, ainsi que le chauffeur et l'adulte qui les accompagnait, a disparu. Personne n'a de nouvelles de ses passagers depuis 17 heures hier et il est à présent 4 heures du matin, ils ont donc disparu depuis onze heures. Passons en revue tout ce que nous savons pour le moment, après quoi nous déciderons de la marche à suivre. »

Sayer fit signe à Ezra d'afficher la photo suivante, celle de Rowena Chang en blouse blanche et lunettes de protection.

« Il semble que quelqu'un ait détourné l'autocar transportant vingt-quatre lycéens et, malheureusement, nous avons déjà retrouvé le corps d'une des adolescentes. »

Ezra cliqua sur la photographie aérienne de Rowena Chang pendant que Sayer résumait la situation.

« Donc, la première chose que nous devons déterminer est : à quoi avons-nous affaire exactement ? Est-ce une attaque contre le district scolaire de DC pour une raison particulière ? Un enlèvement contre rançon ? Du trafic d'êtres humains ? Une attaque terroriste ? Un détournement ? » Sayer se mit à arpenter la salle. « Peut-être que Rowena Chang était la véritable cible. Mais dans ce cas, pourquoi kidnapper le car entier ? Ezra, où en sommes-nous des appels aux familles ? » Sayer prit conscience que ses pensées fusaient dans toutes les directions telles des billes de flipper.

« Il semble qu'on les ait toutes contactées. » Ezra décolla les yeux de son écran d'ordinateur. « Nous leur demandons de venir ici.

— Avons-nous un officier de liaison avec les familles ? » interrogea Sayer en parcourant la salle du regard.

Une femme rondouillette à la peau pâle et aux cheveux grisonnants se leva, un sourire chaleureux aux lèvres. « Je suis l'agent de liaison du service enlèvements d'enfants. Agent Robbins. » Elle agita la main et Sayer songea qu'elle ressemblait à une mère au foyer avec son costume noir mal ajusté.

Elle se força à ne pas paraître trop soulagée. Elle se faisait toujours un devoir de travailler directement avec les familles des victimes, mais cette affaire était bien trop complexe et évoluait bien trop rapidement pour qu'elle s'en charge elle-même. Avec une fille morte et vingt-trois gamins disparus, il était inenvisageable de ne pas se faire aider.

« Toutes les familles vivent à DC, poursuivit l'agent Robbins. En temps normal, pour un kidnapping, on se serait installés chez eux, mais nous avons tellement de familles impliquées que nous leur avons demandé de venir à Quantico pour pouvoir tout centraliser. Aux dernières nouvelles, il n'y avait plus qu'une ou deux familles à notifier. »

Sayer prit conscience qu'ils auraient bientôt deux douzaines de parents terrifiés à gérer. Elle vida sa tasse de café, espérant qu'il lui fournirait la bouffée d'énergie dont elle aurait besoin pour ce qui s'annonçait une très longue journée. « Vous serez en mesure de vous occuper des familles quand elles seront là ?

— Oui, madame. C'est mon rôle principal en tant qu'officier de liaison. J'ai déjà réservé des chambres dans un hôtel proche pour qu'ils n'aient pas à faire l'aller-retour si les choses… durent plus longtemps que prévu. J'ai réquisitionné une salle de conférences ici, où ils pourront se réunir avec de quoi grignoter, de l'eau, du café, et des psychologues. Nous avons une pièce spéciale pour la famille Chang, pour qu'ils ne se retrouvent pas au même endroit que les parents des enfants disparus. J'ai des agents qui se préparent à localiser l'origine de toute tentative de communication. S'il s'agit d'une demande de rançon, nous serons prêts à gérer les appels, mails, ou tout autre mode de communication qu'aura choisi le ravisseur. J'aurais besoin de quatre ou cinq agents pour interroger les familles. Nous devons commencer à monter un dossier pour chaque enfant disparu. Vous savez, rassembler des informations personnelles et des descriptions détaillées. Il faudrait aussi poster quelqu'un dans chaque maison pour toute la durée de l'enquête.

— Quelqu'un dans chaque maison ? s'étonna Sayer. Au cas où une demande de rançon leur serait envoyée directement ?

— Oui, et ils pourront également en profiter pour jeter un œil dans la maison, chercher s'il existe un lien entre certaines familles. Et pour accueillir les enfants s'ils rentrent chez eux.

— Ça semble logique. Vous pouvez prendre cinq agents pour les interviews et nous allons envoyer des officiers locaux dans chaque maison. Le département de police de DC a justement offert son aide. Prévenez-moi dès que les interviews avec les familles seront terminées.

— Entendu. » Robbins sourit d'un air si encourageant que Sayer n'eut aucun mal à comprendre pourquoi elle faisait ce métier.

« Bien. Avons-nous quelqu'un des relations publiques ? »

Un jeune homme très enthousiaste vêtu d'un costume bleu clair se leva d'un bond. « Liaison avec les médias, madame. »

Sayer détestait qu'on l'appelle madame, mais elle ne releva pas. « En plus de l'alerte enlèvement, j'aimerais communiquer la description de l'autocar et des victimes aux médias dès que possible. Je veux que tous les habitants de la région cherchent ce car. Ça vous paraît faisable ? »

Le jeune agent hocha vigoureusement la tête. « Oui, je vais dès maintenant transmettre une description et une photo du car à la presse. »

Il pianota sur son téléphone en parlant et Sayer prit conscience que son « dès maintenant » était à prendre au sens littéral.

« Voilà, ça devrait permettre d'alerter le public. » Il leva les yeux. « Je surveillerai la couverture médiatique afin qu'on sache exactement quelles informations sont accessibles au public. Puisque vous êtes en charge de l'enquête, agent Altair, je vous conseille d'organiser une conférence de presse dès que possible. Cette histoire va faire les gros titres.

— Merde. Assurons-nous d'avoir notifié toutes les familles avant qu'elles soient contactées par les médias. » Sayer marqua une pause, songeant aux parents qui découvriraient ce soir qu'au lieu d'être en chemin vers une compétition de sciences leurs enfants avaient été kidnappés ou, pire, assassinés. « Je suppose que nous avons transmis un avis de recherche du car aux forces de police locales. Qu'en est-il des caméras de surveillance routière ? Et des recherches aériennes ? Le véhicule est-il équipé d'un dispositif de pistage ? »

Un des analystes grimaça. « L'avis de recherche a été lancé il y a vingt minutes, mais il n'a rien donné pour l'instant. C'est une compagnie d'autocars à bas prix. Leurs véhicules ne sont pas équipés de ce genre de technologie. Tous les départements de police ont renforcé les patrouilles à pied pour la nuit. Ils ont aussi sorti leurs hélicos. Nous avons prévenu toutes les stations-service de la région capables d'approvisionner un autocar. Sur les images des caméras de surveillance routière, nous n'avons pas encore repéré le car. Trois agents sont en train d'examiner à la loupe les enregistrements de son itinéraire.

— Continuez. À moins que le kidnappeur ne nous contacte, localiser le car est le meilleur moyen de retrouver rapidement ces gamins. » Sayer marqua une pause, consciente que le tueur avait sans doute déjà caché le véhicule quelque part. « Ezra, tu as d'autres informations sur les ados ?

— Je fouille toujours les réseaux sociaux, mais ça n'a pas donné grand-chose pour l'instant. » Il afficha de nouveau la photo des adolescents devant l'autocar. La bannière suspendue sur le côté claironnait "Les STEM, c'est le futur !" bien trop joyeusement. « Nous savons que cette sortie était réservée aux douze meilleures filles et douze meilleurs garçons de la STEM Fair organisée par le district. Il s'agit d'une compétition annuelle en sciences, technologie, ingénierie et mathématiques où les gamins peuvent gagner une bourse d'études. J'ai obtenu la liste des noms par le district scolaire et j'utilise les réseaux sociaux pour les faire correspondre aux visages, mais tant que les familles ne sont pas là, nous ne pouvons pas faire grand-chose de plus.

— Merde. » Sayer sortit son komboloï et en frotta les perles d'ambre en faisant les cent pas, dessinant des arcs de plus en plus longs. Depuis que son père lui avait offert son premier komboloï quand elle était gamine, elle avait pris l'habitude de frotter les perles entre ses doigts pour mieux se concentrer. « Bien, et les téléphones portables ? Tous ces ados doivent bien avoir des portables qu'on peut localiser.

— On attend le mandat, il devrait arriver d'une minute à l'autre. »

Là-dessus, l'ordinateur d'Ezra émit un bip sonore et toutes les têtes se tournèrent brusquement vers lui.

« Quand on parle du loup… Le mandat est arrivé. La localisation devrait être rapide. » Il tapa à toute vitesse sur son clavier. « C'est bon !

— On les a trouvés ? »

Ezra afficha une carte sur l'écran. Un gros point rouge clignotait en son centre.

« Ils sont tous ensemble ? C'est bon signe, dit Sayer.

— Pas vraiment. » Ezra dézooma. « Je veux dire, ils sont tous ensemble, mais je ne suis pas certain que ce soit une bonne nouvelle. Les téléphones sont tous au bord de la Route 1, au sud de Woodbridge, Virginie. » Il cliqua sur la vue satellite. « Tout ce qu'il y a à cet endroit, c'est une station-service désaffectée. Aucune raison qu'ils se trouvent tous là-bas à une heure aussi indue.

— C'est à seulement trente kilomètres d'ici. » Sayer se tourna vers la salle. « Allons-y maintenant. » Elle désigna les agents de terrain. « Que six d'entre vous me retrouvent là-bas. Nous avons besoin d'une présence sur place le plus rapidement possible. Ezra, envoie la police locale, mais dis-leur de ne pas intervenir puisqu'il s'agit peut-être d'une prise d'otages. Préviens aussi le SWAT et le service négociation pour qu'ils dépêchent des agents. Si les gamins sont là-bas, il faudra peut-être qu'on organise une extraction. »

Sayer mit rapidement fin à la réunion et se hâta de rejoindre sa moto. Elle regarda l'heure. Aussi cliché que cela puisse paraître, ce qu'on dit est vrai : dans une affaire de kidnapping, chaque seconde compte, et ils en avaient déjà perdu de précieuses.

Route 1 vers Woodbridge, Virginie

Sayer roulait à tombeau ouvert sur la route glissante en direction de Woodbridge, les yeux brûlés par le froid qui s'insinuait dans le mince interstice de sa visière.

Elle invoqua dans son esprit l'image des adolescents disparus. L'un d'entre eux était déjà mort, que cela signifiait-il pour les autres ?

Elle arriva sur place quelques minutes avant le reste de son équipe et ralentit en passant devant la station-service depuis longtemps abandonnée.

Dans la clarté de la lune, Sayer voyait qu'il n'y avait personne à l'intérieur de la carcasse trapue au centre du petit terrain. Le parking aussi semblait désert, à l'exception d'une Crown Victoria 1980's en excellent état garée tout au bout. Légèrement caché par la couverture de neige, on discernait un gyrophare de police sur le toit de la vieille voiture.

Gyrophare allumé, la Crown Vic pouvait passer pour une voiture de police banalisée. Quelqu'un avait peut-être arrêté le car, et ensuite ? Elle appela Ezra. « Y a personne ici. » Tout en parlant, elle sortit sa lampe torche et promena le faisceau sur le parking. Un éclat rose attira le regard de Sayer, sur un petit monticule de neige près du bâtiment décrépit. « Une seconde. » Dans l'étroit faisceau de lumière, elle avança prudemment jusqu'au tas et écarta de la main la neige à moitié glacée. Le rebord rose et argenté d'un téléphone portable l'encouragea à fouiller davantage et elle comprit bientôt que ce n'était qu'un fouillis de téléphones, tablettes, porte-monnaie et sacs à dos.

« Merde, murmura-t-elle. J'ai des appareils électroniques et des sacs. C'est des affaires d'adolescents, aucun doute. Annule le SWAT et envoie une équipe de techniciens de scène de crime. »

Sayer raccrocha et marmonna « merde » une nouvelle fois. Le tueur avait eu le bon sens de se débarrasser de tout objet dont ils auraient pu se servir pour traquer ses déplacements. L'image qui se dessinait de cet individu était de plus en plus terrifiante – il était intrépide, intelligent, organisé, et donc terriblement dangereux.

Le reste du kidnapping défila dans l'esprit de Sayer. Le tueur avait utilisé la fausse voiture de police pour arrêter l'autocar. Il était monté à bord et avait contraint les passagers à se débarrasser de leurs sacs et appareils électroniques. Comment ? Le policier avait été abattu par balle, le tueur avait donc un pistolet. Mais, même en étant armé, prendre le contrôle d'un autocar rempli de gens n'est pas une mince affaire. Ils n'avaient certes détecté qu'une seule source d'ADN sur le corps de Rowena, mais se pouvait-il qu'il y ait plusieurs kidnappeurs ?

Cet endroit se trouvait à trente minutes à peine du centre de DC. Si le car était parti à 16 h 30 la veille, il aurait dû arriver ici autour de 17 heures, soit le moment exact où les adolescents avaient disparu des réseaux sociaux. Sayer regarda la route. Il prend contrôle du car, et ensuite ? Où les a-t-il emmenés ?

Une voiture de police du comté du Prince-William s'arrêta devant la station-service et deux agents en descendirent, la main posée sur la crosse de leur pistolet. Le meurtre d'un policier de DC avait mis tous les agents en alerte maximale.

« Agent Altair ? »

Elle hocha rapidement la tête et montra son badge. « Merci d'être venus. Que savez-vous de l'affaire ?

— Euh, un autocar de gamins a été kidnappé. Le corps d'une d'entre eux a été découvert à DC.

— Et je crois qu'on vient de trouver tous leurs appareils électroniques. » Sayer discuta avec les deux policiers tandis que les agents de terrain de Quantico commençaient à arriver. « Notre priorité est de sécuriser la scène. Je ne veux pas que qui que ce soit roule sur ce parking. »

Pendant qu'ils délimitaient un périmètre de sécurité au moyen d'un ruban de police, Sayer envoya à Ezra une photo du sac et des appareils.

Techniciens en chemin, répondit-il.

Préviens aussi Max et Kona. Je veux voir si Kona est capable de pister le car, écrivit-elle. Maxwell Cho et sa chienne étaient spécialistes de la détection de restes humains pour la brigade canine, et ils avaient aidé Sayer à résoudre une affaire de meurtre dans les montagnes de Shenandoah quelques mois plus tôt. Sayer avait été impressionnée par l'efficacité de la chienne et elle avait bon espoir qu'elle réussisse à pister le car.

Elle s'écarta du bâtiment pour mieux observer la scène dans son ensemble. La vieille station-service était l'endroit idéal pour ce genre d'opération. Elle était isolée des commerces au nord et au sud, entourée de bois de trois côtés. En outre, entre les fêtes et les chaussées verglacées, il n'y avait guère de circulation sur la Route 1 à cette période de l'année.

Sayer longea d'un pas lent le fond du parking, en quête d'une anomalie, d'un signe que quelque chose clochait. Soudain, elle se figea au bord de l'asphalte déformé, son cœur manquant un battement.

Le sol descendait en pente douce du parking vers un épais bosquet de conifères. Sous les hauts arbres s'alignaient de longs monticules de neige.

Sayer avança lentement, respirant à peine.

Elle s'accroupit et écarta délicatement la couverture de neige. Des lèvres bleues apparurent, puis des yeux morts et laiteux. La main pressée sur sa bouche, elle se leva et compta treize monticules.

Durant un long moment, elle ne put rien faire. Aucun souffle ne quittait ses poumons. Aucune pensée ne se formait dans son esprit paralysé par l'horreur.

« Par ici », parvint-elle finalement à lancer.

Alertés par le ton de sa voix, tous les agents accoururent aussitôt, puis s'immobilisèrent au bord du parking lorsqu'elle leva la main.

« Mon Dieu, murmura un des officiers. C'est des corps ? »

Sayer tira le rideau sur la zone de son cerveau qui considérait ces corps comme des êtres humains et les observa avec un détachement clinique. « Est-ce que l'un d'entre vous peut venir m'aider à vérifier qu'ils sont tous morts ? Ne nettoyez que leur visage pour l'instant. Les autres, restez là-haut. On ne fait rien tant que le légiste n'a pas donné son feu vert. »

Sayer entreprit de repousser délicatement la neige de chaque visage pour prendre le pouls des victimes, bien que l'aspect de leur peau et leurs yeux vides suffissent à confirmer qu'elles étaient mortes. Il y avait parmi eux un homme imposant portant une casquette de chauffeur de bus et un autre d'une cinquantaine d'années aux cheveux striés d'argent qui devait être leur accompagnateur.

Et les enfants. Sayer compta lentement, ses yeux s'attardant sur chaque visage livide. « Ces sept corps sont alignés, ils ont tous été tués d'une balle dans le front, à la manière d'une exécution… alors que ces quatre-là sont entremêlés, pas du tout alignés. » Elle parlait tout en les examinant pour ne pas se laisser submerger par l'horreur de la scène. « Peut-être qu'ils ont essayé de fuir. » Sa voix se craquela légèrement. « Ou d'arrêter le tireur. »

Elle prit une longue inspiration pour se ressaisir. « Nous avons deux adultes et onze enfants assassinés. Tous de sexe masculin. »

STATION-SERVICE DÉSAFFECTÉE

Woodbridge, Virginie

« Combien de temps faut-il pour parcourir vingt-cinq kilomètres en voiture, bon sang ? » s'impatienta Sayer en consultant son téléphone pour la vingtième fois. Son regard ne cessait de glisser vers le bosquet d'arbres tandis qu'elle s'efforçait de chasser de son esprit les images des jeunes visages exsangues enfoncés dans la neige.

Elle avait la bouche sèche, les mains froides, et le cœur comme comprimé dans sa poitrine.

Le médecin légiste était en route, accompagné d'un cortège de camionnettes pour transporter les corps. Une importante équipe de relevé d'indices était également en chemin. Et Max et Kona seraient là d'une seconde à l'autre.

En attendant impatiemment que tout le monde arrive, Sayer parcourut du regard l'orée de la forêt. Le manteau de neige qui recouvrait les cadavres masquait la sinistre présence de la mort, atténuant l'horreur de la scène pour ne laisser flotter qu'une atmosphère de profonde mélancolie. Tant de jeunes hommes qui ne deviendraient jamais adultes, tant d'esprits brillants et d'avenirs radieux brutalement interrompus. Même si leur mort était sans doute survenue des heures avant qu'on lui confie l'affaire, Sayer ne pouvait se départir du sentiment qu'elle avait échoué à les sauver.

Voyant approcher la première camionnette de techniciens de scène de crime, elle courut les accueillir, soulagée de pouvoir penser à autre chose. « Mes agents de terrain et des policiers locaux ont installé un périmètre de sécurité ! aboya-t-elle tandis qu'ils déballaient leur matériel. En attendant que le légiste nous donne son feu vert pour emporter les corps, je veux que vous vous occupiez de la pile de sacs et d'appareils électroniques, de la voiture abandonnée, et que vous examiniez la zone à l'entrée du parking où le car s'est certainement arrêté… »

Elle fut interrompue par le bruit d'un hélicoptère volant à basse altitude, dont le projecteur balayait la scène de crime en cercles saccadés. « Merde ! Les médias sont déjà là. Installez vite des auvents au-dessus des corps. Les arbres suffiront sans doute à leur masquer la vue, mais je veux être certaine qu'on ne verra pas ces gamins morts aux infos demain matin. »

À peine avait-elle terminé sa phrase que les camionnettes de presse arrivèrent, retenues par le cordon de sécurité installé par les agents.

Max et Kona les suivirent de près, dans la camionnette déglinguée de Max.

Celui-ci sortit en vitesse et courut ouvrir la portière côté passager, un bras plaqué contre ses côtes. Il avait été blessé lors de leur dernière mission ensemble, mais il se rétablissait à vue d'œil.

Un chien noir aux airs de loup bondit du siège passager, visiblement impatient de se mettre au travail.

Max salua Sayer d'un geste solennel alors qu'ils approchaient, Kona avançant à son côté telle une extension de son corps.

« Sayer, dit-il chaleureusement. Il me semble t'avoir demandé de ne plus jamais m'appeler. »

Elle se força à sourire pour son ami, ravie de le voir en dépit des circonstances. Il avait réussi à gagner sa confiance alors qu'ils faisaient équipe sur sa dernière enquête, et rares étaient les gens dont elle pouvait en dire autant.

« Ce n'est vraiment pas ce que j'entendais quand je disais que je voulais de nouveau travailler avec toi », dit-elle.

Une fois ces salutations échangées, Max et Kona se placèrent à côté de Sayer et observèrent les corps. La chienne, professionnelle jusqu'à la moelle, se tenait les oreilles pointées vers l'avant, l'œil alerte. Le regard de son maître était tout aussi intense.

« Combien ? demanda-t-il à voix basse.

— Treize. Il semble que ce soit le chauffeur du car, l'accompagnateur et onze lycéens… » Sayer laissa sa phrase en suspens, incapable de donner un sens à cette tragédie.

« Que pouvons-nous faire ?

— Nous pensons que le ou les kidnappeurs ont arrêté le car en se faisant passer pour des flics. » Sayer désigna la Crown Vic abandonnée. « J'essaie toujours de comprendre exactement ce qu'il s'est passé, mais je pense que le car est reparti avec les filles et le dernier garçon disparu. J'espérais que Kona et toi, vous puissiez traquer le car sur la route. Ça te paraît faisable ? »

Max fronça les sourcils. « C'est arrivé il y a combien de temps ? »

Sayer regarda l'heure. « Putain, déjà 5 heures passées ? Ça veut dire que ça fait plus de douze heures maintenant. »

Il étudia la chaussée. « Je pense que Kona pourra le traquer sur la Route 1 vu le peu de voitures qui y circulent. Mais si le car a pris un itinéraire plus fréquenté ou une autoroute, il y aura trop de voitures, trop de boue, l'odeur doit déjà avoir disparu. Mais essayons quand même. Si quelqu'un peut le faire, c'est Kona. »

En entendant son nom, la chienne agita la queue.

En réponse, Max lui ébouriffa les oreilles et sortit un harnais orange brillant de son sac à dos. « Prête, Kona ? »

La chienne recula en dansant d'excitation.

« Tu as un objet avec l'odeur des gamins ? interrogea Max en fixant le harnais sur le torse puissant de l'animal.

— Le kidnappeur a jeté toutes leurs affaires derrière la station-service. Je vais demander à quelques agents de te suivre au cas où tu trouverais quelque chose.

— OK, c'est parti. » Il serra l'épaule de Sayer, puis s'en fut en direction de la station-service. Max avait été membre des Pararescue, une unité d'élite de sauveteurs parachutistes, et il se déplaçait toujours avec la démarche résolue d'un soldat des forces spéciales.

Sayer regarda Kona renifler les sacs, toujours aussi impressionnée par la facilité avec laquelle la chienne semblait comprendre exactement ce que l'on attendait d'elle. Lorsqu'elle parut avoir terminé, Max tendit le bras vers la route et lui dit : « Cherche ! »

Kona partit en courant vers la Route 1, mais s'arrêta brusquement et se mit à tourner en cercle, le nez en l'air, reniflant frénétiquement.

Lorsqu'elle partit en courant vers les corps derrière la station-service, Max l'interpella : « Stop ! »

La chienne se figea, mais se pencha en avant comme si elle était prête à bondir.

« Elle sent les corps ? lança Sayer à Max.

— Peut-être, dit-il, la mine renfrognée. Mais elle ne donne pas l'alerte et je les vois parfaitement d'ici. Elle sait que je sais où ils sont. » Il rejoignit Kona et lui caressa la tête.

La chienne ignora son geste, les yeux rivés sur les bois derrière la vieille station-service.

Max se pencha tout près et lui parla doucement à l'oreille, puis se redressa et tendit encore une fois le bras vers la route. « Cherche, Kona ! » cria-t-il.

Libérée de l'étreinte de son maître, Kona partit de nouveau comme une flèche en direction des bois.

« Hé ! » cria Max alors que la chienne semblait foncer droit sur les garçons morts. Mais Kona franchit les corps d'un bond puissant. Elle atterrit en expirant bruyamment et se tourna pour regarder Max, laissant échapper un court aboiement qui semblait dire : « Suis-moi, humain stupide. »

« Stop ! » lança Max.

Kona obéit à contrecœur, trépignant d'impatience.

« Que se passe-t-il ? demanda Sayer en courant vers Max. Elle donne l'alerte pour les corps ? »

Max plissa les yeux, son regard intense imitant celui de Kona. « Je crois pas, non. L'alerte qu'elle vient de donner n'était pas celle pour les cadavres. C'était celle pour les êtres humains vivants. »

Sayer parcourut du regard les bois sombres qui s'étendaient de trois côtés. Sa main se posa sur son arme. « On pense que certains des garçons ont essayé de s'opposer au kidnappeur et nous n'en avons trouvé que onze. Il en manque un…

— Ou peut-être qu'un des kidnappeurs a été blessé et s'est enfui », murmura Max, portant lui aussi sa main à son pistolet.

Kona recula impatiemment d'un pas et lança un nouvel aboiement.

« Aucun doute, elle est en train de me dire qu'il y a quelqu'un de vivant là-bas, qui vient de cette station-service. » Max tendit la main pour calmer Kona. « Qu'est-ce qu'il y a derrière la forêt de ce côté ? »

Sayer afficha rapidement la carte sur son téléphone. « La réserve naturelle d'Occoquan Bay est à environ huit cents mètres à l'est. Il n'y a que des prairies et des marécages. »

Max hocha la tête, toute son attention braquée sur la direction que pointait la chienne avec son nez. « Kona et moi, on va les fouiller.

— Tu es sûr ? Je peux appeler un hélicoptère avec caméra infrarouge.

— Hors de question. Si quelqu'un se cache là-dedans, ça pourrait leur prendre des heures pour le trouver. Kona va me conduire directement à lui.

— Tu veux quelques agents en renfort ?

— Nan. On chasse toujours mieux seuls dans la forêt sauvage. » Les yeux de Max brillaient dans le faisceau de la lampe torche de Sayer.

Elle aurait aimé se joindre à lui, ou au moins lui envoyer quelques agents en renfort, mais elle savait qu'il avait raison. Elle avait vu comment Kona et son maître travaillaient ensemble. Être accompagnés de quelqu'un qui peinait à tenir leur rythme ne ferait que les ralentir et risquait en outre d'alerter le tueur de leur présence, s'il se trouvait dans les parages. « D'accord, Max, opina-t-elle à contrecœur. Mais promets-moi d'attendre et d'appeler des renforts si vous trouvez quoi que ce soit. »

Sans un mot, Max sortit une lampe frontale et lui répondit d'un salut. Il partit en courant vers Kona, qui, surexcitée, ne tenait pas en place.

« Cherche ! » dit-il de nouveau, donnant cette fois à Kona la permission de s'enfoncer plus avant dans les bois.

Elle fila comme une flèche dans la nuit et Max la suivit.

Sayer les regarda disparaître. Peut-être que les filles et le dernier garçon avaient finalement réussi à s'échapper et se cachaient à présent dans l'obscurité ? Elle s'accrocha à cette idée, car, s'ils n'étaient pas là, où étaient-ils ?

Lieu inconnu

Kate Brooks tremblait de manière incontrôlable. Dès qu'elle pensait avoir retrouvé la maîtrise de son corps, une nouvelle vague de frissons parcourait ses membres telle une décharge électrique et ses muscles se contractaient involontairement. Ses mains étaient attachées derrière son dos, et les liens commençaient à lui couper la circulation sanguine. Son corps était raide et engourdi contre le siège froid de l'autocar. Le monstre qui leur avait fait ça avait placé une chaîne à la sortie de secours et une barre en métal en travers de la portière avant. Elles étaient seules à présent, enfermées dans ce car au milieu des ténèbres.

Elle ferma les yeux et tenta de trouver un sens à tout ce qu'il s'était passé. Les coups de feu. Les garçons se débattant. Mourant. Le trajet sinueux jusqu'à cette grande entrée voûtée. Et les cris stridents de Rowena lorsqu'il l'avait traînée de force hors du car.

Le bruit de ses hurlements lui avait semblé résonner pendant des heures. Kate regarda par la fenêtre. Son souffle embua la vitre froide. Elle essuya la condensation et observa les lieux dans la lointaine lueur bleue de la lune qui illuminait les alentours. Un plafond cintré en ciment reposait sur une enfilade de dizaines de piliers carrés qui disparaissaient au loin dans l'obscurité. Bien que le car fût de toute évidence garé dans une sorte de bâtiment, il n'y avait aucun mur visible. Le sol irrégulier paraissait recouvert de sable.

Cette pièce infinie remplie de centaines de colonnes semblait tout droit sortie d'un tableau surréaliste, ou d'un cauchemar particulièrement vivace.

Kate fixa de nouveau son attention sur l'intérieur du car. Elle regarda les deux filles de l'autre côté de l'allée. L'une avait la mâchoire pendante, les yeux vides. Elle était affaissée en avant, la tête appuyée contre le siège devant elle. L'autre fille dardait des regards incontrôlables autour d'elle. Elle respirait par à-coups, son souffle évoquant le halètement d'une locomotive à vapeur. Elles avaient toutes les deux fait glisser leurs mains liées vers l'avant et s'agrippaient à présent l'une à l'autre de leurs poings serrés.

Suivant leur exemple, Kate fit passer ses mains sous son corps et devant ses pieds. La tension dans ses épaules se dissipa immédiatement et elle laissa échapper un long soupir de soulagement. Elle agita les doigts. Ils étaient faibles et engourdis mais elle les sentait toujours, bien qu'elle eût l'impression qu'ils appartenaient à quelqu'un d'autre.

Kate porta de nouveau son regard sur l'étrange salle.

Quand l'homme les avait laissées ici, il les avait prévenues qu'il tuerait quiconque s'avisait de parler. Terrifiées et convaincues qu'il mettrait sa menace à exécution, elles étaient restées cramponnées les unes aux autres en silence.

À présent, elles étaient dans ce lieu déroutant. La seule autre chose visible par la fenêtre était une pile de caisses en bois à moitié ouvertes entassées non loin du car. Kate discernait les mots « Walters Art » peints au pochoir sur le côté.

Walter. Était-ce le nom de leur ravisseur ?

Une nouvelle vague de frissons fit convulser ses muscles et Kate se sentit soudain dépassée par les événements.

Dans un silence qu'interrompaient seulement les murmures de panique étouffés flottant dans le bus, elle ferma les yeux et se força à rester immobile. À rester concentrée. À rester lucide.

RÉSERVE NATURELLE D'OCCOQUAN BAY

Woodbridge, Virginie

Max suivit Kona à travers les hauts arbres, sa lampe frontale dessinant un petit cercle de lumière devant lui. On n'entendait aucun insecte bourdonner, aucun animal faisant bruisser les feuilles, rien d'autre que le souffle régulier de Kona et les lourdes bottes de Max claquant sur le sol gelé.

Kona avançait d'un pas rapide et décidé, et ils finirent par sortir du bois, émergeant dans une clairière où Max fut saisi par l'éclat du ciel nocturne. Bien que l'aube pointât à l'horizon, la Voie lactée formait toujours au-dessus de leur tête un arc semblable à une rivière céleste. La lune grise et pâle flottait bas dans le ciel, embrassant presque les marécages plats qui s'étendaient devant lui.

Kona dessinait de grands arcs d'avant en arrière, le nez en l'air, suivant les contours du cône d'odeurs laissé par la personne qu'ils traquaient. De temps en temps, elle jetait un rapide coup d'œil derrière elle pour s'assurer que son maître tenait le rythme.

Max répondait silencieusement à ses regards par un geste de la main, ne souhaitant pas alerter quiconque de leur présence.

À mesure qu'ils progressaient vers l'est, les herbes rabougries se faisaient plus hautes et le sol plus dur. Max prit conscience qu'ils se dirigeaient vers le marécage. Par chance, sa surface était gelée, et il n'avait pas à patauger dans l'eau boueuse.

Les arcs que dessinait Kona étaient de plus en plus étroits et elle zigzagua encore deux ou trois fois avant de s'asseoir avec un aboiement grave. Ses grandes oreilles se tournèrent vers l'avant, en direction d'une masse sombre s'élevant au-dessus de l'herbe.

La respiration de Max ralentit et se stabilisa. La main posée sur son arme, il parcourut la zone du regard.

Un vieil abri en bois se dressait sur la clairière, dont la porte pourrissante était grande ouverte. Il devait être là depuis cinquante ans au bas mot, probablement construit par un des pêcheurs qui vivaient sur cette terre avant qu'elle soit transformée en réserve naturelle.

Max fit signe à Kona de le rejoindre. Concentrée sur sa mission, elle avançait baissée, proche du sol. Lorsqu'elle arriva à son côté, ils rampèrent lentement en direction du vieil abri.

Dans la faible lumière précédant l'aube, une grosse trace de sang était parfaitement visible sur le sol, et elle conduisait vers la structure en partie écroulée.

Max dégaina son arme et dit : « FBI. Sortez, les mains en l'air. » En réponse, un gémissement sourd en provenance de l'abri flotta jusqu'à eux.

Max se hâta vers la porte. Il s'arrêta un instant dos au mur et tendit l'oreille.

Un nouveau gémissement se fit entendre.

Il fit signe à Kona de rester en retrait et franchit la porte.

« FBI ! » cria-t-il, son pistolet braqué dans le faisceau de sa lampe frontale qui éclairait la petite pièce.

Elle était vide, à l'exception d'une pile de toile de jute moisie qui bougea légèrement à son approche. Respirant à peine, Max écarta d'un geste sec le tissu en loques.

Un adolescent gisait recroquevillé sur le côté, enroulé comme une momie dans la toile de jute. Sa tête dépassait du tissu, son visage aussi blanc et lisse que de la porcelaine. Un filet de sang s'écoulait de sa cuisse, créant une flaque humide à moitié gelée sous son corps.

« Hé. » Max rangea son pistolet et appela Kona. « Je suis un agent du FBI. Tout va bien. »

Le garçon ouvrit les yeux et, de ses lèvres bleuies, articula d'une voix rauque les mots : « Aidez-moi.

— Je suis du FBI. Tu es en sécurité. » Max appela Sayer pour lui communiquer leur localisation puis sortit son petit kit de premiers secours. Le garçon avait si froid qu'il ne tremblait même plus, ce qui n'augurait rien de bon. Mais le fait qu'il était toujours conscient et capable de parler signifiait qu'il y avait encore de l'espoir.

« Il va falloir que j'examine ta blessure », dit Max calmement en faisant rouler le garçon sur le dos. Il gémit de douleur mais parvint à hocher la tête. « Couchée, Kona. » Max fit signe à la chienne de s'allonger près du corps. Comprenant qu'ils venaient de passer du mode traque au mode aide aux victimes, elle pressa son corps chaud contre celui de l'adolescent.

« Ça va aller. » En écartant la toile de jute, Max trouva une ceinture serrée autour du haut de la cuisse du garçon. Il tâtonna délicatement jusqu'à ce qu'il ait localisé la plaie. Du sang tiède filtra lentement entre ses doigts. « Je vois que tu as essayé de faire un garrot. Bien joué. Je m'appelle Max, et voici Kona. Tu t'appelles comment ?

— Declan… murmura le garçon.

— Salut, Declan, ravi de faire ta connaissance. Tu souffres d'une blessure par balle en haut de la cuisse, expliqua-t-il afin que l'adolescent reste concentré sur sa voix pendant qu'il sortait un garrot de sa trousse de secours. Tu n'as pas réussi à serrer la ceinture assez fort, mais ce garrot va permettre d'endiguer le saignement jusqu'à l'arrivée de l'ambulance, qui est déjà en chemin. »

Ignorant le hoquet de douleur du garçon, Max plaça le garrot de nylon noir autour de sa jambe et tira sur la sangle.

« Ça risque de faire un peu mal », dit Max doucement en insérant une boule de gaze dans la plaie et en pressant fort avec sa main.

Declan plissa les paupières et gémit de nouveau.

« Tu as perdu beaucoup de sang, mais tu vas t'en sortir. Tu seras sur pied en un rien de temps. » Max parlait d'un ton calme et posé. Il savait d'expérience que les victimes de blessures aussi graves avaient besoin d'une voix à laquelle s'accrocher en attendant les secours.

Moins de dix minutes plus tard, l'ambulance arriva et les secouristes s'agglutinèrent autour du gamin. Il ne leur fallut que quelques minutes pour le transporter dans l'ambulance et s'éloigner dans un crissement de pneus, toutes sirènes hurlantes.

Tremblant légèrement de froid, Max contempla le sang frais sur ses mains. Il essaya de l'essuyer sur son pantalon mais ne parvint qu'à l'étaler un peu plus sur ses paumes. Il ressentit la vague de terreur familière qui le submergeait toujours dans ces moments-là. Ce n'était pas la vue du sang qui le gênait. Il en avait vu des litres. C'était l'expression dans le regard de Declan – la peur mêlée de supplication qui se lisait sur les traits des gens à l'article de la mort.

Réprimant un frisson, Max arbora son visage de jeu pour Kona. « Bravo, ma belle ! » dit-il de sa voix joyeuse et chantante. L'épaisse queue de la chienne s'agita de droite à gauche, mais elle était encore en alerte maximale, ses yeux s'attardant sur le marécage silencieux autour d'eux. Après une traque aussi intense, ils avaient tous les deux besoin d'un peu de temps pour recouvrer leur calme.

Max consulta la carte sur son téléphone et prit conscience qu'ils se trouvaient à un kilomètre à peine de Sayer, non loin d'un chemin de gravier. Ils pouvaient tranquillement la rejoindre et profiter de ces quelques minutes de marche pour laisser retomber l'adrénaline.

Il éteignit sa lampe frontale et partit avec Kona en direction de la station-service, sous la faible clarté des étoiles.

STATION-SERVICE ABANDONNÉE

Woodbridge, Virginie

Sayer regarda l'ambulance emportant le garçon blessé passer bruyamment devant la station-service. Max et Kona avaient appelé pour la tenir au courant et ajouté qu'ils la rejoignaient à pied. Elle savait qu'ils avaient sans doute tous les deux besoin de se dépenser un peu pour faire retomber l'adrénaline de la traque.

Un fourmillement parcourut sa nuque tandis qu'elle regagnait le bord de la route pour regarder l'équipe du légiste finir de préparer les corps pour le transport. Elle avait beau savoir que Kona l'aurait senti si tel avait été le cas, elle ne pouvait se départir de la sensation que quelqu'un les observait depuis l'obscurité. Sa respiration était saccadée et ses épaules pratiquement remontées jusqu'à ses oreilles. Elle essaya de les baisser, mais un frisson secoua son corps. Entre le froid et la présence des cadavres, l'atmosphère n'était pas vraiment propice à la relaxation.

Des lumières brillaient au loin sur la route, là où les médias faisaient leurs reportages. Malgré ses tentatives de les tenir éloignés de la scène, elle n'avait pas pu empêcher les hélicoptères de filmer la procession de housses mortuaires noires rejoignant une à une les camionnettes qui les attendaient.

Le silence se fit parmi les agents du FBI tandis que défilaient sous leurs yeux les civières emportant les garçons. Au loin, même les bavardages des journalistes finirent par se tarir face au spectacle.

Contemplant la faible lueur de l'aurore derrière les spots des médias, Sayer fronça les sourcils. La naissance d'une nouvelle journée aurait dû s'accompagner d'un espoir renouvelé, mais la pâle lumière illuminant les housses noires n'exprimait que le chagrin et la perte.

« "En haut tel qu'en bas", tu parles », murmura-t-elle en se préparant à regagner Quantico sous le soleil levant.

POSTE DE COMMANDEMENT DU FBI

Quantico, Virginie

Debout à l'avant de la salle, Sayer parcourut du regard les visages abasourdis. Même les agents les plus expérimentés avaient rarement été confrontés à un crime aussi horrible. Ezra était installé à la table de devant, entouré de trois ordinateurs portables. Max était assis à côté de lui, les traits tirés mais le regard vif. Kona dormait profondément à ses pieds, épuisée par l'excitation de leur courte traque.

« Bien, votre attention, s'il vous plaît, lança Sayer à son auditoire. Je sais qu'il est tôt, mais commençons la réunion. Cette affaire est passée en quelques heures d'un double meurtre à un meurtre et kidnapping de masse, je veux donc que nous revenions en arrière et reprenions tout depuis le début. » Elle se mit à arpenter la salle en résumant ce qu'ils avaient trouvé à la station-service désaffectée.

Lorsqu'elle eut terminé, Ezra afficha une photo des cadavres couverts de neige alignés sur le sol. Tous fixèrent le carnage dans un silence et une immobilité absolus.

« Donc. » Sayer cessa de marcher. « Où en sommes-nous de l'identification des victimes de la station-service ? Et qu'en est-il du garçon qui a survécu ?

— Nous sommes toujours en train d'associer les noms des adolescents aux corps que nous avons trouvés, expliqua Ezra. Mais il semble que ce soit bien ceux qui étaient dans le car avec Rowena Chang. »

La photo suivante montrait un adolescent blond souriant vêtu d'une tenue de football rouge et or.

« Un garçon, poursuivit Ezra, Declan Iverson, est parvenu à s'enfuir. Il a été retrouvé caché à environ un kilomètre et demi du lieu de l'enlèvement. Declan a dix-huit ans et il fréquente le lycée Wilkerson High à DC.

— On a des nouvelles de son état ? demanda Sayer.

— Apparemment, il est déjà au bloc opératoire, mais les médecins semblent optimistes. Il a perdu beaucoup de sang mais la balle a raté l'artère. Ils ont bon espoir qu'il s'en sorte.

— D'accord. Merci, Ezra. J'enverrai une équipe d'aide aux victimes pour rester avec la famille du garçon. Pour le soutenir, et peut-être recueillir son témoignage quand il sera sorti du bloc. » Sayer souleva un des dossiers posés sur la table devant elle et le laissa tomber sur la pile avec un claquement sourd. « J'ai eu le temps de parcourir rapidement les dossiers des adolescents et de leurs familles. C'est à fendre le cœur. Pour autant que je puisse en juger, tous ces gamins étaient irréprochables. Rien ne suggère que le tueur puisse en avoir personnellement après l'un d'entre eux. On a des infos sur les délinquants sexuels de la région ?

— Rien, dit Ezra. Et l'unité spéciale en charge de la traite d'êtres humains ne voit pas non plus d'activité de ce côté-là. Et d'après les gens de la sécurité nationale, rien n'indique qu'il s'agisse d'une attaque terroriste.

— Les techniciens de scène de crime ont trouvé quelque chose ? » demanda Sayer.

Ezra secoua la tête. « On a récupéré des empreintes sur la voiture qui correspondent à celle sur la joue de Rowena. Mais on n'a aucune correspondance dans les bases de données. Pas d'empreintes de pied utilisables. Aucune trace sur les corps. La seule trace dans la voiture vient d'un jean. Ils ont remorqué la Crown Victoria jusqu'au garage, donc ils vont continuer à chercher des empreintes, mais pour l'instant on a que dalle. » Il regarda Sayer, les yeux plissés. « L'équipe est toujours en train d'analyser la station-service mais, selon toute apparence, ce type est un fantôme.

— Merde, OK. Donc le kidnapping est survenu aux alentours de 17 heures. Maintenant que nous connaissons le lieu de l'enlèvement, est-ce que les caméras de surveillance ont donné quelque chose ?

— Toujours rien, non. Les analystes n'ont vu le car nulle part, dit Ezra. Le tueur a choisi une zone équipée de très peu de caméras. »

Sayer se rembrunit. « Encore un élément qui suggère que tout cela a été planifié par un individu très intelligent. Max ? Est-ce que Kona a réussi à pister le car ? »

Le regard de Max trahissait son agacement. « On a suivi l'odeur jusqu'à l'I-95, mais on l'a perdue dès qu'elle a gagné l'autoroute. La seule chose dont je suis sûr, c'est que le car a pris l'I-95 vers le nord.

— Pour rejoindre la ville ? hasarda Ezra.

— Ou New York. Ou le Canada…, ajouta Sayer, ne souhaitant pas qu'ils tirent de conclusions hâtives. Et les corps, ils ont donné quelque chose ? »

Ezra secoua la tête. « Les légistes commencent tout juste à les autopsier, mais pour l'instant ils n'ont rien découvert de remarquable. Il va leur falloir plusieurs jours pour autopsier toutes les victimes.

— D'accord, nous n'avons donc rien sur les kidnappings pour l'instant. Qu'en est-il du meurtre de Rowena ? Avons-nous trouvé l'origine des figurines de babouins ?

— Pas pour l'instant, répondit Ezra d'une voix tendue. Mais le profileur vient d'envoyer de nouveaux éléments. » Il regarda son écran. « Le tueur pourrait être un homme blanc, solitaire, entre trente et quarante ans. Peut-être un ancien militaire ou policier, compte tenu de sa capacité à contrôler un groupe de personnes important. Mais il pourrait aussi s'agir d'une secte ou d'un autre groupe similaire.

— OK, donc ça ne nous avance à rien, répondit Sayer, incapable de masquer la tension dans sa voix. Avons-nous trouvé des crimes similaires ? C'est un mode opératoire très inhabituel, un kidnapping de masse suivi d'un meurtre ritualisé. Impossible que ce soit sa première fois.

— Nous n'avons rien trouvé d'un tant soit peu similaire dans la base de données du ViCAP[3], répondit Ezra.

— Et les balles ? On a des correspondances ? »

Un analyste répondit. « La balistique n'a pour l'instant rien donné concernant le pistolet utilisé pour abattre les victimes du car, mais on a trouvé une correspondance avec la balle qui a tué le policier.

— Ça confirme que le kidnapping et le meurtre de Rowena sont directement liés. » Sayer recommença à faire les cent pas. « Nous n'avons donc aucun témoin oculaire. Aucune preuve. Et aucune piste. C'est bien ça ? »

Son auditoire demeura silencieux.

---

3. *Violent Criminal Apprehension Program*, programme d'appréhension des criminels violents du FBI (Ndlt).

« Fantastique », lâcha-t-elle avec lassitude avant de prendre conscience qu'une partie de son boulot en tant que responsable d'enquête consistait à veiller à ce que ses agents restent concentrés et motivés. Elle s'efforça de prendre un ton plus enjoué. « Bien. Nous allons donc devoir recourir à du bon vieux travail d'enquête à l'ancienne. Qui était au courant de ce voyage scolaire ? Le kidnappeur connaissait forcément l'itinéraire et le planning. Que quelqu'un se penche sur la question. Je veux que quelqu'un d'autre se concentre sur Rowena. Son meurtre est totalement différent du meurtre de masse à la station-service. Pourquoi a-t-elle été choisie ? Renseignez-vous sur sa vie, ses amis, son école, tout. Je veux savoir comment elle appelait son ours en peluche quand elle était gamine. Les autres, occupez-vous des adolescents. L'un d'entre eux peut-il être complice du tueur ? Est-il possible qu'un seul soit la cible principale et que nous ne le sachions pas encore ? Enfin, et surtout, nous devons comprendre le symbolisme du message écrit en lettres de sang et des babouins. J'oublie quelque chose ? »

Sayer parcourut du regard la salle remplie de visages moroses.

Elle déclara la réunion terminée et les agents sortirent en file indienne, la tête courbée, une profonde tristesse pesant sur eux telle une chape de plomb. Sayer s'assit à côté d'Ezra et Max à la table de conférence et ouvrit les dossiers sur les filles kidnappées. Elles avaient disparu depuis quatorze heures à présent et elle ne tenait toujours pas la moindre piste. Elle jeta un coup d'œil vers la porte, parfaitement consciente de ce qui lui restait à faire.

Ne pouvant pas retarder plus longtemps l'inévitable, Sayer reposa à contrecœur les dossiers et s'en alla retrouver les familles des adolescentes disparues, et celle de Rowena.

SALLE DE CONFÉRENCES POUR LES FAMILLES DES VICTIMES

Quantico, Virginie

Sayer se tint un moment devant la salle de conférences, observant à travers l'étroite fenêtre les parents des adolescentes disparues. Ils arboraient tous la même expression abasourdie – les yeux vitreux et gonflés à force de pleurer, les corps affaissés par la fatigue ou la peur. Certains dormaient, installés inconfortablement sur des chaises ou allongés par terre, leurs têtes posées sur leurs manteaux d'hiver. Une femme était assise seule, les mains croisées, clignant rapidement des paupières. Une autre femme tenait sa tête entre ses mains tandis que son mari attendait debout, impuissant. Un jeune homme essayait de sourire à son enfant en bas âge épuisé, mais ses yeux trahissaient sa peur. Certaines familles restaient groupées, bras dessus bras dessous, alors que d'autres se tenaient à l'écart, des piliers de tristesse seuls dans leur souffrance.

L'atmosphère qui régnait dans cette pièce remplie de gens aux prises avec un désespoir et un chagrin destructeurs rappela à Sayer celle qui se dégageait du *Guernica* de Picasso.

Dans un angle, un téléviseur branché sur une chaîne d'informations en continu diffusait les visages des adolescentes disparues tandis que les journalistes étalaient leurs vies au grand jour. Il n'y avait rien de tel qu'une histoire de meurtre et de kidnapping d'adolescents pour captiver la nation, et les reportages sensationnalistes tournaient en boucle depuis le début de l'affaire.

La femme en charge de la liaison avec les parents, l'agent Robbins, jetait des regards mauvais au téléviseur tout en se déplaçant parmi les familles, parlant à chacune, leur présentant des boissons chaudes et un visage plein de compassion. Robbins était de toute évidence douée pour offrir du réconfort à ceux qui en avaient besoin. Contrairement à Sayer, qui allait pourtant devoir entrer dans cette pièce et tenter de rassurer ces gens, bien qu'elle sût que rien de ce qu'elle pourrait dire ne parviendrait à rompre l'étau de terreur enserrant leurs cœurs. Après quoi, il faudrait qu'elle pénètre dans la salle réservée aux familles des garçons morts. Elle ne savait pas laquelle elle redoutait le plus.

Les parents levèrent les yeux avec un mélange d'appréhension et d'espoir lorsqu'elle franchit la porte.

« Je suis navrée, nous ne savons rien de plus. » Elle leva les mains d'un air contrit. « Je suis l'agent spécial principal Sayer Altair et je suis en charge de cette affaire. Je tenais juste à vous assurer que nous consacrons toutes les ressources du FBI et des forces de l'ordre locales à retrouver vos enfants.

— Comment pouvez-vous ne rien savoir de plus ? demanda la femme assise seule. Comment un autocar peut-il disparaître ? »

Un murmure d'approbation parcourut la salle.

« Je comprends que cela puisse être terrifiant, dit Sayer prudemment, consciente de la facilité avec laquelle la peur peut se muer en colère. Mais je vous promets que nous faisons tout ce qui est en notre pouvoir pour les retrouver.

— Pourquoi devons-nous rester ici ? Et si Kendra rentrait à la maison ? s'enquit l'homme avec l'enfant en bas âge.

— Comme vous le savez, nous avons des agents postés dans chacune de vos maisons. À ce stade, nous essayons simplement de tout centraliser. La priorité absolue pour l'heure est de réunir autant d'informations que possible aussi vite que possible, nous vous prions donc de rester ici jusqu'à ce que nous comprenions ce qu'il se passe.

— D'ailleurs, que se passe-t-il ? demanda la femme assise seule. Personne ne nous dit rien. Ma fille Becky est dans ce bus et j'exige des réponses. On a entendu dire que tous les garçons étaient morts, c'est vrai ? »

Sayer jeta un coup d'œil à Robbins, qui, d'un signe de tête, lui indiqua qu'elle pouvait dire la vérité.

« J'aimerais pouvoir vous en dire davantage, mais voilà ce que nous savons. À environ 17 heures, un individu, qui s'est probablement fait passer pour un officier de police, est monté à bord du car en route pour Atlanta. Il a abattu le chauffeur, un professeur, et onze lycéens de sexe masculin.

— Mon Dieu », souffla une femme.

Quelques parents gémirent.

« Un garçon s'est enfui. Nous avons une équipe qui attend qu'il sorte du bloc opératoire pour pouvoir lui parler, poursuivit Sayer. Une adolescente qui se trouvait vraisemblablement dans le car a été retrouvée morte.

— Rowena, c'est ça ? demanda la femme assise seule. J'ai discuté avec Steven Chang et il a dit qu'elle était morte. Assassinée.

— C'est exact.

— Et nos autres enfants ? Vous ne pouvez pas localiser leurs téléphones ? Becky a un portable et une tablette.

— Le ravisseur a rassemblé les appareils électroniques et les a laissés sur le site de leur enlèvement », répondit Sayer à contrecœur. Le fait qu'il ait pris la peine de se débarrasser de leurs téléphones suggérait que c'était un acte planifié, et les familles le comprendraient sans doute.

« Pourquoi fait-il ça ? demanda un autre parent. Que va-t-il leur faire ? Est-ce qu'elles sont encore vivantes, au moins ? » Sa voix se craquela.

« Honnêtement, nous n'en savons rien. Ce que je sais, c'est que nous utilisons toutes les ressources à notre disposition pour les ramener à la maison. Nous vous tiendrons au courant de tous les développements et l'agent Robbins va rester avec vous, au cas où vous auriez des questions ou besoin de quoi que ce soit. »

Robbins courba légèrement la tête.

Sayer était sur le point de prendre congé lorsque son téléphone vibra. Elle lut le message d'Ezra. *Trouvé l'origine des babouins ! Viens dès que possible.*

« Qu'est-ce que c'est ? Des nouvelles ? » demanda la femme solitaire d'une voix voilée par l'émotion. Tous les yeux étaient braqués sur Sayer, pleins d'espoir et de crainte.

« Non, désolée, juste une piste possible. Nous ne savons pas encore si nous pourrons en tirer quoi que ce soit. » Les familles s'affaissèrent de déception. « Je dois y retourner. Je vous promets que nous faisons tout ce que nous pouvons. » Sayer s'efforça de prendre un air assuré lorsqu'elle quitta la pièce en hâte, mais elle sentait dans son dos les regards suppliants des familles, qui formaient comme une spirale de souffrance se resserrant autour de sa gorge.

Lieu inconnu

À mesure que les heures passaient, et comme leur ravisseur ne revenait pas, la terreur noire qui régnait dans l'autocar laissa lentement place à un silence résigné.

Depuis un moment déjà, Kate avait besoin d'aller aux toilettes. N'y tenant plus, elle se leva. Dans la faible lumière, quelques-unes des filles la regardèrent marcher vers l'arrière du car.

Une fois dans les toilettes, incapable de faire ce qu'elle avait à faire avec les mains liées, elle faillit hurler de frustration. Elle se sentait comme un animal en cage. Elle essaya de tirer sur le serre-câble, mais le plastique ne fit que s'enfoncer un peu plus dans ses poignets.

Réfléchis, Kate.

Elle se força à arrêter de tirer sur le lien et examina de près le mécanisme de fermeture. Dans le minuscule boîtier en plastique, elle voyait le petit cliquet qui maintenait le collier en place. Tout ce qu'elle devait faire, c'était insérer quelque chose entre le cliquet et le collier.

Sa mère venait de raccommoder la doublure de son vieux manteau d'hiver avec une épingle à nourrice. Peut-être pouvait-elle s'en servir ?

Elle ouvrit tant bien que mal l'épingle et, à l'aide de ses dents, fit tourner le collier de manière à pouvoir enfoncer la pointe en métal dans le mécanisme de fermeture. Elle glissa facilement à l'intérieur, libérant la tension du lien.

Avec un petit cri, elle le desserra suffisamment pour le retirer.

Elle étira ses épaules raidies et secoua les bras avant d'enfouir sa tête entre ses mains. Durant un instant, Kate regretta de ne pas avoir d'amie ici. Toutes les autres filles étudiaient à la Science Magnet School et se connaissaient. Kate était la seule qui venait de Wilkerson High. Son unique ami était Declan, qui s'était fait tirer dessus sous ses yeux. À présent, il gisait sans vie au bord de la route.

Refusant de laisser son esprit s'attarder sur l'image des garçons s'écroulant l'un après l'autre, Kate se concentra sur le présent : que faire maintenant ?

Même si Walter – c'était le nom qu'elle avait commencé à lui donner dans sa tête – était dans les parages, impossible qu'il soit assez proche pour entendre ce qu'il se passait dans le car. Elles devraient pouvoir parler entre elles tant qu'elles le faisaient à voix basse. Il fallait qu'elles réfléchissent à un plan.

Déterminée, elle sortit des toilettes et marcha jusqu'à l'avant du bus.

« Il faut qu'on réfléchisse à ce qu'on va faire pendant qu'il n'est pas là, annonça Kate dans un murmure distinct.

— Chhh, souffla une fille aux courts cheveux noirs et aux yeux d'un bleu saisissant.

— Il a dit qu'il nous tuerait si on parlait », chuchota une autre fille à la peau marron et aux yeux brun foncé, dont les fines tresses se balançaient en lui effleurant les épaules.

« Je suis sûre qu'il nous tuera dans tous les cas », déclara une autre fille d'une voix sourde.

Kate jeta un nouveau coup d'œil à l'extérieur pour s'assurer que Walter n'était pas là. « Je suis d'accord…

— La ferme, tout le monde, murmura la fille aux yeux bleus. Vous allez nous faire tuer !

— Becky, tu l'as vu traîner Rowena hors de ce car. Tu crois qu'il l'a emmenée au parc pour manger une glace ? railla la fille aux tresses. Il va toutes nous tuer une à une.

— Écoutez. Il n'est pas là. Il faut qu'on en profite pour essayer de s'échapper, dit calmement Kate.

— Comment ? On est enfermées dans ce car. On a les mains attachées. On n'a plus de téléphone, dit une autre fille.

— J'ai réussi à défaire le serre-câble avec une épingle à nourrice. » Kate leva les mains. « Je vais passer défaire les vôtres. Ensuite, on réfléchira à un plan.

— T'es sourde ou quoi ? s'énerva la fille aux yeux bleus, qui parlait trop fort maintenant. Il a dit qu'il nous tuerait. Toutes. Il va se rendre compte qu'on s'est détachées.

— Chhh », firent quelques filles à son intention.

La fille aux tresses laissa échapper un rire dur. « Je crois qu'il a des projets pour nous. Il ne va pas nous tuer pour avoir parlé. Et s'il décide quand même de me tuer… Je préfère recevoir une balle dans le front qu'être traînée hors du car et emmenée je ne sais où comme Rowena. »

Elles avaient toutes vu l'homme entrer dans le car et la traîner à l'extérieur, sourd à ses hurlements.

« Hé, on ne sait pas ce qui lui est arrivé, murmura Kate d'un ton ferme. Mais tu n'as pas tort. Il a tué tous ces gens puis il a emmené Rowena. Je pense qu'on peut supposer qu'il a aussi prévu de nous tuer à un moment ou un autre. » Kate leva ses mains libres. « Je vais desserrer vos liens juste assez pour que vous puissiez sortir vos mains, vous pourrez les remettre dès qu'il revient.

— D'accord.

— Ouais, enlève-moi ce truc.

— Oui, s'il te plaît. »

Un chœur de voix renchérit.

Kate desserra les colliers l'un après l'autre jusqu'à ce que vienne le tour de Becky, qui se détourna, refusant même de la regarder.

Dès qu'elles eurent les mains libres, les autres filles commencèrent à discuter tout bas, comme si, en coupant leurs liens, Kate avait aussi délié leurs langues. Elles dardèrent des regards vigilants autour d'elles.

« Bon. » Kate remonta jusqu'à l'avant du car. Elle discernait tout juste les visages de ses camarades dans la pénombre, leurs yeux voilés par la peur et l'épuisement d'être restées dans un état de vigilance extrême pendant si longtemps.

Elle prit conscience que tout le monde comptait sur elle pour décider de la marche à suivre. « On est toutes super intelligentes. Il peut revenir d'une seconde à l'autre, alors réfléchissons à un plan. Est-ce qu'on peut trouver un moyen de sortir de ce foutu car ? » Elle désigna la fille aux tresses. « Euh…

— Nell Goodyear, annonça-t-elle. Comme les pneus.

— Nell, je suis Kate Brooks. Tu veux bien examiner la portière pendant que je vérifie la sortie de secours ? »

Nell hocha la tête et courut jusqu'à l'avant du car. Elle tira plusieurs fois sur la portière sans que celle-ci bouge d'un iota. « Nan, on n'arrivera à rien, lança-t-elle doucement. La barre est coincée contre le rétro. Il faudrait qu'on réussisse à casser le métal pour l'ouvrir. »

Kate donna des coups d'épaule dans la sortie de secours à côté des toilettes pour tenter de l'ouvrir, sans plus de succès. « Ouais, pareil ici. Bon, quelqu'un a une autre idée ?

— On ne peut pas essayer d'enfoncer les fenêtres ? suggéra une fille.

— On ne perd rien à essayer... Mais si on arrive à ouvrir une fenêtre, est-ce qu'on est toutes prêtes à courir ? demanda Kate.

— Est-ce que quelqu'un sait où on est, au moins ? interrogea Nell. Je sais qu'on est quelque part dans le nord-ouest de DC, parce qu'on est passés devant Howard University, et c'est là qu'enseigne ma mère. Mais je n'ai pas reconnu l'endroit où on a tourné après. Ça ressemblait à une sorte de grand parc, mais ensuite on est entrés dans ce... Qu'est-ce que c'est, d'ailleurs ? » Elle désigna l'immense salle.

Les filles secouèrent la tête, et plusieurs répondirent en même temps.

« Ça ressemble à un gigantesque entrepôt ou un truc du genre. La brique a l'air très vieille.

— Ouais, pour qu'on ne voie même pas les murs, cet endroit doit vraiment être immense.

— Pourquoi est-ce qu'il y a du sable par terre ? »

Nell leva les mains et regarda Kate. « Bon, on dirait que personne ne sait où nous sommes, mais je pense qu'on est toutes prêtes à courir. Si on trouve un moyen de sortir, on reste ensemble. »

Toutes acquiescèrent en chœur.

« Bien, alors essayons d'enfoncer une fenêtre. Est-ce qu'il y a une footballeuse parmi nous ? » demanda-t-elle avec malice pour tenter de leur remonter le moral.

Une fille musclée leva la main. « Lacrosse.

— Super. Alors vas-y. »

La fille s'allongea sur un siège, leva les jambes et donna un grand coup dans la fenêtre en poussant un grognement.

« Aïe », lâcha-t-elle lorsque ses jambes rebondirent contre la vitre. La fenêtre ne bougea pas d'un poil. Elle essaya une deuxième fois, sans plus de résultat.

Après deux tentatives supplémentaires, elle se rassit en frottant ses quadriceps. « Je crois pas qu'on réussira à les faire bouger.

— Merde », dit Nell.

Kate se contenta de hocher la tête, son esprit cherchant déjà un nouveau plan. « Bon, si on ne peut pas sortir du car, on doit trouver un moyen de communiquer avec l'extérieur. Je suppose que personne n'a réussi à cacher son portable ?

— J'ai plusieurs trucs dont on pourrait se servir, dont un ordinateur portable, mais tout est dans mon sac dans la soute, dit une fille.

— Moi aussi », opina Nell.

Kate hocha la tête. « Ouais, pareil, dit-elle en songeant à tout son équipement. Donc je suppose que notre meilleure chance est de trouver un moyen d'accéder à la soute sous le car.

— J'ai vu ce vieux film sur un bus qui roule à toute vitesse sans pouvoir s'arrêter. Il ne devrait pas y avoir un panneau d'accès quelque part ? » Nell se leva et commença à chercher.

« Bonne idée, dit Kate. Regardez toutes autour de vous s'il n'y a pas un accès à la soute. »

Dans la lumière naissante du matin, toutes les filles sauf une s'accroupirent pour examiner le plancher.

POSTE DE COMMANDEMENT DU FBI

Quantico, Virginie

Sayer s'arrêta devant la salle de conférences pour reprendre ses esprits. Son corps entier était lourd du chagrin des familles, qu'elle avait comme absorbé. Après plusieurs longues inspirations, elle poussa la porte.

À l'intérieur, Ezra était assis à la table centrale, observant les figurines de babouins qui avaient encerclé le cadavre de Rowena. Il les avait alignées toutes les neuf sur la table et Sayer put les examiner de près pour la première fois. Bien que tous les babouins fussent représentés dans la même position, accroupis avec les mains sur les genoux, chaque sculpture était légèrement différente. Certaines étaient taillées dans une pierre bleu clair, d'autres une pierre grise. L'une semblait faite de bois.

« Égypte ancienne. » Le piercing à la langue d'Ezra claqua contre ses dents lorsqu'il lui adressa un grand sourire de guingois.

« Égypte… » Sayer se pencha pour examiner les détails sur les babouins. « Comment l'as-tu découvert ?

— Ben, je me suis dit que ces statuettes paraissaient très vieilles, donc je les ai montrées à quelqu'un du département en charge du trafic d'œuvres d'art. » Ezra tourna son ordinateur afin qu'elle puisse voir l'écran. Une série de photos représentaient les figurines en gros plan. « Et bingo, elles étaient sur la liste des antiquités volées.

— Bien joué ! » Sayer serra son épaule. « Qu'est-ce qu'on sait des figurines ?

— Ces petits bonshommes ont tous été volés au Walters Art Museum à Baltimore la semaine dernière. Quelqu'un est entré par effraction et a dérobé cinq caisses d'artéfacts datant de l'Égypte ancienne, dont nos petits babouins.

— C'est forcément notre homme. Ils ont des pistes ?

— Non. Mais un garde a été tué pendant le cambriolage, donc la ville prend l'affaire très au sérieux. Ils sont en train de m'envoyer les rapports de police. Mais, d'après l'inspecteur avec qui j'ai parlé, le voleur s'est introduit dans le musée autour de 22 h 30 il y a six jours. Les seules personnes présentes dans le bâtiment étaient un vigile et un chercheur. Il a forcé le chercheur, le Dr Alphonse Valentine, à l'aider à rassembler une liste d'objets, puis il a tué le vigile.

— Le voleur avait une liste ?

— Ouais, et écoute ça : il a pris le temps d'emballer soigneusement les artéfacts dans des caisses avant d'attacher le chercheur, puis il les a transportés tranquillement hors du musée.

— Il n'a pas tué le chercheur ? Ça voudrait dire que c'est la première personne à qui le tueur a volontairement laissé la vie sauve.

— Je t'ai déjà envoyé l'adresse et j'ai appelé le chercheur. Lui et le conservateur en chef te retrouvent au musée dans une heure et demie. »

Sayer fila si vite vers la sortie qu'elle entendit à peine la fin de la phrase d'Ezra.

Lieu inconnu

Kate et Nell se tenaient à l'avant du car, dépitées. Elles avaient déniché une trousse de premiers secours, une caisse à outils ne renfermant rien d'autre qu'une clé anglaise et une vieille lampe torche, et un accès au moteur par le tableau de bord, mais aucun moyen de sortir ni de rejoindre la soute sous le plancher.

Tout en s'affairant, les filles n'avaient cessé de jeter des coups d'œil à l'extérieur, balayant du regard le sol de sable, terrifiées à l'idée que leur ravisseur ne revienne.

« Bon. » Kate se plaça face à ses camarades. « Nous avons un kit de premiers secours qui contient… » Elle se tourna vers Nell, qui fouillait la petite boîte en plastique.

« Un rouleau de gaze, des ciseaux émoussés, une boîte de pansements et quelques lingettes alcoolisées.

— Et la boîte à outils contient juste une clé rouillée et une lampe torche, ajouta Kate. C'est un fiasco. Que fait-on maintenant ? »

La joueuse de lacrosse leva la main.

« Tu as une idée ? demanda Kate.

— Pourquoi vous l'écoutez ? s'énerva Becky. Qui a décidé que c'était la cheffe ? »

Kate observa la fille aux yeux bleus. Elle s'apprêtait à répondre lorsque Nell le fit à sa place.

« T'as raison, Becky. » Nell leva les mains d'un air conciliant. « On devrait élire une cheffe le temps qu'on trouve un moyen de sortir d'ici. Je vote pour Kate. Qui est pour ? »

Nell leva la main. Toutes les autres filles l'imitèrent, sauf Becky.

« Et voilà. Maintenant, Kate est officiellement notre cheffe », annonça Nell d'une voix légèrement teintée de menace.

Becky croisa les bras et se tourna vers la fenêtre.

« OK, alors… dit Kate lentement, ne sachant pas trop comment aborder les choses. Hmm… selon moi, nous avons trois options si nous voulons survivre. La première : nous échapper. Jusqu'ici, ça semble impossible. Quelqu'un a une autre idée pour ficher le camp d'ici ? »

Pas de réponse.

« OK, deuxième option : trouver un moyen de communiquer avec l'extérieur. Notre équipement est inaccessible, alors que pouvons-nous utiliser ?

— La radio ? Est-ce qu'on pourrait s'en servir pour envoyer un signal ? demanda une fille en désignant un vieux transistor.

— Je peux hacker n'importe quoi, mais ça, c'est au-delà de mes compétences, dit Nell. Kate ? »

Kate regarda la vieille radio sur le tableau de bord, son cerveau tournant à plein régime. « J'ai jamais travaillé avec une radio, mais je m'y connais assez en transistors pour savoir qu'il devrait être possible de transformer le récepteur en émetteur. »

Un murmure d'excitation parcourut le car.

« Il n'aura pas une grande portée, mais pour l'augmenter on pourrait dénuder un câble et en faire une antenne, suggéra Kate.

— À qui sommes-nous censées parler ? demanda une fille.

— Aucune idée. » Kate prit conscience qu'elle ne comprenait même pas tout à fait comment fonctionnerait un tel émetteur. « Je crois qu'on peut parcourir les canaux et on n'aura qu'à espérer que quelqu'un quelque part soit en train d'écouter. »

Les adolescentes restèrent un moment silencieuses, jusqu'à ce qu'une fille demande, d'une voix hésitante : « Tu as dit que nous avions trois options pour survivre. C'est quoi, la troisième ?

— Nous battre, répondit Kate sans prendre de gants, les narines dilatées par l'émotion. Mais je pense qu'on devrait d'abord essayer de s'enfuir. Si on se bat, on risque de se faire tuer. »

Nell hocha lentement la tête. « Je suis d'accord, on devrait essayer ton idée avec la radio. Qui est pour ? » Elle leva la main. Encore une fois, tout le monde l'imita sauf Becky.

« OK, alors c'est parti. Kate, de quoi as-tu besoin ? » demanda Nell d'un air grave.

WALTERS ART MUSEUM

Baltimore, Maryland

Un carambolage impliquant six véhicules avait provoqué des embouteillages monstres sur l'autoroute 95, si bien que, même en slalomant entre les voitures, il fallut à Sayer plus de deux heures pour arriver au musée.

Après un long trajet stressant, elle gara enfin sa moto devant le Walters Art Museum, dans le quartier de Mount Vernon. La collection principale était hébergée dans un imposant édifice brutaliste qui occupait presque tout le pâté de maisons, mais on dirigea Sayer vers un bâtiment blanc joliment orné qui était niché dans l'ombre du musée principal. Elle pénétra dans ce qui ressemblait à un palais italien du XVIIe siècle et adressa un signe de tête à l'homme qui accourait à sa rencontre.

« Vous devez être l'agent Altair. Chad Hastings, conservateur en chef du musée. » Il portait des vêtements sobres et repassés de frais, et une subtile odeur de parfum s'exhala lorsqu'il tendit sa paume vers celle de Sayer.

« Enchantée. » Elle serra fermement sa main. « Désolée pour le retard. Le gel cause tout un tas de problèmes par ici.

— Bien sûr, aucun souci. » Le conservateur la guida à travers le hall de marbre jusqu'à une porte latérale. « Venez, discutons dans mon bureau. J'ai demandé à Alphonse de nous rejoindre. Je suppose que vous souhaitez également lui parler.

— C'est le chercheur qui était sur place au moment du cambriolage ?

— Exact. » Il lui fit signe de s'asseoir dans le confortable fauteuil en cuir en face de son bureau. La pièce était encombrée de centaines d'objets tels que de vieux globes terrestres et même un éléphant en argent. « Alphonse est encore un peu… secoué », annonça Chad à mi-voix, comme en aparté.

La porte s'ouvrit et un homme dégingandé à la peau sombre, vêtu d'une chemise en denim tachée de peinture et d'un jean trop ample, entra à grands pas dans la pièce. Il pouffa bruyamment. « Je ne suis pas secoué, Chad. Je suis énervé, dit-il avec un fort accent de Baltimore. Je m'appelle Alphonse Valentine, mais vous pouvez m'appeler Al. » Il décocha un clin d'œil à Sayer et s'assit lourdement dans l'autre fauteuil. Malgré ses cheveux poivre et sel et son visage creusé de rides profondes, Al portait gaillardement ses cinquante ans passés.

« Excusez-le, Alphonse peut être… un peu… brusque, bafouilla Chad.

— Vous voulez dire que le Dr Valentine peut être un peu brusque. » Al secoua la tête d'un air de désapprobation exagéré, puis regarda Sayer. « Alors, que voulez-vous savoir de l'enflure qui a tué Joey ?

— Joey, c'était le vigile ?

— Joey Lavonne. Un gars adorable. Écoutez, ma jolie, je sais pas pourquoi ce type est devenu agent de sécurité. Il était trop sensible, vous voyez ce que je veux dire ? Un bon gars, mais trop gentil, et c'est ce qui l'a perdu. »

Sayer prit conscience que l'homme bourru luttait contre les larmes.

« J'aimerais commencer par le début. Qu'étiez-vous en train de faire au moment de l'effraction ?

— Je travaille sur un nouveau projet, je catalogue et analyse des artéfacts funéraires. » Tout en parlant, Al faisait distraitement courir ses doigts sur le tatouage délavé qui ornait son avant-bras. « Ce salaud a dû passer par une des portes latérales. Elles sont verrouillées, mais j'arrête pas de dire à Chad et au conseil du musée que leur système de sécurité est merdique. Ils ont des millions de dollars de vieux machins à protéger, des centaines de mètres carrés à couvrir, et seulement deux gardiens de nuit ? »

Le conservateur en chef pressa ses lèvres d'un air désapprobateur, sans que Sayer sût dire si sa réaction était due aux critiques de son collègue ou à son langage assez fleuri.

« Deux gardiens ? Où était le deuxième ? demanda Sayer.

— C'est là que ça devient vraiment ridicule, ma jolie. Il était dans l'autre bâtiment. Il ne savait même pas qu'il y avait un problème ici, jusqu'à ce que je réussisse à mettre la main sur un téléphone pour appeler les secours. Le gars était en train de se tourner les pouces là-bas.

— Et vous, où étiez-vous ? Avez-vous un bureau ? »

Al ricana. « J'ai un poste de travail au labo. C'est-à-dire une table et un tiroir.

— Donc vous étiez à votre poste de travail ? le relança Sayer.

— Ouais. Je n'ai rien entendu jusqu'à ce que Joey débarque, complètement paniqué, avec le type derrière lui qui lui braquait son arme sur le crâne.

— À quoi ressemblait-il ?

— À monsieur tout le monde. Blanc. Cheveux châtains en bataille. Il devait approcher la quarantaine. Sacrément baraqué, mais assez mal en point.

— Comment ça ?

— Il était costaud, mais pas dans le genre dingue de la gonflette. Plutôt sec, vous voyez ce que je veux dire ? Gros bras, larges épaules. Costaud, quoi. Mais il avait l'air au bout du rouleau. Déguenillé, les cheveux gras, les yeux vitreux. Il sentait la merde. Je veux dire, littéralement.

— Il était seul ? demanda Sayer.

— Oui, sans aucun doute. Pas le genre de type à bosser avec un complice.

— D'accord. Donc il est arrivé en tenant Joey en joue.

— Il m'a fait attacher les mains de Joey dans son dos… » Al détourna le regard un instant et se racla la gorge. « Cette enflure m'a dit qu'il tuerait Joey si je l'attachais pas. Donc je lui attache les mains, mais je serre pas du tout, vous voyez ? Je me suis dit qu'il pourrait s'en défaire si besoin. Tu parles d'une idée de merde. » Il fronça le nez pour s'empêcher de craquer. « Puis ce connard a sorti sa liste d'objets. Comme une putain de liste de courses.

— Vous avez vu la liste ?

— Ouais. Elle était écrite à la main. Elle avait rien de spécial en dehors du fait que, bah, c'était une liste de toutes les merdes qu'il voulait voler. Il est parti avec.

— Et ensuite ?

— Ensuite, ce connard s'est placé devant Joey et m'a dit de lui apporter des caisses de stockage et tous les objets sur la liste. C'était un vrai moulin à paroles, il l'a pas fermée une seconde pendant que je courais dans tous les sens pour tout rassembler.

— Qu'est-ce qu'il disait ?

— Des conneries sans queue ni tête, ma jolie. Des histoires de voix qu'il entendait, la totale. Mais ce type en connaissait un rayon sur l'Égypte antique. Je suis né et j'ai grandi à Baltimore, mais la famille de ma mère est égyptienne. J'ai étudié au Caire, et ce type racontait des trucs que peu de gens savent. Mais on aurait dit qu'il parlait à quelqu'un qui n'était pas là.

— Vous pensez qu'il entendait des voix ? » L'estomac de Sayer se contracta. Les tueurs en série psychopathes étaient des individus dangereux, car rationnels et calculateurs. Les tueurs psychotiques, en revanche, c'était une autre histoire. Si cet homme souffrait d'une sorte de délire psychotique, il risquait d'avoir un comportement erratique qui rendrait sa capture bien plus difficile.

« C'est sûr, répondit Al. Comme je disais, c'était une vraie pipelette, mais il ne s'adressait pas à moi. Je crois bien qu'il parlait aux dieux. Vous savez, Rê, le dieu soleil, ce genre de trucs.

— Et il parlait de l'Égypte antique ?

— Exactement. Il disait qu'il était vide, que son cœur était en train d'être pesé, et c'est comme ça que les morts étaient jugés par les dieux. Il a interpellé Rê plusieurs fois. C'était assez confus.

— Est-ce qu'il vous a paru totalement déconnecté de la réalité ? demanda Sayer.

— Pas vraiment, c'est ça le truc. Même s'il tenait cette conversation avec quelqu'un qui n'était pas là, il avait l'air presque désolé de faire ça. Et parfaitement concentré et déterminé. Donc peut-être qu'il était juste un peu détraqué, vous voyez ? »

Sayer hocha lentement la tête. « D'accord, donc il parle tout seul pendant que vous rassemblez les objets sur sa liste…

— Ouaip. Il m'a fallu plus d'une heure pour tout trouver dans nos entrepôts de stockage. Ensuite, devinez quoi ? Il me force à tout emballer et ranger dans les caisses. Comme s'il comptait les envoyer à sa mère ou je sais pas quoi.

— Tout cela s'est passé à votre poste de travail ?

— Ouais. Et j'avais presque fini lorsque cet idiot de Joey… » Al prit une profonde inspiration. « Comme j'ai dit, ma jolie, je n'avais pas trop serré ses liens pour qu'il puisse les défaire. Et cette andouille s'est mis en tête d'essayer de neutraliser le gars. Je veux dire, j'aime l'art antique plus que tout, mais de là à risquer sa vie pour ça ? Cet idiot aurait dû le laisser voler les artéfacts. Mais non, il a fallu qu'il joue les héros et se fasse tirer dessus.

— Que s'est-il passé exactement ?

— Le gars était plutôt malin, il ne quittait pas Joey des yeux. Mais à la fin, j'avais presque terminé et il était pressé de ficher le camp, donc il a tourné le dos à Joey. Cette andouille a essayé de l'attaquer par-derrière. Il a dû penser qu'il pourrait l'avoir par surprise, le maîtriser, je sais pas. Mais je vais vous dire un truc : ce type était une sorte de serpent. Vous voyez cette façon qu'ils ont de surprendre leur victime en surgissant de nulle part et en se dressant soudain devant elle ? C'est exactement ce qu'a fait ce type. Il a dû entendre Joey approcher et il a attaqué comme un cobra. Je l'ai même pas vu se retourner, mais il lui a collé une beigne qui l'a envoyé cul par-dessus tête, et puis… » Al marqua une pause. « Et puis il lui a tiré une balle dans le ventre. Sans ciller. » Ses joues s'empourprèrent sous l'effet de la colère. « Et je suis resté planté là, la mâchoire béante comme un poisson. Je n'ai pas bougé. Le gars a marché vers moi, pointé son flingue sur ma tête, et m'a ordonné de m'attacher les mains. J'ai obéi, puis il a serré bien fort, et s'est servi d'un deuxième serre-câble pour m'attacher à un des bureaux.

— Alphonse a tiré l'énorme bureau en bois jusqu'au téléphone et appelé les secours, ajouta Chad.

— Joey se vidait de son sang, dit Al doucement. Le pauvre bougre, sa mort n'a pas été rapide. Il était là, en train de crever, et je ne pouvais même pas le réconforter.

— Je suis certaine qu'il savait que vous étiez là, avec lui. Après vous avoir attaché, qu'est-ce qu'il a fait ? demanda Sayer pour l'empêcher de s'égarer davantage.

— Il a chargé les caisses sur un chariot et s'en est allé tranquillement, comme si de rien n'était. Comme l'a dit Chad, j'ai tiré le bureau jusqu'au téléphone et appelé les secours. Ça a dû me prendre, je sais pas, une quinzaine de minutes. Ce putain de bureau pesait un âne mort. »

Sayer posa les yeux sur le dossier qu'Ezra lui avait transféré. « L'appel au 911 a été enregistré à 22 h 44. Donc il a dû partir aux alentours de 22 h 30 ?

— Oui, ça doit être ça. » Al fronça les sourcils, prenant un air revêche. « Voilà toute l'histoire. Joey est mort avant l'arrivée des secours. Le connard qui l'a tué a disparu avec tout un tas d'artéfacts. »

Sayer parcourut du regard la liste des objets volés : neuf babouins, quelques statues cubes, trois figurines de faucons, un scarabée et une baguette rituelle en obsidienne.

« Vous savez pourquoi il a choisi ces objets précis ?

— J'ai longuement réfléchi à cette question et je n'ai pas de réponse. Enfin, ce sont tous des objets funéraires datant de l'Égypte ancienne. Mais certains sont du mobilier funéraire, le genre de choses que l'on placerait dans un tombeau royal. D'autres étaient utilisés pour préparer les corps pour l'enterrement.

— Alphonse est, malgré ses excentri…. heu… ses… » Chad désigna l'homme renfrogné. « Alphonse est l'un des plus grands spécialistes au monde de la culture matérielle égyptienne. S'il ne parvient pas à déchiffrer tout ça, personne ne pourra. »

Al regarda Chad avec surprise. « Je crois que c'est le truc le plus sympa que t'aies jamais dit sur moi. »

Chad haussa les épaules, l'air presque penaud.

« Al, accepteriez-vous de nous aider sur cette affaire ? En tant que consultant ? » demanda Sayer.

L'homme éclata de rire en se tapant sur les cuisses. « Bon sang. Consultant pour le FBI. Maman va pas y croire. » Il ricana encore un peu, jusqu'à ce que toute trace d'amusement disparaisse brusquement de son visage. « Bien sûr que j'accepte de vous aider. Je ferai n'importe quoi pour épingler l'enflure qui a tué Joey. Même si je dois admettre que je suis surpris que le FBI s'intéresse à cette affaire.

— En fait, le meurtre de Joey est lié à une autre enquête en cours. Nous avons localisé certains de vos objets volés dans le cadre d'une affaire de meurtre et de kidnapping. Il y a deux manières dont vous pouvez m'aider. Premièrement, j'ai une dessinatrice en chemin. Accepteriez-vous de l'aider à réaliser un portrait-robot de l'homme que vous avez vu ?

— Bien sûr. Quoi d'autre, ma jolie ?

— J'aimerais aussi que vous jetiez un œil à ce que nous avons trouvé sur la scène de crime. Plusieurs objets volés ici ont été disposés autour d'un corps, et j'aimerais que vous nous aidiez à comprendre leur symbolisme. »

Al regarda Sayer en plissant les yeux. « Attendez une minute, vous parlez de ces filles kidnappées dans un car ? J'ai vu aux infos qu'une des ados a été retrouvée morte.

— C'est exact, mais je vous demanderai de garder pour vous le lien avec les objets volés le temps de l'enquête. Nous devons absolument contrôler les informations que nous transmettons aux médias. » Sayer leur adressa à tous les deux un regard sévère.

« Bien sûr, répondit Chad en hochant solennellement la tête.

— Vous pensez que le type qui a tué Joey a aussi kidnappé ces filles et tué tous ces garçons ? » L'expression d'Al s'assombrit.

« C'est notre hypothèse, oui. Souhaitez-vous jeter un œil à ce que nous avons ? »

Al opina du chef, une lueur sauvage dans les yeux. « Et comment !

— Super », répondit Sayer, tout en se demandant si Al n'était pas un peu trop personnellement impliqué dans l'affaire. Elle aurait pu appeler le directeur du département d'anthropologie au Smithsonian. Sayer jaugea Al, qui lui retourna son regard, calme et posé.

Finalement, elle sortit son dossier de photos et les leur tendit. « Je vous rappelle que vous ne pouvez pas partager avec qui que ce soit ce que je vais vous montrer. Cela inclut vos partenaires, amis, et familles. »

Chad et Al hochèrent tous deux la tête.

Al ouvrit les photos du corps de Rowena et laissa échapper un discret grognement de dégoût. « C'est une des filles ?

— Oui. » Sayer préféra ne pas développer. « Comme vous pouvez le voir, elle a été découverte avec neuf figurines de babouins volées ici, et elle avait en outre une hache moderne dans la main. Est-ce que ça vous parle ? »

Al effleura du doigt le cliché de l'adolescente encerclée de babouins. « Les babouins étaient considérés comme sacrés dans l'Égypte ancienne… »

Voyant qu'il ne développait pas, Sayer sortit son téléphone et ouvrit l'enregistrement du meurtre de l'officier Graham. « J'aimerais aussi que vous écoutiez ceci. C'est une sorte de chant que nous avons entendu le tueur psalmodier. » Elle avança l'enregistrement jusque après le hurlement d'agonie de Graham pour lui faire écouter l'étrange mélodie qui lui succédait.

Al pencha la tête sur le côté, écoutant attentivement le chant monotone.

« L'enregistrement est trop confus pour que nos analystes en tirent quelque chose, mais je me suis dit que vous le reconnaîtriez peut-être. »

Al fronça les sourcils. « Eh bien, je peux vous dire que c'est du copte.

— La langue de l'Égypte antique ? Beaucoup de gens la parlent encore ? demanda Sayer.

— À vrai dire, c'est toujours la principale langue liturgique de l'Église copte orthodoxe, donc elle n'est pas si rare. Mais oui, le copte est considéré comme le dernier stade du langage de l'Égypte antique. Vous voulez bien repasser l'enregistrement ? »

Al ferma les yeux tandis qu'ils écoutaient le chant une seconde fois, puis demanda un papier et un crayon. Chad s'empressa de lui donner les deux. « Encore une fois », dit-il.

Tout en écoutant, il griffonna quelque chose sur la feuille. « Super intéressant. Je dois combler quelques blancs, donc ce ne sera peut-être pas juste à 100 %, mais voilà ce que je pense qu'il a dit. » Al lut ce qu'il avait écrit sur son papier. « Je fais face aux Ténèbres Unifiées. Je sais ce qui est fait, la transfiguration pour Rê, les âmes-Ba secrètes. Je connais leurs noms secrets. Je connais les portails et les chemins qu'emprunte le grand dieu. Je connais ceux qui prospèrent et ceux qui sont anéantis. Je ne serai pas anéanti.

— C'est quelque chose que vous reconnaissez ? demanda Sayer.

— Certaines parties. Rê fait référence au dieu soleil, qu'on appelle aussi Râ. Concernant les âmes-Ba, les anciens Égyptiens pensaient que l'âme humaine était divisée en plusieurs parties. Le Ba était la partie de l'âme capable de voyager dans le temps et l'espace. C'est celle qui voyage jusqu'à l'au-delà. Les noms secrets sont très répandus dans l'Égypte ancienne, l'idée étant que, si vous découvrez le nom secret de quelqu'un, vous pourrez le contrôler. Toutes ces expressions sont très courantes dans les sorts égyptiens.

— Des sorts ?

— Dans l'Égypte antique, les prêtres étaient vus comme des magiciens, des sortes de gardiens du savoir. Ils prononçaient des chants, par exemple pour assurer la sécurité des personnes récemment décédées lors de leur passage dans l'au-delà. Mais pour être honnête, il existe des milliers de sorts connus. Je ne reconnais pas précisément celui-là, mais il me parle, ça résonne dans mes tripes.

— Ça résonne dans vos tripes, répéta Sayer.

— Vous savez, ce sentiment de connaître quelque chose, sans pouvoir le remettre précisément. Mes tripes tintent comme des grelots. Il faut juste que je les laisse jouer leur agaçante petite musique et je trouverai.

— Parfait. Pour en revenir à la victime, elle a été déposée sur une carte céleste au pied de la statue d'Einstein », poursuivit Sayer.

Al hocha la tête en parcourant lentement le reste des photographies. « C'est avec le sang de la victime qu'il a écrit ces mots ? » Il leva le cliché du message sur le banc de granit.

« Nous pensons qu'il s'agit du sang du tueur.

— Ça paraît logique si le type se voit comme un prêtre ou quelque chose du genre. "En haut tel qu'en bas". » Al leva les yeux au plafond d'un air pensif.

« Vous savez ce que ça signifie ?

— Bien sûr. C'est une expression généralement attribuée à un philosophe hermétique… » Il agita la main avec dédain. « … mais ces textes étaient souvent basés sur des textes égyptiens bien plus anciens. Les premiers livres de philosophie hermétique étaient souvent écrits sous la forme de dialogues entre un professeur et son élève. La plupart des gens pensent que ce type de traité philosophique nous vient des Grecs anciens, mais certains papyrus démotiques de la fin de l'Égypte ancienne étaient écrits dans ce même format. »

À mesure qu'il parlait, le chercheur délaissait son épais accent de Baltimore et prenait un ton très professoral.

« C'est pour cette raison que de nombreux spécialistes pensent que certains concepts tels que ce "en haut tel qu'en bas" nous viennent de l'Égypte ancienne, poursuivit Al. C'était en tout cas un concept très répandu dans leur art et leur architecture. Vous savez, l'ombre et la lumière, les cycles mystérieux de l'univers, le pouvoir de la résurrection après la mort, et la manifestation terrestre du cosmos. Ce genre de choses.

— Que pensez-vous que cela puisse signifier dans ce contexte ? »

Al prit un long moment pour réfléchir. « Vous dites que la victime a été déposée sur une carte céleste ?

— Exact.

— Ma foi, l'expression fait précisément référence à la correspondance entre les cieux et la terre. J'en déduis donc que son placement a un aspect symbolique, qu'il vise à l'associer à quelque chose de plus vaste. Les anciens Égyptiens considéraient le cosmos comme un grand tout. Ils pensaient que tous les éléments qui le composent sont liés et que les mouvements des cieux peuvent avoir une influence directe sur nos vies quotidiennes. Si ce connard s'inspire de la cosmogonie égyptienne, il est certainement convaincu que ce qu'il est en train de faire peut modifier l'univers. Je vais essayer de comprendre ce qu'il en est précisément. »

Sayer opina. « Lorsque vous aurez terminé avec la dessinatrice, seriez-vous d'accord pour venir à Quantico ? Avec tous ces artéfacts volés et leur placement en évidence sur le lieu du crime, et maintenant l'utilisation du copte, je pense que nous aurons besoin d'un expert sur place. »

Elle s'apprêtait à ajouter quelque chose lorsqu'elle reçut un message d'Ezra.

Un témoin a vu le car à Lorton, Virginie, pas loin du lieu de l'enlèvement. Il se dirigeait vers une zone d'entrepôts qui est une impasse. Possible que le car soit pris au piège ! J'envoie une équipe d'intervention.

Le rythme cardiaque de Sayer s'emballa. Si le car était réellement piégé dans cet entrepôt, ils étaient peut-être à deux doigts d'attraper le tueur.

« Il est dans votre ligne de mire, déclara Al, reconnaissant l'étincelle du chasseur dans le regard de Sayer.

— Peut-être. » Sayer se leva, tapant frénétiquement sur son téléphone ce qu'elle venait d'apprendre d'Al pour qu'Ezra ait toutes les informations. « La dessinatrice devrait bientôt arriver. Quand vous aurez terminé, j'apprécierais vraiment que vous veniez à Quantico le plus vite possible.

— Je serai là, ma jolie. Maintenant, allez attraper ce salaud. Et apportez-le-moi, que je lui foute un bon coup de poing dans les bijoux de famille », dit Al avec hargne.

Sayer tapota le pistolet à sa hanche puis se hâta vers sa moto. Tout comme Al, elle était prête pour un face-à-face musclé avec cet homme.

Lieu inconnu

Pendant que Kate tâchait de fabriquer un émetteur, deux autres filles déchiraient des bandes de gaze pour les suspendre dans le bloc-moteur afin de récolter de l'humidité. Elles commençaient toutes à avoir soif et elles savaient qu'entre le sable et le temps froid l'air produirait assez d'humidité pour imbiber le tissu, qu'elles pourraient ensuite essorer au-dessus de leurs bouches.

Très investie dans son rôle de guetteuse, Nell était assise droite comme un piquet à l'avant du car, scrutant les ténèbres au-delà de l'étendue de sable.

Les autres filles étaient regroupées en cercle autour de Kate, qui s'affairait dans la faible lumière de la lampe torche. Ses doigts lui faisaient mal à force de tordre les fils de la vieille radio. Elle travaillait le plus vite possible pour avoir fini avant le retour de Walter, et ses mains tremblaient de fatigue.

« OK. » Kate roula des épaules pour tenter de défaire le nœud qui se formait dans sa nuque. Son corps tendu craquait au moindre mouvement. Elle essayait de ne pas imaginer ce qui était arrivé à Rowena après qu'il l'avait emmenée, mais des images horribles surgissaient sans cesse dans son esprit. Elle se força à se concentrer sur l'émetteur.

« Quand j'aurai fini, on connectera les piles de la lampe torche au circuit imprimé. » Elle désigna les fils dépassant sur la gauche. « On devrait avoir assez d'énergie pour commencer à émettre. J'ai l'oscillateur du vieux récepteur ici. » Elle fronça les sourcils en contemplant le ridicule circuit fait de bric et de broc.

Il lui aurait fallu un fer à souder, mais elle avait dû se contenter de relier les différentes parties de son émetteur de fortune avec des pansements et une bonne dose d'espoir.

« On n'a pas besoin d'un micro ? » demanda une fille.

Kate montra du doigt le vieux micro à l'avant du car. « Si, est-ce que quelqu'un peut démonter celui-là ? Je pense pouvoir l'accrocher ici. » Elle désigna le circuit. « Pour être honnête, ce dont on a vraiment besoin, c'est le préamplificateur de ce circuit, donc je sais pas trop comment ça va fonctionner.

— Tu vas y arriver », répondit Nell d'un ton assuré.

Plusieurs filles hochèrent la tête.

« Merci », dit Kate. Elle aurait aimé se sentir aussi confiante, mais elle savait pertinemment que, même si le signal de son petit émetteur n'aurait aucun mal à franchir les vitres, le bois et les briques, il ne passerait pas à travers le métal. Ce qui signifiait qu'il n'y avait guère de chances pour qu'il sorte de cet autocar de merde dans lequel elles étaient piégées.

Après avoir tordu le dernier fil de l'émetteur, elle prit le vieux micro que l'autre fille lui tendait pour examiner l'intérieur.

À première vue, il serait facile à connecter. Son plan allait peut-être fonctionner, en fin de compte.

« Pendant que je travaille sur le micro, est-ce que quelqu'un pourrait dénuder une longueur de fil pour en faire une antenne ? Quelques dizaines de centimètres, ça devrait suffire. » Kate s'efforça de paraître aussi confiante que Nell. « Une fois que tout sera branché, on pourra installer les piles et essayer cette beauté.

— Comment est-ce qu'on saura s'il fonctionne ? » s'enquit une des filles.

Kate pinça les lèvres, concentrée sur le fil mince du micro. « On ne saura pas, répondit-elle, peut-être un peu trop sèchement.

— Et si personne ne nous entend ? demanda doucement une autre fille.

— Alors on essaiera autre chose », fit Nell d'un ton sans réplique.

Ignorant le bout glacé de ses doigts et la boule de terreur enflant dans son estomac, Kate fit ce qu'elle faisait toujours lorsqu'elle avait peur. Elle se concentra sur ce qu'elle avait devant elle.

Si elles parvenaient à prévenir quelqu'un, le cauchemar serait bientôt terminé.

Kate s'apprêtait à essayer de connecter le micro lorsque Nell siffla pour attirer son attention. Elle eut un hoquet de stupeur à la vue de Walter qui approchait en traînant des pieds dans le sable.

Route du poste de commandement mobile, Lorton, Virginie

Sayer enfourcha sa Silver Hawk et fonça à toute vitesse vers Lorton. Elle appela le chef du SWAT en chemin. « Qu'est-ce qu'on a ? demanda-t-elle.

— Un vigile de nuit de la base aérienne Davison de l'autre côté de la rue a vu le car quitter Telegraph Road et s'engager dans le parc d'entrepôts hier soir.

— Il a vu le car hier soir ?

— Ouais, il en a pas fait grand cas sur le moment, jusqu'à ce qu'il voie les infos ce matin et reconnaisse le signe sur le flanc du car. »

Sayer serra un peu plus fort son guidon. « Donc le car est entré dans le parc de l'entrepôt ? demanda-t-elle pour l'encourager à développer.

— Et le témoin était de service toute la nuit. Il était posté pile à la sortie donnant sur l'entrepôt et il n'a jamais vu le car ressortir.

— Et il n'y a pas d'autre sortie ?

— Non. »

Sayer s'efforça de contenir son excitation. « Donc il est peut-être piégé.

— Piégé comme une souris dans… heu, un piège à souris. » Le chef du SWAT ricana.

« À quoi ressemble le parc de l'entrepôt ?

— Il fait un peu moins de deux kilomètres carrés. Une rue le longe par l'arrière avec huit petites rues transversales, quatre de chaque côté. Il y a trente-quatre bâtiments en tout, la plupart sont des entrepôts mais il y a aussi les bureaux de quelques entreprises industrielles.

— Alors quel est le plan ? Il a onze otages. On ne doit surtout pas le faire paniquer.

— On envisage d'entrer en douce. Envoyer trois hommes en tenue d'agents d'une compagnie d'électricité et leur faire vérifier les compteurs. Comme ça, ils pourront examiner les lieux, un bâtiment à la fois, sans éveiller les soupçons. »

Sayer respira profondément en conduisant, se forçant à se concentrer sur le défi qui les attendait. C'était un moment crucial, de nature à marquer la fin du cauchemar mais qui devait être abordé avec une extrême prudence, car les choses pouvaient facilement mal tourner. Si le ou les ravisseurs prenaient conscience qu'ils étaient piégés, ils n'hésiteraient pas à faire du mal à ces filles.

« Bonne idée. Est-ce que vous avez un hélicoptère infrarouge qui survole les lieux ? demanda Sayer en contournant une voiture qui broutait péniblement sur la file de gauche. Si les filles sont toutes ensemble, on devrait pouvoir les repérer.

— On a un drone, pas un hélicoptère. Petit, discret, il a bien moins de chances de se faire repérer. On n'a rien détecté pour l'instant, mais certains de ces entrepôts sont réfrigérés, donc il est possible que nous ne voyions rien.

— Quoi d'autre ? aboya Sayer.

— J'ai tous mes agents et une équipe de négociateurs prêts à passer à l'action s'ils entendent ne serait-ce qu'une souris pisser sur du coton.

— Super. J'arrive bientôt. »

L'homme acquiesça d'un grommellement. « Je vous tiens au courant. »

Sayer passa le reste du trajet à respirer lentement, se concentrant sur la tâche qui l'attendait. Il y aurait peut-être des décisions à prendre en un rien de temps, et, pour cela, elle devait avoir les idées claires et être prête à collaborer avec le chef du SWAT.

Lieu inconnu

Un murmure de peur se propagea dans le car lorsque les filles virent leur ravisseur marcher sur le sol de sable.

« Tout le monde sur son siège ! » lança doucement Kate en enfonçant frénétiquement les câbles dans le trou du tableau de bord. Puis, de ses doigts tremblants, elle tenta d'insérer la radio dans l'étroite fente.

Elle rata la première fois, et la deuxième. Elle sentit ses yeux s'embuer et la panique l'envahir, et enfin, alors que Walter commençait à faire glisser la barre bloquant la porte, elle parvint à la remettre en place. Elle n'était pas tout à fait droite, mais il aurait fallu l'examiner de près pour s'en rendre compte.

Le souffle court, le cœur battant à tout rompre, elle se glissa sur le siège à côté de Nell. Les deux filles se tinrent fermement les mains, les paupières baissées. Walter pénétra dans le car, enveloppé d'une masse d'air fétide. De ses yeux vitreux, il parcourut les rangées de sièges, jaugeant les lycéennes. Ses vêtements et son visage étaient couverts de crasse.

Kate fut prise d'un haut-le-cœur qu'elle réprima, terrifiée à l'idée de vomir. Quand il avait emmené Rowena, elles n'étaient pas certaines de ce qu'il allait lui faire, mais à présent elles savaient qu'il cherchait sa prochaine victime. Elle ferma les yeux et respira par la bouche dans l'espoir de bloquer l'odeur nauséabonde.

Tout en marmonnant dans sa barbe, il commença à remonter le couloir. Ses yeux luisaient d'une humidité fiévreuse tandis qu'il inspectait du regard les visages des filles.

Kate leva les yeux lorsqu'il passa et son estomac se souleva de nouveau. Nell lui serra la main.

« Hé », lança une fille depuis le fond du car.

Kate reconnut la voix de Becky. Elle risqua un regard derrière son épaule pour observer l'homme qui se tenait figé dans l'allée, son attention fixée sur l'adolescente.

« Hé, certaines des filles essaient de fabriquer un émetteur pour s'enfuir. Je voulais vous prévenir. Je peux vous aider… »

Kate aurait voulu hurler. Mais qu'est-ce qu'elle foutait ? Espérait-elle pouvoir sauver sa peau ainsi ?

Becky se leva.

Toutes les filles se tournèrent pour voir ce qui allait se passer.

La voix de Becky tremblait légèrement, mais elle leva le menton et continua à parler. « Allez-y, allez voir la radio. Elles la transforment en émetteur. Elles veulent s'en servir pour appeler à l'aide. »

Durant un long moment, personne ne bougea. Puis l'homme remonta lentement l'allée jusqu'à se tenir devant Becky. Il parut un peu déconcerté pendant quelques instants, puis un sourire se déploya sur son visage, le transformant en un masque squelettique. Il pencha légèrement la tête. « Te voilà. »

Le visage toujours fendu de ce sourire inquiétant, il tendit la main vers le bras mince de Becky.

« Quoi ? J'essaie de vous aider ! couina-t-elle. Vous avez besoin de moi ! »

Peu impressionné par ses cris, Walter la souleva par le bras comme si elle était aussi légère qu'un bébé.

Becky se tortilla dans sa poigne de fer. « Non ! Non ! Non ! » hurla-t-elle d'une voix stridente.

Malgré son apparence squelettique, Walter était visiblement doté d'une force incroyable. Les filles le regardèrent avec horreur, certaines en silence, d'autres en sanglotant, traîner Becky vers l'avant du car. Elle labourait sa peau de ses ongles, faisant couler sur son poignet des filets de sang qu'il ne semblait même pas remarquer.

Walter fit halte à côté du tableau de bord et se pencha pour inspecter la radio.

Kate retint son souffle. Elles étaient si près de pouvoir lancer leur SOS. Comment Becky avait-elle pu les trahir ainsi ?

Le coup de pied de Walter partit aussi vite qu'une tapette à souris se refermant sur sa proie.

Son pied fit voler en éclats la radio en plastique. De sa main libre, il la retira de la fente, fouilla dans le tableau de bord, et arracha une poignée de fils et le circuit imprimé maintenu par des pansements. Le visage impassible, il les laissa tomber au sol. Puis, tout en traînant nonchalamment Becky vers la sortie, il marcha sur le circuit.

Le craquement du plastique arracha à Kate un sanglot. Elle savait que ses chances de réussir étaient minces, mais elle avait malgré tout espéré.

Walter descendit du car et replaça la lourde barre en métal devant la porte avec un claquement sonore. Il s'éloigna à grands pas en traînant Becky sur le sable.

Ils se fondirent dans l'obscurité.

Les hurlements de Becky résonnèrent dans la pièce caverneuse longtemps après qu'ils eurent disparu.

Dans le car, certaines filles poussaient des cris d'horreur quand d'autres se dévisageaient en écarquillant les yeux.

Kate était en train de songer que Walter semblait se ficher éperdument du raffut que Becky pouvait faire.

Il savait qu'il n'y avait personne dans les parages pour les entendre crier.

POSTE DE COMMANDEMENT MOBILE

Lorton, Virginie

Dans la faible lumière de l'après-midi, Sayer se gara devant le PC mobile du FBI en frissonnant de froid. La grosse camionnette était stationnée dans une allée bien en retrait de Telegraph Road. À l'intérieur du PC, quatre agents du SWAT étaient regroupés autour d'une petite table. L'air y était agréablement chaud, quoique chargé de cette odeur musquée qui envahit rapidement les petits espaces renfermant trop de monde.

Sayer salua d'un signe de tête le chef du SWAT assis à l'avant de la table.

« Ah, voilà notre intrépide responsable d'enquête. » Il commença à se lever pour offrir sa chaise à Sayer, mais elle lui fit signe de se rasseoir.

« Du nouveau ? demanda-t-elle, satisfaite de pouvoir simplement s'appuyer à la table et sautiller d'impatience.

— On a envoyé trois agents en tenue d'électricien il y a une heure environ. » Il désigna les trois petits écrans affichant des images saccadées. « Ils sont équipés de caméras et de micros, donc, s'ils trouvent les gamines, on le saura immédiatement. Pour l'instant, ça n'a rien donné. »

La démarche nonchalante des trois agents déguisés parut à Sayer terriblement lente. Elle sortit son komboloï pour contenir son besoin d'agir. « Vous êtes sûrs qu'on ne peut pas envoyer plus d'hommes ? » Elle n'arrivait pas à se départir de sa crainte que le meurtrier soit en train d'assassiner les filles pendant qu'ils prenaient leur temps pour fouiller la zone.

Le chef du SWAT regarda Sayer de ses yeux bleus calmes. « Le plus dangereux serait de faire flipper ce type. Nous devons le trouver sans l'alerter. À moins que nous ayons de bonnes raisons de penser qu'il est en train de faire du mal à ces filles au moment où nous parlons, la meilleure chose à faire est d'y aller lentement et calmement. J'ai cru comprendre que ce n'était pas votre spécialité. »

Sayer lui sourit d'un air contrit.

« Vous n'avez qu'à garder un œil sur les écrans. J'ai la liaison audio en direct. » Il tapota son oreillette. « Pendant que vous vous rongez les sangs ici, je vais aller faire le point avec mes gars dehors. M'assurer qu'ils sont prêts. » Il lui adressa un sourire sincère et s'en alla. Les trois autres agents le suivirent d'un pas énergique.

Sayer aurait aimé ressentir le même calme intérieur. C'était exactement le genre de situations pour lesquelles les agents du SWAT s'entraînaient jour après jour, et ils étaient à présent parfaitement alertes et concentrés, prêts à passer à l'action.

Ne sachant pas trop comment s'occuper, Sayer fut soulagée d'entendre le téléphone sonner.

« Agent Altair, aboya-t-elle.

— Ici Al Valentine, du Walters. » La voix d'Al trahissait une certaine excitation. « Vous l'avez attrapé ?

— Pas encore. Vous avez trouvé quelque chose ?

— Peut-être, mais c'est un peu obscur, donc je vais passer chez moi pour vérifier un truc dans ma bibliothèque et j'irai directement à Quantico ensuite. La dessinatrice vient de partir, elle a dit qu'elle vous envoyait le portrait.

— D'accord. » Sayer baissa les yeux sur le mail de la dessinatrice du FBI qu'elle venait de recevoir. Une touffe de cheveux hirsutes encadrait des yeux enfoncés et des joues creuses au-dessus d'un large menton rond. « Je suis en train de regarder le portrait-robot. Vous pensez que c'est assez ressemblant pour être communiqué au public ?

— Oui, répondit Al avec assurance. C'est lui, c'est l'enflure qui nous a attaqués. »

La dessinatrice avait même réussi à capturer la pointe de démence dans le sourire du tueur.

« Super. Dans ce cas, je le transmets aux médias, on se voit bientôt. »

Alors qu'elle raccrochait, Ezra apparut sur un des moniteurs à l'avant de la camionnette.

« Pas de nouvelles ? demanda-t-il.

— Rien. Les types du SWAT sont en train de fouiller les bâtiments, mais aucun signe du car ou des filles pour l'instant. En revanche, on a le croquis du suspect décrit par Al. Je suis en train de l'envoyer au chargé des relations publiques. Demande-lui de le transmettre aux médias pour qu'ils le diffusent en boucle, et mets en place une hotline dédiée. Ici, tout ce qu'on peut faire, c'est attendre.

— Ton passe-temps favori, railla Ezra en lui souriant.

— À ce qu'il paraît, marmonna-t-elle.

— Je suis en train de parcourir la liste des propriétaires et locataires des entrepôts pour m'assurer qu'il n'y a rien de louche de ce côté-là, dit Ezra. Et j'ai récupéré les images d'une caméra de surveillance dirigée sur l'entrée pour qu'on vérifie que le car ne s'est pas barré à un moment où notre témoin ne regardait pas. »

Sayer remercia Ezra et coupa la communication en se disant que ce type était vraiment couillu d'avoir conduit à travers la ville un car rempli d'enfants kidnappés sans même prendre la peine de retirer la bannière sur le flanc du véhicule. Il était trop hardi. Trop intrépide. Il n'hésiterait pas à prendre une décision radicale s'il se sentait acculé.

Alors que cette pensée lui remuait les entrailles, elle regarda les images des trois caméras sur le mur de moniteurs. Elle entendait respirer les agents du SWAT tandis qu'ils se baladaient tranquillement parmi les entrepôts, examinant scrupuleusement chaque compteur électrique sur leur passage.

Telegraph Road, Lorton, Virginie

Après avoir observé pendant près de vingt minutes les efforts péniblement longs des agents sous couverture, Sayer ne tenait plus en place. Elle mit une oreillette et sortit pour rejoindre Telegraph Road. S'il y avait une urgence, ce serait le SWAT qui prendrait les décisions tactiques, il était donc inutile qu'elle reste plantée devant les écrans de surveillance à attendre qu'il se passe quelque chose.

Du reste, elle avait besoin de se dégourdir les jambes et de réfléchir à ce qui la tracassait. Car toute cette opération avait quelque chose de louche. C'était bien trop commode.

Sayer passa nonchalamment devant l'entrée du parc et prit la direction de la base de l'armée de l'air où le témoin avait monté la garde.

Comme elle approchait de l'embranchement vers le terrain d'aviation, elle marmonna à voix basse : « C'est quoi ce bordel ? »

L'étroite route menant à l'aérodrome dessinait un large virage. Elle le suivit jusqu'au poste de garde et se tourna vers les entrepôts. Une rangée de hangars à avions masquait entièrement l'entrée du parc.

Impossible que le témoin ait vu le car d'ici. Pour Dieu sait quelle raison, il avait menti.

POSTE DE COMMANDEMENT DU FBI

Quantico, Virginie

Sayer faisait les cent pas à l'avant du petit poste de commandement en jetant des coups d'œil au mur de mines lugubres qui lui faisaient face. L'après-midi touchait à sa fin et elle n'avait toujours pas déjeuné. Son estomac vide se contractait douloureusement tandis qu'elle fulminait en silence en songeant à l'ampleur de l'erreur qu'ils venaient de commettre. Qu'*elle* venait de commettre.

« Il n'a pas pu voir le car pénétrer dans le parc depuis le poste de garde et il est impossible qu'il ait pu surveiller l'entrée toute la nuit. Les agents du SWAT finissent de ratisser la zone au cas où, mais je doute que l'on trouve la moindre trace du car ou des filles. Ezra, tu as regardé les images des caméras de surveillance de l'entrée ?

— Ouais. » Ezra lança la vidéo sur le grand écran. « Par chance, il y a une caméra dirigée pile sur l'intersection de l'entrée. Je l'ai repassée trois fois pour être sûr, et je n'ai vu aucun autocar. »

Sayer s'immobilisa pour regarder la vidéo en noir et blanc. « Ce qui signifie que notre témoin s'est emmerdé à inventer cette histoire d'autocar pris au piège à laquelle nous avons consacré des heures de travail et toutes nos ressources. »

Sa voix monta d'un ton et tous les yeux se baissèrent dans un bruissement de papier.

« À présent, nous devons découvrir qui et pourquoi. Que pouvez-vous me dire de cet homme ? Qui l'a interrogé ? » demanda-t-elle sèchement.

Un jeune agent de terrain leva la main et se redressa à moitié. « Je, euh… je suis l'agent Rist, madame. J'étais le premier sur place, donc c'est moi qui l'ai interrogé.

— Et ? Où est le témoin à présent ?

— On l'a, euh… laissé partir après sa déposition. J'ai suivi le protocole pour les dépositions de témoins – deux pièces d'identité, une déclaration écrite et signée. Mais on vient de vérifier l'adresse qu'il nous a fournie. La maison est occupée par quelqu'un qui n'a jamais entendu parler de lui. Il est possible que les pièces d'identité qu'il m'a données soient fausses. Même si le système les a signalées comme authentiques.

— *Il est possible* ? » Sayer se força à ne pas crier. C'était un désastre total. Toutes ces heures perdues au milieu d'un kidnapping de cette ampleur pouvaient signifier la mort d'une ou plusieurs filles. « Avez-vous suivi le protocole post-interrogatoire et vérifié la déclaration avant de la transmettre ?

— Non, madame. » L'agent Rist contempla ses mains. « Je me suis dit que le temps pressait, avec tous ces enfants disparus, alors je l'ai directement transmise. J'avais prévu de faire les vérifications dans la foulée, mais tout s'est passé très vite avec le SWAT et…

— Il y a une raison pour laquelle on vérifie les tuyaux qu'on reçoit avant de nous en servir, agent Rist, répondit Sayer d'une voix hargneuse. Nous avons perdu presque deux heures d'enquête à cause de votre négligence.

— Je sais, madame. Je suis désolé.

— Être désolé n'aidera pas ces filles. La prochaine fois, suivez le protocole. » Sayer darda sur lui un nouveau regard noir avant de se tourner vers Ezra. « Affiche les scans de ces fausses pièces d'identité. »

Ezra afficha deux images, un permis de conduire et une carte d'identité militaire, montrant tous deux un homme souriant aux cheveux blond roux et au visage on ne peut plus quelconque. « Jonathan Lafferty a déclaré être militaire et en charge de la sécurité de l'aérodrome situé en face de l'entrepôt. » Par égard pour l'agent Rist, il fit glisser le permis de conduire dans le scanner, qui le signala effectivement comme authentique. « Mais quand tu as compris qu'il mentait, un de nos analystes a fait quelques recherches et découvert qu'aucun Jonathan Lafferty ne travaille sur ce terrain militaire. Le nom n'apparaît pas non plus dans les dossiers du DMV[4]. Visiblement, c'est un personnage inventé de toutes pièces.

— Encore une fois, c'est une chose que nous aurions dû vérifier avant d'agir. Alors qui est ce type ? » Sayer fixa la photo de l'homme, qui avait un physique si quelconque qu'elle aurait pu passer mille fois devant lui sans jamais le remarquer.

Ezra secoua la tête. « On n'en sait rien. On cherche par tous les moyens à notre disposition. J'ai lancé le programme de reconnaissance faciale. J'ai cherché de possibles alias par le biais des informations personnelles qu'il nous a fournies. J'ai même prélevé ses empreintes sur sa déposition. Rien.

— Est-ce qu'il vous a paru stressé ? Perturbé ? Nerveux ? Vous n'avez rien remarqué d'étrange chez lui ? » Sayer se tourna vers le jeune agent qui était voûté sur la table, tête baissée.

4. Department of Motor Vehicles, équivalent du service des Cartes grises (Ndlt).

« Euh. » L'agent Rist se leva. « Non, il paraissait un peu excité à l'idée de nous aider à arrêter le ravisseur. Et il avait bien une allure de militaire.

— Donc, si j'ai bien compris, cet homme nous a contactés pour faire un faux témoignage. Puis il a été interrogé par un agent du FBI à qui il a remis plusieurs pièces d'identité falsifiées de manière experte. Et il semblerait que tout cela ait été mis en scène et que le véritable car n'ait jamais approché ce putain de parc d'entrepôts ? » La voix de Sayer tremblait de colère. « Je veux savoir pourquoi. Ce type est-il un des ravisseurs ? Essayaient-ils de nous envoyer sur une mauvaise piste ? Ou est-ce un canular ? Ces affaires très médiatisées sont de vrais aimants à barjots. »

Sous la colère, la poitrine de Sayer tambourinait d'inquiétude. Elle était en charge de cette affaire, et, même si elle n'avait aucun moyen de savoir que le protocole n'avait pas été respecté et que l'agent avait omis de vérifier les informations de la déposition, c'était elle qui portait toute la responsabilité de l'enquête, et donc de cette erreur. Tout ce qui arriverait aux filles à partir de là serait uniquement de son fait, car elle aurait dû comprendre plus tôt ce qu'il se passait.

L'estomac noué, elle parcourut la salle des yeux et lut sur les visages qui la regardaient que ces gens étaient prêts à tout pour retrouver les lycéennes. Leur détermination lui redonna l'espoir qu'il n'était peut-être pas trop tard, finalement.

« Bien. Cette comédie nous a pas mal ralentis, mais nous sommes de nouveau dans la course. Alors essayons de comprendre ce qu'il vient de se passer et reprenons l'enquête là où nous l'avons laissée. Nous avons fait circuler le portrait-robot du suspect décrit par Al Valentine, mais cela n'a rien donné pour l'instant. En revanche, le Dr Valentine nous a transmis beaucoup d'informations importantes. Par exemple, une tentative de traduction du chant que nous entendons dans l'enregistrement. »

Ezra afficha le texte et le lut à voix haute.

Quand il eut terminé, Sayer reprit : « De toute évidence, il y a un thème. Le Dr Valentine essaie d'identifier l'origine exacte de ce chant, mais j'aimerais aussi que nos équipes s'y attellent. En outre, à en croire son expertise, il y a de grandes chances que notre tueur soit un spécialiste de l'Égypte ou un amateur averti. Nous devons donc chercher quelqu'un qui corresponde à la description du suspect et possède ce genre de connaissances. Est-ce que des égyptologues ont disparu récemment ? Y a-t-il des associations ou clubs d'amateurs locaux auxquels nous pourrions envoyer le portrait-robot ? Transmettez aussi l'info aux médias pour qu'ils la diffusent en même temps que le portrait-robot.

— Je m'y colle, dit Ezra.

— Outre sa grande connaissance de l'Égypte antique, le Dr Valentine nous a également appris que le suspect présentait des symptômes de délire. Il est possible qu'il entende des voix, et souffre d'épisodes psychotiques. C'est à la fois une bonne et une mauvaise nouvelle.

— Comment ça ? demanda l'un des agents.

— La mauvaise nouvelle, c'est que notre suspect risque d'avoir un comportement imprévisible. » Sayer commença à faire les cent pas. « Nous utilisons souvent des schémas de comportement pour traquer les tueurs en série, ce qui devient bien plus compliqué avec un tueur instable. Et n'allez pas croire que cela le rende moins dangereux. Même les personnes en proie à une crise psychotique sévère peuvent se montrer rationnelles et calculatrices. Pour trouver ce type, nous devons déterminer la nature exacte de son délire. La bonne nouvelle, c'est que les personnes aussi malades ne restent jamais hors des radars très longtemps. Je veux qu'une équipe se penche sur les établissements psychiatriques, les cabinets de psychologie, les hôpitaux, les prisons. Voyez s'ils ont déjà eu affaire à un homme obsédé par l'Égypte antique. »

Sayer parcourut la pièce du regard et poursuivit. « Le garçon qui a survécu, Declan Iverson, est sorti du bloc opératoire. J'ai envoyé notre nouvelle équipe de conseillers auprès des victimes à l'hôpital pour lui parler. Avec un peu de chance, Tino et Vesper apprendront quelque chose d'utile. » Elle était convaincue que, si Declan savait quoi que ce soit, son voisin le découvrirait.

S'efforçant de paraître optimiste, Sayer passa en revue tous les autres éléments de l'enquête avec les agents : les artéfacts égyptiens, les garçons abattus, les filles enlevées, le meurtre de Rowena. À moins que Declan ou Al aient quelque chose de nouveau à leur apprendre, ou qu'ils parviennent, d'une manière ou d'une autre, à traquer le car, ils n'avaient aucune piste. Elle revenait sans cesse à la même conclusion terrifiante.

Les filles avaient disparu.

HÔPITAL DE FAIRFAX

Falls Church, Virginie

Posté dans l'encadrement de la chambre d'hôpital, Tino de la Vega observait Declan Iverson et sa mère qui discutaient, penchés l'un vers l'autre. Le lycéen était assis sur le lit, l'air toujours un peu sonné après son opération. Seul le fin duvet sur sa mâchoire trahissait ses dix-huit ans. Avec ses joues rebondies et ses épaules étroites, on ne lui donnait pas plus de douze ans.

La mère du garçon lui serrait la main trop fort, le visage figé en une grimace pour s'empêcher de fondre en larmes.

Après des mois de formation et de tests, c'était la première mission officielle de Tino en tant que conseiller auprès des victimes pour le FBI et il ne voulait pas commettre d'erreurs avec des gens aussi fragiles.

« Prêt ? » murmura-t-il à Vesper, qui leva les yeux vers lui avec un grand sourire canin. Il agita la queue lorsque Tino redressa son gilet de chien d'assistance et ils pénétrèrent ensemble dans la chambre.

« Bonjour, madame Iverson. Declan. Je m'appelle Tino de la Vega et voici Vesper. Le FBI nous envoie pour vous aider, si vous le souhaitez.

— Vous êtes du FBI ? » demanda Mme Iverson en jetant des coups d'œil suspicieux vers la porte, où elle savait qu'un agent montait la garde.

Tino lui adressa un sourire chaleureux, conscient qu'il n'avait pas tout à fait l'allure de quelqu'un travaillant pour le FBI. « Vesper est un chien de médiation, ce qui signifie qu'il est simplement là pour se faire caresser et câliner si Declan en a envie. Moi, je suis là pour conseiller Declan et l'aider à parler de ce qu'il a vu, s'il se sent prêt à le faire. »

Mme Iverson interrogea son fils du regard. Il hocha la tête.

« Ce serait super. J'ignorais que les chiens étaient autorisés dans les hôpitaux… » Elle laissa sa phrase en suspens, observant son fils.

Le visage du garçon était pâle, mais il tendit la main vers Vesper, lequel s'approcha avec enthousiasme et lui lécha les doigts.

« Il peut monter sur le lit avec toi, si tu veux », dit Tino.

Declan tapota le drap à côté de lui. « Allez, grimpe. »

Vesper sauta sur le lit, tourna deux fois sur lui-même, puis s'installa à côté de l'adolescent avec un soupir satisfait. Il posa sa tête sur les cuisses de Declan et un sourire sincère illumina pendant quelques instants le visage du garçon.

Mme Iverson sourit en le voyant faire. « Merci… Est-ce que… est-ce que ça veut dire que vous pouvez rester ici un moment avec Declan ? » Ses lèvres tremblaient d'émotion. « J'étais en train de lui dire que… que je dois bientôt partir. Si je ne me présente pas au travail, ils vont me mettre à la porte. Je suis la seule à gagner de l'argent et…

— Et je disais à maman que ce n'est pas légal de la renvoyer pour un jour d'absence », intervint Declan avec une moue réprobatrice.

Mme Iverson eut un rire rauque. « Je sais, mais qui va les poursuivre en justice pour moi ? »

C'était de toute évidence une conversation récurrente entre Declan et sa mère, et Tino en percevait la tension.

« Je comprends, dit-il avec bienveillance. Je peux rester aussi longtemps que vous le souhaitez. Ai-je votre permission pour l'interroger sur ce qu'il s'est passé ? Tout ce qu'il peut me dire est susceptible d'aider le FBI à arrêter la personne qui a fait ça. »

Mme Iverson questionna de nouveau son fils du regard.

« Oui, maman, je veux aider. Vas-y. Je vais bien. » Il lui adressa un nouveau sourire, qui ne transparut pas dans ses yeux.

Elle se leva, le prit rapidement dans ses bras et serra sa main dans la sienne. « Je devrais pouvoir revenir d'ici cinq ou six heures. Je t'appelle dès que possible.

— Ça va aller, maman. Je suis dans un hôpital. Et j'ai de la compagnie maintenant. »

Il gratouilla Vesper, qui roula sur le dos pour lui présenter son ventre.

« Je veille sur lui », dit Tino tandis qu'elle récupérait son manteau.

Mme Iverson essaya de faire bonne contenance, mais son visage se décomposa alors qu'elle franchissait la porte.

Dès qu'elle eut refermé derrière elle, Declan craqua à son tour. Son sourire s'effaça dans un soupir épuisé, ses épaules s'affaissèrent contre son lit.

« Tu as été courageux pour elle. Tu es un bon fils, dit Tino.

— C'est une bonne mère, répondit Declan, d'une voix enrouée par l'émotion. Merci d'être resté. Je tiens vraiment à vous aider.

— Mais tu es épuisé. » Tino sortit des victuailles de son sac. « Tu as mangé ? J'ai du cake à la banane tout frais ou des cookies aux pépites de chocolat. Je peux aussi m'arranger pour qu'on t'apporte un burger et des frites, si tu préfères.

— Je n'ai pas très faim pour l'instant. » Declan posa une main sur la tête de Vesper. « Que voulez-vous savoir ? demanda-t-il finalement.

— Commençons par le début. Que s'est-il passé ?

— Je ne faisais pas trop attention au début. Je discutais avec Kate.

— Kate ?

— Kate Brooks. Ma copine. Même si ma mère n'est pas encore au courant pour nous. On sort ensemble que depuis quelques semaines. On discutait de la fac parce qu'elle a été acceptée au MIT, mais pas moi. Mais on a tous les deux été acceptés à Cal Poly, alors on essayait de décider, vous savez. Si on devait y aller ensemble. » Sa voix se brisa et il détourna le regard.

Tino attendit que la vague d'émotion soit passée. « C'est normal d'avoir peur et d'être bouleversé.

— Je sais, c'est juste que… Il a toujours Kate, et moi je me suis enfui.

— Tu sais, je connais la femme en charge de l'affaire. C'est l'enquêtrice la plus acharnée que j'aie jamais rencontrée. Elle ne s'arrêtera pas de travailler tant qu'elle n'aura pas ramené Kate chez elle.

— Sans rire ? » Declan leva les yeux, plein d'espoir.

« Sans rire. Je l'ai vue choper un tueur en série toute seule.

— Cool. » Declan essaya de sourire. « Enfin bon, je ne faisais pas attention quand le bus s'est arrêté. J'ai vu un gyrophare de police, donc je me suis dit qu'on s'était fait arrêter pour excès de vitesse ou un truc du genre. Mais après, l'homme est monté à bord.

— Tu peux me le décrire ? C'était un homme seul ? »

Le garçon regarda par la fenêtre, ses yeux inquiets reflétant le soleil bas de la fin d'après-midi. « Oui, c'était un homme seul. Enfin, je crois.

— Comment ça ?

— Il était… je ne sais pas comment expliquer sans passer pour un fou.

— Dis-moi tout ce qui te vient à l'esprit. Le moindre petit détail peut nous aider.

— C'était un vrai zombie. » Declan eut un petit rire moqueur à cette idée. « C'est la première chose que je me suis dite. Il sentait le pourri et… et son visage était creusé. On aurait dit qu'il était mort. » Il leva les yeux vers Tino, cherchant son soutien du regard.

« C'est super, Declan. J'ai un portrait-robot d'un autre témoin. » Tino sortit le dessin basé sur les souvenirs d'Al Valentine. « C'est ressemblant ? »

Le visage tout entier de Declan se contracta. « Ouais, je lui aurais donné l'air un peu plus… monstrueux, mais c'est peut-être juste moi.

— Tu dis qu'il sentait mauvais. C'est très important. Peut-être qu'il est malade ou qu'il ne s'est pas lavé depuis longtemps ?

— Ouais, il puait vraiment. Genre, comme de la viande pourrie. Et il se déplaçait à la manière d'un zombie, très lentement, comme s'il était fatigué. Vous voyez ce que je veux dire ?

— En se traînant ?

— Exactement. Il se traînait quand il est monté dans le car. Très lentement. Et il n'arrêtait pas de répéter les mêmes trucs, on aurait dit une chanson, mais c'était super glauque.

— Il chantait ?

— En quelque sorte, ça ressemblait à une berceuse, il répétait tout le temps les mêmes mots, mais ce n'était pas en anglais. » Declan baissa les yeux sur Vesper et posa sa main sur le flanc du chien.

« D'accord, donc il se déplaçait en traînant des pieds comme un zombie. Et il est monté lentement dans le car, reprit Tino.

— Ouais, et tout le monde l'a laissé faire. Je veux dire, je crois que même le chauffeur pensait que c'était un flic jusqu'à ce qu'il monte. Et là, on a tous flippé. Vous savez, comme quand tout le monde sait qu'il se passe quelque chose de louche, mais que personne n'ose rien faire parce que ça rendrait le truc réel ?

— Oui, je vois ce que tu veux dire. » Tino hocha la tête d'un air encourageant.

« Donc on est tous restés assis pendant que ce type se traînait le long du couloir, on espérait qu'il redescende. Et puis notre accompagnateur, M. Berry, il s'est levé et il lui a demandé de partir. Et là, le type est passé du mode zombie de George Romero à celui de *28 jours plus tard*.

— Tu m'as perdu, fit Tino gentiment.

— Dans les vieux films de Romero, les zombies étaient toujours lents et stupides. Vous savez, ils étaient coriaces, mais vous pouviez les distancer et ils ne savaient pas ouvrir les portes. Mais dans *28 jours plus tard*, c'est un autre film de zombies, ils étaient rapides et malins, des genres de super zombies. On aurait dit que le type s'était transformé. Il a sorti son pistolet et tiré sur le chauffeur avant qu'on ait le temps de comprendre ce qu'il se passait. » Les mots quittaient précipitamment sa bouche dans un flot ininterrompu. « Il a tiré sur le chauffeur puis il a forcé M. Berry à rassembler nos affaires et à nous attacher les mains derrière le dos. Après que M. Berry a jeté tous nos sacs et nos téléphones hors du bus, il lui a tiré dessus. »

Le visage de Declan se froissa tandis que les larmes commençaient à couler, exactement comme sa mère juste avant qu'elle ne quitte la pièce. La ressemblance était troublante.

« Désolé, dit-il.

— Declan, tu viens de vivre une expérience extrêmement traumatisante. Tu n'as pas à t'excuser d'éprouver des émotions intenses.

— Je sais… C’est juste que… je suis ici. Vivant.

— Et pas tes amis. Fais-moi confiance, je sais exactement ce que tu ressens.

— Ah oui ? demanda Declan à travers ses larmes.

— Ouais, j’étais en Irak pendant la première guerre du Golfe. » Tino remonta sa manche et tendit son bras. Une cicatrice irrégulière courait de son coude à son épaule. « Les trois types qui étaient avec moi n’ont pas survécu », ajouta-t-il simplement. Ce n’était pas une histoire qu’il voulait partager avec ce garçon. Mais il tenait à ce qu’il sache qu’il le comprenait.

Declan regarda la cicatrice pendant un long moment. « Est-ce qu’elle vous fait penser à eux ?

— Tous les jours. »

Declan hocha la tête pour montrer qu’il comprenait. « Après avoir tiré sur M. Berry, il a dit à tous les mecs de descendre du car. Il nous a alignés et nous a ordonné de nous mettre à genoux. Ce qu’on a fait. »

Tino le laissa prendre tout le temps qu’il lui fallait.

« Il… je me suis dit qu’il nous laisserait peut-être partir parce qu’il est remonté dans le car une minute. J’ai envisagé de m’enfuir en courant mais il nous voyait et je me suis dit… enfin bon, j’avais tort. Il est redescendu et il a commencé à tirer. Il a atteint le premier, un garçon que je ne connaissais pas, en plein milieu du front. Puis il a parcouru la rangée du regard. Je me suis dit que s’il comptait de toute façon tous nous tuer, autant essayer de se défendre. Alors je me suis jeté sur lui. Quelques autres garçons ont fait pareil. »

Declan se remit à regarder par la fenêtre sans cesser de parler.

« On l’a pris par surprise et il en a fait tomber son pistolet. Mais je suppose qu’il a réussi à tuer les autres pendant que je fuyais dans les bois. » Les larmes commencèrent à couler sur son visage.

« J'ai abandonné Kate. Je les ai tous abandonnés et j'ai couru me cacher dans les bois.

— Tu n'aurais rien pu faire pour l'arrêter. Tu avais littéralement les mains liées. Si tu étais resté, tu serais mort aussi, fit Tino fermement.

— Ouais. » Declan ne semblait guère convaincu. « Enfin bon, alors que je courais, il m'a tiré dans la jambe. J'ai continué à courir jusqu'à ce que je trouve l'abri et j'ai enfoncé la porte. J'ai réussi à faire passer mes mains devant moi et je me suis accroupi. J'ai essayé d'arrêter l'hémorragie. J'avais peur qu'il vienne me chercher. Et quand j'ai compris qu'il était sans doute parti, j'avais perdu tellement de sang que je ne pouvais pratiquement pas bouger. Alors je me suis enroulé dans ces sacs pour me tenir chaud. » Sa voix s'est éteinte.

« Tu t'en sors très bien, Declan. Je pense qu'il est temps que tu te reposes un peu. Est-ce qu'il y a autre chose que tu souhaites me dire avant que je te laisse dormir ? »

Declan secoua la tête. « Je crois pas. »

Avant que Tino puisse répondre, les paupières du garçon se fermèrent d'un battement et, épuisé, il sombra dans un profond sommeil, la main toujours enfoncée dans le pelage de Vesper.

Le chien leva les yeux vers Tino en attente d'un ordre, et son maître lui fit signe de rester. Vesper enfouit de nouveau sa tête contre le garçon et s'endormit à son tour.

Alors qu'il observait Vesper et Declan, Tino se laissa envahir par ses propres émotions. Il avait enfin trouvé sa place.

Après la fac, il pensait savoir ce qu'il voulait faire de sa vie en s'engageant dans l'armée. On l'avait directement envoyé en formation de langues étrangères, compte tenu de ses facilités dans ce domaine. Après avoir appris l'arabe, le pachto et le kurde en moins de deux ans, il avait intégré le Special Warfare Center à Fort Bragg pour suivre la formation de spécialiste en opérations psychologiques. Et Tino avait adoré étudier la psychologie. Puis il avait été envoyé au front en Irak en tant qu'interrogateur. Il avait tenu un an avant de décider que jamais plus il n'utiliserait ses aptitudes à ces fins. Ce qu'il voulait, c'était aider et aimer son prochain. Il avait donc quitté l'armée et s'était marié à une femme fantastique. Il avait eu deux enfants. Il avait développé une nouvelle compétence – la cuisine – et ouvert un restaurant qui était devenu l'un des endroits les plus en vue de DC. Sa vie était considérée comme un succès à tous les niveaux, hormis celui du bonheur. Le métier de chef était trop impersonnel à son goût, trop solitaire, mais c'est la prise de conscience de son homosexualité qui avait ébranlé les fondements de sa vie, et il avait une nouvelle fois tout quitté, à l'exception de ses enfants.

C'est ainsi qu'il s'était retrouvé à passer ses journées à lire et à jardiner dans la maison de ville qu'il partageait avec Sayer. Et c'était une vie qui le satisfaisait pleinement, notamment parce qu'elle lui permettait de passer du temps avec ses enfants. Puis Vesper était entré dans sa vie et, encore une fois, tout avait changé.

À présent, enfin, il avait trouvé sa place. Au lieu de contraindre les gens à parler, Vesper et lui pouvaient aider les personnes traumatisées à retrouver leur voix. Les protéger. Leur fournir un espace de parole sûr et bienveillant.

Il avait pris son temps, mais le vrai Tino émergeait enfin. Le moment était venu qu'il cesse de penser que sa vie n'était qu'une étape vers autre chose. C'était dans cette vie qu'il voulait s'épanouir. Une vieille amie essayait de lui vendre une maison qui lui plaisait beaucoup. Peut-être était-il temps qu'il utilise tout cet argent qu'il avait gagné en vendant son restaurant pour acheter cette fichue baraque ? Elle était assez grande pour que ses enfants dorment chez lui, et il y avait même une dépendance pour Sayer et Adi. Vesper adorerait l'immense jardin. Il en avait assez d'être prudent. Il en avait assez d'attendre.

Cette pensée le soulagea d'un sentiment qui lui nouait l'estomac depuis des années.

« Tu es un vieux papillon gay légèrement en surpoids sur le point de sortir de son cocon, marmonna-t-il pour lui-même.

— Monsieur ? »

Tino sursauta en entendant la voix grave en provenance de la porte.

Un homme imposant en costume bleu marine se tenait sur le seuil de la chambre, la main levée pour lui présenter son badge. Les coutures de son blazer étaient si tendues au niveau de ses épaules qu'elles menaçaient de craquer. C'était une véritable montagne de muscles.

« Agent Crenshaw, FBI. L'infirmière m'a prévenu que la famille du garçon était partie. Qui êtes-vous ?

— Tino de la Vega », répondit Tino d'un air méfiant tandis que l'homme approchait, son badge toujours sorti. Sans qu'il sache précisément pourquoi, son signal d'alarme interne s'était déclenché. Un des avantages de sa formation aux opérations psychologiques était qu'il était très, très doué pour lire les gens. Et il y avait quelque chose dans le langage corporel de l'agent Crenshaw qui ne lui plaisait pas. Tino jeta un coup d'œil vers la sortie dans l'espoir de voir arriver l'agent qui montait la garde dans le couloir, mais la porte était déjà en train de se refermer.

« Alors, que nous a-t-il appris jusqu'à présent ? Des informations utiles ? » D'un geste expert, Crenshaw referma son badge et le replaça dans sa poche. L'étui en cuir du badge était usé, mais le mouvement manquait de naturel, comme s'il s'était longuement entraîné à le faire.

L'alarme interne de Tino redoubla d'intensité. « Non, rien d'important. »

Le front de l'agent Crenshaw se plissa légèrement. « C'est bien dommage. On m'a chargé d'emmener le garçon en lieu sûr par mesure de protection. Je vais donc devoir vous demander de partir. Je ne suis pas censé laisser quiconque entrer dans cette pièce, hormis le personnel médical. »

Tino savait que Sayer n'aurait jamais autorisé ce genre de mesure sans le prévenir à l'avance. « Ah. Le problème, c'est que je suis son thérapeute et conseiller, envoyé par le FBI. Et sa mère m'a chargé de veiller sur lui. Puisqu'il est mineur, je dois rester avec lui en permanence, et il me paraît curieux que le FBI ne vous ait pas prévenu de ma présence. »

L'agent Crenshaw inclina la tête, l'air chagriné. « Je suis vraiment navré, mais je crois que vous ne comprenez pas. Ce n'est pas ainsi que ça fonctionne, monsieur de la Vega. »

La fausse compassion qui transparaissait dans sa voix et la légère tension au coin de ses yeux étaient tout ce dont Tino avait besoin pour confirmer que cet homme n'était pas celui qu'il prétendait. Peut-être était-il quelqu'un de relativement inoffensif, comme un journaliste, mais il se pouvait également qu'il travaille avec le tueur, qui l'avait envoyé achever Declan pour l'empêcher de raconter ce qu'il avait vu.

Lentement, Tino se leva et se plaça entre Declan et l'homme qui affirmait être l'agent Crenshaw. « Je sais parfaitement comment ça fonctionne. Et si j'appelais l'inspectrice en charge de l'affaire pour tirer ça au clair ? »

Crenshaw ne répondit pas.

Les deux hommes restèrent campés face à face dans l'atmosphère chargée d'électricité. Vesper leva la tête, sentant la tension monter. La mâchoire inférieure de Crenshaw s'avança sous l'effet de la colère, mais son regard faisait des allers-retours rapides entre Tino et Vesper. Il ne s'attendait pas à se retrouver face à un vieux militaire et un chien à trois pattes, et il n'était pas certain de la marche à suivre.

« Et si vous vous asseyiez pendant que j'appelle l'agent Altair ? proposa Tino nonchalamment. Je suis certain que ce n'est qu'un malentendu. »

L'homme recula d'un demi-pas. « Désolé, mais je n'ai pas le temps d'attendre. Je reviendrai. »

Il se tourna pour partir, mais Tino le contourna et se plaça devant la porte. Si cet homme était un complice du tueur, il ne pouvait pas le laisser filer.

Soudain, sans que Tino voie rien venir, Crenshaw lui envoya son poing au visage. Il tourna la tête pour tenter de l'éviter, mais trop tard, le coup l'atteignit à la joue. Sa tête partit sur le côté dans une explosion de lumière qui l'aveugla complètement. Heureusement, ses vieux réflexes de l'armée prirent le dessus et il riposta en lui enfonçant son poing dans le plexus solaire.

Crenshaw expira bruyamment et Tino enchaîna avec un uppercut.

Mais l'autre était prêt. Il bondit en arrière pour esquiver le coup et lui envoya un direct en plein nez.

Tino recula en titubant et s'écrasa sur le plateau-repas à côté du lit. Le sang jaillit de son nez et coula à flots à l'arrière de sa gorge.

Vesper sauta du lit et atterrit entre les deux hommes pour empêcher Crenshaw de tenter une nouvelle attaque. Il montra les crocs, un grondement sourd enflant dans sa poitrine.

Crenshaw cligna des yeux en regardant Vesper protéger Tino, puis pivota vers la sortie.

Prenant conscience qu'il ne serait pas assez rapide pour l'arrêter, Tino cria : « Sécurité ! » mais déjà Crenshaw franchissait la porte.

À bout de souffle, Tino tituba vers une chaise et s'assit, essayant d'endiguer le torrent de sang qui coulait de son nez. Il remarqua alors que Declan était réveillé et le regardait en écarquillant les yeux.

« C'est vraiment un bon chien », dit le garçon doucement.

La queue de Vesper s'agita et il bondit sur le lit à côté de Declan, s'installant confortablement pour terminer sa sieste.

Lieu inconnu

Kate s'accroupit devant les débris de la radio.

Les larmes coulaient de son menton et se posaient sur les éclats de plastique.

Elle ne savait pas ce qu'elle devait ressentir. De la fureur contre Becky pour avoir vendu la mèche au sujet de l'émetteur ? Mais l'homme l'avait emmenée. Un frisson parcourut le corps de Kate à cette idée. Qu'importait sa trahison, personne ne méritait d'endurer les souffrances que ce malade était sans doute en train de lui faire subir.

Kate étudia les visages des autres filles. Elles avaient toutes les yeux gonflés de larmes, l'air terrifié et furieux à la fois.

Elle prit une profonde inspiration et se força à se ressaisir. « Bon, on dirait que c'est mort pour la radio. On va devoir se battre. »

POSTE DE COMMANDEMENT DU FBI

Quantico, Virginie

Alors que la nuit tombait, Tino s'assit à côté de Sayer à la table de conférence, une poche de glace plaquée contre son nez enflé. Vesper ronflait par terre, roulé en boule entre ses maîtres afin de pouvoir se presser contre leurs pieds à tous les deux. Sayer mastiquait une vieille barre de céréales.

De l'autre côté de la table, Ezra tourna son ordinateur de façon à montrer l'écran à Tino.

« C'est lui ? » demanda-t-il en désignant le faux témoin qui avait affirmé avoir vu le car.

Tino regarda l'écran en plissant les paupières. Ses yeux commençaient tous les deux à se cerner de noir au niveau du coin intérieur. « Non, ce type ressemblait à un haltérophile. Il mesurait presque 1,90 m.

— Et tu es certain que ce n'était pas non plus le ravisseur ? demanda Ezra en affichant le portrait-robot.

— Absolument. Leurs visages n'ont pas du tout la même forme. En plus, Declan était là. Il l'aurait reconnu si ç'avait été lui. Non, ce type ressemblait à un homme de main pour la mafia russe ou un truc du genre. » Tino grimaça en déplaçant la poche de glace sur son visage.

« Tu es sûr de ne pas vouloir voir un médecin ? demanda Sayer pour la cinquième fois.

— Oui. Je crois pas qu'il soit cassé. Et même s'il l'est, il n'y a pas grand-chose qu'ils puissent faire. Des nouvelles de l'officier qui gardait la porte ?

— Il va bien. Apparemment, le soi-disant agent Crenshaw lui a dit qu'il prenait le relais, donc il est parti. »

Tino secoua la tête. « Quelle enflure. Il allait s'en prendre à ce gamin…

— Et sacrément culotté pour débarquer comme ça à l'hôpital, ajouta Ezra. Ne vous inquiétez pas. Les caméras de l'hôpital l'ont filmé, donc je vais faire une capture et diffuser son visage partout. Ils sont en train de m'envoyer les images.

— Donc, fit Sayer, nous avons un type qui est venu nous livrer un faux témoignage, et un autre qui s'est fait passer pour un agent du FBI dans le but d'accéder à notre jeune témoin. Tu penses qu'il allait faire du mal à Declan ?

— Je sais pas. » Tino secoua prudemment la tête. « Enfin, ce qui est sûr, c'est que ce n'était pas une visite de courtoisie, ajouta-t-il en se renfrognant.

— Hé, tu sais que ce n'est pas ta faute s'il s'est enfui, pas vrai ? » Sayer tapota le bras de Tino, qui se contenta de la regarder.

« Je crois qu'il n'y a rien que je puisse dire pour te remonter le moral, soupira-t-elle.

— Ah, calida, je suis certain que tu sais exactement ce que je ressens en ce moment », répondit Tino sans méchanceté.

Et il avait raison. Sayer était toujours sous le choc du faux témoignage au sujet du car. Elle avait perdu des heures précieuses, et ce serait peut-être les filles qui paieraient pour son erreur.

À présent, le soleil s'était couché et ils ne savaient pas quand le tueur frapperait de nouveau.

Comme sommé par ses sombres pensées, son téléphone sonna, affichant un numéro de la région de DC.

« Agent Altair.

— Ici l'inspecteur Wyatt. Nous avons trouvé un autre corps en ville. Je crois que c'est l'une des nôtres. »

WASHINGTON MONUMENT, NATIONAL MALL

Washington, D.C.

Le téléphone de Sayer sonna alors qu'elle longeait l'étroite voie de desserte conduisant au National Mall.

« Sayer, résonna la voix du sujet 037 dans son casque.

— Je ne peux pas parler. Je suis en chemin vers une scène de crime.

— Je sais. C'est la raison de mon appel. Comment va le pauvre Tino ? demanda-t-il avec une sollicitude trop appuyée pour être sincère.

— Dites-moi juste pourquoi vous appelez.

— J'ai suivi votre enquête de loin et décidé de faire mes propres recherches… » Il laissa sa phrase en suspens, comme s'il avait une information de la plus grande importance à partager.

« Je vous ai déjà dit que je ne voulais pas de votre aide.

— Oh, arrêtez. Vous savez que j'ai accès à bien plus de ressources que vous. En outre, vous savez que j'aime vous aider, Sayer. »

Son ton trop familier lui fit serrer les dents. L'intérêt qu'il lui portait évoquait celui d'un chat jouant avec son prochain dîner.

« Je pense que vous avez mis les pieds dans une affaire bien plus vaste que vous l'imaginez, ajouta 037, sans fausse sincérité cette fois.

— Pourriez-vous être plus précis ?

— Hélas, non. Mais votre enquête est en train de déclencher des signaux d'alarme dans tout Washington.

— Connaissez-vous l'identité ou la localisation du tueur ? demanda sèchement Sayer.

— Non.

— Avez-vous une quelconque information dont je pourrais me servir, au-delà d'un vague sentiment qu'il se trame quelque chose ?

— Encore une fois, non.

— Bien, dans ce cas, je vais immédiatement fixer des limites et vous avez intérêt à les respecter. Je ne veux pas être en contact avec vous, à moins que nous ayons un appel prévu. Est-ce clair ? »

Sayer attendit sa réponse dans le silence.

Finalement, 037 parla de sa voix grave semblable à un grognement. « Vous ignorez peut-être qui je suis, mais vous savez ce qui est en mon pouvoir. Écoutez-moi quand je vous dis de surveiller vos arrières.

— C'est noté. Mais pour l'heure, je n'ai pas le temps pour vos petits jeux. Donc, à moins que vous ayez une information utile à me communiquer, je vais raccrocher.

— Quel dommage. J'aime jouer avec vous. » Il avait repris son ton jubilatoire légèrement inquiétant. « Très bien. Je vais continuer mes recherches et vous laisser retourner travailler. »

Sayer raccrocha et prit de longues inspirations pour se calmer en approchant de la scène de crime.

Elle se gara et traversa le Mall en direction du Washington Monument. Derrière elle, le temple dorique du Lincoln Memorial brillait telle une lanterne dans la nuit. Elle s'arrêta devant le miroir d'eau pour s'imprégner de la beauté du lieu.

Au cœur du Mall, le Washington Monument se dressait sur la vaste étendue d'herbe saupoudrée de neige et s'enfonçait dans le ciel nocturne à la manière d'un phare fantomatique. Le reflet de l'obélisque pâle miroitait à la surface du long bassin, au milieu des étoiles. L'eau était si calme que Sayer avait l'impression qu'en y posant le pied elle pénétrerait directement dans les cieux.

« En haut tel qu'en bas », murmura-t-elle alors qu'elle longeait le bassin en direction de la scène de crime. Malgré la beauté du paysage, elle avait le cœur serré en pataugeant dans la neige mouillée. Elle avait passé la moitié de la journée à traquer un canular pendant que cette jeune femme se faisait assassiner. Et, à présent, le sujet 037 affirmait que cette affaire était bien plus vaste qu'il n'y paraissait. En temps normal, elle n'aurait pas fait grand cas de ce que racontait cet homme, mais, entre le faux témoin et le faux agent du FBI qui avait attaqué Tino, elle craignait qu'il n'ait raison. Bien qu'elle n'eût pas la moindre idée de ce qu'il entendait par « bien plus vaste ». Il faudrait qu'elle se penche sérieusement sur la question plus tard.

Pour l'heure, elle devait se concentrer sur leur nouvelle victime.

Quelques touristes observaient la scène, bouche bée, depuis le trottoir, retenus par un cordon de police. Ils suivaient Sayer du regard, en quête de sensations fortes.

Wyatt, l'inspecteur qu'elle avait rencontré sur la première scène de crime, agita la main à son adresse, lui faisant signe de le rejoindre à la base du monument.

Il portait la même doudoune, le même bonnet rouge et la même expression contrite que lors de leur précédente rencontre. « Agent Altair, j'aurais aimé vous revoir dans d'autres circonstances.

— Moi aussi, répondit Sayer plus sèchement qu'elle l'aurait voulu. Les techniciens de scène de crime et le légiste sont en chemin. Merci d'avoir sécurisé la scène et de nous avoir appelés immédiatement.

— Aucun problème, dit Wyatt doucement. Ce sont nos filles qui ont disparu. Nous ferons tout ce qui est en notre pouvoir pour vous aider. »

Sayer leva les yeux vers le visage de l'inspecteur et elle remarqua qu'il était en colère, comme s'il prenait pour une attaque personnelle le fait que les gamins kidnappés et tués soient originaires de sa ville.

Elle hocha la tête d'un air entendu et tourna lentement sur elle-même afin d'observer la scène dans son ensemble. « Alors, qui vous a prévenu ? Des témoins ?

— Un couple de touristes l'a trouvée. Ils ont appelé les secours à… » Wyatt consulta son bloc-notes. « 20 h 37. Elle ne devait pas être là depuis longtemps.

— Hmm, 20 h 37. » Sayer observa la foule qui se rassemblait derrière le cordon de police. À cette période de l'année, à cette heure-ci, il devait y avoir des dizaines de gens qui traversaient le Mall. Sans parler de la police du parc, qui était en alerte maximale depuis la découverte du cadavre de Rowena à proximité. « Comment est-ce qu'il a pu amener le corps ici sans que personne le remarque ? » Elle désigna la vaste étendue d'herbe autour d'eux.

Wyatt secoua la tête. « Aucune idée. Ça fait je ne sais pas combien de temps qu'on réclame de meilleurs éclairages le long du chemin, donc il est peut-être simplement resté dans l'ombre.

— Je demanderai aux techniciens de scène de crime de chercher d'éventuelles traces dans la neige », dit Sayer, surtout pour elle-même. Elle balaya une nouvelle fois la zone du regard, puis porta son attention sur le corps. La fille gisait à la base du monument. Sa peau claire prenait déjà une teinte bleu mat dans le froid.

Sayer enfila des surchaussures et remonta ses épaisses boucles dans un turban avant de s'approcher. Comme Rowena, l'adolescente ne présentait aucun signe de traumatisme visible. Également comme Rowena, elle avait une unique trace de sang en travers des lèvres. En revanche, il n'y avait cette fois aucun accessoire ni artéfact égyptien, mais simplement une fine ligne noire tracée au milieu de son visage, du front au menton.

Ce n'est qu'après avoir examiné d'un œil professionnel la disposition du corps que Sayer porta son attention sur les traits de la jeune fille. Son identité.

Qu'importait le nombre de corps découverts ou de tueurs appréhendés au cours de sa carrière, cette partie de l'enquête ne devenait jamais plus facile. Cette violence qui sévissait en permanence, presque toujours contre des femmes, lui serrait le cœur à chaque fois. Elle essaya de ne pas s'appesantir sur cette pensée, mais elle ne pouvait s'empêcher de songer aux derniers instants de cette pauvre enfant. À la terreur qu'elle avait dû ressentir. La solitude.

Cette idée lui donnait envie d'outrepasser la mort pour la réconforter, la rassurer, lui dire qu'elle n'était plus seule.

L'inspecteur Wyatt la rejoignit et ils se tinrent un moment côte à côte dans un silence plein de déférence, observant la fille morte.

Sayer reconnut ses courts cheveux noirs. Le menton étroit et les yeux bleu vif. C'était bien une des leurs.

« Rebecca Blane, dit Wyatt, brisant finalement le silence.

— Oui, opina Sayer. Je me souviens de son dossier. Sa mère l'élève seule, elle l'appelait Becky… »

Le murmure de leurs voix fut brusquement interrompu par l'hélicoptère de presse qui descendit aussi près que possible de la scène, stagnant dans un grondement de tonnerre au-dessus de leurs têtes.

« Putain. » Sayer fit signe aux techniciens qui traversaient déjà le Mall en courant. Pendant qu'ils dépliaient un auvent au-dessus du corps, elle distribua ses instructions à son équipe. Elle envoya des agents interroger les témoins et quadriller la zone. Les techniciens commencèrent à rassembler minutieusement des indices pendant que le légiste préparait le corps pour le transport jusqu'au labo. Sayer appela l'agent de liaison afin de la prévenir qu'ils allaient sans doute devoir demander à la mère de Becky Blane de venir au labo identifier le corps.

Lorsqu'elle eut transmis l'ensemble des consignes, Sayer recula et regarda ses collègues s'affairer, tous concentrés sur le même objectif – arrêter l'homme qui avait fait ça.

Son téléphone vibra et son rythme cardiaque s'emballa lorsqu'elle vit le nom d'Ezra.

« Le chercheur du musée vient d'arriver. Il a quelque chose pour nous. » Il paraissait essoufflé. Même le doux et calme Ezra s'était laissé gagner par l'excitation de la traque.

« J'arrive. » Après s'être assurée que la scène de crime était entre de bonnes mains, Sayer jeta un dernier regard au corps de Becky puis quitta les lieux.

Alors qu'elle roulait vers Quantico, sa peine se mua en une détermination viscérale à attraper sa proie. Becky n'était plus seule, car, à partir de maintenant, Sayer serait là pour elle. Sayer serait sa voix. Et Sayer était furieuse.

Lieu inconnu

Kate se tenait à l'avant du car avec Nell, qui arborait une mine sévère, les sourcils froncés. Les filles semblaient toutes écrasées par la fatigue et la peur.

Mais Kate n'éprouvait rien d'autre que du chagrin.

Elle aurait voulu revoir sa mère et son père. Elle aurait voulu embrasser Declan Iverson une dernière fois. Elle aurait voulu savoir ce que cela faisait d'étudier à l'université.

« Se battre ? » demanda une des filles.

Kate prit conscience que tous les regards étaient braqués sur elle. Elle enfonça ses ongles dans ses paumes et ravala son désespoir. Il était hors de question qu'elle craque. Si elle devait mourir bientôt, elle mourrait en étant le genre de personne dont ses parents seraient fiers.

Elle voulait mourir en se battant pour survivre.

« La radio est fichue pour de bon, donc je crois qu'il est temps de passer à la troisième option.

— Tu veux qu'on se batte contre lui, dit une fille d'un air incrédule.

— Je ne veux pas qu'on se batte, non. Mais je ne sais pas quoi faire d'autre.

— Tu l'as bien vu soulever Becky comme une poupée. Il est beaucoup plus fort que nous, fit remarquer une autre fille.

— Mais nous sommes beaucoup plus nombreuses. » Nell leva ses petits poings et les serra l'un contre l'autre. « Il ne fait pas le poids.

— Euh, commença à dire une fille mince. De nombreuses études montrent que lorsque les femmes ripostent, elles ont moins de risques d'être battues ou violées. Ces mêmes études révèlent aussi qu'elles n'ont pas plus de risques d'être blessées. Donc, si on se bat, on ne courra pas forcément plus de risques, en revanche, on aura davantage de chances de s'enfuir. Ces études sont parues dans des revues telles que l'*American Journal of Public Health*, le *Journal of Social Issues*, et… » Elle laissa sa phrase en suspens, prenant conscience qu'elle parlait comme une encyclopédie.

« D'accord. » Kate sourit. « Nous avons des statistiques. C'est vrai, il est possible que certaines d'entre nous soient blessées, peut-être gravement blessées, si nous l'attaquons. Mais si nous arrivons à le maîtriser, ce sera peut-être notre unique chance de survivre. Je refuse de mourir sans me battre. Et plus nous attendons, moins nombreuses nous serons. »

Un silence horrifié emplit le car.

Mais quelques filles hochèrent la tête. D'autres semblaient prêtes, les lèvres serrées, le regard dur.

« Est-ce que, euh… est-ce que l'une d'entre vous sait se battre ? demanda Kate.

— J'ai fait du karaté pendant quelques années quand j'étais gamine, dit Nell. Et je me souviens de cette scène dans *Star Wars* où ces minuscules créatures toutes poilues s'attaquent à l'empire du mal.

— Les Ewoks. » Kate partit d'un petit rire sans joie. « Je me rappelle. Ils étaient malins. Ils ont tendu des pièges, attiré les Stormtroopers, et ont profité de l'effet de surprise pour les vaincre. C'est exactement ce que nous devons faire. »

Nell acquiesça d'un hochement de tête, qui sembla cimenter la résolution des filles. « Je pense que l'une d'entre nous devrait partir en courant pendant que les autres l'attaquent, ajouta-t-elle. À chaque fois qu'il est venu, il a laissé la portière grande ouverte lorsqu'il était dans le car avec nous. Il y a forcément une sortie. Est-ce que quelqu'un fait de la course à pied ?

— Moi, répondit Kate à contrecœur, n'étant pas certaine d'aimer l'idée d'être celle qui prendrait la fuite. Mais je ne veux pas vous abandonner. Je veux rester et me battre avec vous.

— Est-ce que quelqu'un d'autre court vite ? » demanda Nell.

Pas de réponse.

« Nous faisons toutes ce pour quoi nous sommes douées. Et je ne suis absolument pas douée pour la course. Toi, oui. Donc c'est toi qui devrais être notre coureuse attitrée. Si on n'arrive pas à le maîtriser, il faut au moins qu'il y ait quelqu'un qui puisse aller prévenir les secours.

— D'accord. » Elle détestait cette idée, mais Nell avait sans doute raison. « Pour commencer, il nous faut des armes. » Kate tapa dans ses mains, prête à se battre.

POSTE DE COMMANDEMENT DU FBI

Quantico, Virginie

Il était minuit passé lorsque Al Valentine laissa tomber un énorme livre à côté du café de Sayer sur la table de réunion. L'épais ouvrage était recouvert d'un tissu vert et noir qui avait connu des jours meilleurs. Les rebords irréguliers des pages étaient jaunis par le temps. « Je suppose que vous avez tous entendu parler du *Livre des morts* ? demanda l'égyptologue, les yeux brillants.

— Les meurtres sont liés au *Livre des morts* ? s'étonna Ezra.

— Non, mais ce livre est associé à un autre texte de l'Égypte antique. Je vous présente l'*Amdouat.* » Al ouvrit grand les bras au-dessus du livre tel un présentateur de jeu télévisé.

« Le quoi ? demanda Sayer, qui n'était pas d'humeur à jouer aux devinettes alors qu'elle venait tout juste de quitter la scène du meurtre de Becky.

— Laissez-moi revenir en arrière. Si l'on en croit la culture populaire, le *Livre des morts* est un bouquin super classe, relié de cuir et orné de crânes inquiétants, utilisé pour faire revenir les momies d'entre les morts. Mais en réalité les textes funéraires sont davantage une collection tournante de formules et de rituels dont se servaient les prêtres. Chaque version contient des formules légèrement différentes. L'ironie, c'est que le *Livre des morts* est probablement l'un des textes funéraires les plus ennuyeux. Son vrai titre signifie "Livre pour sortir au jour", et c'est simplement un manuel pour aider les membres de la famille royale à profiter au mieux de leur vie après la mort. Vous savez, le sexe, la bonne bouffe, ce genre de choses.

— Alors c'est quoi, les livres cool ? s'enquit Ezra, visiblement intéressé.

— On compte trois collections principales de littérature funéraire. Nous avons les tout premiers textes égyptiens, qui commencent autour de 2400 avant notre ère et qu'on appelle les Textes des pyramides, car ils étaient inscrits à l'intérieur de celles-ci. Ensuite, nous avons les Textes des sarcophages, qui contenaient des versions avancées des formules plus anciennes. Le but des Textes des pyramides et des sarcophages était d'aider les âmes à naviguer vers l'au-delà pour rejoindre le royaume immortel où elles passeraient l'éternité.

— Une sorte de guide de voyage ? demanda Ezra.

— Exactement, acquiesça Al.

— Si je me souviens bien, l'au-delà égyptien n'est pas un lieu particulièrement plaisant, dit Sayer, songeant à l'affaire du tueur à la cage.

— C'est vrai, le monde souterrain est un lieu assez terrifiant. Imaginez des lacs de feu, des rivières mortelles gardées par des démons et des monstres. Les âmes des défunts devaient recourir à la magie pour traverser le monde souterrain et rejoindre un au-delà immortel parmi les dieux. Mais, une fois que vous parvenez au royaume des cieux, vous êtes tranquille. Enfin, encore faut-il que vous puissiez entrer après avoir été jugé par les dieux.

— Et ce livre est un de ces guides ? demanda Ezra en désignant l'ouvrage sur la table.

— L'*Amdouat* fait partie d'une collection de textes regroupés sous le nom de "livres du monde souterrain". Si les premiers textes funéraires égyptiens étaient des guides généraux, les livres du monde souterrain sont des cartes détaillées de l'au-delà. Le titre original de l'*Amdouat* est "Livre de la salle cachée", mais nous l'appelons Amdouat car cela signifie "ce qu'il y a dans le monde souterrain". On en trouve des versions sur les murs des tombeaux de pharaons comme Touthmôsis III et son fils, Amenhotep II. Même le célèbre Toutânkhamon en a fait inscrire des extraits dans son tombeau. Il a été utilisé dans les tombes jusqu'à la période ptolémaïque et était encore cité dans l'Égypte de la période romaine.

— Alors pourquoi ne parle-t-on que du *Livre des morts* ? demanda Ezra.

— Je pourrais passer des heures à discuter de la manière dont la culture populaire présente l'héritage égyptien comme une sorte de chasse au trésor colonial. Mais, pour faire court, je suppose que le nom Amdouat ne sonne pas aussi bien que "Livre des morts". » Al ouvrit le livre. « J'en ai une traduction intégrale, mais c'est une monographie assez rare. J'ai dû débourser quelques milliers de dollars pour me la procurer.

— Cette leçon sur les textes funéraires égyptiens est fascinante, mais qu'est-ce qui vous fait penser que nos meurtres sont liés à ce livre spécifique ? demanda Sayer.

— C'est là que ça devient intéressant. Vous voyez, les anciens Égyptiens croyaient que le dieu soleil, Rê, voyageait tous les jours à travers les cieux, sur une barque. » Al se leva et dessina un grand arc avec ses bras. « Mais, au crépuscule, il était avalé par Nout, la déesse du ciel, et il devait faire un voyage nocturne à travers le monde souterrain afin de renaître chaque matin. Les anciens Égyptiens pensaient que, lorsqu'une personne mourait, son âme devait faire le même voyage à travers le monde souterrain. D'après l'*Amdouat*, ce lieu était composé de douze chambres peuplées de monstres, une pour chaque heure de la nuit. Une âme morte doit traverser chacune de ces chambres afin d'atteindre un portail menant à la suivante. Et chacun de ces portails est gardé par une déesse. »

Elle hocha la tête, car elle commençait à comprendre. « Douze chambres, douze portails, douze déesses…

— Et douze adolescentes disparues. » Al opina vigoureusement. « La première chambre… » Il ouvrit le livre sur une page montrant neuf babouins levant les bras vers le soleil. « … s'appelle la Jubilation des babouins.

— Des babouins », répéta Sayer. Elle se pencha sur le livre et lut le texte sous l'image. « "Jubilation pour Rê aux portes de la terre, et gloire à toi qui permets aux bienheureux de respirer, lorsque tu franchis les portes du monde des morts. Nous sommes les babouins et nous t'ouvrons les portes."

— Les babouins accueillent les morts dans le monde souterrain, expliqua Al. C'est ce qui m'a mis la puce à l'oreille. Et puis je me suis rappelé qui était la première déesse. On l'appelle "Celle qui fracasse les crânes" et elle se sert d'une arme ressemblant à une hache pour se battre contre les démons qui pourraient empêcher Rê de renaître au matin.

— Ce qui explique la présence des babouins et de la hache autour du corps de Rowena. » Le discret frisson de la traque vibra dans la poitrine de Sayer. C'était la première piste solide de cette enquête jusqu'alors jonchée de faux pas et d'impasses.

« Et j'ai encore plus convaincant. » Al passa à la page suivante, qui était recouverte d'étoiles à cinq branches. « La première déesse est aussi appelée la Stellaire.

— Ce qui explique que Rowena ait été déposée sur une carte du ciel », dit Sayer, peinant à contenir son enthousiasme. Cette fichue enquête progressait enfin.

« Je n'étais pas certain à 100 % d'avoir raison, jusqu'à ce que j'apprenne à l'instant que la deuxième fille a été trouvée au Mall, expliqua Al. La deuxième chambre du monde souterrain est la région du lac Ournès, un long champ fertile.

— Le Mall n'est rien de plus qu'un champ d'herbe, opina Ezra.

— Et elle a été découverte au pied du Washington Monument ? demanda Al.

— Oui, confirma Sayer.

— Eh bien voilà. Le Washington Monument est un obélisque, après tout. Les obélisques étaient des symboles de pouvoir pour les pharaons égyptiens. Le mot "obélisque" vient du grec, le mot égyptien est *tekhenu*, qui signifie "perce-ciel". Ils sont directement associés à l'étoile Vénus, elle-même associée à la fertilité et à la connaissance secrète. C'est donc le symbole parfait de la deuxième chambre, en lien avec la fertilité et les secrets.

— Et la deuxième déesse ? demanda Sayer.

— On l'appelle l'Avisée, mais on dit aussi qu'elle a deux visages, elle pourrait être une traîtresse.

— D'où la ligne tracée au milieu de son visage. » Sayer se leva pour marcher. « C'est ça ! Le tueur essaie de recréer les douze chambres de ce livre !

— Et je dirais qu'il a choisi ces douze adolescentes pour jouer les déesses gardant les portes », ajouta Al d'un ton bourru.

Le téléphone de Sayer vibra, signalant un message du légiste. *Cause du décès préliminaire : noyade. Heure du décès : autour de 20 heures. Pas d'autre blessure.*

Une nouvelle pièce du puzzle se mit en place. « Vous avez dit que chaque chambre de l'*Amdouat* représentait une heure de la nuit ?

— C'est cela, dit Al.

— Nous savons que Rowena a été tuée autour de sept heures. Et Becky à huit heures.

— Il est ponctuel… remarqua Ezra.

— Ce qui signifie qu'une troisième fille sera certainement tuée autour de neuf heures demain soir. » Sayer cessa de faire les cent pas, temporairement ancrée par cette pensée.

« J'ai gardé le meilleur pour la fin. Enfin, pas le meilleur… » Al fronça les sourcils, exaspéré par son propre enthousiasme. « Ce chant que vous m'avez fait écouter, c'est l'introduction de l'*Amdouat.* »

Sayer se remit à arpenter la pièce. « D'accord, je suis convaincue qu'il utilise l'*Amdouat*, mais la question cruciale est : pourquoi ? Quel genre de délire ou psychose peut motiver de tels actes ? » Elle frotta les perles de son komboloï en se creusant les méninges pour trouver une explication cohérente.

« Ça, je l'ignore. » Al posa les yeux sur le livre. « L'*Amdouat* est en substance une carte métaphysique fournissant des connaissances sur l'au-delà, donc peut-être s'imagine-t-il qu'il traverse le monde des morts ? Là, regardez la dernière petite section de ce livre. » Il tourna les pages jusqu'à la dernière et poussa le livre vers Sayer.

Elle lut : « Celui qui connaît ces mystères est un esprit bien équipé. Cette personne pourra toujours entrer dans le monde souterrain et en sortir. Elle pourra toujours parler aux vivants. Cela s'est révélé vrai un million de fois. » Elle leva les yeux. « Donc peut-être qu'il cherche à atteindre l'immortalité.

— J'ai une question, fit Ezra. Tout le monde dans ce livre semble plutôt heureux.

— Oui, c'est un grand honneur pour eux. Les défunts qui effectuent ce périple sont appelés les morts bienheureux, car ils entament la dernière partie de leur voyage vers l'immortalité. Il est tout à fait possible que ce type soit convaincu de rendre un service à ces filles en les aidant à devenir des déesses de la nuit.

— Cela expliquerait l'absence de torture ou de sadisme. Son but n'est pas d'effrayer ou de faire du mal à ces filles, mais de les transformer en déesses. » Sayer tentait d'intégrer cette information à tout ce qu'ils savaient déjà. « Donc, pour recréer l'*Amdouat*, le suspect avait besoin de douze filles, ce qui explique le kidnapping. Un car rempli d'adolescentes était l'occasion parfaite, et les autres passagers étaient superflus, donc il les a simplement abattus sur le lieu de l'enlèvement. Ça explique les lieux où il a déposé les filles et la manière dont il les a traitées avant et après la mort. Ça explique aussi les poses et le symbolisme des mises en scène. D'ailleurs, vous n'avez pas parlé des traces de sang sur leurs lèvres. Est-ce que cela vous évoque quelque chose ? »

Al hocha lentement la tête. « Je parie qu'il accomplit la cérémonie de l'ouverture de la bouche.

— La quoi ?

— L'ouverture de la bouche est la dernière étape de la préparation du corps. Il s'agissait d'un rituel consistant à étaler de l'huile sacrée, voire du sang, en travers des lèvres pour rendre symboliquement ses sens au défunt. Ouvrir sa bouche scellée afin qu'il puisse parler dans l'au-delà. D'ailleurs, cela expliquerait pourquoi il a volé un pesechkaf au musée.

— Un pesechkaf ? demanda Sayer, essayant de se souvenir de la liste des artéfacts volés.

— Il était listé sous le nom de "baguette rituelle". Ce sont des sortes d'outils sculptés qui étaient probablement utilisés pour soutenir la mâchoire inférieure pendant le processus de momification. Mais on s'en servait aussi lors du rituel de l'ouverture de la bouche.

— Donc tout concorde. » Sayer laissa cette pensée cheminer dans son esprit.

« Mais est-ce que cela va vous aider ? demanda Al.

— Oui, car ça nous donne peut-être une longueur d'avance. Al, quelles sont la troisième chambre et la troisième déesse ? Peut-être pouvons-nous utiliser cette information afin de déterminer le lieu qu'il choisira pour déposer le prochain corps. »

Al esquissa un sourire de renard. Malgré l'heure tardive, ses yeux brillaient d'excitation. « Excellente idée. La troisième chambre porte le nom d'Eaux d'Osiris, c'est une représentation aquatique de la fertilité basée sur la crue du Nil. La troisième déesse est "Celle qui coupe les âmes". La chambre est associée à l'étoile que les Égyptiens appelaient le Lion et que nous connaissons aujourd'hui comme la constellation du Lion dans le zodiaque.

— D'accord. Nous devons essayer de trouver un lieu à DC qui pourrait être associé à l'eau, à l'Égypte ancienne, et aux étoiles, en particulier la constellation du Lion. » Sayer rassembla ses pensées. « Ezra, transmets toutes ces informations à l'équipe et mets quelques analystes sur le coup. Approfondissez les recherches. Cherchez des personnes qui détiennent ce genre de connaissances et qui correspondent à notre suspect. Demande-leur de réfléchir à de possibles endroits où il déposera le corps. » Sayer se souvint que Holt, l'ancienne directrice adjointe du FBI, s'intéressait à l'histoire de l'architecture de DC et écrivait même un livre sur le sujet. Peut-être aurait-elle une idée. « Pendant ce temps, je vais faire le point avec ma propre source. »

Elle consulta son téléphone. « Waouh, déjà une heure du matin. Je déteste l'idée de devoir nous arrêter alors que nous sommes si bien lancés, mais aucun de nous n'a dormi la nuit dernière et je veux que nous soyons tous au taquet demain. Une fois qu'on aura mis tout ça par écrit et transmis les informations aux départements concernés, je propose qu'on rentre tous à la maison dormir un peu. Al, prenez une chambre d'hôtel, nous vous rembourserons. Je veux que vous soyez présent pour la réunion de demain matin. On va avoir une journée chargée, mais j'ai bon espoir qu'on attrape cette enflure. »

L'enquête décollait enfin, Sayer le sentait. Ragaillardie par cette pensée, elle partit chercher sa moto avec dans la poitrine une sensation proche de la gaieté. De la même manière que les agents du SWAT se sentaient électrisés par une descente, elle éprouvait un puissant regain d'énergie lorsqu'elle sentait que l'étau se resserrait autour du tueur.

Route de l'appartement de Sayer, Alexandria, Virginie

L'air froid transperçait la tenue de moto de Sayer tandis qu'elle roulait vers son appartement. C'était une sensation agréable, un contraste vif avec la chaleur de son bureau rempli d'émotions oppressantes. Du chagrin pour les lycéennes décédées, de la peur pour celles qui avaient disparu, mais aussi cette sensation électrique familière qu'elle éprouvait toujours lorsqu'elle traquait un tueur. L'information d'Al concernant l'*Amdouat* était la clé. Tout ce qu'il lui restait à faire à présent, c'était s'en servir pour déchiffrer l'énigme. Pourquoi le tueur agissait-il ainsi ? Quelle pulsion noire le motivait ? Comment pouvaient-ils l'arrêter avant qu'il ne tue une nouvelle adolescente demain soir ?

Sayer essaya de respirer profondément et laissa le grondement de sa moto noyer tout le reste. Elle leva les yeux vers les étoiles lumineuses et commença un exercice de pleine conscience que sa psychologue lui avait conseillé. Au lieu de ressasser de façon obsessionnelle les mêmes questions, elle était censée prendre un moment pour oublier son travail et se concentrer sur les choses qui la faisaient se sentir vivante.

Elle convoqua des images de Vesper et Tino travaillant ensemble, essayant de guérir les blessures et traumatismes des victimes. Elle repensa à l'enthousiasme exubérant d'Adi lorsque celle-ci avait appris qu'elle était acceptée à Stanford. À la détermination de sa grand-mère à trouver son propre chemin. À Ezra, se bâtissant une nouvelle vie remplie de joie.

Elle sentait ses épaules se détendre légèrement lorsqu'un éclat de phares dans son rétroviseur l'aveugla.

Clignant des yeux pour chasser les taches de lumière, elle vit la voiture qui la suivait à bonne distance mais roulait à la même vitesse. Elle ralentit un peu et la voiture fit de même.

Ses détecteurs passèrent en alerte maximale.

Elle en était certaine, cette voiture la suivait.

Encore.

Sayer inspira profondément, mais cette fois elle était calme et concentrée.

Quelle raison pouvait-on avoir de la prendre en filature ? Ça avait commencé juste après qu'on lui avait confié l'enquête. Était-ce les mauvais plaisants qui, depuis le début, leur mettaient des bâtons dans les roues ? Le faux agent Crenshaw qui avait attaqué Tino ? Ou peut-être le faux témoin ? Qui que ce fût, il était hors de question qu'elle le conduise jusque chez elle.

Elle accéléra un peu, sans brusquerie, mais assez pour forcer la voiture à mettre les gaz et à tenir le rythme.

Ce qu'elle fit.

Sayer visualisa son itinéraire de retour. Elle passait généralement par les routes secondaires entre Quantico et Alexandria, mais ce soir elle avait décidé de prendre l'autoroute, car celle-ci avait été salée. Elle ne réussirait jamais à le semer sur l'autoroute, mais elle était presque au niveau du centre historique et son étroite grille de rues qu'elle connaissait par cœur. Entre l'heure tardive et les conditions météorologiques, l'endroit serait certainement désert.

Lorsqu'elle atteignit le sud d'Alexandria, elle guida nonchalamment sa Silver Hawk sur la bretelle de sortie tout en continuant d'accélérer. Peut-être parviendrait-elle à le semer immédiatement.

Hélas, la voiture réussit à quitter l'autoroute deux cents mètres à peine derrière elle. À la lueur des réverbères qui se reflétaient sur le toit du véhicule, elle put l'observer pour la première fois. Les éclairages jaunâtres ne lui permettaient pas de voir si la petite voiture de sport était noire ou bleu marine, mais elle ressemblait à un modèle ancien, peut-être une Porsche vintage.

Pas le genre de véhicule que fournissait le gouvernement à ses agents, c'était certain.

Une petite église approchait à sa droite et Sayer résolut au dernier moment de s'engager sur son parking. Elle savait qu'il donnait sur une allée derrière une rangée de maisons partant dans chaque direction.

Elle tourna brusquement dans un dérapage.

La voiture accéléra en la dépassant. Visiblement, le conducteur savait qu'il ne parviendrait pas à la suivre et il avait décidé de la rattraper lorsqu'elle quitterait l'allée.

Le cœur tambourinant sous l'effet de l'adrénaline, elle mit les gaz et fit pivoter la moto à cent quatre-vingts degrés. Au lieu de s'engager dans l'allée, elle rebroussa chemin vers l'église plongée dans l'obscurité.

À chaque fois que sa grand-mère passait le week-end chez elle, elle insistait pour que Sayer l'accompagne à la messe, sans quoi elle n'aurait jamais connu l'existence du garage derrière le haut bâtiment de briques. Le souffle court, elle sauta à terre et souleva la lourde porte en bois. Soulagée de la trouver déverrouillée comme toujours, elle fit rouler sa moto à l'intérieur. Alors que la porte claquait bruyamment derrière elle, elle entendit le ronronnement d'un véhicule s'engageant dans le parking.

Il avait compris qu'elle n'était pas dans l'allée.

Les phares brillaient à travers la vitre sale de la porte, glissant sur le visage de Sayer. Parfaitement immobile, elle écouta la voiture qui roulait lentement devant le garage. Elle n'était pas certaine que son poursuivant n'ait pas vu la porte se refermer.

Il fit halte au niveau du garage mais laissa tourner le moteur.

Sans bruit, elle ouvrit son holster et en sortit son pistolet.

Tout en respirant doucement, elle visa la porte.

Mais soudain le moteur rugit et la voiture reprit sa route. Elle s'engagea à gauche au bout de l'allée et disparut dans la nuit par ailleurs paisible.

Sayer resta figée, son arme braquée sur la porte jusqu'à ce qu'elle fût certaine qu'il était parti.

Ayant vérifié d'un rapide coup d'œil par la vitre que la voie était bien libre, elle ouvrit la porte du garage et sortit.

Rien.

Elle lâcha un long soupir et rangea son arme. Elle fit rouler sa moto hors du garage et prit la direction de l'autoroute, son regard guettant la moindre allée.

Après avoir roulé pendant une quinzaine de minutes sans aucun signe de son poursuivant, elle décida finalement de rentrer chez elle.

Quand elle coupa le moteur de sa Silver Hawk, son corps entier vrombissait doucement sous l'effet de la fatigue venue s'ajouter à l'adrénaline. Tandis qu'elle grimpait les marches glissantes conduisant à son appartement, elle rejoua dans son esprit tout ce qu'il venait de se passer. Quelqu'un la suivait, mais pourquoi ? Il ne semblait pas lui vouloir de mal. Il aurait pu essayer de provoquer sa sortie de route n'importe quand. Voulait-il simplement garder un œil sur elle ?

Juste après avoir franchi la porte d'entrée, elle prononça les mots « garder un œil sur moi… » à voix haute, se remémorant sa conversation avec le sujet 037. Il lui avait dit la même chose mot pour mot.

Étant donné l'heure tardive, Sayer fut surprise qu'il réponde à son appel.

« Sayer, dit-il de son ton trop familier. Vous m'appelez au milieu de la nuit ? Je pensais que nous n'étions censés communiquer qu'aux heures convenues à l'avance. À moins que ce soit un autre genre d'appel ? »

Cette insinuation obscène manqua de lui faire perdre son sang-froid déjà bien éprouvé. « Est-ce que vous me suivez ?

— Si je vous suis… est-ce que quelqu'un vous suit ? » s'enquit-il d'une voix légère, amusée.

— Je ne plaisante pas. Je sais que vous me tenez à l'œil d'une manière ou d'une autre et je me demandais si vous me suiviez.

— Attendez, vous pensez vraiment que je vous suis ? Comme dans un vieux film d'espionnage ? C'est adorable. »

Sayer appuya ses poings contre la table pour s'empêcher de frapper quelque chose. Il y avait peu de choses qui la mettaient autant en colère qu'un homme lui parlant ainsi. N'étant pas certaine de réussir à conserver son calme, elle préféra ne pas répondre.

« Qu'est-ce que vous allez vous imaginer ? Que je vais grimper dans une voiture et sillonner les routes au milieu de la nuit ? Si j'ai bien quelqu'un qui garde un œil sur votre grand-mère dans le Montana, je peux vous assurer que je ne sors pas par des nuits aussi glaciales pour prendre en filature des agents du FBI.

— Je voulais dire, est-ce que vous me faites suivre par un de vos hommes ? Parce qu'il y a bien quelqu'un qui m'a suivie en sortant du travail, à deux reprises déjà. Attendez, vous dites que quelqu'un surveille ma grand-mère ? »

Sayer entendait 037 respirer à l'autre bout du fil.

Lorsqu'il parla enfin, tout amusement avait disparu de sa voix. « Oui, j'ai jugé plus prudent d'envoyer quelqu'un pour veiller sur Sophia, puisqu'elle est dans une zone où la milice est très active. Concernant cette histoire de filature, je vous assure que ce n'est pas l'un de mes hommes. Quand je vous piste, je me sers simplement de la localisation de votre téléphone portable ou de votre adresse IP, qui m'indiquent l'une et l'autre que vous êtes bien chez vous actuellement. Merci de vous êtes adressée à moi lorsque vous aviez besoin d'aide. Laissez-moi trouver de qui il s'agit et je réglerai le problème.

— Attendez », dit Sayer, mais il avait déjà raccroché.

Elle se laissa aller contre le dossier de sa chaise, ne sachant pas comment interpréter sa réponse. Peut-être disait-il vrai. Et peut-être pouvait-il l'aider à identifier le conducteur de la Porsche.

Cette pensée lui retourna l'estomac. Pendant sa dernière enquête, elle avait bénéficié malgré elle de l'aide du sujet 037. Elle ne voulait pas être redevable à ce genre d'individu, mais peut-être pouvait-il l'aider à y voir plus clair. Car, entre ces histoires d'Égypte ancienne, les adolescents assassinés, les filles kidnappées, le témoignage bidon et le faux agent du FBI, elle se sentait complètement larguée.

Le corps vibrant de tension, elle posa les yeux sur la pile de vieux dossiers abandonnés sur la table. Peut-être parviendrait-elle à calmer ses nerfs en parcourant les documents liés à la mort de son fiancé ?

Elle lâcha un rire nerveux à l'absurdité de cette pensée. « Bien sûr, et si on étudiait les dossiers sur la mort d'un être aimé pour se relaxer pendant une enquête criminelle ? »

Elle alla dans la cuisine, où elle trouva un message énigmatique de Tino disant : *Il y a un truc important dont je voudrais te parler !*

Elle envisagea un instant de descendre voir si Tino était encore debout, mais décida qu'elle était trop lessivée pour penser à quoi que ce fût d'autre pour le moment. Elle songea aussi à appeler Sophia pour la prévenir qu'elle était surveillée, mais il était tard, et Sayer n'était pas tout à fait convaincue que 037 eût dit la vérité. Au lieu de quoi, elle sortit une bière du frigo et s'assit devant son ordinateur. Elle écrivit un court mail à Holt. Peut-être que l'ancienne directrice adjointe aurait des idées de lieux à DC combinant le symbolisme égyptien, l'eau et les étoiles. S'ils parvenaient à trouver le bon endroit, peut-être pourraient-ils prendre le tueur sur le fait.

Bien que cela impliquât la mort d'une autre adolescente.

Une fois son mail envoyé et sa cannette de bière vidée, Sayer s'efforça d'empêcher son esprit de revenir sans cesse à cette pensée. Comprenant qu'elle avait besoin de dormir un peu, elle tituba jusqu'à son lit et sombra dans le sommeil.

Lieu inconnu

Kate regarda les autres filles réviser leur partie du plan d'attaque.

Elles devaient attirer Walter jusqu'au fond du car sans éveiller ses soupçons, donc en gardant leurs armes cachées et leurs yeux baissés. Lorsqu'il serait le plus loin possible, elles l'attaqueraient toutes, à l'exception de Kate, qui attendrait sur le premier siège, prête à partir en courant. Si elle parvenait à s'enfuir, elle pourrait alerter la police qui viendrait les aider.

C'était Nell qui avait eu l'idée d'utiliser la clé anglaise qu'elles avaient trouvée pour démonter les sièges. La clé et les boulons étaient rouillés, mais, en y mettant toutes leurs forces, elles avaient réussi à libérer plusieurs pieds en métal.

À présent, elles avaient six lourdes barres de fer pour attaquer Walter.

À mesure qu'elles répétaient leur plan, Kate se rendit compte que ses camarades avaient perdu leur air hagard et terrifié et semblaient désormais mues par une détermination farouche. Leur langage corporel avait changé. Elles ne se voyaient plus comme des victimes, mais comme des guerrières, se mouvant d'un air résolu, le regard fixe, les visages graves. Elles étaient prêtes.

Kate avait la bouche sèche et son cœur battait trop vite. Elle aurait aimé que Walter arrivât tout de suite, car elle était épuisée et elle savait que, d'une manière ou d'une autre, le cauchemar prendrait fin lorsqu'il serait là.

APPARTEMENT DE SAYER

Alexandria, Virginie

Sayer se redressa en sursaut dans son lit, la main déjà tendue vers son arme. Quelque chose avait déclenché son alarme interne et sa peau fourmillait d'inquiétude tandis qu'elle se glissait en silence hors du lit, son pistolet braqué sur le vide obscur de la porte grande ouverte de sa chambre.

Un camion-poubelle passa dans un grondement. Le bourdonnement régulier de la circulation filtrait par le vitrage fin des fenêtres. Il faisait toujours nuit, mais Sayer reconnaissait les bruits annonçant le lever du jour.

Elle baissa son arme et marcha à pas de loup jusqu'au salon.

« Adi ? » murmura-t-elle. Peut-être avait-elle décidé d'écourter sa visite de l'université ?

Ne recevant aucune réponse, Sayer passa de pièce en pièce, vérifiant toutes les cachettes possibles.

L'appartement était vide. Les fenêtres et les portes bien fermées.

Elle se plaça au centre de son salon, son pistolet baissé, essayant de comprendre ce qui l'avait réveillée. Elle avait toujours eu le sommeil léger, mais cette fois elle avait le sentiment qu'un danger bien réel avait déclenché en elle une alarme inconsciente.

Elle sursauta en entendant son téléphone vibrer dans sa chambre.

Elle secoua la tête et se hâta d'aller répondre. Elle avait vraiment les nerfs à fleur de peau.

L'écran affichait le nom d'Ezra. « Salut Ez, qu'est-ce qu'il se passe ?

— Désolé de t'appeler si tôt, mais une femme vient de contacter la hotline, elle dit qu'elle a vu le portrait-robot aux infos et qu'elle est sûre que c'est son beau-frère. Un certain Luke Windsor. Elle nous a envoyé une photo du type. Il ressemble comme deux gouttes d'eau à notre suspect. Je savais pas si tu préférais que j'envoie un agent lui parler ou y aller toi-même. Elle habite à Falls Church, à une vingtaine de minutes de chez toi. »

Sayer posa son arme sur sa table de nuit et frotta ses yeux ensommeillés. Elle avait dormi quatre heures, ce qui était loin de suffire pour faire d'elle un humain fonctionnel. « Elle paraît crédible ?

— Ouais. J'ai fait des recherches sur elle et son beau-frère. Tout ce qu'elle a dit est vrai. Mais surtout, j'ai envoyé la photo à Al Valentine et à Declan à l'hôpital. Declan dort toujours, mais Al a confirmé que ça ressemblait au suspect. J'ai essayé de localiser Luke Windsor, sans succès. En revanche, j'ai trouvé son casier judiciaire, qui est long comme le bras. Peut-être même deux bras.

— D'accord. Continue d'enquêter sur ce type, vois s'il peut vraiment être notre homme. Je peux être chez elle dans trente minutes.

— Ça marche. Je t'envoie l'adresse.

— Attends, dit Sayer avant qu'il raccroche. Tu es rentré dormir un peu ?

— J'ai roupillé ici pendant une heure.

— Ezra…

— Je sais, je sais. Je ferai une petite sieste avant la réunion. »

Sayer grommela et raccrocha.

Elle fit rapidement sa toilette et enfila des vêtements propres. Revigorée par un bagel froid et un gigantesque mug de café, elle franchit la porte en hâte. Sur le palier, elle se figea.

Dans la première lumière grisâtre de l'aube, elle distinguait de grandes empreintes de chaussures sur la fine couche de neige glacée qui recouvrait le palier.

Elle suivit du regard les traces de pas. Quelqu'un avait monté l'escalier, regardé par la fenêtre de son appartement et s'était placé devant la porte d'entrée. La main de Sayer se posa sur son pistolet tandis qu'elle balayait du regard le jardin en contrebas. Il n'y avait aucune empreinte devant chez Tino. Qui que fût cette personne, elle savait quel appartement était le sien.

Prenant soin de ne pas abîmer les empreintes devant la fenêtre, elle s'approcha pour mieux regarder. Son cœur s'emballa lorsqu'elle aperçut quelques traces supplémentaires sur la vitre.

« Merde », marmonna-t-elle en composant le numéro d'Ezra.

« Tu as reçu l'adresse ?

— Ouais. J'ai besoin que tu envoies une équipe de techniciens chez moi. » Son visage était empourpré sous l'effet de la colère. Elle connaissait et acceptait les risques de son métier, mais l'idée que quelqu'un vienne chez elle et envahisse le seul lieu censé être sûr pour elle et sa famille lui était intolérable.

« Mince, que s'est-il passé ? demanda Ezra d'une voix inquiète.

— J'ignore si c'est lié à notre affaire, mais quelqu'un m'a suivie jusque chez moi au moins deux fois depuis qu'on me l'a confiée. Je pensais l'avoir semé hier soir, mais je viens de trouver des empreintes de pas devant mon appart. Je vais prendre des photos et te les envoyer, mais j'aimerais que quelqu'un vienne examiner la scène. » Sayer contempla les traces devant la porte. « Il est possible que la personne ait touché la porte d'entrée et la fenêtre.

— Oh merde, ça craint. Je t'envoie quelqu'un immédiatement. »

Sayer raccrocha et descendit pour prévenir Tino de ce qu'il s'était passé.

Il lui ouvrit la porte dans un pyjama en flanelle tout froissé, le nez enflé et les yeux cernés de pourpre. Vesper bondit hors de l'appartement pour saluer Sayer et entreprit de serpenter joyeusement entre ses jambes en agitant la queue.

« Bonjour, dit Sayer. Comment te sens-tu ?

— Ça va. Un petit shot de whisky pour le petit déj et ça ira mieux. » Tino essaya de cligner de l'œil mais ne parvint qu'à esquisser une grimace. « Que me vaut cette visite matinale ? Tu es encore à court de café ? »

Sayer souleva son mug. « Tout va bien niveau caféine. Je voulais juste te prévenir que quelqu'un a rôdé devant chez moi hier soir. Ça pourrait être lié à l'enquête.

— Tu penses que c'est le faux agent du FBI qui m'a rendu visite à l'hosto ? » Le regard soudain noir de Tino parcourut le jardin d'un air méfiant.

« Possible. Honnêtement, je n'en sais rien du tout, mais il vaudrait peut-être mieux que tu partes pour quelques jours. Heureusement qu'Adi est en Californie. Et Sophia est toujours dans le Montana, donc n'hésite pas si tu veux rester chez elle. »

Tino pressa ses lèvres l'une contre l'autre. « Je pense pas que ce soit nécessaire. J'ai ce dangereux molosse pour me protéger… » Il désigna Vesper qui était en train d'uriner sans grâce dans le jardin.

« Le dangereux molosse qui ne s'est pas réveillé quand un intrus a grimpé l'escalier et rôdé devant ma porte et mes fenêtres ? »

Tino pâlit. « Oh mince. Enfin, je ne vais pas me laisser chasser de chez moi par ce bloc de viande, ou qui que ce soit d'autre d'ailleurs. Que ce Crenshaw essaie un peu de m'attaquer par surprise. »

Sayer soupira. « D'accord, monsieur le dur à cuire, comme tu voudras. Ouvre l'œil. Je t'appelle plus tard. Des nouvelles du garçon ?

— Declan s'en sort plutôt bien. On a prévu de lui rendre visite dans quelques heures. »

Sayer hocha la tête. « D'accord. J'ai fait doubler la sécurité devant sa porte. Espérons que tu ne te feras pas agresser cette fois.

— Espérons, oui, fit Tino avec un sourire en coin. Bon, concernant ce truc dont je voulais te parler. C'est…

— On peut en discuter plus tard, Tino ? Je t'avoue que je suis au bout du rouleau.

— Bien sûr, calida. Que dirais-tu de boire un verre ce soir après le boulot ? Je ferai quelque chose de nouveau. Peut-être des margaritas à l'avocat. »

Sayer serra le bras de Tino. « Avec plaisir. »

Elle fit au revoir de la main à Vesper et grimpa sur sa Silver Hawk pour rendre visite à la femme qui, avec un peu de chance, allait leur permettre d'identifier leur tueur.

DOMICILE DE JACKIE WINDSOR

Falls Church, Virginie

Sayer s'arrêta devant la petite maison grise et blanche au moment où le soleil pointait à l'horizon. C'était un quartier ouvrier plutôt agréable, un lotissement de maisons préfabriquées où il semblait faire bon vivre. Contrairement au reste de la rue, cela dit, il n'y avait pas de jouets d'enfant éparpillés dans le jardin.

Pour la première fois depuis une semaine, la température était montée au-dessus de zéro, et la neige commençait à fondre par endroits sous la chaleur du soleil levant.

La porte d'entrée s'entrouvrit alors que Sayer grimpait les marches glissantes.

« Agent Altair ? demanda une jolie jeune femme aux cheveux blond cendré et aux yeux noisette pétillants.

— Oui. Vous devez être Mme Windsor ? »

Voyant la femme hésiter, Sayer sortit son badge. Jackie Windsor parut immédiatement se détendre.

« Je vous en prie, appelez-moi Jackie », dit-elle avec un accent raffiné du Sud en s'écartant et en faisant signe à Sayer d'entrer.

La maison était bien entretenue mais étouffante, pleine à craquer de lourds tapis et de fauteuils rembourrés. Il y faisait si chaud que Sayer ôta son épaisse veste en cuir. Sans un mot, Jackie la lui prit des mains et la suspendit dans le placard de l'entrée.

« Désolée de vous appeler si tôt. Je travaille de nuit et je viens de voir ce portrait aux infos en rentrant. » Jackie précéda Sayer dans la cuisine. « Je vous en prie, asseyez-vous. Vous souhaitez boire quelque chose ? Du café ? »

— Non merci », dit Sayer, et les deux femmes s'assirent face à face, un peu gênées. De sa chaise, Sayer put observer le salon au style très classique. Une grande photo d'un jeune soldat était suspendue au-dessus de la cheminée, une bannière noire recouvrant le coin supérieur droit. Une élégante urne bordeaux et or trônait sur le manteau.

« Madame Windsor… Jackie. » Sayer sortit le portrait du suspect. « J'ai cru comprendre que vous pouviez identifier l'homme sur ce dessin ? » Elle fit glisser l'image sur la table.

Jackie posa les yeux dessus mais ne la toucha pas. Son visage se déforma en une grimace de dégoût mêlé de colère. Sayer remarqua alors que la peau de son front et de son cou était fine et parcheminée, et elle prit conscience que Jackie Windsor était plus âgée qu'il ne lui avait semblé au premier abord.

« Désolée. Je ne pensais pas que ce serait si dur.

— Prenez votre temps. J'ai cru comprendre que vous aviez des raisons de penser qu'il s'agit de votre beau-frère ? »

Jackie opina lentement, les yeux toujours rivés au dessin. « Je… » Elle marqua une pause pour s'éclaircir la voix. « Luke Windsor. »

Sayer sortit son téléphone afin de prendre des notes. « Luke est votre beau-frère ?

— Oui, laissez-moi vous montrer. » Jackie se leva pour récupérer une vieille boîte à archives sur le plan de travail de la cuisine. « Ma belle-mère nous a laissé cette boîte. Elle contient surtout de vieux projets scolaires, mais aussi des dossiers médicaux et quelques photos. » Elle souleva le couvercle poussiéreux et en sortit une liasse de photos qu'elle tendit à Sayer.

La première représentait deux jeunes hommes en uniforme de l'armée se tenant au garde-à-vous côte à côte. La ressemblance entre les deux sautait aux yeux. « C'est Luke et votre mari ?

— Miles. » Son sourire forcé ne suffisait pas à masquer son chagrin. « Il est décédé l'année dernière. Mort au combat en Irak. »

Sayer hocha la tête d'un air compréhensif. Son regard faisait des allers-retours entre le dessin toujours posé devant Jackie et la photo de Luke. Les deux portraits présentaient le même menton rond, les mêmes pommettes hautes, mais c'était leurs yeux vaguement amusés qui ne laissaient aucun doute quant à leur concordance. « Je vois moi aussi la ressemblance, mais est-ce qu'il y a quelque chose de précis qui vous fait penser que c'est l'homme que nous cherchons ? »

Jackie tendit la main et sortit une autre photo de la pile que tenait Sayer. Elle montrait également les deux frères ensemble, mais cette fois Luke avait les cheveux en bataille, les épaules affaissées.

« Ils ont été envoyés au front au même moment… Miles après la fac, Luke directement après le lycée. Miles a gagné en grade, mais pas Luke. Après son déploiement, Luke était… perturbé. Il a sombré dans la drogue. Il a fini par être exclu de l'armée. Cette photo a été prise quand Miles est rentré de sa première période de service. »

Sayer demeura silencieuse, laissant Jackie parler.

« Pour être honnête, je n'ai jamais aimé Luke, j'ai toujours trouvé qu'il y avait chez lui quelque chose de… bizarre. Je ne sais pas comment expliquer. Il a fait des blagues de mauvais goût à notre mariage. Je sais que c'était un enfant à problèmes. Il se battait, ce genre de choses. Et… » Elle hésita un instant. « Miles a trouvé des souris et un chat morts dans leur jardin, quand lui-même avait à peine dix ans. »

Cette dernière information capta l'attention de Sayer. Bien que les mythes affirmant que les tueurs en série mouillaient leur lit et déclenchaient des incendies quand ils étaient enfants soient infondés, il existe un lien avéré entre la maltraitance animale pendant l'enfance et les crimes violents à l'âge adulte.

« Il a disparu pendant quelques années, on a même cru qu'il était mort. Et puis, il y a deux ans environ, il est revenu, et il était dans un sale état. Accro au speed. Il était maigre comme un clou, il avait la bouche pleine d'ulcères. Il… il a demandé de l'aide à Miles.

— Que s'est-il passé ? interrogea Sayer gentiment.

— On venait de quitter Fort Bragg pour s'installer ici. On a acheté cette maison pour préparer notre retraite et Miles lui a dit qu'il pouvait rester avec nous pendant quelques mois, jusqu'à ce qu'il remonte la pente… »

Elle se tut, et Sayer attendit patiemment qu'elle reprenne. Lorsqu'elle interrogeait quelqu'un, le silence était son outil le plus efficace. Rares étaient les gens qui supportaient de longs silences et ils finissaient généralement par parler pour combler le vide.

« Luke était plutôt respectueux quand il était ici, mais au bout de quelques semaines j'ai remarqué que de l'argent disparaissait. Puis c'est mon alliance qui s'est volatilisée. Donc j'ai dit à Miles que je voulais qu'il parte. Il nous volait pour s'acheter de la drogue ou je ne sais quoi. C'était inacceptable.

— Donc Miles l'a mis à la porte ?

— Pas immédiatement… on s'est disputés à ce sujet. Il voulait aider son petit frère, mais un jour Luke a ramené à la maison un ami qui a eu les mains baladeuses avec moi. » Jackie leva les yeux vers Sayer d'un air presque contrit. « Pour Miles, c'était la goutte d'eau. Il a mis Luke à la porte le soir même.

— C'est la dernière fois que vous avez vu Luke ?

— Non. C'était à l'enterrement de Miles. Il est arrivé défoncé, il ne s'était pas lavé depuis des semaines. Il paraissait à moitié mort. Quand il a vu le cercueil, il s'est mis à hurler, il a renversé des fleurs, et il est parti en courant. C'était il y a un an et je ne l'ai pas revu depuis. » Une grimace passa sur les lèvres de Jackie à ce souvenir.

Sayer parcourut lentement le reste des photos. Certaines, aux couleurs délavées par le temps, montraient Luke et Miles enfants. Il y en avait une où les garçons étaient sur le même cheval. Une autre où ils avaient les genoux écorchés et les joues brûlées par le soleil. Une autre encore prise lors d'une fête au bord d'une piscine, où les adolescents portaient des chemises hawaïennes et souriaient à quelqu'un qu'on ne voyait pas.

« Luke est le cadet ? demanda Sayer en essayant de les distinguer.

— Oui, de quatre ans. »

Sayer sortit du paquet la dernière photo de Luke. Âgé d'environ vingt-cinq ans, il était assis seul sur une balancelle, les bras reposant sur le dossier, vêtu d'un jean coupé et d'un tee-shirt blanc crasseux. Il fixait intensément l'objectif.

Elle eut alors la certitude que c'était lui. Ses yeux semblaient morts, comme s'ils jaugeaient le monde de loin – un regard que Sayer connaissait pour l'avoir vu chez nombre de ses sujets psychopathes.

« Pouvez-vous me dire autre chose au sujet de Luke ? Là où il habite ou travaille ? Des amis ? N'importe quelle information susceptible de nous aider à le trouver ? »

Jackie secoua la tête. « Non, je suis vraiment navrée. Je ne sais rien à son sujet, hormis qu'il vivait à Baltimore. Mais c'était avant qu'il emménage avec nous.

— Est-ce que les parents de Luke et Miles pourraient nous aider ?

— Ils sont décédés tous les deux. Leur père est mort quand Miles avait quinze ans et Luke onze. Leur mère l'année dernière, deux mois seulement après Miles... » Elle détourna le regard, les yeux embués de larmes.

Sayer attendit qu'elle poursuive.

« Désolée, dit finalement Jackie en se tamponnant les yeux. Ça fait presque un an, mais je ne peux toujours pas parler de lui sans pleurer.

— Je comprends. Mon fiancé est mort il y a presque quatre ans. »

Jackie la regarda avec une expression nouvelle. « Je suis désolée.

— Merci », répondit Sayer, refusant de s'autoriser à ressentir quoi que ce soit. Elle évitait toujours de puiser dans la rivière de chagrin qui sommeillait en elle, de crainte de se faire engloutir. Elle savait que Jackie attendait d'elle un signe de tristesse partagée, mais Sayer ne parvint qu'à lui adresser un regard vide.

Jackie détourna les yeux un moment, mais elle poursuivit. « Leur mère parlait de Luke avec une grande franchise. Elle disait qu'elle avait donné naissance à un diable et à un ange. Miles était un enfant très sage, un excellent élève. Luke a failli être expulsé du lycée. Au moment où Miles entrait dans les forces spéciales, Luke se faisait exclure de l'armée pour conduite déshonorante.

— Vous savez précisément pourquoi il a été exclu ? » demanda Sayer en prenant mentalement note de se renseigner auprès de l'armée.

Jackie fit signe que non. « Il y a peut-être quelque chose dans cette boîte. Je n'ai jamais vraiment regardé à l'intérieur. Vous pouvez l'emporter.

— Dernière question. Vous savez si Luke s'intéressait à l'Égypte ancienne ?

— Oui, bien sûr. Leur père était un égyptologue renommé. Je ne l'ai jamais rencontré. Mais le Dr Windsor travaillait au Smithsonian. Il emmenait parfois les garçons quand il partait faire des fouilles en Égypte. D'ailleurs, il est mort pendant une de ses expéditions. »

Sayer sentit le frisson électrique de l'excitation la parcourir tandis qu'une nouvelle pièce du puzzle trouvait sa place. Luke Windsor était forcément leur homme.

Lieu inconnu

Kate était en train de sombrer dans un cauchemar peuplé de zombies lorsqu'une fille siffla pour annoncer le retour de Walter.

Un frisson secoua tout son corps à la vue de l'homme avançant sur le sable de sa démarche traînante. Ses mouvements paraissaient saccadés, erratiques. Pour la première fois, elle douta de leur plan.

Il avait un pistolet. Et s'il se contentait de les abattre l'une après l'autre ? Était-elle en train de vivre ses derniers instants sur terre ?

Elle se laissa envahir par la vague de tension qui se propageait à travers le car, faisant monter l'adrénaline qui lui donnerait la force de s'élancer à toute vitesse vers la sortie pendant que les autres filles s'attaqueraient à Walter.

Alors qu'il retirait la barre en métal bloquant la portière, Kate essuya ses mains trempées de sueur sur son jean et essaya de paraître aussi blasée que possible, soucieuse de ne pas laisser son impatience et sa nervosité trahir leur plan.

Walter vint se placer à côté de Kate, qui était assise seule sur le premier siège.

Son regard commença à errer sur les sièges tandis qu'il cherchait sa prochaine victime. Les filles tournaient la tête et baissaient les yeux, comme elles s'y étaient entraînées. Avant d'attaquer, elles voulaient que Walter atteigne le fond du car. Et elles voulaient qu'il pense qu'elles avaient peur.

Kate retint son souffle tandis qu'il avançait lentement le long de l'allée, tournant la tête de gauche à droite. Une odeur de pourriture émanait de son corps à chacun de ses mouvements et elle lutta contre les haut-le-cœur qui enflaient dans sa gorge.

Lorsqu'il atteignit le dernier rang, elle eut l'impression que le temps s'était figé en un impossible moment de silence absolu.

Puis Nell lança un cri de guerrière et Kate bondit hors de son siège, comme projetée par un canon. Alors qu'elle se ruait sur la portière ouverte, elle ne put s'empêcher de tourner la tête pour voir ce qu'il se passait derrière elle.

Dans l'obscurité peuplée d'ombres, elle aperçut la meute de filles au regard fou qui, toutes dents dehors, fondaient sur Walter et abattaient sur lui leurs barres de fer en poussant des cris de rage sanguinaire.

Au moment où elle dévalait les marches, les bruits horribles de l'attaque emplissaient la vaste salle. Et, son instinct avait beau lui crier de rester et de se battre, elle savait qu'elle représentait peut-être leur unique chance de s'en sortir. En tant que meilleure coureuse du groupe, elle avait une mission à accomplir.

Alors Kate s'élança à toute vitesse, suivant les traces de pas de Walter dans le sable.

Derrière elle, le car était secoué par le poids des corps qui se cognaient aux parois avec des claquements sourds. Les cris stridents des filles, mues par une rage animale, résonnaient à travers la pièce caverneuse, ponctués par les hurlements de douleur de Walter.

L'écho de ses gémissements pathétiques fit naître un sourire farouche sur les lèvres de Kate tandis qu'elle courait vers la liberté.

BUREAU DE SAYER

Quantico, Virginie

Sayer et Ezra contemplaient la vieille boîte à archives posée sur le bureau. Une épaisse couche de poussière se colla aux doigts de Sayer lorsqu'elle souleva le couvercle. « C'est des souvenirs que la mère a gardés pour ses deux fils. »

Ezra en sortit la pile de photos et les feuilleta en vitesse. « Tu veux que je les envoie aux analystes ?

— Il nous reste quelques minutes avant la réunion du matin. Je préférerais qu'on y jette rapidement un œil avant de les leur envoyer. »

La première chose qu'elle sortit du carton était un livre d'enfant. « C'est moi », pouvait-on lire sur la couverture. En première page, les mots « Je m'appelle Miles » avaient été tracés au crayon gras dans un arc-en-ciel de couleurs. En dessous se trouvait une dizaine de livrets en papier cartonné. « Ça ressemble à des travaux d'école primaire. » Elle retourna un dessin représentant un garçon dont les cheveux étaient faits de brins de laine collés à la page. Au sommet de tous les livrets, le nom « Miles Windsor » était inscrit en grosses lettres rondes d'enfant.

Sous les livrets se trouvaient plusieurs photographies d'une équipe de foot où s'affichait Miles.

« Je remarque une constante. Le livre de Miles. Les dessins de Miles. Miles jouant au foot... fit Ezra.

— Ouais, attends une seconde. » Sayer sortit une épaisse chemise verte glissée contre un côté de la boîte. Un dossier en papier kraft était collé au dos. « L'étiquette indique "Luke Windsor".

— Des bulletins scolaires ? »

Sayer feuilleta le dossier page par page. « Non, c'est un dossier médical. Apparemment, Luke Windsor passait tout son temps chez le médecin. Doigt cassé. Épaule cassée. Nez cassé. Je lis ici qu'il a souffert de vertiges après s'être bagarré à l'école. Ah, ils ont jugé son état assez préoccupant pour faire un scanner. Voyons si maman Windsor en a gardé un exemplaire. » Elle s'empressa d'ouvrir le dossier en papier kraft et en sortit une série d'images. La dernière était un scanner cérébral. « Bingo ! » s'exclama Sayer avec un sourire de triomphe.

Elle leva le scanner pour l'examiner sous la lumière.

« Que vois-tu ? »

Sayer étudia longuement l'image avant de répondre.

« Bon, si je n'étais pas encore convaincue, je le suis maintenant.

— Convaincue que Luke Windsor est notre homme ? »

Sayer regarda Ezra avec enthousiasme. « Exactement. Car son cortex préfrontal ventromédian ressemble à du gruyère. Et son amygdale est deux fois plus petite qu'elle devrait l'être. Ceci est sans l'ombre d'un doute le cerveau d'un psychopathe. »

POSTE DE COMMANDEMENT DU FBI

Quantico, Virginie

« Bon, il s'est passé beaucoup de choses depuis la dernière réunion, annonça Sayer, debout face à la salle. Nous avons une nouvelle victime, une nouvelle théorie concernant les motivations de notre tueur, un faux agent du FBI qui a attaqué un de nos hommes, et un suspect principal. Je vous présente Luke Windsor. »

L'intégralité du groupe de travail, désormais composé de plus de cinquante agents et analystes, fixa l'image de Windsor assis seul sur la balancelle. Sur ce grand écran, il paraissait encore plus effrayant. Son regard intense avait quelque chose d'agressif, de dangereux.

Al Valentine dardait sur la photo un regard tout aussi dangereux.

« Al, est-ce l'homme qui vous a attaqué au musée ? demanda Sayer.

— Oui, c'est lui. » Il avait la gorge serrée par la colère. « Enfin, il a l'air bien moins en forme maintenant. Et plus dépenaillé. Mais c'est bien lui.

— D'accord. » Sayer marchait tout en parlant. « Nous sommes toujours en train de rassembler des informations sur Windsor, mais il semble que ce soit effectivement notre homme. Avant d'aborder ce sujet, faisons le point sur le reste. »

Ezra afficha la photo du corps de Becky.

« Rebecca Blane, surnommée Becky, a été retrouvée sans vie hier soir au Mall. Becky était en classe de terminale et devait entrer à Virginia Tech cet automne. Son décès est survenu autour de 20 heures et, comme Rowena Chang, elle est morte par noyade. » Sayer fit signe à Ezra d'afficher la photo du corps de Becky. « Elle a été déposée au pied du Washington Monument sans accessoires, mais, comme vous pouvez le voir ici… » Ezra zooma sur le visage de Becky. « Elle avait la même trace de sang sur les lèvres, ainsi qu'une ligne dessinée au marqueur le long de son visage. D'après le légiste, on lui a brièvement attaché les poignets. Autrement, Becky était en bonne santé et il n'y a aucun signe d'agression sexuelle. Ce qui nous amène au mobile du meurtre. »

Sayer souleva un livre usé pour le montrer à la salle. « Hier soir, le Dr Al Valentine nous a briefés sur un texte de l'Égypte antique, l'*Amdouat*, qui est, pour résumer, un guide destiné aux nouveaux défunts. » Sayer se tourna vers Al. « Corrigez-moi si je me trompe. »

Al hocha sévèrement la tête, le corps immobile.

Sayer résuma pour eux le contenu de l'*Amdouat*, les douze chambres de l'au-delà, les douze déesses, et leur lien avec les meurtres. « Tout cela doit vous paraître assez ésotérique, mais ça nous est utile à deux égards. Premièrement, cela nous aide à comprendre la psychopathologie de notre tueur. Même si nous ne savons pas précisément pourquoi il essaie de recréer l'au-delà égyptien, c'est un point de départ pour saisir ses motivations. Deuxièmement, cela nous offre une chance d'attraper notre tueur ce soir. » Sayer parcourut les agents du regard et vit dans leurs yeux l'excitation du prédateur se rapprochant de sa proie. « Il a déposé les deux corps dans des lieux qui représentent symboliquement chaque chambre. D'après le Dr Valentine, la troisième chambre est une région aquatique, nous devons donc chercher un endroit associant l'eau et l'Égypte antique. » Sayer regarda les analystes en faisant les cent pas. « Je veux une liste de tous les lieux possibles, aussi improbables soient-ils, avant 18 heures afin que l'on puisse envoyer des agents sur chacun d'entre eux. Pendant que certains d'entre vous travaillent là-dessus, les autres doivent se concentrer sur Luke Windsor. Voici ce que nous savons à ce stade.

Son père était égyptologue pour le Smithsonian. Windsor a été élevé en partie en Égypte et il a baigné toute son enfance dans la mythologie égyptienne, ce qui expliquerait sa connaissance de l'*Amdouat.* »

Elle cessa de marcher pour se placer devant la boîte à archives. « La belle-sœur de Windsor nous a remis de vieux souvenirs et dossiers sur Windsor. D'après ce qu'elle m'a dit, c'était un enfant à problèmes, violent envers les animaux, et nous savons tous ce que cela suggère. » Sayer marqua une pause pour leur laisser tirer leurs conclusions. « Selon ce que nous avons appris jusqu'à présent, il avait de gros problèmes de discipline à l'école. Il s'est engagé dans l'armée à la sortie du lycée et a été exclu pour conduite déshonorante quatre ans plus tard. Il a ensuite sombré dans la drogue et a demandé de l'aide à son frère il y a quelques années, mais il a été mis à la porte quand il a commencé à voler sa belle-sœur. Nous avons également trouvé un vieux scanner cérébral qui suggère fortement que Luke Windsor est un psychopathe. »

Un murmure parcourut la pièce. Tout le monde éprouvait le même frisson d'excitation.

« Ezra, avons-nous réussi à le localiser ?

— Non. Le dernier endroit où il a laissé une trace est Baltimore, il y a plus d'un an. Je n'ai trouvé aucun logement ou véhicule à son nom. Aucune arrestation. Rien du tout.

— Merde, marmonna Sayer. Et son dossier militaire ? Tu as découvert pourquoi il a été exclu ?

— Ils doivent me recontacter pour me donner plus d'informations, mais ils m'ont confirmé au téléphone que c'était bien pour conduite déshonorante. Donc, quelle que soit la raison, c'est quelque chose de grave. »

Sayer hocha la tête. « D'accord. Continuons à creuser. Avait-il des amis ? Des potes de l'armée qui pourraient nous aider à le localiser ? Essayons de trouver tout ce qu'on peut sur le passé de Windsor et ses déplacements.

— Compris, dit Ezra.

— Voilà donc où nous en sommes. Nous devons tout mettre en œuvre pour trouver Windsor, car il détient toujours dix adolescentes. C'est notre priorité. Mais nous n'oublions pas notre faux témoin et notre faux agent du FBI. »

Ezra afficha des photos des deux hommes.

« Nous ne savons toujours pas pourquoi ces individus ont essayé d'interférer dans notre enquête », poursuivit-elle.

Ezra cliqua sur le cliché que Sayer avait pris des empreintes de pas devant sa fenêtre.

« Une dernière chose à garder à l'esprit : le jour où l'enquête m'a été confiée, quelqu'un a commencé à me suivre du travail jusque chez moi. Hier soir, quelqu'un a rôdé autour de mon appartement. Je ne suis pas sûre à 100 % que ces événements soient liés à notre affaire, mais le timing est suspect, je tiens donc à ce que nous les prenions en compte. »

Sayer observa un instant les empreintes de pas. Sur grand écran, elles paraissaient encore plus impressionnantes qu'elles l'avaient été en vrai. « Avons-nous une correspondance avec l'ADN ou les empreintes digitales trouvées sur ma porte d'entrée ?

— Aucune, ni avec les autres échantillons ADN associés à cette affaire pour l'instant, dit Ezra.

— D'accord. Je n'ai aucune idée de la manière dont ces trois éléments sont liés à cette affaire, ni même s'ils le sont. Je veux bien croire que le faux témoin était juste un mauvais plaisant. Mais le faux agent du FBI a agressé physiquement notre conseiller auprès des victimes, ce qui suggère des intentions bien plus sombres qu'un simple canular. Et ils avaient tous les deux de fausses pièces d'identité extrêmement convaincantes, ce qui pourrait signifier qu'ils travaillent ensemble. Je ne sais pas s'il y a un lien avec la personne qui me suit et rôde autour de mon appartement. Tous les indices que nous avons récoltés jusqu'à présent suggèrent que Windsor travaille seul, mais peut-être ces deux hommes sont-ils ses complices ? Pour résumer, la mauvaise nouvelle est que notre tueur détient toujours dix adolescentes. La bonne nouvelle est que nous avons enfin plusieurs pistes. Alors creusons-les et rendons ces filles à leurs familles. »

Sayer mit fin à la réunion et marcha lentement vers son bureau en réfléchissant. Cette affaire était l'une des plus complexes sur lesquelles elle eût travaillé et elle se sentait à la dérive. Elle avait beau former une excellente équipe avec Ezra, il ne l'accompagnait pas sur le terrain et elle n'avait plus de mentor pour veiller sur elle. En fait, elle n'avait eu aucune nouvelle de ses supérieurs depuis le début de l'enquête. Le directeur Anderson avait sans doute mieux à faire, bien sûr, mais l'ancienne directrice adjointe, Janice Holt, ne lui aurait pas lâché les baskets de toute l'affaire. Or, sans même parler de travailler avec Sayer sur des stratégies, Anderson ne semblait même pas vouloir être tenu au courant des avancées de l'enquête.

Secouant la tête, elle fit halte au niveau du bureau ouvert des analystes et parcourut la salle du regard. Des agents penchés sur leurs bureaux pistaient Windsor, leurs visages collés à leurs écrans d'ordinateur, leurs doigts volant au-dessus de leurs claviers. Sayer faillit éclater de rire en les voyant concentrés si intensément sur leurs écrans. Jadis, pour pister Luke Windsor, il aurait fallu que des dizaines d'agents battent le pavé, passent des coups de fil et visitent ses anciens repaires. Aujourd'hui, ils pouvaient presque tout faire en ligne.

Sayer s'empressa de rejoindre son bureau, où elle passa quelques heures à rédiger des rapports et à participer à la chasse à l'homme numérique. Elle venait de raccrocher après un énième appel stérile lorsqu'elle entendit crier dans le couloir.

« Madame, s'il vous plaît ! lança une voix d'homme. Vous n'avez pas le droit d'être ici ! »

La porte du bureau de Sayer s'ouvrit à la volée et la mère de Becky Blane fit irruption en hurlant : « Vous l'avez laissée mourir ! » Ses yeux rougis roulaient dans leurs orbites lorsque, folle de rage, elle fondit sur Sayer avec un hurlement de harpie, toutes griffes dehors. « Je n'avais qu'elle ! »

Sayer parvint à saisir les bras de la femme alors qu'elle tentait de lui griffer le visage. Un petit groupe d'agents de sécurité arriva pour lui prêter main-forte, mais elle secoua la tête, leur signalant de ne pas intervenir.

Les hurlements de la femme se muèrent bientôt en des gémissements de douleur entrecoupés de paroles incompréhensibles.

Sayer tint fermement ses bras jusqu'à ce qu'elle cesse de se battre et finisse par s'effondrer mollement au sol.

« Je m'en occupe », dit Sayer en faisant signe aux agents de sortir.

Elle se laissa tomber au sol à côté de la mère de Becky et posa gentiment la main sur son épaule. « Je suis vraiment désolée pour Becky, dit-elle doucement.

— Ils disent que vous avez fait une grosse erreur, que vous avez suivi une fausse piste. » Ses lèvres tremblaient de colère. Sayer se demanda qui avait bien pu partager des informations aussi sensibles avec cette pauvre femme.

« Pendant que vous suiviez la mauvaise piste, ma Becky était en train de se faire assassiner. » De grosses larmes coulaient sur les joues de Mme Blane. « Ils ont montré des photos d'elle aux infos. Son corps… elle paraissait tellement… » Elle frissonna encore, puis leva les yeux vers Sayer, dardant sur elle un regard glacial. « Vous l'avez laissée mourir. »

Sayer ouvrit et ferma la bouche plusieurs fois, incertaine de ce qu'elle devait dire. Que pouvait-elle dire à cette femme ? Elle avait parfaitement raison ; ils avaient de fait perdu du temps sur une fausse piste.

L'agent de liaison avec les familles franchit la porte du bureau, le souffle court. « Madame Blane, je suis navrée mais vous ne pouvez pas être ici. L'agent Altair fait tout son possible pour trouver l'homme qui a fait du mal à Becky. Vous voulez bien redescendre avec moi ? Nous devons laisser ces agents faire leur travail.

— Pourquoi ? Pour qu'elle puisse sauver ces filles alors que la mienne est morte ? » siffla-t-elle. La mère de Becky détourna les yeux, comme si Sayer ne méritait même pas qu'elle la regarde, mais elle laissa l'agent Robbins l'aider à se relever. Robbins guida la femme vers la sortie et articula le mot « désolée » par-dessus son épaule avant de disparaître.

Sayer entendait Robbins murmurer des paroles de réconfort à la femme tandis qu'elles s'éloignaient dans le couloir.

Lorsqu'elles eurent disparu, elle demeura assise au sol et se laissa envahir par le chagrin de la femme, qui transforma ses propres émotions en une colère parfaitement affûtée. Elle se leva, résolue à ne pas rester plus longtemps dans son bureau. Elle éprouvait le besoin d'aller sur le terrain, de faire quelque chose, n'importe quoi. D'autres enquêteurs se satisfaisaient peut-être d'appels téléphoniques et de recherches sur Internet, mais pas elle. Elle devait aller frapper à des portes. Peut-être se balader dans l'ancien quartier de Windsor, dans l'espoir de trouver quelqu'un qui se souviendrait de lui.

Elle était en train d'enfiler sa veste lorsqu'un jeune agent passa timidement la tête dans l'entrebâillement de sa porte.

« Agent Altair ? » Il se tordait les mains en parlant.

Elle le regarda d'un air impatient.

« Euh, je travaille à la hotline en bas. On a demandé à ce qu'on vous signale tout individu qui parlerait de l'Égypte antique, et on a quelque chose. Un psychologue d'un établissement de soins, l'institut Hearing Voices, dit qu'il pense avoir brièvement traité notre suspect. Il aimerait vous parler puisque vous travaillez dans le même domaine.

— Vous avez pu vérifier qu'il était fiable ?

— Il semble l'être, oui. Le Dr Lilenhammer est diplômé d'Oxford et de l'université de Londres. Il s'est installé ici pour travailler dans le département de psychiatrie de Harvard. Il a gagné des récompenses académiques et a plusieurs publications prestigieuses à son actif. Il y a quelques années, il a quitté son poste à Harvard et ouvert l'institut Hearing Voices pour le traitement alternatif de la psychose, à Great Falls, en Virginie. »

Sayer avait déjà entendu parler de cet institut. « Il a précisé comment il avait rencontré Luke Windsor ? Pourquoi n'avez-vous pas recueilli son témoignage directement au téléphone ?

— Il n'a pas dit comment il connaissait Luke Windsor. Mais il nous a envoyé ceci par mail pour expliquer pourquoi il pensait l'avoir traité. » L'analyste tendit une photo à Sayer. « Il veut vous parler en personne. Une histoire de secret médical. Il n'a rien voulu me dire. »

Sayer plissa les yeux pour examiner le cliché, qui montrait un dessin presque enfantin. À première vue, ce n'était qu'un griffonnage sans queue ni tête, mais, en y regardant de plus près, elle remarqua que le personnage au centre était une fille tenant une hache. Neuf babouins l'encerclaient, les bras tendus vers le soleil.

Route de l'institut Hearing Voices, Great Falls, Virginie

Sayer guida sa moto sur l'étroite route conduisant à l'institut Hearing Voices. Elle jeta quelques coups d'œil derrière elle. Un véhicule la suivait à distance, mais il n'y avait aucun signe de la vieille Porsche.

Personne ne s'engagea derrière elle sur l'asphalte lisse qui serpentait à travers les collines ondoyantes en direction du fleuve Potomac.

Elle soupira bruyamment, essayant de se libérer des bandes de tension qui parcouraient son dos et ses bras. Malgré le soleil de la fin d'après-midi qui brillait à travers les branches nues des chênes et lui réchauffait les épaules, elle ne parvenait pas à se détendre. L'horloge qui comptait à rebours dans son esprit lui rappelait que chaque seconde qui passait la rapprochait du moment où le tueur enfoncerait la tête d'une adolescente sous l'eau jusqu'à ce que la vie eût entièrement quitté son corps.

La route laissa place à un terrain plat bordant le fleuve. Le bâtiment sur deux niveaux de style pueblo se dressait au loin, comme tout droit sorti du Nouveau-Mexique. C'était une construction aux murs d'adobe et aux angles arrondis, avec des fenêtres cintrées et un toit de bois sombre, la seule concession au paysage local consistant en une rangée de cornouillers plantés le long du chemin.

Un petit panneau en bois gravé annonçait que Sayer était au bon endroit.

Elle avait beau savoir que Great Falls était une région huppée, elle ne s'attendait pas à ce que ce lieu, dans sa grâce discrète, empeste autant l'argent.

Alors qu'elle garait sa moto, un homme svelte aux cheveux blonds ondulés et à la peau très bronzée sortit du bâtiment d'une allure pressée. Sa tunique bleue fluide et son pantalon de lin gris ondoyaient autour de son corps tandis qu'il agitait la main comme si Sayer était une vieille amie.

« Docteur Altair. Je suis le Dr Lilenhammer. À votre service. » Il s'inclina légèrement. « Je ne saurais dire à quel point j'apprécie que vous soyez venue jusqu'ici. » Son discret accent britannique détonnait quelque peu avec son allure de surfeur tendance gourou. « Je sais que vous devez être débordée mais, comme je suis sûr que vous le comprenez, j'ai quelque réticence à briser le secret médical. Je me suis fixé des règles très strictes sur les conditions dans lesquelles je peux partager des informations au sujet de mes patients, et je ne le ferai que si je juge cela nécessaire pour l'empêcher de nuire à autrui. » Il adressa à Sayer un sourire si aveuglant qu'elle se demanda combien il dépensait chaque mois pour conserver des dents aussi blanches.

« Bien sûr. » Sayer retira son casque. « Je vous remercie de nous avoir contactés. Et, je vous en prie, appelez-moi Sayer.

— Avec plaisir, Sayer. »

Elle remarqua qu'il ne lui offrit pas en retour de l'appeler par son prénom.

« Allons dans mon bureau », dit-il en la précédant jusqu'à la porte en bois vitrée qui donnait sur le genre de hall d'entrée qu'on aurait pu attendre d'un spa de luxe à Santa Fe. Un feu crépitait dans une immense cheminée d'adobe. Elle le suivit sur les carreaux de terre cuite jusqu'à un étroit escalier en spirale.

Le Dr Lilenhammer se retourna pour lui sourire de nouveau tandis qu'ils traversaient un petit labyrinthe de couloirs recouverts d'une moquette aux tons ocre apaisants. Finalement, ils s'arrêtèrent devant une porte richement ornée et il sortit une unique clé suspendue au collier en cuir qu'il portait autour du cou.

« Comme vous pouvez le voir, nous ne lésinons pas sur les dépenses pour rendre le séjour de nos clients aussi confortable que possible. » Il déverrouilla la porte et escorta Sayer dans une des pièces les plus somptueuses qu'elle ait jamais vues.

Le plafond à caissons venait visiblement d'une ancienne église des missions espagnoles. Une cheminée aux carreaux bleu azur dominait le mur du fond. Les autres murs consistaient en de grandes baies vitrées et Sayer prit conscience que toute la pièce était construite en porte-à-faux au-dessus du fleuve. À l'autre bout de la pièce, derrière les portes-fenêtres, un balcon circulaire semblait flotter au-dessus de l'eau. Elle entendait le discret grondement des rapides en contrebas.

« C'est un centre d'hébergement ? demanda Sayer.

— Oui. Même si, pour le moment, nous n'avons que deux résidents, et ils sont en sortie au zoo aujourd'hui. Ce qui signifie que nous avons l'endroit tout à nous. » Il ouvrit les bras tel un oiseau déployant ses ailes. « Nous n'admettons que des patients qui répondent à des critères précis… »

Sayer ne dit rien, mais elle supposait que ces critères étaient liés à la taille de leur porte-monnaie.

Comme s'il lisait dans ses pensées, le docteur lui sourit. « Je sais ce que vous vous dites. Que cet endroit doit coûter un sacré paquet d'argent à nos résidents. »

Sayer inclina légèrement la tête pour acquiescer mais garda une expression neutre, ne sachant toujours pas quoi penser de cet homme.

« Nos recherches bénéficient d'un financement privé, ce qui signifie que nos résidents n'ont rien à débourser. Vous voyez, nous remettons en question les approches traditionnelles au traitement de la psychose, et nombreux sont ceux qui aimeraient voir apparaître des alternatives dont l'efficacité a été prouvée.

— Donc, le dessin que vous nous avez envoyé est celui d'un de vos résidents ? » demanda Sayer, impatiente d'entrer dans le vif du sujet. Elle ne souhaitait pas consacrer plus de temps que nécessaire à cette visite.

Le médecin joignit le bout de ses doigts d'un air pensif, jaugeant Sayer. « Avant de discuter de mon patient, permettez-moi de vous poser une question : que savez-vous de la psychose, docteur Altair ? »

Sayer réprima son envie d'exiger qu'il en vienne aux faits. Le moment était venu de se plier à cet agaçant petit jeu académique qu'elle ne connaissait que trop bien, afin de gagner la confiance de cet homme et de le convaincre que son intelligence égalait la sienne. « Eh bien, je sais qu'elle se caractérise par des hallucinations, des délires, des troubles de la pensée et une absence de conscience de soi. La psychose se manifeste souvent comme la croyance qu'un individu peut voir des associations cachées, des cycles karmiques ou des liens de cause à effet magiques entre des choses sans rapport. Elle est généralement déclenchée par une combinaison d'éléments génétiques, lésions cérébrales et traumatismes physiques ou émotionnels. D'un point de vue neurologique, je sais que le cerveau d'un individu souffrant de psychose envoie des signaux sensoriels légitimes et vécus par l'individu comme très réels. Par exemple, quand quelqu'un a une hallucination auditive, comme lorsqu'il entend des voix, les aires auditives de son cerveau s'éclairent. En d'autres mots, son cerveau entend réellement ces voix comme n'importe quel son.

— Exactement. » Il resta immobile, les mains toujours jointes. « C'est pour cela que je voulais parler directement avec vous. Mes méthodes de traitement sont considérées par beaucoup comme… peu orthodoxes, disons, et ce, en dépit des recherches qui les appuient. Je veux que vous le compreniez avant que je discute de mon patient.

— Votre patient ? Vous ne connaissiez pas son vrai nom ?

— En effet. Je ne l'ai traité que brièvement lorsqu'il était en prison, puis de nouveau brièvement à l'hôpital. Je n'ai jamais eu confirmation de sa véritable identité. »

Sayer afficha la photo de Luke Windsor sur son téléphone. « Est-ce l'homme que vous avez traité ? »

Il lui adressa un sourire étincelant. « Oui. Il a beaucoup vieilli, mais ça lui ressemble. Vous dites que son vrai nom est Luke Windsor ?

— Oui. Vous l'avez soigné mais vous n'avez jamais connu son vrai nom ? » Cet endroit était un peu trop new age à son goût.

« Laissez-moi vous présenter en quelques mots notre institut. » D'un regard, il lui demanda la permission de continuer.

Elle hocha légèrement la tête.

« Comme je suis certain que vous le savez, j'étais professeur à Harvard, où je travaillais sur le développement de nouveaux traitements de la psychose. Le milieu dans lequel j'ai grandi puis étudié m'a amené à croire que notre but principal, en tant que médecins en charge des maladies mentales, était d'utiliser les traitements médicaux et la thérapie afin de réduire autant que possible les symptômes pour aider nos patients à lutter contre leur maladie.

Par exemple, vous avez évoqué le cas des hallucinations auditives. Une des choses les plus difficiles pour de nombreux patients souffrant de psychoses est d'ignorer ou de supprimer les voix dans leurs têtes, car, comme vous l'avez très justement signalé, elles leur paraissent tout à fait réelles. Comment sont-ils censés reconnaître les vraies voix des fausses ? »

Les yeux du Dr Lilenhammer brillaient d'enthousiasme. « J'ai passé les vingt premières années de ma carrière à chercher des médicaments capables de supprimer ces voix et d'aider les patients à vivre une vie plus "normale". » Il mima des guillemets autour de ce dernier mot. « Et, ne vous méprenez pas, je crois fermement à la médecine occidentale, et à l'utilisation de médicaments pour les bonnes raisons… mais tout a changé lors d'un voyage en Afrique. »

Sayer parvint à se retenir de lever les yeux au ciel, tout en espérant qu'il n'aille pas lui parler de quelque chaman qu'il aurait rencontré lors de ce voyage.

« Quand j'étais là-bas, je me suis rendu dans un village au Burkina Faso, où vivait et travaillait un chaman très respecté. »

Sayer soupira intérieurement.

« Les gens parcouraient des centaines de kilomètres pour venir lui demander conseil et j'étais très curieux de rencontrer cet homme. Et, quand je l'ai fait, j'ai pris conscience que, s'il avait vécu aux États-Unis ou en Europe de l'Ouest, il aurait été diagnostiqué comme psychotique. Il avait des hallucinations intenses, à la fois auditives et visuelles. Il entendait pas moins de douze voix différentes dans sa tête, qu'il interprétait comme des esprits de l'au-delà. » Ce disant, le docteur agita les doigts dans l'air.

« En dépit de ses nombreuses hallucinations, cet homme vivait une vie heureuse, productive, et extrêmement respectée. Et j'ai pris conscience que… » Le Dr Lilenhammer marqua une pause théâtrale. « Que notre conception de la maladie mentale est étriquée. Aujourd'hui, le modèle médical occidental se concentre sur une chose : convaincre les personnes psychotiques que leurs hallucinations ne sont pas réelles. Nous leur donnons des médicaments pour supprimer ces hallucinations. Cela fonctionne très bien dans certains cas, mais pas toujours. Dans d'autres parties du monde, la psychose est considérée comme un don sacré. Et je tiens à préciser que je ne parle pas uniquement des chamans. Dans le monde entier, des croyants, y compris les chrétiens modernes, croient en des prophètes dotés de perceptions extraréelles, capables de communiquer avec un dieu ou plusieurs. Dans un contexte, si un homme affirme parler à Dieu, on considère cela comme une manifestation du divin, dans un autre, ce même homme qui affirmerait exactement la même chose serait considéré comme un malade mental. Je cherche simplement à aider les patients à modeler leurs hallucinations pour qu'ils puissent les contrôler, sans les forcer à admettre qu'elles ne sont pas réelles, afin d'améliorer significativement leur qualité de vie tout en encourageant le retour à un comportement fonctionnel. »

Il clôtura son discours bien rodé. « Pour conclure, j'ai appris en Afrique que depuis toutes ces années je cherchais à atteindre le mauvais objectif.

— Donc vous n'essayez pas ici de traiter les hallucinations ?

— Cela dépend de ce que vous entendez par "traiter". » Il pencha la tête sur le côté et sourit. « Par exemple, un des premiers patients de l'institut était obsédé par les boutons des vêtements, qu'il ne pouvait s'empêcher d'arracher, car il les voyait comme des récepteurs de matériel de surveillance. Il avait été interné pendant des années, où on lui avait prescrit des dizaines de médicaments suppresseurs différents pour mettre fin à ces pulsions. Quand il est arrivé ici, je lui ai simplement fourni une pile de vêtements avec des boutons qu'il pouvait arracher à sa guise.

— Vous l'avez laissé arracher des boutons de façon obsessionnelle ?

— Exactement. Et nous recousions simplement les boutons tous les soirs. Dès que nous avons arrêté d'essayer de supprimer ce comportement, le patient s'est épanoui. Saviez-vous que les gens qui gagnent leur vie en tant que médium entendent souvent des voix de la même manière que les personnes diagnostiquées comme psychotiques ? »

Sayer fronça les sourcils mais secoua la tête. La conversation s'éloignait beaucoup trop du sujet qui l'intéressait.

« C'est vrai ! » Il sautillait presque sur place sous l'effet de l'excitation.

Sayer comprenait que des gens décident de donner leur argent à cet homme. En dépit de son comportement légèrement étrange, il était passionné et s'exprimait avec une grande clarté. « Beaucoup de médiums entendent des voix aussi souvent et aussi fort que les gens souffrant de psychose, alors pourquoi ne sont-ils pas considérés comme des malades mentaux ? Pourquoi ne sont-ils pas internés ? La réponse est qu'ils ont trouvé une manière de travailler avec ces voix. Au lieu de passer leur temps à essayer de distinguer la réalité des hallucinations, ils ont accepté que ces voix faisaient partie de leur expérience personnelle du monde. Et, lorsqu'ils commençaient à accepter ces hallucinations, le ton des voix changeait presque toujours. Elles n'étaient plus agressives et effrayantes, mais encourageantes et bienveillantes. Notre traitement consiste donc à faire face à ces hallucinations. Nous les examinons ensemble, en tant qu'équipe thérapeutique, et nous discutons des manières d'accepter ces hallucinations, et même de modifier leur contenu.

— Je vois. Donc Luke Windsor a passé du temps ici, à affronter ses expériences hallucinatoires avec vous ?

— Non.

— Non ? demanda Sayer, déconcertée.

— Non, Luke Windsor n'est jamais venu ici. Je n'ai peut-être pas été assez clair, désolé. Mes collègues qui travaillent dans les hôpitaux et les commissariats de la région connaissent mes intérêts. Quand ils appréhendent ou soignent une personne chez qui ils soupçonnent des tendances psychotiques, ils font souvent appel à moi. J'aime traiter ces gens de façon bénévole et c'est généralement moi qui viens à eux. Il y a quelques mois, un ami policier a interpellé un homme qui avait visiblement des hallucinations intenses. Il effrayait les gens dans la rue, alors ils l'ont arrêté. En comprenant que l'homme était perturbé, mon ami m'a contacté.

— Où était-ce ?

— Pas très loin d'ici, à McLean.

— Donc vous êtes allé au commissariat.

— C'est ça. Et c'est là que j'ai constaté qu'il était effectivement en train de vivre un épisode psychotique.

— Et pourriez-vous me dire en quoi a consisté votre… traitement ?

— Bien sûr. Je lui ai demandé de dessiner ce qu'il voyait. C'est l'image que je vous ai envoyée. Puis je l'ai encouragé à me parler de ce qu'il vivait. » Le Dr Lilenhammer se tut.

« Et ?

— Et il a décrit des hallucinations extrêmement détaillées et terrifiantes dans lesquelles il se faisait extraire la cervelle par le nez et ouvrir le torse pour qu'on lui retire les organes avant que son corps vide soit rempli de lin et de sel. » Le médecin marqua une pause pour observer la réaction de Sayer.

« Il croyait qu'il se faisait momifier ?

— Plus précisément, il croyait qu'il était déjà momifié. Vous voyez, il était convaincu qu'il était déjà mort. Luke Windsor semble souffrir d'une des formes les plus rares de psychose – le syndrome de Cotard. » Le Dr Lilenhammer eut un sourire si large que Sayer craignit que son visage ne se fendît en deux.

« J'ai entendu parler de ce syndrome. » Sayer essaya de se remémorer un de ses cours de psychopathologie. « C'est quand une personne est convaincue qu'elle est morte alors qu'elle est en parfaite santé, n'est-ce pas ?

— Oui. La psychose implique souvent une certaine altération de la conscience de soi, mais le syndrome de Cotard est une des formes les plus extrêmes. Certaines personnes sont convaincues qu'une partie de leur corps est morte ou ne leur appartient plus. Mais Luke était convaincu qu'il était tout à fait mort.

— Il pensait que son cœur ne battait plus, qu'il ne respirait plus ? Même s'il avait un pouls et sentait ses poumons fonctionner ?

— Exactement. C'est un délire hallucinatoire extrêmement puissant. Certaines personnes finissent par mourir, car elles cessent simplement de s'alimenter.

— Parce qu'elles n'ont plus besoin de se nourrir si elles sont mortes. »

Le Dr Lilenhammer opina d'un air solennel.

Sayer songea à la description du tueur que Declan avait donnée. Il avait dit qu'il ressemblait à un zombie. Il avait sans doute cessé de se nourrir et de se laver. « J'aimerais en savoir plus concernant son délire autour de la mort. Comment pense-t-il être mort ? Où pense-t-il se trouver ? »

Le Dr Lilenhammer marcha à grands pas jusqu'à son bureau. « Bien sûr. Après avoir discuté un peu avec vous, je ne vois aucun inconvénient à partager tout ce que je sais. Luke pense qu'il est mort dans un accident de voiture, et je ne serais pas surpris que cette idée soit basée sur un événement réel.

— Vous pensez qu'il a vraiment été victime d'un accident de voiture ? » Si elle trouvait où et quand l'accident avait eu lieu, ces informations pourraient leur fournir une aide précieuse.

« Oui. Voyez par vous-même. » Le Dr Lilenhammer feuilleta un mince dossier et en sortit un scanner cérébral qu'il tendit à Sayer.

« Vous avez des images de son cerveau ? » Son cœur s'emballa. Elle avait beau adorer son travail au sein du FBI, son véritable amour serait toujours les neurosciences, et elle savait que ces images lui ouvriraient une nouvelle fenêtre sur l'esprit de Luke Windsor.

« Bien sûr ! En discutant avec lui au commissariat, j'ai remarqué d'importantes cicatrices sur son front, et j'ai craint que son délire soit le signe d'une urgence médicale. Il est toujours crucial d'exclure cette possibilité, j'ai donc demandé un transfert à l'hôpital le plus proche afin qu'il soit examiné. Il a consenti à passer un scanner cérébral et, comme vous pouvez le voir, on y voit les traces d'une lésion qui pourrait être le résultat d'un grave accident de voiture. »

Sayer plaça le scanner devant la lumière. « Il y a d'importants dégâts au niveau du fascia temporo-pariétal de l'hémisphère cérébral droit.

— Un type de lésion cérébrale connue pour déclencher des hallucinations de dépersonnalisation et de déréalisation tels que le syndrome de Cotard, ajouta le Dr Lilenhammer.

— C'est une lésion cérébrale grave, qui aurait pu facilement provoquer un épisode psychotique. Pas étonnant qu'il souffre de délires aussi extrêmes.

— Je préfère dire qu'il est sujet à des délires. Une grande partie des souffrances des personnes touchées par des maladies mentales sont causées par un monde qui ne s'adapte pas à leurs besoins, ajouta le docteur d'un ton ferme.

— Je peux les garder ? Je promets de vous les rendre à la fin de l'enquête.

— Bien sûr. J'ai des copies de mes notes. Ce dossier est pour vous.

— Donc, Luke pense qu'il a trouvé la mort dans un accident. Avez-vous découvert quoi que ce soit d'autre au sujet de ses délires qui pourrait nous aider à comprendre pourquoi il s'en prend à ces adolescentes ?

— Eh bien, en se découvrant mort, au lieu de trouver la paix, il semble qu'il ait cru être arrivé dans l'au-delà égyptien.

— Pourquoi l'au-delà égyptien ?

— Je n'en suis pas certain, même si ses hallucinations étaient élaborées et précises. Il a vu la déesse du ciel, Nout, tenant les étoiles. Il croyait pouvoir communiquer avec le dieu soleil par le biais de rituels ésotériques. Il pensait que les cycles des cieux sont inextricablement liés à nos actions sur terre.

— En haut tel qu'en bas, dit Sayer doucement, rassemblant les pièces du puzzle.

— Pardon ?

— Désolée. Windsor a écrit "en haut tel qu'en bas" sur une des scènes de crime.

— Ça ne m'étonne pas. Presque toutes ses hallucinations étaient liées à l'Égypte ancienne d'une manière ou d'une autre. Et je dois dire qu'il avait une connaissance profonde de la mythologie égyptienne. Après avoir discuté avec lui, j'ai vérifié tout ce qu'il avait dit, et c'était juste. Il a aussi expliqué qu'étant mort il devait réussir à traverser le monde souterrain. Il a évoqué un voyage, une série d'épreuves à franchir pour atteindre ce lieu parmi les dieux. »

Sayer hocha la tête. Si Luke Windsor était convaincu d'être mort et réellement piégé dans l'au-delà, peut-être pensait-il devoir recréer les douze chambres pour parvenir à sa destination.

« En plus de ses délires liés à l'Égypte, poursuivit le Dr Lilenhammer, Luke avait aussi des délires plus traditionnels au sujet d'agents du gouvernement surveillant ses moindres faits et gestes, et déterminés à le tuer. C'est pour cette raison qu'il refusait de me donner son vrai nom ou de parler de son passé. Il affirmait que dès l'instant où j'entrerais ces informations dans mon ordinateur, ils viendraient le chercher. C'est surprenant, mais c'est un délire très fréquent.

— Qu'avez-vous découvert au sujet de son passé ?

— Eh bien, nos conversations ont été brèves, mais je dirais que c'est un ancien militaire et qu'il a grandi dans cette région. C'est à peu près tout ce que j'ai pu glaner de nos interactions. Je dois admettre que, malgré son état psychotique, il ne laissait jamais rien échapper au sujet de son passé. C'est assez étonnant.

— Et que s'est-il passé ensuite ? Il a été arrêté ?

— Non, pas du tout. Les médecins à l'hôpital ont dit qu'il n'y avait pas grand-chose qu'ils puissent faire pour lui, et j'ai jugé qu'il ne représentait une menace ni pour lui-même ni pour les autres, donc ils l'ont laissé partir. Comme vous le savez, les individus présentant des troubles psychologiques sont bien plus susceptibles d'être victimes de violences que d'en commettre. J'ai pensé que les délires de ce pauvre homme avaient été causés par un grave accident. Ma seule inquiétude était que le syndrome de Cotard l'empêche de prendre soin de lui-même. Mais jamais je n'aurais imaginé qu'il puisse être violent ou dangereux. »

Sayer fixait le médecin.

« Je lui ai proposé de venir ici, poursuivit-il. J'aurais beaucoup aimé le soigner. Mais ça ne l'intéressait pas. » Pour la première fois, l'expression enjouée qu'arborait le visage du médecin s'effaça. « Mais je comprends aujourd'hui que je me suis horriblement fourvoyé à son sujet. S'il a tué plusieurs personnes…

— Dix-sept, pour être exact. Quatre adultes et treize enfants. Et il retient toujours dix adolescentes en otage. Dont une sera très probablement assassinée à neuf heures ce soir. » Sayer ne mâcha pas ses mots.

Le Dr Lilenhammer pâlit. « C'est le grand échec de notre système de santé mentale. Ce pauvre homme était en proie à une détresse psychologique sévère, mais je n'avais aucun moyen de l'aider. Il n'existe aucun système en place pour le protéger de lui-même et protéger les autres. »

Sayer était sur le point de s'enquérir de la date précise de son séjour à l'hôpital lorsqu'elle entendit une latte grincer dans le couloir.

Ils pivotèrent tous les deux face au bruit.

« Je pensais que nous étions seuls, dit Sayer doucement.

— C'est le cas. » Le Dr Lilenhammer paraissait déconcerté. « Mais il est possible que quelqu'un soit rentré plus tôt que prévu. » Il se leva et marcha vers la porte.

Un signal d'alarme retentit dans la tête de Sayer tandis qu'un frisson lui parcourait l'échine. Quelque chose clochait.

« Attendez », murmura-t-elle sèchement.

Au ton de sa voix, le docteur se figea.

Sayer plaça un doigt devant ses lèvres pour lui intimer le silence. Écoutant son instinct, elle se leva prudemment et posa le dossier sur sa chaise.

Lilenhammer sembla légèrement amusé par sa prudence, mais il ne fit pas un bruit.

La main sur son pistolet, Sayer s'approcha tout doucement de la porte. Elle s'assura qu'elle était fermée à clé et tendit l'oreille pour mieux entendre.

Le cœur battant à ses tempes, elle attendit, écoutant les pas lourds qui progressaient lentement le long du couloir.

Lieu inconnu

Kate laissa échapper un cri en voyant l'imposante porte en bois tout au bout de la salle. Elle avait couru pendant ce qui lui avait semblé des heures sur le sable froid. Les bruits de l'attaque dans le car s'étant estompés derrière elle, elle tendit l'oreille pour essayer d'entendre ce qu'il se passait. Leur plan était de maîtriser Walter de façon permanente, même si elles devaient le tuer pour cela. Mais, si elles parvenaient simplement à le neutraliser, elles sortiraient toutes du car, l'enfermeraient à l'intérieur avec la même barre en métal dont il s'était servi pour les séquestrer, et elles la suivraient jusqu'à la sortie.

Tout cela pour qu'elle découvre au bout de la salle une vieille porte solidement fermée par une lourde chaîne et un cadenas. Elle essaya d'écarter les battants mais ne parvint qu'à les faire glisser de deux ou trois centimètres. Ravalant ses larmes de frustration, elle regarda à gauche puis à droite. Des murs de briques incurvés disparaissaient de part et d'autre dans l'obscurité.

Quel était cet endroit ?

« Il doit y avoir une autre sortie », se dit-elle fermement. Ses camarades seraient bientôt là et elles trouveraient une solution ensemble. Si elles le tuaient, elles n'auraient qu'à lui prendre la clé. En attendant de savoir avec certitude ce qu'il s'était passé, elle résolut de se mettre en quête d'autres chemins d'évasion.

Elle décida de prendre à droite et longea le mur, comptant ses pas afin de faire refluer la terreur qu'elle sentait enfler et inonder son corps.

Le décompte rythmique fut brusquement interrompu par le claquement sonore d'un coup de feu.

Kate tressaillit des pieds à la tête.

Il avait réussi à sortir son arme. À moins qu'une des filles soit parvenue à la lui prendre et s'en soit servie ?

Piégée dans cette salle immense sans aucune issue, elle attendit dans le silence rempli d'échos jusqu'à ce qu'elle reconnaisse un bruit de pas instables dans le sable, qui semblaient provenir d'au moins deux personnes.

Kate se tourna pour leur faire face. Elle espérait voir apparaître Nell, munie du pistolet de Walter, un sourire triomphant aux lèvres.

Lorsque Walter émergea des ombres, l'air quitta les poumons de Kate aussi brusquement que si elle avait reçu un coup de poing dans l'estomac.

Il tenait son arme braquée sur Nell, qui titubait à côté de lui. Tous deux étaient couverts de sang. Walter boitait et son visage tout lacéré se parsemait déjà de bosses monstrueuses.

Le sang coulait du flanc de Nell, d'une blessure invisible à sa taille. Elle paraissait à peine consciente.

En apercevant Kate, Walter ouvrit la bouche et laissa échapper un rugissement vrombissant qui semblait s'élever des profondeurs de l'enfer.

Kate se plaça face à lui et, alors qu'il s'approchait d'elle, elle poussa son propre cri de guerrière.

BUREAU DU DR LILENHAMMER

Institut Hearing Voices, Great Falls, Virginie

Sayer demeura plaquée dos au mur tandis que le bruit de pas grinçant sur le plancher atteignait le bout du couloir. Soudain, avec un puissant fracas, la porte vola en éclats. Elle bondit en arrière pour esquiver l'explosion de bois et de métal. Ce faisant, elle percuta la chaise derrière elle et éparpilla les notes du Dr Lilenhammer à travers le bureau.

Un homme aux larges épaules armé d'un fusil franchit le trou béant où s'était trouvée la porte.

Elle parvint à sortir son Glock de son holster, mais pas à le braquer à temps.

« Non », dit-il simplement en pointant le canon de son arme sur Sayer.

Elle reconnut le faux agent du FBI qui avait attaqué Tino à l'hôpital. Entre ses épaules anormalement larges et ses bras épais, elle comprenait pourquoi Tino l'avait décrit comme un bloc de viande.

« Ah, le célèbre agent Crenshaw », railla-t-elle.

Il ne bougea pas, gardant son fusil braqué droit sur Sayer, mais il autorisa un sourire à se dessiner sur son visage.

« Agent Altair. Ravi de constater que vous êtes à la hauteur de votre réputation. Maintenant, posez votre arme et écartez-la du pied pour que je n'aie pas à vous abattre. »

Alors qu'elle posait délicatement le pistolet au sol et le poussait du bout de sa chaussure, Sayer risqua un coup d'œil rapide en direction du Dr Lilenhammer, qui se tenait à côté de son bureau, les bras ballants. Elle fut surprise de constater que son flegme de hippie était resté intact en dépit de l'irruption dans son institut d'une montagne de muscles qui les menaçait avec un fusil.

Le faux agent du FBI balaya lentement la pièce du regard, jusqu'à ce que ses yeux se posent sur les notes que Sayer avait dispersées au sol.

Il désigna le Dr Lilenhammer. « Ramassez tout ça et apportez-les-moi. »

Le médecin hocha nonchalamment la tête et, avec des gestes fluides et gracieux, rassembla tous les papiers et les rangea en vitesse dans le dossier. « Voilà pour vous, mon ami. Nous tenons à coopérer. Nous ne voulons pas d'effusion de sang. »

Sayer reconnut le ton apaisant qu'adoptent les négociateurs expérimentés pendant les prises d'otages, et son respect pour le Dr Lilenhammer n'en fut que renforcé.

« Ravi de l'apprendre, doc. » Il examina la pièce avec une vigilance experte. Son regard s'arrêta finalement sur Sayer et il grimaça de dégoût. Elle voyait son index trembler sur la détente, comme s'il se retenait de tirer. « Estimez-vous heureuse d'avoir des amis haut placés », gronda-t-il.

Sans un mot de plus, il pivota, pointant l'arme vers le Dr Lilenhammer.

Un agresseur moins chevronné aurait annoncé ses intentions, mais c'est avec une grande nonchalance que cet homme pressa lentement son doigt sur la détente.

Sayer ne comprit qu'à la dernière seconde qu'il s'apprêtait à tirer sur le médecin.

Dans un rugissement, elle se jeta sur lui de toutes ses forces et percuta son bras. Le fusil partit sur le côté au moment où la balle fusait avec une puissante détonation, ratant de peu le Dr Lilenhammer, qui plongea derrière son bureau.

Sayer espérait que son attaque enverrait le malabar au sol, mais il ne vacilla même pas.

Sans un bruit, il se tourna vers elle et enfonça la crosse du fusil dans son flanc droit. Il heurta ses côtes si violemment qu'elle fut projetée en arrière.

Elle parvint à se relever et esquiva le fusil qui se dirigeait à présent vers sa tête. Sur la pointe des pieds, Sayer recula en sautillant hors de sa portée jusqu'à ce que son dos heurte une des portes-fenêtres donnant sur le balcon.

L'homme se tourna pour lui faire face.

Profitant de ce qu'il était concentré sur Sayer, le Dr Lilenhammer se jeta sur le dos de l'homme. Ce poids soudain sur ses épaules le força à donner un coup de coude, qui envoya le médecin au sol.

Voyant que son pistolet n'était qu'à quelques dizaines de centimètres, Sayer plongea pour s'en saisir au moment où l'homme se baissait et commençait à charger.

Ses doigts se refermèrent sur le Glock lorsque l'épaule de l'homme heurta sa poitrine. Son élan les fit reculer et s'écraser dans la porte-fenêtre.

Elle atterrit contre la balustrade et il s'en fallut de peu pour qu'elle bascule dans les rapides en contrebas. Elle voulut se redresser, mais l'homme la poussa contre la balustrade, et elle sentit ses pieds se décoller du sol. Elle allait plonger dans les eaux déchaînées du Potomac.

Il se redressa et recula pour lui envoyer un coup de poing au visage.

Le pistolet oscillait entre ses doigts tandis qu'elle tentait maladroitement de le lever. Lorsqu'elle comprit qu'elle n'y parviendrait pas à temps, elle bascula son poids vers l'avant et se prépara à le repousser.

Soudain, le crâne de l'homme explosa. Des jets de sang et de cervelle jaillirent dans les airs, éclaboussant le balcon jusqu'aux murs du bâtiment.

Les muscles de l'homme se relâchèrent quand la liaison avec son cerveau s'interrompit brusquement, coupée comme les fils d'une marionnette. Il s'affaissa de tout son poids mort sur Sayer, qui le repoussa frénétiquement pour se libérer.

Il faillit basculer par-dessus la balustrade, mais elle le rattrapa à temps et il s'écrasa sur les carreaux au sol.

Sayer cilla, déconcertée, posa les yeux sur le cadavre à ses pieds, puis les leva vers le Dr Lilenhammer. Il se tenait immobile, les yeux écarquillés, les mains vides.

« Qui… » Elle pivota sur elle-même, essayant de comprendre d'où venait la balle.

Lilenhammer désigna d'une main étonnamment stable l'autre rive du fleuve.

Sayer se tourna juste à temps pour voir une silhouette partir en courant, une longue arme à la main.

Le Dr Lilenhammer sortit sur le balcon pour regarder disparaître la mystérieuse silhouette. « Sacré tireur. »

Sayer essuya le sang sur son visage et hocha la tête en essayant de comprendre ce qu'il venait de se passer.

Lieu inconnu

Face à face sur le sable, Walter et Kate se dévisageaient en hurlant.

Il lâcha le bras de Nell, qui s'écroula au sol.

Puis, rugissant comme un animal sauvage, il fonça sur Kate, qui resta fermement campée devant lui en continuant de pousser son propre cri guttural.

S'il allait de toute façon la tuer, autant lui donner du fil à retordre.

Elle parvint à l'esquiver d'un pas de côté lorsqu'il tenta de la percuter avec son épaule. Son élan le fit légèrement trébucher, et Kate en profita pour le rouer de coups de poing en essayant de viser ses blessures.

Quand elle heurta sa joue, sa main ne produisit pas le craquement satisfaisant qu'elle espérait, mais un claquement décevant qui sembla causer plus de douleur à son propre poing qu'au visage de l'homme.

Elle poussa un cri de frustration et lança une nouvelle attaque lorsque Walter, regagnant l'équilibre, bondit sur elle tel un diable à ressort.

Il esquiva sans difficulté son deuxième coup de poing et l'empoigna par le haut du bras. Ses doigts étaient comme du métal froid s'enfonçant dans sa chair.

Elle se trémoussa pour essayer de le frapper de nouveau, mais il la fit pivoter en repoussant simplement son bras. Désormais incapable d'atteindre son corps, elle enroula ses mains autour de ses doigts pour tenter de lui faire lâcher prise.

Dans un sanglot, elle prit conscience que c'était peine perdue. Il était bien trop fort pour elle.

Pour la première fois de sa vie, Kate se sentit totalement impuissante. De rage, elle donna des coups de pied dans le vide qui eurent pour seul effet d'agacer Walter. Il grogna et la souleva du sol. Puis il rangea son pistolet dans son étui et, ignorant les gesticulations de Kate, il courut vers Nell pour la soulever à son tour de sa main libre.

Il les emporta en les tenant toutes les deux dans sa poigne de fer, à moitié en les soulevant, à moitié en les traînant.

Terrifiée, Kate regarda les traces de pas dans le sable derrière eux en se demandant ce qui était arrivé aux autres filles.

INSTITUT HEARING VOICES

Great Falls, Virginie

Le vrombissement de l'adrénaline dans les veines de Sayer se mua en un bourdonnement sourd tandis qu'elle regardait les techniciens de scène de crime envahir le bureau du Dr Lilenhammer. Penchée sur l'homme mort, une légiste s'affairait dans la lumière du crépuscule, préparant le corps pour le transport jusqu'à Quantico.

« Sayer ? »

Elle arracha son regard au cadavre pour porter son attention sur Ezra, qui avait insisté pour venir sur la scène de crime. Il était penché sur sa canne, les yeux plissés d'inquiétude.

« Tu es sûre que ça va ? demanda-t-il. Tu ne t'es pas cogné la tête ? »

Sayer se frotta l'arrière du crâne. « Non, je crois pas. C'est ma côte qui me fait un mal de chien. » Elle changea légèrement de position et une décharge de douleur partie de sa cage thoracique irradia tout son torse.

« Elle est cassée ? » Ezra s'approcha pour l'examiner.

« Hé ! fit Sayer d'un ton qui le stoppa net. J'arrive à bouger et à respirer sans problème, donc il n'y a rien de cassé. J'irai me faire examiner quand on en aura terminé ici. Qu'est-ce qu'on a ? »

Ezra la couvrit d'un long regard désapprobateur. Voyant qu'elle ne cédait pas, il soupira. « D'accord. Mais tu files voir le médecin dès qu'on a terminé ici. L'équipe de l'autre côté de la rivière n'a trouvé aucun indice laissé par le mystérieux tireur. C'est quelqu'un qui sait effacer ses traces. Ils ont juste retiré la balle du mur. 6,5 mm, donc un fusil de précision. Tirée à deux cents mètres au moins. Il est doué, le mec.

— Un militaire ?

— Peut-être, ou juste un civil qui fait de la compétition. Je me renseignerai auprès des clubs de tir régionaux. »

Sayer acquiesça d'un grommellement. Ils devaient creuser toutes les pistes possibles, même si elle ne pouvait s'empêcher de soupçonner le sujet 037 d'avoir chargé quelqu'un de sa protection. « Et notre faux agent du FBI ? demanda-t-elle.

— Que dalle. J'ai scanné ses empreintes, je suis en train de les passer dans l'AFIS, mais ça n'a rien donné pour l'instant. Les techniciens utilisent la nouvelle machine d'analyse ADN instantanée dans le labo mobile, donc on devrait savoir s'il est dans notre système d'ici quelques minutes. »

Toujours dans un état second lié à la chute d'adrénaline, Sayer s'approcha lentement de la légiste qui s'affairait autour du cadavre. Elle avait remonté sa chemise pour prendre la température du foie.

Ezra la suivit et émit un claquement de langue désapprobateur à la vue de la poitrine nue de l'homme. « Ce type aurait pu jouer dans une campagne d'avertissement contre les dangers des stéroïdes. Je veux dire, il ressemble davantage à un sac de grosses pierres couvert de chair qu'à un homme. »

La légiste fronça les sourcils. « J'admets que ses muscles paraissent anormalement développés. Et regardez ses cicatrices. » Elle désigna le treillis de marques irrégulières qui s'entrecroisaient sur son torse. « Ça ressemble à des éclats d'obus. Bien sûr, il faudra que je vérifie pendant l'autopsie.

— Il appartient peut-être à une armée étrangère. Ses empreintes seraient dans le système s'il était membre de l'armée américaine. » Sayer contempla son visage désormais flasque et ses épaules trop musclées. Pourquoi cet homme s'était-il fait passer pour un agent du FBI à l'hôpital ? Et que venait-il faire ici ? Visiblement, il cherchait les informations que le Dr Lilenhammer détenait sur Luke Windsor. Travaillait-il avec Windsor ? Ou le traquait-il ?

« J'ai vraiment l'impression que ce type a un ou deux coups de retard sur nous dans cette enquête. Peut-être qu'il essaie comme nous de retrouver Windsor. Il faut qu'on découvre son identité, merde », dit Sayer d'une voix monotone. Elle sentait que tout son organisme se mettrait bientôt à l'arrêt si elle ne prenait pas quelques minutes pour respirer calmement et peut-être manger quelque chose.

« Docteur Altair. » Le Dr Lilenhammer, qui venait de finir son compte rendu des événements, s'approcha de Sayer. « Merci. Si vous n'aviez pas repoussé ce fusil… » Il s'inclina profondément, les mains jointes en geste de prière devant sa poitrine. Lorsqu'il se redressa, il y avait dans ses yeux une étincelle presque maniaque. « J'ai souvent tendance à oublier à quel point la vie peut être fugace. Rien ne vaut une expérience de mort imminente pour vous le rappeler. » En dépit du traumatisme qu'il venait de vivre, le médecin ne semblait pas perturbé le moins du monde. Au contraire, il paraissait presque joyeux.

Sayer s'était toujours méfiée de ces gens aux airs de gourou qui propagent des messages spirituels douteux, mais elle décida que cet homme était un de ces rares excentriques qui connaissent réellement une sorte de paix intérieure.

« Merci d'avoir fait diversion au bon moment. » Elle s'inclina à son tour et le regretta aussitôt lorsque sa côte l'élança comme si elle y avait enfoncé un poignard brûlant.

« Vous avez besoin d'un médecin. » Lilenhammer posa une main bienveillante sur son épaule. « Du corps mais aussi de l'esprit, me semble-t-il. »

Sayer allait lui répondre sèchement lorsqu'elle prit conscience qu'elle avait les nerfs à fleur de peau à cause de la douleur. « Sans doute, dit-elle évasivement en se tournant vers Ezra. On en est où des lieux possibles pour ce soir ? »

Ezra secoua la tête. « Il y a quelques possibilités. Le miroir d'eau du Mall. Le Washington Monument s'y reflète, donc on a à la fois l'eau et le symbolisme égyptien. »

Sayer songea à ce qu'elle avait vu quand elle s'y était rendue pour examiner le corps de Becky. « C'est vrai qu'il s'est focalisé sur la zone du Mall. C'est prometteur. Quoi d'autre ?

— Ils pensent aussi que la Maison du Temple, la loge maçonnique sur la 16e Rue, est une possibilité. Il n'y a pas d'eau, mais le bâtiment est une pyramide partielle et l'entrée principale est flanquée de deux sphinx égyptiens. »

Sayer hocha la tête.

« Et pour finir, poursuivit Ezra, même si c'est en dehors de la ville, ils suggèrent de garder un œil sur le George Washington Masonic National Memorial.

— Celui d'Alexandria ?

— Ouais, j'ignorais que la ville de Virginie avait été nommée d'après la véritable Alexandrie en Égypte. Apparemment, l'architecture du mémorial est inspirée de l'ancien phare d'Alexandrie, donc ça pourrait être le lien avec l'eau. »

Sayer fronça les sourcils. « Je parierais plutôt sur le miroir d'eau, mais je veux que cinq agents en civil soient postés à chaque endroit. Et assure-toi qu'une équipe du SWAT attende à un point central et se tienne prête à intervenir. Si quelqu'un ne fait qu'éternuer bizarrement sur un des sites, je veux qu'ils soient à proximité pour qu'on puisse les envoyer sur place au plus vite. Et précise bien qu'on le veut vivant. Il est le seul à savoir où se trouvent les filles. S'il meurt, on risque de perdre notre unique chance de les sauver, donc insiste bien sur l'importance de le ramener en vie. Je vais passer à l'hôpital pour me faire examiner les côtes, et je vous retrouve à Quantico pour suivre les événements de là-bas.

— Compris. »

Sayer s'assura que les agents avaient la situation bien en main sur la scène de crime, puis s'empressa d'aller récupérer sa moto. Le trajet jusqu'à l'hôpital allait sans doute lui faire un mal de chien, mais elle n'avait aucune envie de remonter pour demander à quelqu'un de la déposer.

Elle enfourcha maladroitement la Silver Hawk et coinça ses boucles sous le casque. Les yeux larmoyant de douleur, elle glissa ses bras dans sa veste de motard et jeta un coup d'œil à son téléphone. Déjà 19 heures passées. Il leur restait moins de deux heures avant que Windsor assassine une autre gamine.

La mâchoire serrée, Sayer descendit la longue allée sous le ciel nocturne.

Georgetown Pike, Great Falls, Virginie

Les vibrations du moteur se propageaient dans la cage thoracique meurtrie de Sayer tandis que la moto filait sur l'étroite route. La seule solution qu'elle avait trouvée pour ne pas s'évanouir de douleur consistait à proférer des jurons à un rythme régulier.

Son téléphone sonna dans ses écouteurs et elle faillit ne pas répondre, jusqu'à ce qu'elle voie s'afficher le nom de Janice Holt.

« Madame la directrice adjointe », dit Sayer avant de se souvenir que Holt n'occupait plus ce poste.

Holt eut un rire rauque. « J'ai cru comprendre que vous aviez besoin d'aide. »

Sayer appréciait que Holt aille toujours droit au but. Elle lui expliqua qu'ils cherchaient des lieux où le tueur était susceptible de déposer sa prochaine victime et commença à lui décrire l'*Amdouat*.

« Houlà, c'est bien plus complexe que je l'imaginais. Passez donc me voir pour m'expliquer tout ça de vive voix. » Là-dessus, elle débita une adresse étrange dans le sud-ouest de DC.

Aucun des lieux suggérés par les analystes du FBI ne convainquait réellement Sayer. Peut-être Holt aurait-elle une meilleure idée, et, si c'était avant 21 heures, peut-être pourraient-ils prendre le tueur sur le fait. Du reste, discuter avec Holt l'enchantait bien plus qu'une visite à l'hôpital.

« Je serai là dans trente minutes. »

Elle raccrocha et le silence soudain força son attention à se porter de nouveau sur la douleur dans sa cage thoracique.

Alors elle reprit sa litanie de jurons et guida sa Silver Hawk vers Washington dans la nuit de plus en plus froide.

WHARF MARINA

Sud-ouest de Washington, D.C.

Sayer se gara devant la marina et observa les lieux, légèrement perplexe. Personne ne l'avait prévenue que Holt vivait désormais sur un bateau.

La marina grouillait d'activité avec ses nombreux restaurants et bars qui bordaient le front de mer et ses docks auxquels étaient amarrées des embarcations de toutes sortes – des yachts, des superyachts, des bateaux à moteur et à voile, de plaisance et de tourisme.

Elle suivit les panneaux jusqu'à la cale 5C, où elle trouva un petit voilier. Tout en bois sombre et toile blanche immaculée, il aurait davantage eu sa place sur les rives de Nantucket qu'à Washington. Même si Holt avait quitté le FBI contre son gré, peut-être menait-elle une vie heureuse ici, satisfaite de laisser derrière elle sa carrière de directrice adjointe pour profiter de sa retraite ?

Sayer réfléchit à cette idée jusqu'à ce qu'elle remarque le nom du joli voilier – *Tisiphone Waits*. Tisiphone attend.

Elle partit d'un énorme éclat de rire.

Tisiphone était une des déesses infernales de la mythologie grecque, connue pour sa furie vengeresse. Apparemment, Holt n'était pas encore passée à autre chose.

Sayer l'interpella et elle émergea de la cabine. À sa surprise, l'ancienne directrice adjointe ne portait pas un de ces tailleurs autoritaires dans lesquels Sayer avait l'habitude de la voir, mais un vieux sweat blanc et un treillis roulé jusqu'aux genoux. Ses pieds nus et pâles semblaient n'avoir pas vu le soleil depuis des décennies. En dépit de sa tenue décontractée, elle arborait toujours une expression sévère et un épais casque de cheveux effilés sur les côtés qui donnait l'impression qu'elle avait été directement transportée des années 1980. Et, naturellement, il y avait toujours dans son regard cette lueur menaçante de la valkyrie sur le point de frapper.

« Sayer ! Il était temps que vous veniez voir ma nouvelle piaule. » Holt lui fit signe de monter à bord avec un grand sourire découvrant ses dents.

Elle grimpa maladroitement l'échelle jusqu'au pont et faillit immédiatement perdre l'équilibre.

« Vous n'avez pas le pied marin, je vois. Pourtant, l'eau pourrait difficilement être plus calme. » Holt rit de bon cœur et lui donna une tape dans le dos.

Les côtes de Sayer protestèrent, mais elle ravala la douleur.

Holt étudia son visage. « Mais ce n'est pas une visite de courtoisie. Venez dans la cabine, on sera plus à l'aise pour discuter. »

Sur ces mots, elle descendit une étroite échelle à deux barreaux donnant sur une cabine exiguë et désigna la table.

Sayer regarda autour d'elle. L'intérieur ressemblait à l'image qu'elle se faisait de la cabine d'un bateau, à l'exception de l'aquarium occupant tout le mur du fond. À la place de poissons, il était rempli de crabes bleus de Chesapeake.

Holt suivit son regard. « Ah, oui. J'ai attrapé ces petits salopiauds et je comptais les garder en vie jusqu'à ce que je décide de les manger. Mais je me suis prise d'affection pour eux et je n'ai plus le courage de les tuer. Qui aurait pu croire que les crabes ont une personnalité ? » Elle sourit encore de son rictus presque sauvage. « Je vous sers une bière ? »

Sayer secoua la tête. « Je suis assez pressée. Nous pensons que le tueur va assassiner une troisième fille à neuf heures et déposer son corps dans un lieu qui a une importance symbolique pour lui. On a mis des analystes sur le coup et on a demandé conseil aux historiens de DC, mais j'ai entendu dire que vous travailliez sur un livre traitant de l'histoire architecturale de la ville. Je me suis dit que vous auriez peut-être une idée. »

Holt la fixa d'un air suspicieux mais finit par hocher la tête. « C'est tout à fait mon genre d'énigme. Expliquez-moi.

— Le tueur essaie de recréer un livre de l'Égypte antique, l'*Amdouat.* » Sayer résuma l'histoire des douze chambres et des douze déesses.

Les yeux de Holt se mirent à briller d'excitation. « Ça paraît logique. Si je voulais ouvrir un passage vers l'au-delà sans pouvoir me rendre directement en Égypte, c'est ici que je viendrais, à DC. Il y a d'innombrables références à l'Égypte. »

Sayer avait tendance à oublier que Holt, en plus d'avoir été un brillant agent du FBI, était dotée d'une mémoire encyclopédique et d'un diplôme en histoire américaine de l'université de Yale.

En voyant sa mine surprise, Holt se fendit de son sourire terrifiant. « Vous ne vous êtes jamais demandé pourquoi il y a un œil au sommet d'une pyramide sur nos billets ? Ou pourquoi un obélisque égyptien a été construit au cœur même de notre capitale ?

— Pour être honnête, je n'y ai jamais vraiment réfléchi. J'ai toujours pensé que la plupart des gens qui s'intéressent à ces trucs sont des théoriciens du complot.

— C'est vrai, il suffit d'évoquer le sujet pour qu'on pense que vous avez un grain. Mais vous croyez que je m'intéresse à ce genre de conneries ? » Ses yeux lancèrent des éclairs. « Bien sûr que non, ajouta-t-elle, répondant à sa propre question. J'admets que quelques tarés ont pu en tirer des conclusions farfelues, mais il y a une réelle valeur symbolique dans tout ce qui a été construit dans cette putain de ville. Et les symboles égyptiens ont été récupérés depuis l'époque romaine, où les Romains plaçaient des obélisques dans leurs villes afin de s'associer aux puissants pharaons égyptiens. Sans même parler des rosicruciens et des maçons qui ont adopté des pans entiers de la philosophie et du symbolisme égyptiens. Merde, il y a même un musée rosicrucien en Californie dédié entièrement à l'Égypte ancienne.

— D'accord, il n'est donc pas surprenant que le tueur soit venu à DC pour mettre en scène l'*Amdouat*.

— J'ai vu aux infos que la première victime a été déposée sur la carte du ciel au mémorial Einstein.

— Oui, ce que vous ne savez pas, c'est qu'elle y a été placée avec neuf figurines de babouins et une hache. Pour reproduire une déesse nommée “Celle qui fracasse les crânes”. »

Holt se pencha en avant, les poings posés sur la table.

Sayer pouvait presque entendre turbiner le cerveau de l'ancienne directrice adjointe. Elle poursuivit. « La deuxième fille a été placée au pied du Washington Monument. Elle avait une ligne tracée au milieu du visage pour représenter la déesse à deux visages.

— Fascinant, fit Holt. Vous saviez que ce monument était autrefois doté de linteaux égyptiens au-dessus de chaque entrée ?

— Non, je l'ignorais. » Sayer aurait voulu lui demander de se concentrer sur sa question de départ, mais Janice Holt n'était pas le genre de personne à qui on donnait des ordres.

« Les entrées d'origine étaient des portails de style égyptien munis d'énormes linteaux de bois représentant le dieu Horus, avec des ailes de faucon transportant un disque solaire. Les linteaux ont été retirés pour… » Holt haussa théâtralement un sourcil. « … des raisons inconnues en 1878.

— Mais combien de personnes auraient pu le savoir ?

— Ma foi, pas mal, je dirais. Je ne sais pas. Il y a un énorme marché pour l'histoire de l'architecture de DC, en particulier tout ce qui touche aux francs-maçons et à l'Égypte. Comment pensez-vous que j'ai pu me payer ce bateau ? Ce n'est certainement pas grâce à la pension que me verse le FBI. C'est uniquement grâce à l'avance que j'ai reçue pour mon livre. » Holt laissa échapper un rire rauque. « Même l'étoile qu'on trouve partout, de notre drapeau à nos billets, vient des maçons, qui se sont eux-mêmes inspirés d'une étoile sacrée de l'Égypte ancienne qu'on appelle Sirius. En hiéroglyphes, elle était représentée par cette même étoile à cinq branches que nous utilisons partout.

— D'accord, donc le choix de DC est logique et il connaît de toute évidence l'histoire de la ville. Il a tué la première fille à sept heures, la deuxième à huit heures. Si on part du principe qu'il va continuer à suivre le même schéma…

— Le prochain meurtre aura lieu à neuf heures ce soir, dit Holt, comprenant que Sayer l'invitait à se dépêcher. Essayons de trouver où il compte déposer cette pauvre enfant.

— La troisième chambre est la région des eaux d'Osiris. Nous cherchons donc un endroit en lien avec l'eau et un quelconque symbolisme céleste ou égyptien. En particulier avec le signe du lion.

— Laissez-moi réfléchir. » Holt sortit une vieille carte de DC de la pile sur la table. « Symboles célestes… les heures de la nuit, marmonna-t-elle pour elle-même avant de lever les yeux vers Sayer. Je n'en sais pas énormément sur l'Égypte antique, mais je sais qu'ils ont utilisé leurs vastes connaissances en astronomie pour mettre au point une sorte d'horloge stellaire dont ils se servaient pour mesurer le passage des heures de la nuit. Leurs étoiles décanales sont, par certains aspects, très similaires au zodiaque que nous connaissons dans le monde occidental… » Holt laissa sa phrase en suspens. « Le zodiaque… dit-elle à moitié pour elle-même. Je sais où vous devez aller !

— Vraiment ?

— Oui ! » Elle regarda Sayer dans les yeux. « Nous associons le zodiaque aux horoscopes et à des prédictions idiotes, mais c'est en réalité simplement un moyen de mesurer le passage du temps à travers le ciel, de la même manière que les Égyptiens utilisaient certaines étoiles. Un zodiaque serait un symbole parfait de la sphère céleste, et il y en a plus de vingt-trois dans des lieux publics rien qu'à DC. Bien plus que dans n'importe quelle autre ville du monde. Et j'en connais un associé à un point d'eau pas très loin d'ici. »

Sayer regarda l'horloge. « Il est presque neuf heures…

— La fontaine du mémorial Andrew Mellon. Elle est située au sommet du Triangle fédéral, une pyramide symbolique. Et la base est entourée d'un zodiaque. Ce site contient tous les symboles dont il a besoin pour recréer la troisième chambre.

— C'est à même pas deux kilomètres d'ici. » Sayer se dirigeait déjà vers la sortie.

Holt se leva à son tour. « Je viens avec vous. »

Sayer poussa la porte, son téléphone à la main, et s'immobilisa. « Je ne crois pas que ce soit une bonne idée… » Elle ne savait pas trop ce qu'elle pourrait faire pour empêcher Holt de venir si celle-ci insistait. Mais elle avait été chassée du FBI en plein scandale. Elle ne pouvait pas être sur place pendant une arrestation. « Vous ne pouvez pas vous retrouver mêlée à ça. »

Holt pinça les lèvres, visiblement frustrée, mais hocha sèchement la tête. « Vous avez raison. Ma présence ne ferait que compliquer les choses. » Elle abattit sa main charnue sur l'épaule de Sayer. « Chopez-moi ce fumier. »

Sayer hocha la tête et courut vers sa moto en composant le numéro d'Ezra. « Ez, on a une nouvelle adresse à surveiller !

— Quoi ? Où es-tu ?

— Je me dirige vers la fontaine du mémorial Andrew Mellon. Je suis à moins de deux kilomètres. Je vais discrètement surveiller la zone, mais j'ai besoin d'agents sur place au plus vite. Soyez discrets. S'il est là, je ne veux pas qu'on l'effarouche en révélant notre présence.

— Pigé. Attends. Tu y vas toi-même ? Je pensais que tu allais à l'hôpital.

— J'y allais, mais une nouvelle piste s'est présentée entretemps, grommela Sayer, qui n'était pas d'humeur à se justifier. Et oui, j'y vais seule. Il est neuf heures moins le quart. Il dépose les victimes au moins trente minutes après les avoir tuées. » Sayer fut prise de nausées en songeant qu'une des filles était vraisemblablement sur le point de mourir. Savait-elle qu'elle n'avait plus que quinze minutes à vivre ? Sayer chassa de son esprit cette pensée effroyable. « Même s'il arrive sur place à 21 h 30, j'aurai largement le temps de trouver un endroit d'où surveiller la scène. Dans combien de temps les agents peuvent être sur place ?

— Je suis en train de les rassembler. Ça devrait pas prendre plus de vingt minutes.

— Bien. Je pars en repérage, je te rappelle pour te donner ma position exacte.

— Ça marche. Hé, quand les autres agents arriveront, tu pourrais peut-être aller te faire examiner les côtes, suggéra Ezra, avant de lâcher un petit rire. Mais qu'est-ce que je raconte ? Tu vas surveiller cette fontaine soit jusqu'à ce qu'il arrive, soit jusqu'à ce que tu annonces la fin de l'opération. »

Sayer ricana à son tour. « Je ne peux ni confirmer ni infirmer ces allégations…

— D'accord, Sayer. Sois prudente. À tout de suite. »

Sayer raccrocha et fonça à tombeau ouvert vers la fontaine. La cage thoracique en feu, elle adressa une prière silencieuse à quiconque l'écoutait pour que la fille que Windsor avait prévu de tuer soit épargnée.

MÉMORIAL ANDREW MELLON

Washington, D.C.

La zone autour de la fontaine était calme.

Sayer fit le tour du petit îlot triangulaire planté d'arbres.

Située entre Constitution Avenue, Pennsylvania Avenue et la 6e Rue, la fontaine basse à deux niveaux trônait au centre de la petite parcelle de béton et d'herbe qui formait la pointe du Triangle fédéral.

Quelques voitures roulaient lentement sur les routes qui commençaient à se couvrir de givre à mesure que la nuit tombait. La lumière jaune des réverbères éclairait une SDF vêtue d'une longue doudoune, qui poussait un caddie le long du trottoir.

Sayer marcha nonchalamment de l'autre côté de Constitution Avenue, longeant le bâtiment à colonnes de la National Gallery of Art. Ses yeux balayaient le vaste espace ouvert que formait le carrefour. Avec les trois artères majeures de la ville qui s'entrecroisaient autour du mémorial, Windsor n'aurait nulle part où se cacher pour rejoindre la fontaine et déposer le corps.

Bien qu'elle ne s'attendît pas à le voir avant au moins trente minutes, tous les sens de Sayer étaient en alerte maximale tandis qu'elle cherchait un endroit d'où elle pourrait observer les lieux sans être vue. Elle s'arrêta à l'ombre du musée pour jeter un coup d'œil à son téléphone. Neuf heures moins cinq.

Elle leva les yeux et se figea en voyant une voiture ralentir puis s'arrêter à côté de la fontaine sur la 6e. La berline bleue à quatre portes était tout ce qu'il y avait de plus commun.

Sayer recula de quelques pas, pressant son dos contre un haut buisson au pied du musée au moment où un homme sortait de la voiture.

Il s'approcha lentement et maladroitement de l'arrière de la berline. Un pistolet était rangé dans un étui de type militaire contre son flanc. Ses cheveux hirsutes tombaient devant son visage, masquant ses traits.

Alors qu'il contournait la voiture, il se plaça dans le rond de lumière d'un réverbère qui éclaira son visage. L'estomac de Sayer se noua. C'était sans aucun doute Luke Windsor, et il était en avance. Avait-il déjà tué une autre fille ? S'étaient-ils trompés sur l'importance qu'il accordait à l'heure du décès ?

Alors qu'il marchait vers le centre de la lumière, Sayer remarqua que ses vêtements étaient couverts de sang des pieds à la tête. Elle crut d'abord que c'était le sang de quelqu'un d'autre, mais la manière dont il se mouvait et les plaies ouvertes sur son visage suggéraient que c'était le sien.

Il était blessé. Gravement blessé.

Tant mieux pour elle, si elle devait l'appréhender seule.

Tout en prenant soin de masquer la lumière de son téléphone, elle envoya un message d'urgence à Ezra. *Windsor est là ! Les renforts sont loin ?*

Ezra répondit : *5 min. ATTENDS-LES. J'envoie la police et le SWAT !*

Sayer fronça les sourcils. La police allait débarquer toutes sirènes hurlantes et faire fuir Windsor. Elle devait se tenir prête à l'arrêter s'il prenait la fuite. Et elle devait l'arrêter vivant.

Au lieu de se placer devant le coffre, Windsor continua jusqu'à la portière arrière côté passager et l'ouvrit.

Il se pencha en avant et Sayer s'attendit à ce qu'il en sorte un cadavre, mais il traîna hors de la voiture une fille à l'air hébété.

Sayer retint son souffle en reconnaissant Nell Goodyear. Du sang s'écoulait de son flanc, son jean en était trempé, mais elle était en vie !

Elle avait beau avoir les mains liées dans le dos, elle ne se laissait pas faire, se débattant de toutes ses maigres forces pour s'arracher à l'étreinte de Windsor, lequel grimaçait de douleur en essayant de l'empêcher de ruer.

« À l'aide ! » cria Nell d'une voix rauque qui suggérait qu'elle avait déjà beaucoup hurlé.

Il la tira violemment en avant et grimaça de nouveau. Elle tituba et il se servit de son élan pour la pousser contre la base de la fontaine.

Déséquilibrée, elle parvint à rester debout pendant quelques pas titubants avant de tomber à genoux.

Le craquement de ses os sur le ciment fit frissonner Sayer.

Nell demeura à genoux. Un discret sanglot s'échappa de ses lèvres. Elle essaya de hurler de nouveau, mais son corps épuisé s'affaissa, et elle ne parvint qu'à émettre un petit cri enroué.

Windsor poussa complètement Nell à terre. Elle gémit et ses paupières papillonnèrent tandis qu'elle luttait pour rester consciente.

Pendant ce temps, il s'approcha de la fontaine pour regarder à l'intérieur et lâcha un grognement de frustration à la vue du bassin vide.

Il avait dû prévoir de noyer la fille sur place. Il jeta un coup d'œil à sa montre et secoua la tête en sortant son pistolet de son étui. Ne pouvant pas la noyer, il allait se contenter de l'abattre. La personne qui l'avait blessé, quelle qu'elle soit, avait interrompu son rituel, l'obligeant à improviser.

Son pistolet sorti, il fixa sa montre, attendant le moment fatidique.

Sayer se baissa et, sans un bruit, alla se placer directement derrière Windsor. Elle ne pouvait pas le laisser violenter l'adolescente une seconde de plus.

Elle commença à traverser Constitution Avenue au moment où Windsor pointait son arme sur la fille.

Nell se roula en boule. Ce geste aussi désespéré qu'inutile envoya une décharge de rage dans le cœur de Sayer.

Elle devait à tout prix l'empêcher de tirer.

« FBI, plus un geste ! » cria-t-elle de sa voix la plus grave en s'élançant vers Windsor, son pistolet braqué sur lui. L'avenue était si large qu'il avait amplement le temps de décider quoi faire.

« Je n'hésiterai pas à tirer ! » gronda Sayer.

Windsor leva les yeux vers elle avant de les poser de nouveau sur la fille, comme s'il ne savait pas sur qui tirer en premier.

Son expression parfaitement calme lui glaça le sang. Elle prit conscience qu'ils s'étaient totalement fourvoyés à son sujet. Il n'était ni intrépide ni téméraire, mais simplement convaincu de n'avoir plus rien à perdre. La perspective de mourir ne signifiait rien pour un homme qui se croyait déjà mort.

Les sirènes commencèrent à hurler dans le lointain tandis qu'il dirigeait de nouveau son arme sur Nell.

Sayer s'élança vers lui à toute vitesse.

L'entendant arriver, Windsor fit volte-face à la dernière seconde et pressa la détente.

Sayer sentit la balle écorcher les couches supérieures de sa peau au niveau de son flanc et tirer sa veste en arrière en traversant le cuir épais.

Ignorant la douleur, elle poursuivit son attaque et fondit sur Windsor.

Le corps de l'homme se raidit lorsque Sayer le percuta. Ils s'écrasèrent au sol en laissant tous les deux échapper un cri de douleur.

Il atterrit sur le bras de Sayer, qui lâcha son Glock.

Elle roula sur elle-même et s'accroupit juste à côté de Nell.

Windsor, qui n'avait pas lâché son arme, se leva et se tint immobile, haletant, grimaçant d'un mélange de douleur et de rage. « Vous allez tout gâcher. Il faut que ce soit maintenant ! » hurla-t-il d'une voix stridente évoquant le cri d'un animal sauvage tandis que la première voiture de police s'arrêtait dans un dérapage à 50 mètres de là.

« Plus un geste ! » Les officiers bondirent hors de la voiture, l'arme au poing. Ignorant la police, Windsor pointa de nouveau son pistolet sur la fille. Nell essaya de s'écarter, mais elle n'était pas assez rapide.

À bout de souffle, la vision trouble, Sayer prit conscience que jamais elle n'arriverait à atteindre Windsor à temps. Alors, au lieu de l'attaquer, elle se jeta sur Nell pour faire bouclier avec son corps. Plusieurs détonations retentirent lorsque les officiers firent feu.

Windsor grogna de douleur, du sang frais jaillissant de son bras gauche.

« Lâchez votre arme ! » cria un policier.

« Qu'avez-vous fait ? » Windsor poussa un cri de frustration en pivotant sur ses talons pour courir vers la voiture. Il esquiva les balles tirées par les policiers et fonça tête baissée derrière la berline. Sans un regard en arrière, il s'engouffra à l'intérieur et démarra en trombe.

Les policiers remontèrent dans leur voiture et le prirent en chasse tandis que Sayer portait son attention sur Nell.

La fille leva les yeux, son visage d'enfant déformé par une grimace de pure colère. « On l'a attaqué, hoqueta-t-elle.

— Bien joué. » Sayer souleva le tee-shirt de la fille. Elle s'efforça de ne montrer aucune réaction à la vue du flot de sang qui s'écoulait lentement mais à un rythme régulier de la plaie à son estomac. « Je vais faire pression sur la blessure pour endiguer l'hémorragie. Ça va faire mal. »

L'adolescente gémit lorsque Sayer appuya sur son ventre.

« Où étais-tu détenue ? Où sont tes camarades ? demanda Sayer, essayant de l'empêcher de perdre connaissance.

— Une grande salle avec des colonnes. Je sais pas trop où c'était. Tellement de trous noirs. Des centaines. On lui a vraiment fait mal… » Le fantôme d'un sourire passa sur le visage de Nell et elle perdit conscience alors qu'une autre voiture de police dérapait et s'arrêtait à côté d'elles.

Sayer demanda à un officier de dispenser les premiers soins et cria à l'adresse des autres policiers qui arrivaient : « Le suspect est un individu de sexe masculin blessé. Il a pris vers le nord sur la 6e dans une berline bleue quatre portes, immatriculée à DC, 55N6B6. Armé et dangereux. Il nous le faut vivant ! Vivant ! » répéta-t-elle.

Alors que la police envahissait les lieux, Sayer courut vers sa moto en composant le numéro d'Ezra. Elle lui expliqua ce qu'il s'était passé et lui demanda de leur envoyer Max et Kona pour qu'ils essaient de pister la voiture.

« Ouais, j'écoute tout via la radio de la police. La voiture qui l'a pris en chasse l'a déjà perdu. Je vous envoie Max et Kona au plus vite. L'ambulance pour la fille est presque là. »

Sayer acquiesça d'un grommellement et raccrocha. Elle quitta la 6e Rue dans un dérapage, espérant pouvoir rattraper Windsor.

Son corps palpitait sous l'effet de l'adrénaline et ses sens lui semblaient douloureusement aiguisés tandis qu'elle longeait un couloir d'immeubles de bureaux. Elle roulait trop vite, cherchant frénétiquement du regard la berline bleue. Les bâtiments hauts laissèrent bientôt place à des maisons de ville et à des petits commerces. Quelques résidents emmitouflés dans d'épais manteaux marchaient le long de la 6e, mais il n'y avait pas trace de leur homme.

Lorsqu'elle passa devant la grande tour de brique rouge ornée d'une horloge de Howard University, Sayer se rendit finalement à l'évidence : elle l'avait perdu. Windsor avait vraisemblablement quitté la 6e depuis longtemps, et elle n'avait aucun moyen de savoir dans quelle direction il était parti.

Ce n'est que lorsqu'elle se gara qu'elle remarqua le sang de Nell sur ses mains. Un frisson d'horreur et de colère secoua son corps. « Putain. » Elle abattit son poing ensanglanté si violemment sur le guidon qu'une décharge de douleur lui traversa les côtes. Elle avait été si près de l'arrêter. Comment avait-elle pu le laisser filer ?

POSTE DE COMMANDEMENT DU FBI

Quantico, Virginie

Assise à l'avant du PC vide, Sayer contemplait le trou qu'avait laissé la balle dans le dos de sa veste. Depuis l'attaque à l'institut Hearing Voices, les événements s'étaient enchaînés à une telle vitesse qu'elle n'avait pas eu le temps de bien les digérer. Quelque chose la tracassait, sans qu'elle parvienne à mettre le doigt dessus.

« Alors, comment c'était chez le médecin ? railla Ezra en pénétrant dans la salle. Quand tu as dit que tu allais directement de l'institut à l'hôpital, tu voulais sans doute dire : "Je vais aller arrêter le tueur toute seule." »

Sayer le regarda d'un air de dire « très drôle ».

Ezra s'assit, et son expression se fit soudain sérieuse. « Tu sais que je plaisante. Je suis soulagé que tu ailles bien. L'hôpital vient d'appeler et ils pensent que Nell Goodyear va s'en tirer, même si son état est grave. Blessure par balle à l'abdomen et au moins un os cassé. Max et Kona essaient de suivre l'odeur de Windsor depuis la fontaine, mais ça n'a rien donné pour l'instant. »

Sayer hocha la tête en enfilant sa veste. Elle avait beau s'être lavé les mains, le coin de ses ongles était toujours souillé du sang de Nell.

« Elle a réussi à te dire quelque chose avant que les secours l'emmènent ? demanda Ezra.

— Pas grand-chose. Elle a dit que les filles avaient attaqué Windsor. Elle a essayé de m'expliquer où étaient détenues les autres, mais elle ne semblait pas vraiment savoir. Elle a juste décrit une grande pièce avec des colonnes, puis elle a parlé de trous noirs. Je crois qu'elle commençait à délirer à cause de la douleur, et c'est tout ce qu'elle a réussi à me dire avant de perdre connaissance. Mais, au cas où, regarde si tu trouves un endroit qui correspond à cette description. »

Ezra hocha la tête d'un air grave. « Et maintenant ?

— Maintenant, on trouve un moyen d'arrêter ce salaud, dit Sayer sèchement.

— Tu sais ce que je veux dire », répondit doucement Ezra.

Sayer soupira. « Désolée, j'ai l'impression d'avoir un couteau planté entre les côtes et je suis furieuse de l'avoir laissé partir. Alors qu'il était blessé. Pour l'instant, on analyse la zone autour de la fontaine, les vêtements de Nell, et on continue de creuser les pistes qu'on a déjà.

— Tu as dit qu'il était blessé ?

— Ouais. » Sayer eut un grand sourire. « Il avait le visage d'un boxeur sur le point de perdre un combat en dix rounds. Et je parie qu'il avait aussi plusieurs fractures. Tout ça avant que les flics lui tirent une balle dans le bras.

— C'est les filles qui lui ont fait ça ?

— D'après Nell, oui. » Sayer prit un moment pour savourer l'idée d'une meute de filles féroces se défoulant sur Windsor.

« Donc… commença Ezra. On sait pourquoi il n'a pas tué Nell avant de l'emmener à la fontaine ?

— Non. Je suppose que c'est à cause de l'attaque. Peut-être que les filles ont interrompu ses plans et qu'il a juste traîné Nell à la fontaine en se disant qu'il la tuerait sur place. Il a paru surpris que la fontaine soit vide, donc peut-être qu'il avait prévu de la noyer comme les deux autres. Il était bien plus concentré sur l'idée de tuer Nell au bon moment que de se défendre contre moi.

— Je me demande ce qu'il va faire maintenant qu'il n'a pas réussi à créer la troisième déesse… »

Sayer ferma les yeux. Elle espérait qu'il ne décide pas simplement de retourner au car et de tuer une autre fille. « Croisons les doigts pour qu'il aille lécher ses plaies quelque part et s'accorde un jour ou deux pour reprendre des forces.

— Tu ne m'as pas dit comment tu avais trouvé cet endroit, au fait. On a mis dix analystes sur le coup.

— Holt. » Sayer sourit face à la mine interloquée d'Ezra. « Je me suis souvenue que quelqu'un avait dit qu'elle écrivait un livre sur l'histoire de l'architecture de DC. J'ai toujours cru qu'elle devait sa réputation de meilleur agent de terrain du FBI à sa coriacité, mais il se trouve qu'elle est aussi sacrément intelligente.

— Bah dis donc. » Ezra dévisagea Sayer. « Il y a quelque chose qui te turlupine.

— Ouais. » Elle se leva pour faire les cent pas, mais la douleur l'en dissuada. Au lieu de quoi, elle sortit son komboloï et s'efforça de rester immobile tandis qu'elle repensait à tout ce qu'il venait de se passer. Ce qui la chiffonnait était lié au scanner cérébral qu'elle avait vu à l'institut Hearing Voices.

« J'ai pu observer le suspect à la fontaine, dit-elle. J'ai vu son visage de près et il ressemblait trait pour trait à Luke Windsor.

— Mais… ?

— Mais quelque chose ne colle pas. Tu veux bien me montrer le scanner cérébral du Dr Lilenhammer ? »

Ezra envoya une version numérisée du scanner sur le grand écran.

Sayer s'approcha lentement de l'image, secouant la tête. « Tu peux le mettre côte à côte avec celui qu'il a passé quand il était gamin ? »

Ezra enfonça quelques touches et le deuxième scanner apparut. « Il y a un problème avec les scanners ? »

Sayer les observa tour à tour durant un long moment avant de répondre. Elle avait enfin mis le doigt sur le détail qui la chiffonnait depuis tout ce temps.

« Nous savons tous les deux que la plupart des tueurs en série sont des psychopathes. Mais ils sont rarement psychotiques.

— Vrai. Ils sont narcissiques et manipulateurs, entre autres troubles de la personnalité, mais en général ils ne souffrent pas du genre de délires associés à la psychose.

— Voilà. Quand j'ai vu le scanner cérébral de Luke Windsor enfant et que j'ai reconnu les marqueurs de la psychopathie, j'étais convaincue que nous avions identifié notre tueur. Il était parfaitement logique à ce moment-là de penser que Windsor est un psychopathe qui tue pour une raison perverse mais tout à fait logique de son point de vue.

— Et tu n'en es plus si sûre? On s'est trompés sur les motivations de Windsor? Ou bien tu penses qu'on a identifié la mauvaise personne?

— Je ne sais pas. Al et le Dr Lilenhammer ont tous les deux interagi directement avec le suspect et ils ont tous les deux décrit un homme en proie à une profonde psychose. Je sais aussi que, en dehors de cette anomalie dans la zone temporo-pariétale de l'hémisphère cérébral… » Sayer pointa du doigt le scanner fourni par le Dr Lilenhammer. « … le cerveau sur ce nouveau scanner semble parfaitement normal.

— Donc ce n'est pas celui d'un psychopathe.

— Est-ce qu'il est indiqué dans le dossier scolaire de Luke Windsor s'il est droitier ou gaucher ?

— Euh, oui. » Ezra parcourut du regard son écran. « Il est gaucher.

— Ouais, tu vois, ici, la partie gauche du cortex moteur est beaucoup plus développée, un trait qu'on trouve chez les droitiers. Et, en dehors de la blessure liée à l'accident… » Sayer désigna le scanner le plus récent. « … ce cerveau est parfaitement sain. Les gens comme Luke Windsor, qui ont abusé des drogues et de l'alcool, présentent presque toujours une réduction de la matière grise corticale. » Sayer se tut.

« Tu penses que ce n'est pas le cerveau de Luke Windsor ?

— Exactement. Ce sont deux cerveaux différents. Le cerveau du suspect a subi le genre de traumatisme connu pour causer d'importantes modifications du comportement et de la personnalité, y compris la psychose. Je pense que ce n'est pas un psychopathe que nous devons chercher, mais quelqu'un qui, jusque très récemment, a mené une vie parfaitement normale et dont la personnalité a changé de façon radicale après un accident de voiture.

— Mais en dehors de ça, Luke Windsor correspond en tous points au profil. Tu l'as dit toi-même, il ressemble trait pour trait au suspect décrit par Al et Declan. En plus, le travail de son père explique sa très bonne connaissance de l'Égypte ancienne. »

Sayer se rassit sur sa chaise, les sourcils froncés. « Tout à fait. Luke Windsor semble être notre homme, mais ceci n'est pas le cerveau de Luke Windsor. Alors que se passe-t-il, merde ? » Sa voix monta d'un ton. « Est-ce que ce vieux scanner appartient à quelqu'un d'autre que Luke ? Notre suspect est-il une tout autre personne qui se trouve ressembler trait pour trait à Windsor ? Cette putain d'affaire n'a aucun sens. »

Ezra posa gentiment la main sur son épaule. « On est tous les deux épuisés. Il est presque minuit, on n'a pratiquement pas dormi la nuit dernière et pas du tout celle d'avant. Au lieu de nous taper la tête contre ce mur, qu'est-ce que tu dirais d'aller dormir quelques heures ? On reprendra à tête reposée demain matin. Tu as quand même sauvé la vie d'une fille ce soir.

— J'en ai sauvé une, mais pas toutes. »

Ezra se contenta de la fixer d'un air interrogateur.

« D'accord, d'accord, soupira Sayer. Mais je veux qu'on se retrouve tous ici demain à la première heure, y compris Al Valentine. Je veux que toutes les personnes susceptibles de nous aider se trouvent dans cette pièce demain à 7 heures pétantes. Et envoie les infos sur la quatrième chambre à Holt. Il faudrait qu'elle et nos analystes commencent à réfléchir à des lieux possibles pour le prochain corps.

— Bien, mon capitaine, lança Ezra en la saluant.

— Bonne nuit, Ez. »

Ce disant, elle se dirigea lentement vers la porte et sortit dans la nuit.

Route d'Alexandria, Virginie

Ignorant la douleur qui palpitait à son flanc, Sayer appela l'hôpital sur le chemin de chez elle pour avoir des nouvelles de Nell et Declan. Selon les médecins, Nell ne serait pas en état de répondre à ses questions avant un bon moment. Quant à Declan, il dormait profondément et se rétablissait vite. Tous les deux étaient protégés par des gardes postés devant leurs portes.

C'était une maigre consolation, songea Sayer en rejouant dans son esprit les deux derniers jours. Si Luke Windsor n'était pas leur homme, alors qui était-ce ? Quel rôle jouaient dans les plans du tueur le faux témoin et l'homme qui l'avait attaquée à l'institut ? Qui lui avait sauvé la vie tout à l'heure ? Et qui la suivait ?

Sayer envisagea un instant de contacter le sujet 037 puis se ravisa.

Elle jeta un coup d'œil dans ses rétroviseurs, mais aucune voiture ne la suivit lorsqu'elle quitta l'autoroute pour rejoindre le centre historique d'Alexandria. Si la personne qui la filait était le faux agent du FBI, il n'était plus en état de le faire. À moins que ce ne fût son ange gardien. Dans tous les cas, il ne la suivait pas ce soir.

Dans le silence profond, Sayer gara la Silver Hawk devant chez elle, soulagée de couper le moteur qui avait fait trembler ses côtes tout le long du trajet. Son esprit était embrouillé de pensées qui partaient dans toutes les directions, et aucune ne conduisait à l'endroit le plus important de tous, à savoir la localisation des adolescentes disparues.

Sayer prit un moment pour observer sa maison. Voyant qu'une faible lumière brillait derrière la fenêtre de Tino, elle envisagea de passer lui dire bonjour. Adi était toujours à Stanford et Sayer prit conscience qu'elle avait besoin d'un peu de compagnie avant d'aller dormir. En plus, elle lui avait promis de boire un verre avec lui pour discuter de ce truc qui semblait lui tenir vraiment à cœur. N'importe quelle conversation serait préférable à la solitude de son appartement.

Elle tapa doucement à la porte de Tino.

Comme il ne répondit pas, elle se dit qu'il avait dû s'assoupir en lisant dans le salon. Quant à Vesper, il dormait comme un loir dès qu'il commençait sa nuit.

Un peu déçue, Sayer monta l'escalier et déverrouilla sa propre porte. Sans la présence réconfortante d'Adi et le bruit discret de la respiration de Vesper en provenance de la chambre de la jeune fille, l'appartement lui parut terriblement vide et sombre.

Elle retira sa veste et son regard se posa de nouveau sur le trou laissé par la balle dans le tissu. Frôler la mort n'était pas si rare dans son travail, mais cela n'en demeurait pas moins une expérience glaçante.

Elle traversa toutes les pièces en allumant les lumières dans une tentative irrationnelle d'y apporter un peu de chaleur.

Elle resta un moment plantée au milieu de son appartement désormais entièrement éclairé en se demandant quoi faire. Elle voulait continuer à travailler sur l'enquête, mais elle savait que son esprit était émoussé par le manque de sommeil. Elle jeta un coup d'œil au dossier de Jake, puis songea aux remontrances de Sophia. Elle avait raison, bien sûr. Sayer était obsédée par sa mort, car c'était pour elle un moyen de s'accrocher à une vie qui n'existait plus. Peut-être était-il vraiment temps qu'elle commence à trouver le bonheur dans la vie qu'elle menait plutôt que de s'appesantir sur celle qu'elle aurait voulu mener.

Au lieu de se plonger dans le dossier, Sayer attrapa une bière et un hot-dog froid, et alluma la télévision pour essayer de se détendre un peu.

À l'écran, la mère de Becky Blane se tenait devant un pupitre, flanquée de deux hommes en costume qui devaient être ses avocats. Ses yeux étaient toujours rouges d'avoir pleuré, mais elle portait maintenant un peu de maquillage et un pull-over rose pétant.

« C'est un nouveau faux pas dans l'affaire des adolescents du car, que nous avons appris lors de la conférence de presse donnée ce soir par la mère d'une des jeunes filles assassinées, Rebecca Blane, déclara la journaliste en voix off. Et le moins qu'on puisse dire, c'est qu'elle n'a pas été tendre avec les agents en charge de l'enquête. »

La journaliste se tut au moment où Mme Blane commençait à parler.

« Ma fille, Rebecca Elizabeth Blane, a été assassinée hier. » Elle se pencha légèrement vers le micro, lisant un texte sur une feuille qu'elle tenait serrée entre ses mains. Le troupeau de journalistes et de photographes devant elle se bousculaient pour se ménager une meilleure vue. « J'ai la preuve que l'équipe du FBI en charge de l'enquête a suivi une fausse piste qui aurait dû être rapidement écartée. Ils y ont perdu un temps précieux pendant que ma fille se faisait brutalement assassiner. J'ai aussi appris que plusieurs attaques contre le FBI ont eu lieu, qu'on a tenté de couvrir. » Elle marqua une pause et détourna le regard, les larmes montant au coin de ses yeux. « Ma belle et brillante petite fille est morte à cause de leur incompétence. Je compte intenter un procès au FBI pour m'assurer que ce genre de choses ne se reproduise jamais. Merci. »

Dès qu'elle eut terminé, ses avocats s'empressèrent de l'éloigner du podium.

Sayer fixa l'écran en serrant sa bière dans son poing. Elle comprenait la souffrance de cette femme, et il était normal d'avoir affaire à des parents en colère lors d'une enquête pour kidnapping ou meurtre d'enfant. Ce qui n'était pas normal, c'était la quantité de détails que possédait Mme Blane au sujet d'une enquête en cours.

Sayer envoya un mail rapide à l'agent de liaison pour lui demander une explication, avant de prendre conscience qu'elle était si fatiguée qu'elle voyait trouble.

Au lieu de s'appesantir sur l'intense mélange d'émotions que la conférence de presse avait fait naître en elle, Sayer tituba jusqu'à la salle de bains pour se préparer à aller dormir. Elle retira sa chemise pour nettoyer la petite plaie laissée par la balle à son flanc. De l'autre côté, une ecchymose assombrissait la moitié de son torse et sa côte protesta lorsqu'elle appuya dessus. « Contusionné mais pas cassé », marmonna-t-elle pour elle-même.

Déjà somnolente, elle enfila tant bien que mal son pyjama en flanelle et s'écroula sur le lit, sombrant avec soulagement dans un sommeil sans rêves.

APPARTEMENT DE TINO

Alexandria, Virginie

Tino était en train de se débattre avec la corde liant ses bras et ses jambes lorsque Sayer avait tapé à sa porte.

Malheureusement, plus il se tortillait et gesticulait, plus la corde se serrait autour de son corps, aussi avait-il fini par abandonner. Étendu immobile dans la puanteur du kérosène qui envahissait ses narines, il avait tenté d'interpeller Sayer, mais le Scotch épais collé sur sa bouche ne laissait échapper qu'un écho assourdi des cris piégés au fond de sa gorge.

Il n'y avait pas un bruit, hormis le souffle de l'homme qui respirait doucement dans la pièce voisine. Qu'attendait-il ?

Finalement, Tino entendit Sayer s'affairer au-dessus de lui, le plancher craquant sous ses pieds tandis qu'elle mangeait un de ses foutus hot-dogs ou quelque chose de tout aussi répugnant.

Et puis, plus rien.

Il avait l'impression que le temps s'était figé, jusqu'à ce que lui parvienne le craquement d'une allumette dans la pièce voisine. Une vague de terreur monta en lui. La porte d'entrée s'ouvrit et l'homme sortit, refermant derrière lui. Tino et Vesper étaient seuls dans l'appartement en feu.

Vesper gratta contre la porte du placard en poussant des gémissements si pathétiques que le cœur de Tino se brisa pour la centième fois. Le pauvre chien devait être en train de vivre un flash-back de l'affaire du tueur à la cage, pendant laquelle il s'était retrouvé enfermé dans une cage avec une fille mourante.

Tino aurait aimé dire quelque chose pour réconforter Vesper, mais il ne parvenait qu'à émettre des grognements sourds.

Il commença réellement à paniquer lorsque l'odeur de fumée le prit à la gorge.

Se tortillant comme une chenille, Tino rampa jusqu'au mur de la chambre. Il ignora la nausée causée par l'effort, leva les jambes aussi haut que possible et les abattit contre la cloison en placo. Elle craqua et il répéta le mouvement encore et encore jusqu'à ce que ses pieds nus heurtent un montant en bois. La sueur commençait à voiler sa vision. La fumée était à présent si épaisse que ses yeux larmoyaient. Incapable d'ouvrir la bouche, le nez bouché, il luttait pour ne pas s'étrangler avec la boule de mucus dans sa gorge.

Respirant avec peine, Tino frappa le mur jusqu'à ce qu'un faible vrombissement remonte le long de ses membres et atteigne son visage. Tandis que l'air âcre lui brûlait le nez et les yeux, ses muscles commencèrent à se détendre et il sombra dans l'inconscience.

APPARTEMENT DE SAYER

Alexandria, Virginie

Les flammes de l'enfer embrasaient le rêve de Sayer, furieuses et brûlantes. Au milieu des tourbillons de fumée, un démon cognait sur un tambour, produisant un battement sinistre qui enflait à mesure que la mort se rapprochait.

Petit à petit, le son répétitif s'immisça dans la conscience de Sayer, qui se réveilla en sursaut.

Elle ouvrit brusquement les yeux et resta un instant déconcertée face à l'épaisse fumée de son rêve qui envahissait son appartement. Puis elle sentit la chaleur.

De la fumée. De la chaleur. Un incendie !

Elle bondit hors de son lit, penchée en avant pour éviter les miasmes montant au plafond.

Le battement régulier se poursuivit un moment, puis cessa subitement.

Aveuglée par la fumée, Sayer essaya tant bien que mal de s'orienter. Les mains tendues, elle tituba jusqu'à heurter un mur et prit conscience qu'elle était partie du mauvais côté. Dehors, les flammes léchaient le rebord de la fenêtre. Elle allait devoir sortir par la porte.

Se déplaçant à tâtons le long du mur, elle parvint à rejoindre le salon avant de tomber à genoux, frappée par une violente quinte de toux. Incapable de prendre une inspiration complète, elle rampa vers la sortie.

Lorsqu'elle atteignit la porte, elle se releva tant bien que mal pour la déverrouiller.

Elle tira sur la poignée brûlante d'un grand geste et poussa un cri de frustration rauque face au mur de feu qui se dressait sur le palier.

Dans sa panique, elle reconnut malgré tout les signes d'un incendie criminel. Quelqu'un avait versé un accélérant devant l'entrée, pour l'empêcher de sortir.

Sayer jeta un coup d'œil vers son appartement derrière elle, mais elle savait qu'elle n'avait aucune chance de s'en tirer vivante en sortant par une fenêtre. Son seul espoir était de passer à travers les flammes. Sans hésiter, elle poussa un cri et franchit la porte à toute vitesse. Elle sauta par-dessus la rambarde et tomba dans le jardin, s'écrasant sur une parcelle de terre molle. Sa côte hurla de douleur, mais, par miracle, rien ne semblait cassé.

Tremblant de tout son corps, les yeux brûlants, la poitrine haletante, Sayer se releva au milieu de son jardin jadis si paisible et contempla sa maison en feu. Les flammes engloutissaient le bâtiment comme une créature vivante, mue par une faim monstrueuse.

Elle était tellement abasourdie par l'ampleur de la catastrophe qu'il fallut un moment à son cerveau pour remarquer que Tino et Vesper n'étaient pas là. La peur qui explosa en elle la propulsa vers la porte du rez-de-chaussée. Elle l'ouvrit en grand, provoquant un puissant appel d'air.

Le feu faisait rage et Sayer remonta sa chemise devant sa bouche en s'engouffrant à l'intérieur. Elle agita les bras en tous sens pour chasser la fumée, en quête d'un signe de sa famille.

« Tino ! Vesper ! » cria-t-elle, mais le rugissement du feu et le craquement du bois noyèrent sa voix.

Prise de vertiges, Sayer se laissa tomber à genoux et rampa vers la chambre de Tino.

Elle le trouva au sol, pieds et poings liés, les yeux révulsés.

Sayer essaya de le réveiller, en vain. Des gargouillements étranglés s'échappaient de sa gorge à chaque respiration.

« Tino ! Réveille-toi ! » cria-t-elle en arrachant le Scotch sur sa bouche.

Elle entendit un faible grattement et rampa jusqu'au placard, dont Vesper jaillit en couinant bruyamment. Elle lui fit signe de partir, d'aller se mettre à l'abri, mais le chien se plaça au-dessus de Tino et lui lécha le visage.

Elle voulut lui crier un ordre, mais les mots se coincèrent dans sa gorge. Vesper attrapa le tee-shirt de Tino et commença à tirer. Sayer l'imita en le saisissant par la corde entourant son corps.

Ensemble, ils parvinrent presque à traîner Tino jusqu'au salon, mais Sayer avait de plus en plus de mal à respirer.

La pièce se mit à tourner autour d'elle tandis que ses muscles refusaient peu à peu d'obéir à ses ordres.

Elle essaya de tirer une dernière fois le corps de Tino, mais elle arrivait à peine à refermer ses doigts sur la corde.

La pièce enfumée commençait à rétrécir autour d'elle, comme si elle avançait dans un couloir sombre, s'éloignant peu à peu de la réalité.

Lorsqu'une silhouette fantomatique apparut au-dessus d'elle, Sayer n'était pas tout à fait sûre qu'elle fût réelle.

Elle sentit une main se refermer sur son poignet. Dans les tourbillons de cendre et la lumière dansante, Sayer ne parvenait pas à distinguer son visage. Il essaya de l'entraîner vers la sortie, mais elle refusa de bouger.

« Tino », prononça-t-elle d'une voix éraillée.

La silhouette hocha la tête et attrapa la corde liant Tino. Avec une force surprenante, il la traîna vers la porte.

Sayer tenta de l'aider en tirant, tout en laissant la silhouette la guider vers l'extérieur, et elle émergea finalement dans l'air froid, Vesper sur ses talons.

Tino gémit et Sayer s'agenouilla devant lui pour vérifier ses signes vitaux. Sa respiration était rauque mais régulière. Il battit des paupières puis ouvrit les yeux et elle laissa échapper un soupir de soulagement.

Lorsqu'elle leva la tête pour dire à l'homme de faire sortir les voisins et appeler les secours, il avait déjà disparu.

Lieu inconnu

Kate se réveilla dans une petite pièce aux murs de briques, les souvenirs envahissant peu à peu son esprit comme un film en stop motion.

Les filles attaquant Walter avec des barres en métal. Sa course frénétique sur le sable. Les portes verrouillées. L'homme traînant Nell vers elle. Les blessures de Nell.

Les coups désespérés qu'elle avait tenté de porter à Walter. La facilité avec laquelle il les avait esquivés.

Bien que blessé et boiteux, il avait réussi à les traîner toutes les deux en haut de la rampe et à déverrouiller les portes, qui donnaient sur un nouveau paysage infernal d'immenses silos tapissés de plantes et un champ parsemé de ce qui ressemblait à des centaines de petites bouches d'égout noires.

Finalement, il les avait emmenées dans ce bâtiment trapu surmonté d'une étrange pyramide.

Il y avait laissé Kate, et avait emporté Nell.

Durant un long moment, elle observa son environnement, essayant de comprendre ce qu'elle voyait.

Des milliers de hiéroglyphes ornaient le moindre centimètre de mur. Même le plafond bas était recouvert d'une sorte de tableau rempli d'idéogrammes.

Des planches de bois couvraient ce qui devait être des fenêtres.

Elle fit lentement le tour de la pièce et remarqua des piles de déchets entassés dans les coins, comme si quelqu'un avait commencé à nettoyer l'endroit. Les détritus semblaient dater d'une autre époque, les années 1950 peut-être, voire encore avant.

Mais l'élément le plus perturbant était sans conteste le sarcophage en bois brut trônant au centre de la pièce, qui lui rappela ceux qu'elle avait vus lorsqu'elle avait visité le muséum d'histoire naturelle, des années plus tôt.

Entre le sarcophage et les hiéroglyphes au mur, elle se demanda si elle ne se trouvait pas réellement en Égypte. Était-elle victime d'un trafic d'êtres humains ? Avait-elle perdu connaissance ou été droguée et envoyée loin de chez elle ?

Les pensées de Kate étaient brumeuses, lentes.

Un profond bassin en céramique rempli d'eau était posé au pied du sarcophage. À la vue de l'eau, elle prit conscience qu'elle était assoiffée.

La bouche sèche, Kate se précipita vers le bassin et but goulûment dans ses mains en coupe jusqu'à ce qu'elle sente son ventre gonfler douloureusement.

Depuis combien de temps n'avait-elle pas mangé ? Elle songea aux autres filles restées piégées dans ce putain de car. Étaient-elles toujours en vie ?

À bout de forces, Kate n'avait qu'une envie : s'allonger par terre, dans cet endroit tout droit sorti d'un cauchemar surréaliste.

Se forçant à rester concentrée, elle se souvint qu'elle était censée prendre la fuite et chercher de l'aide.

Kate avait une mission à accomplir, aussi, au lieu de s'allonger, elle se mit en quête d'un moyen de s'enfuir.

HÔPITAL DE FAIRFAX

Falls Church, Virginie

Un bip-bip agaçant força Sayer à ouvrir péniblement les yeux afin de régler son compte à l'engin infernal qui en était responsable.

Dans la lumière vive du soleil matinal, les contours de la chambre d'hôpital se dessinèrent peu à peu. Elle fronça les sourcils et sentit se fendre les commissures de ses lèvres desséchées.

« Elle est vivante ! » Le visage d'Ezra flottait au-dessus d'elle, ses yeux bleu clair plissés d'inquiétude.

« On dirait », répondit Sayer doucement.

En sentant un battement régulier contre sa jambe, elle prit conscience que Vesper était allongé à côté d'elle. Sa queue s'agita plus vite lorsqu'elle essaya de s'asseoir.

« Et Tino ? » Elle tendit les bras pour tenter de se redresser et remarqua qu'ils étaient reliés à tout un tas de tubes et de tuyaux.

« Tino va bien. » Ezra posa sa main pour l'apaiser tandis qu'elle se débattait avec ses entraves. Il pressa un bouton qui souleva le haut du lit, permettant à Sayer de se redresser. « Il est dans la chambre voisine, sous oxygène. Il devrait être totalement rétabli d'ici un jour ou deux. Et le vétérinaire a examiné Vesper, il va bien aussi, hormis de légères brûlures aux pattes. Le placard l'a protégé de la fumée. »

Sayer retira la pince au bout de son doigt et commença à s'en prendre à son intraveineuse avant qu'Ezra lui saisisse fermement la main.

« Tu pourrais peut-être souffler un peu avant de te prendre pour Hulk et t'évader de l'hôpital ? Je sais bien que tu as une réputation à préserver, mais c'est promis, je ne dirai à personne que tu as pris une ou deux minutes pour te reposer. » Il parlait sur le ton de la plaisanterie, mais son expression était grave.

Sayer se laissa aller en arrière et hocha la tête. « D'accord. Que s'est-il passé ? J'ai réveillé les voisins. Les pompiers ont débarqué. Et puis ils m'ont forcée à monter dans l'ambulance. »

Ezra lâcha sa main et l'observa pendant un long moment afin de s'assurer qu'elle n'essaierait pas d'arracher ses tubes. Voyant qu'elle ne bougeait pas, il s'assit sur la chaise à côté du lit. Il posa sa canne contre le barreau et poussa un profond soupir. « Tout le monde va bien. Tes voisins s'en sont tous sortis. Ta maison, en revanche, il n'y a rien à sauver. Celles qui l'entouraient ont subi quelques dégâts, mais rien de catastrophique. »

Alors que les événements lui revenaient peu à peu, Sayer se souvint de l'explosion de flammes juste devant sa porte. « C'était un incendie volontaire. Quelqu'un qui ne voulait pas que je survive. »

Ezra plaça devant elle un gobelet d'eau muni d'une paille courbée. Sayer fronça de nouveau les sourcils, mais hocha la tête et but une longue gorgée.

« L'expert en incendie est du même avis. En plus, quelqu'un a attaché Tino. On est passé de l'intimidation à la tentative de meurtre. »

Ezra se mit à triturer la couverture et Sayer remarqua qu'il avait le visage crispé par l'inquiétude.

« Hé. » Elle l'empêcha de border sa couverture. « Je vais bien, vraiment. »

Ezra hocha rapidement la tête. « Je sais. Le médecin dit que tu vas sans doute avoir une légère inflammation des poumons, et tu as une côte contusionnée, mais autrement, tu es en parfaite santé. Tu pourras partir dès que les médecins auront vérifié une dernière fois tes fonctions vitales. »

Elle se rappela le moment où elle avait tenté de traîner Tino à travers l'appartement en feu. Et de la silhouette indistincte qui avait surgi de la fumée. « Il y avait un homme… » Sayer essaya de visualiser ses traits, en vain. « Il m'a aidée à sortir Tino de l'appartement, mais je ne l'ai pas bien vu. Et il est tout de suite reparti.

— Un voisin a dit avoir vu un homme adulte qui portait une casquette, mais c'est tout », dit Ezra en la regardant fixement.

Elle ne répondit pas. Trop de pensées se disputaient son attention. La voiture qui la suivait. Le faux témoin et le faux agent du FBI. Son ange gardien à l'institut Hearing Voices. Et puis ça. « Il faut qu'on découvre si c'est lié à l'affaire Windsor, ou si j'ai une cible dans le dos pour une autre raison, dit-elle finalement. C'est peut-être en lien avec le sujet 037.

— Je suis d'accord. J'ai toujours trouvé son obsession pour toi assez inquiétante. Tu penses que c'est celui qui essaie de te tuer, ou de te sauver ? »

Sayer haussa les épaules. « Je pense qu'il garde un œil sur moi, mais je ne sais pas pourquoi.

— Ma foi, on finira bien par le découvrir. Et si tu te reposais un peu pour commencer ? »

Mais déjà Sayer pressait le bouton d'appel. Elle voulait que le médecin vienne l'examiner pour pouvoir enfin rentrer à Quantico et tenter de trouver un sens à tout ça.

« Ou peut-être pas. » Ezra leva les bras au ciel, mais il sourit lorsqu'elle se mit à jurer comme un charretier en essayant de débrancher tous les tubes et tuyaux auxquels elle était branchée.

Enfin libre, Sayer chercha du regard son téléphone, puis réalisa qu'elle l'avait perdu dans l'incendie.

Ezra en brandit un tout neuf. « Je me suis dit qu'il t'en faudrait un nouveau. Il est déjà programmé, j'ai remis ton ancien numéro dessus. »

À peine eut-elle allumé le téléphone qu'il se mit à sonner.

« Agent Altair », aboya-t-elle, et la brûlure dans sa gorge lui fit immédiatement regretter de ne pas avoir employé un ton plus doux.

« Sayer, répondit le sujet 037 d'un ton enjoué. Je suis soulagée que vous et votre adorable famille alliez bien.

— Je suis pas d'humeur à… »

Le sujet 037 l'interrompit. « J'appelle car j'ai des informations qui pourraient vous intéresser.

— Allez-y », répondit Sayer à contrecœur. Elle ne voulait pas de l'aide de cet homme, mais, s'il avait des informations susceptibles de l'aider à sauver les filles kidnappées, elle se devait de l'écouter.

« J'ai localisé Luke Windsor pour vous, roucoula-t-il. Et je peux vous dire où il se trouve en ce moment même. »

CHAMBRE DE TINO, HÔPITAL DE FAIRFAX

Falls Church, Virginie

Sayer appela son équipe pour les charger de vérifier les informations de 037. Cela fait, elle passa rapidement à la salle de bains pour se débarrasser de la couche de suie sur sa peau, enfila les vêtements qu'Ezra avait trouvés dans son casier à Quantico, et se dirigea vers la chambre de Tino pour voir comment il allait.

Entre le double œil au beurre noir et le masque à oxygène plaqué sur son visage, il paraissait exténué, un adjectif qu'elle n'aurait jamais imaginé employer pour décrire son ami, d'ordinaire si solide et plein de vie. Mais il avait dû l'entendre arriver, car il ouvrit les yeux. Ils brillèrent lorsqu'il vit Sayer et Vesper.

« Tu nous en fais, des frayeurs, pendant cette enquête », dit Sayer en serrant sa main.

Il laissa échapper un soupir sifflant qui était peut-être un rire et commença à retirer son masque, mais Sayer posa doucement sa main dessus pour l'en empêcher.

« Tu as reconnu ton agresseur ? Tu peux juste hocher la tête si tu n'arrives pas à parler. »

Tino enleva sa main et retira le masque. « Pas reconnu. Bandana sur le visage, casquette, taille moyenne. Je dois te dire autre chose.

— Quoi ? » Tino affichait une mine si grave que l'estomac de Sayer se noua.

« Je sais que tu es au milieu d'une grosse affaire, mais avec cet incendie, ce truc important dont je voulais te parler est devenu urgent. » Tino marqua une pause pour prendre quelques inspirations rauques. « Désolé. »

Malgré son envie de courir attraper Windsor, elle n'avait aucune intention d'agir une nouvelle fois selon des informations douteuses. Du reste, elle n'était même plus sûre que Windsor soit leur homme. Elle pouvait s'accorder un moment pour une conversation visiblement très importante aux yeux de Tino. Elle se força à s'asseoir. « J'ai exactement une minute.

— Désolé, répéta Tino, retrouvant enfin son souffle. Une vieille amie vend sa maison. » Il parlait en courtes phrases entre deux respirations sifflantes. « Elle est parfaite. Une dépendance au fond pour Adi et toi. De la place pour mes enfants. Un grand jardin. Je voulais te demander d'aller visiter avant que je signe. Je me suis peut-être un peu emballé. J'ai fait une offre hier soir. Ça pourrait être ta maison aussi, si tu veux. »

Sayer ouvrit et ferma la bouche plusieurs fois. Finalement, tout ce qu'elle trouva à répondre fut : « Tu as acheté une maison ? Tu t'es fait combien avec la vente de ton restaurant ? »

Tino hocha la tête, un nouveau rire soulevant sa poitrine.

Sayer s'adossa à sa chaise et sourit. « Dis donc, si on a besoin d'une devise familiale un jour, je propose : on n'est pas là pour déconner.

— Fais-le broder sur un oreiller. » Tino rit, ce qui lui valut une quinte de toux.

« Quelle équipe de bras cassés on fait. » Sayer sentit les larmes lui monter aux yeux. Elle les essuya et s'éclaircit la voix. « Je dois y aller, mais je te promets d'aller la visiter dès que j'ai un moment. »

Tino désigna une unique clé sur la table de nuit. « La clé était dans ma poche. C'est tout ce qu'il reste de l'appartement. C'est un signe. »

Sayer prit la clé et serra une dernière fois la main de Tino. « Bien sûr, si on croit à ce genre de superstitions ridicules. »

Sur ces mots, elle posa un baiser sur sa joue et sortit.

Quantico la rappela pour confirmer le tuyau de 037. Ils avaient vérifié les images d'une caméra de surveillance routière et localisé un homme correspondant à la description de Luke Windsor, qui marchait sur le trottoir devant le Recovery Village à Vienna, en Virginie. Soit exactement là où 037 avait affirmé qu'elle le trouverait.

Elle accepta la proposition d'Ezra de l'emmener en voiture, et ils partirent tous les deux à la chasse au monstre.

RECOVERY VILLAGE

Vienna, Virginie

Sayer et le commandant du SWAT se tenaient côte à côte, les yeux rivés sur le bâtiment de briques grises qui se dressait au bout de la rue. Haut de trois étages, équipé de barreaux aux fenêtres, c'était l'un des édifices les plus mornes que Sayer avait jamais vu. Même sous le soleil matinal et le ciel bleu, le Recovery Village était un lieu terriblement triste.

« C'est quoi, cet endroit ? demanda-t-elle d'une voix rauque.

— Un centre d'hébergement utilisé comme alternative à la prison. On y aide les résidents à trouver du travail et à se désintoxiquer. La plupart des personnes qui y vivent sont des sans-abri qui souffrent souvent de maladies mentales.

— Les résidents sont libres d'aller et venir à leur guise ? interrogea Sayer en essayant d'imaginer Luke Windsor signer le registre des sorties avant d'aller kidnapper et assassiner des adolescents, et revenir ensuite signer le registre des entrées.

— Ils sont assez libres, oui, c'est un de ces endroits qui met l'accent sur la responsabilité. » À son ton, il était évident qu'il n'approuvait pas. « Deux sorties, une à l'avant, une à l'arrière, toutes deux sous surveillance. En temps normal, je préférerais prendre la cible par surprise, mais, dans la mesure où nous n'avons pas pu confirmer que Windsor se trouve à l'intérieur en ce moment et que la population est assez instable, je pense que quelqu'un devrait aller jauger la situation avant qu'on enfonce la porte et débarque avec nos fusils d'assaut. »

Sayer hocha la tête. En général, le SWAT ne faisait pas dans la dentelle. S'ils préféraient cette fois se montrer prudents, elle n'allait certainement pas les contredire. « Je devrais y aller, parler à la personne à l'accueil, et essayer de voir s'il est à l'intérieur sans éveiller les soupçons. Je le répète, j'ai des raisons de penser que la cible n'est pas notre homme, gardez bien cela à l'esprit. »

L'homme hocha sèchement la tête. « Je comprends. Laissez votre radio allumée. On sera prêts à intervenir si quoi que ce soit tourne mal. » Il tendit à Sayer une oreillette.

Elle la mit en place et essuya la sueur qui recouvrait ses paumes en dépit de la fraîcheur matinale. Elle était encore un peu secouée par l'incendie, et ses côtes lui faisaient de plus en plus mal. Sans parler de l'odeur de fumée qui imprégnait toujours sa peau et ses cheveux. Il lui vint à l'esprit qu'Ezra avait peut-être raison quand il disait qu'elle en faisait trop, mais il était hors de question qu'elle se retire de l'enquête à ce stade. Si Windsor était leur homme, ils n'auraient qu'à l'arrêter, lui faire cracher l'endroit où il cachait les filles, et boucler cette horrible affaire avant l'heure du déjeuner.

Alors, au lieu de rentrer se reposer, Sayer lissa sa veste et marcha à grandes enjambées vers le bâtiment.

La porte s'ouvrit au moment où elle tendait la main vers la poignée. Un homme à l'allure soignée vêtu d'une blouse en sortit, sifflant une mélodie joyeuse.

Sayer leva les yeux vers son visage et se figea. Elle reconnut la mâchoire ronde et le regard intense de Luke Windsor.

Il vit sa réaction et se figea à son tour.

Elle tendit la main vers son pistolet. « Luke Windsor », dit-elle, et, avant qu'elle ait le temps d'ajouter quoi que ce soit, il s'enfuit à toutes jambes.

« Hé ! » cria Sayer pour s'assurer que les agents du SWAT étaient sur le coup.

Elle savait que deux hommes étaient postés à l'arrière du bâtiment, mais les agents du SWAT qui attendaient à l'avant étaient restés cachés, soucieux de ne pas trahir leur présence avant qu'elle ait eu le temps de jauger la situation à l'intérieur.

Sayer s'élança à sa poursuite. Elle le suivait de tout près. Elle entendait le claquement des chaussures des agents du SWAT derrière elle. Lorsque Windsor accéléra l'allure, elle s'efforça de tenir le rythme, mais ses poumons étaient en feu. Chaque fois que ses pieds touchaient le sol, elle avait l'impression de recevoir un coup de marteau dans les côtes. Elle crut qu'elle allait le perdre lorsque le commandant du SWAT la doubla comme une flèche et fondit sur Windsor, le projetant au sol.

Les agents du SWAT s'agglutinèrent autour de lui et le traînèrent de force jusqu'à leur camion.

Sayer prit une profonde inspiration et marmonna quelques jurons à mi-voix en repartant en courant pour rattraper les agents, sa cage thoracique menaçant d'exploser à chaque pas.

Alors qu'elle longeait le bâtiment gris, une femme vêtue de la même blouse que Windsor franchit la porte d'entrée.

« Vous venez d'arrêter Luke ? » demanda-t-elle, les bras croisés d'un air soucieux.

Sayer s'arrêta devant elle. « Vous le connaissez ? »

La femme hocha la tête. « Je travaille avec lui ici. C'est une de nos plus belles réussites.

— Réussite ? répéta Sayer, l'estomac noué.

— Oui. Il est arrivé l'année dernière pour se faire soigner. Il a arrêté la drogue, mis de l'ordre dans sa vie. Il travaille ici depuis presque quatre mois maintenant. En tant que conseiller de nuit, le boulot le plus difficile. Les résidents l'adorent. » Elle contempla le bout de la rue. « Que s'est-il passé ?

— Vous dites que cet homme n'est pas un résident ? Il travaille ici ?

— Oui, dit-elle en fixant Sayer.

— Vous savez s'il travaillait la nuit dernière ? »

Elle hocha la tête. « Il travaille toutes les nuits. Il dit que ça l'empêche de replonger.

— Est-ce que vous l'avez vu cette nuit ? Personnellement ?

— Oui, bien sûr. Il est arrivé vers 16 heures et a enchaîné les sessions jusqu'à presque 22 heures. Je suis partie vers minuit, mais je l'ai vu traîner avec les résidents dans la salle de télévision juste avant. »

La voix de la femme se mua en un bruit de fond tandis que Sayer songeait au visage parfaitement intact de Luke Windsor.

L'individu avec lequel elle s'était battue près de la fontaine hier soir avait été gravement blessé, et son visage était couvert d'entailles.

Luke Windsor n'était pas leur homme.

POSTE DE COMMANDEMENT DU FBI

Quantico, Virginie

De retour à Quantico, Sayer se hâta de rejoindre le poste de commandement, talonnée par Ezra, qui peinait à tenir le rythme.

« Alors ? demanda-t-elle.

— Alors, ils ont mis Windsor en salle d'interrogatoire, mais tout ce qu'a dit l'infirmière se confirme pour l'instant. Plusieurs témoins ont assuré que Luke Windsor travaillait hier soir.

— Il n'a pas pu s'éclipser en douce ? demanda Sayer, même si elle connaissait déjà la réponse.

— Impossible. Toutes les portes et les fenêtres sont sécurisées. Personne ne peut quitter les lieux sans badger. En plus, toutes les sorties sont équipées de caméras. »

Elle poussa un soupir agacé. « Pourquoi on n'a pas réussi à le localiser nous-mêmes ?

— Apparemment, il travaille sous un nom différent, Luke Nepolitano. C'est le nom de jeune fille de sa mère. Tu avais raison. Ce scanner cérébral n'appartenait pas à Windsor. Tu veux quand même l'interroger ?

— Non. J'ai vu son visage. C'est pas le type avec qui je me suis battue hier soir à la fontaine. Windsor n'est pas notre homme. On va commencer la réunion pour essayer de trouver un moyen de sauver les filles avant qu'on en perde une autre.

— T'es sûre d'être en état ? » demanda gentiment Ezra.

La réunion devait débuter dans vingt minutes. Ils avaient encore neuf filles à sauver. Et quelqu'un avait non seulement essayé de la tuer, mais s'en était aussi pris à Tino et à Vesper, deux des êtres qu'elle aimait le plus au monde.

« Ça va aller », dit Sayer, et elle dut fournir un tel effort pour parler qu'elle fut prise d'une quinte de toux. Elle se pencha en avant, les mains sur les genoux. Sa psychologue lui avait conseillé d'accepter de se faire aider de temps en temps, une compétence qui lui faisait défaut. Le moment semblait idéal pour s'y entraîner. Peut-être était-il temps qu'Ezra endosse de plus grandes responsabilités. « D'accord. Tu diriges la réunion, mais je serai avec toi. Hors de question que je laisse l'enfoiré qui a déclenché cet incendie retarder plus longtemps l'enquête. »

Ezra parut stupéfait, mais il hocha rapidement la tête. « Ça roule. » Un instant plus tard, il ajouta : « Merci.

— Tu n'as pas à me remercier. Tu es autant capable que moi de diriger cette réunion », répondit Sayer en se remettant en marche vers le poste de commandement.

Lorsqu'ils pénétrèrent dans la vaste pièce, elle était déjà pleine à craquer. Sayer avait oublié qu'elle avait demandé à toutes les personnes susceptibles de faire avancer l'enquête d'être présentes.

Assis au premier rang, Al Valentine se tortillait d'impatience sur sa chaise. Les officiers de police, agents de terrain et analystes du FBI occupant les rangées derrière lui attendaient, concentrés et alertes.

Dès qu'elle apparut devant eux, quelques personnes l'applaudirent et lancèrent des « content que tu ailles bien ! » visiblement sincères.

Elle leva les mains pour faire revenir le calme puis entra directement dans le vif du sujet, sans mâcher ses mots.

« On a Luke Windsor, mais, suite à la découverte de nouveaux éléments, nous ne pensons plus qu'il s'agisse de notre homme. »

Le silence se fit dans la salle.

« Je vais laisser Ezra se charger de la réunion, ajouta Sayer dans un souffle, mais je voulais vous annoncer moi-même la nouvelle. »

Elle alla se placer sur le côté, réprimant la quinte de toux qui enflait dans sa poitrine.

Ezra se leva à l'aide de sa canne et prit sa place. « Euh, alors, nous avons beaucoup de choses à évoquer ce matin. La bonne nouvelle, c'est qu'une des filles disparues, Nell Goodyear, a été retrouvée vivante hier soir grâce à Sayer, qui a affronté le suspect à la fontaine du mémorial Andrew Mellon. »

Sayer vit la salle se ragaillardir, et elle prit conscience qu'Ezra était un leader né. Alors qu'elle avait commencé par annoncer la mauvaise nouvelle, il avait eu l'excellente idée de leur communiquer la bonne en premier.

« Hmm, voyons… » Ezra plaça son ordinateur portable sur le petit pupitre afin de pouvoir parler tout en parcourant ses photos. « Laissez-moi vous résumer ce que nous avons découvert hier, puis nous pourrons discuter de Luke Windsor. »

Ezra expliqua dans les grandes lignes ce qu'était le syndrome de Cotard.

Des murmures se propagèrent parmi les agents.

« Il semble penser qu'il est piégé dans le monde souterrain égyptien et qu'il doit traverser les douze chambres. En plus de se croire mort, il est aussi convaincu que des agents du gouvernement en ont après lui. Donc, si l'on ajoute à cela les informations au sujet de l'*Amdouat* que nous a données le Dr Valentine, nous avons une idée assez précise du système de croyance pathologique de notre suspect. Nous allons nous servir de ces informations pour essayer de trouver le lieu où il déposera le corps ce soir. » Ezra jeta un coup d'œil à Sayer.

Elle l'encouragea d'un hochement de tête et se demanda si elle ne devrait pas le faire animer toutes les réunions à partir de maintenant.

Ezra prit une longue inspiration et expliqua tout ce qu'il s'était passé la veille, sans omettre la triste fin du faux agent du FBI, la confrontation à la fontaine, le sauvetage de Nell Goodyear et l'incendie chez Sayer.

Alors qu'il concluait, Ezra afficha une photo de la maison de Sayer ravagée par le feu. Il ne restait rien de l'étage, hormis quelques poutres en bois carbonisées. Le mur du fond du rez-de-chaussée avait entièrement disparu, révélant le mélange détrempé de cendre et de suie qui recouvrait le plancher.

C'était la première fois que Sayer voyait des images de sa maison dévastée par les flammes, et elle sentit son visage se vider de son sang. C'était aussi la première fois qu'elle prenait conscience de tout ce qu'elle avait perdu. L'album photo rempli de moments de joie qu'Adi lui avait offert. Le mot que Jake lui avait laissé, la toute dernière chose qu'il lui ait jamais écrite. Sans parler de ses livres. Tous ses dossiers et ses notes de recherche. Tout était parti en fumée.

« Oh, désolé, Sayer », fit Ezra en remarquant son expression. Il passa rapidement à l'image suivante, une photo de Luke Windsor.

« Ce qui m'amène à notre dernier retournement de situation. Comme Sayer l'a mentionné, nous avons, euh, réussi à capturer Luke Windsor, qui travaille de nuit dans un centre de réhabilitation. Nous avons pu vérifier que Windsor était en service la nuit dernière, ce qui l'exclut de la liste des suspects. »

Le murmure qui circulait dans la salle s'intensifia lorsque le directeur du FBI passa la porte.

Anderson posa un regard noir sur Sayer, son visage ridé figé en un froncement désapprobateur dont elle supposait qu'il l'avait perfectionné à son country club, ou tout autre endroit de ce genre où les vieilles fortunes comme lui aimaient se retrouver pour dénigrer la plèbe.

L'expression furieuse dans ses yeux ne présageait rien de bon. Sayer savait parfaitement que, derrière son élégance raffinée, Anderson était un vrai requin, une des plus redoutables forces politiques de DC.

« Tiens donc, vous voilà, agent Altair », dit-il, comme s'il était surpris de la trouver dans une réunion du groupe de travail qu'elle dirigeait.

Sayer réprima la réplique acerbe qui faillit sortir toute seule de sa bouche. Elle était bien trop à cran pour discuter avec cet homme.

« J'aimerais vous parler dans le couloir », dit-il en lui faisant signe de le suivre d'un geste condescendant de la main.

Elle obtempéra, ne sachant pas du tout quoi penser de son apparition à Quantico, puisque son bureau était à DC.

« Je viens de finir de passer l'affaire en revue, dit Anderson, comme si Sayer était censée savoir où il voulait en venir.

— D'accord…

— Et j'ai cru comprendre que vous aviez consacré votre matinée à l'arrestation d'un homme qui va très certainement se révéler innocent. En outre, j'ai découvert que l'équipe de soi-disant experts que vous avez montée est constituée d'un chercheur aux airs de chef de gang, d'un psychologue hippie, et de Janice Holt, une ancienne employée du FBI tombée en disgrâce. Vous pensez que c'est une manière de mener une enquête aussi délicate ?

— Le Dr Valentine est un spécialiste mondialement… » commença à répondre Sayer, mais Anderson l'interrompit en levant la main.

« Oui, je ne doute pas qu'ils aient toutes les qualifications requises, mais même vous, vous devez bien avoir une vague idée de la manière dont fonctionne le système judiciaire. Les experts avec lesquels nous travaillons doivent être irréprochables, or vous avez assemblé une équipe d'hurluberlus. J'ai eu vent de votre pathétique intervention à l'entrepôt suite à un faux témoignage. Puis un ami à vous se fait agresser à l'hôpital. Et pour couronner le tout, j'ai appris que vous receviez de l'aide d'un de vos sujets de recherche. Un psychopathe. » Anderson posa sur elle un regard plein de mépris.

« Non, pas du tout. Enfin, si, mais… » Elle ne savait même pas par où commencer ses justifications.

« Taisez-vous. Vous n'êtes plus en charge de cette affaire. Vous êtes priée de congédier Ezra et votre ridicule équipe d'experts. J'ai demandé à un agent de DC de reprendre l'enquête. Vous pouvez rentrer chez vous et attendre un blâme pour l'incompétence crasse avec laquelle vous avez géré cette enquête depuis le premier jour. »

Sayer n'en revenait pas. Anderson s'était tenu à l'écart de cette affaire de bout en bout, et voilà qu'il débarquait à l'improviste pour lâcher cette bombe. « Ce n'est pas juste de retirer Ezra et tous ces gens de l'enquête. Vous ne pouvez pas… »

Le directeur interrompit Sayer d'un regard glacial. « J'ai tous les droits. Le nouvel agent en charge de l'affaire est déjà sur place, prêt à poursuivre la réunion », dit-il par-dessus ses protestations.

Anderson pivota sur ses talons et s'éloigna sans un mot de plus.

Alors qu'il disparaissait au bout du couloir, Sayer essaya de canaliser la colère qui enflait dans sa poitrine. Elle brûlait d'envie de se lancer à sa poursuite et de lui coller une droite. Il se fichait éperdument des filles disparues et des garçons assassinés. Tout ce qui comptait pour lui, c'était cette lutte de pouvoir aussi ridicule qu'inexplicable.

Plutôt que d'attaquer le directeur du FBI, elle laissa échapper une série de grognements inintelligibles cependant qu'un brouillard rouge obscurcissait sa vision.

Lorsqu'elle recouvra finalement son sang-froid, elle s'essuya la bouche du dos de la main.

« L'enfoiré », dit-elle entre deux respirations haletantes.

Toujours un peu abasourdie, elle jeta un coup d'œil vers la porte du poste de commandement et prit conscience qu'elle allait devoir pénétrer dans la salle et expliquer ce qu'il venait de se passer à l'équipe qui bossait sans relâche depuis des jours. Heureusement, la plupart pourraient continuer à travailler sur cette affaire sous la direction du nouvel agent en charge.

Elle inspira aussi profondément que le lui permettaient ses poumons endoloris et franchit la porte de la salle.

À l'intérieur, le nouvel agent se tenait contre le mur, visiblement gêné. Sayer ne le reconnaissait pas, mais il la regarda d'un air légèrement contrit. Le pauvre n'avait probablement pas eu son mot à dire, et Sayer savait qu'elle ne pouvait pas passer sa colère sur lui.

Elle vint se placer à l'avant de la salle plongée dans le silence le plus total. Manifestement, tout le monde comprenait la gravité de la situation.

« On vient de m'informer que je suis dessaisie de l'affaire. Docteur Valentine, je tiens à vous remercier de tout mon cœur pour votre aide et votre temps. Le directeur pense que nous pouvons désormais nous passer de votre expertise. »

Les agents protestèrent avec indignation, mais Sayer leva les mains pour les faire taire.

« Vous savez à quel point j'aimerais pouvoir continuer à travailler sur cette affaire, mais ce n'est pas le moment de déclencher une guerre de territoire. Un nouvel agent va prendre le relais et je sais qu'il sera tout aussi compétent que moi et que vous vous donnerez à fond pour lui. Ezra, je crains que tu sois toi aussi dessaisi de l'enquête… »

Les mains tremblant d'émotion, Sayer remercia une dernière fois les agents d'un signe de tête, et sortit en hâte de la salle.

Al Valentine et Ezra lui emboîtèrent le pas et la rejoignirent dans le couloir.

Al semblait prêt à se lancer à la poursuite d'Anderson et à lui tordre personnellement le cou. « C'est quoi, ce bordel ? J'ai fait quelque chose de mal ? demanda-t-il.

— Vous n'y êtes pour rien. Le directeur ne m'a jamais appréciée, c'est juste un coup de force. Ce type essaie de me faire virer depuis des années. » Elle se tourna vers Ezra. « Ez, je suis désolée. Je crains qu'on soit dans le même bateau.

— C'est un honneur d'être dans ce bateau avec toi. » Ezra sourit. « Tu ne vas pas vraiment abandonner l'affaire, pas vrai ? »

Sayer scruta son visage, son regard enflammé. Ezra et Al étaient des personnes réellement brillantes, et elle savait qu'ils avaient une bien meilleure chance de résoudre cette affaire que tous les agents rassemblés dans la salle de réunion.

« Je ne vais pas interférer avec leur travail, et nous partagerons tout ce que nous découvrirons, mais il est hors de question que j'abandonne l'enquête. Je pense vraiment qu'on peut trouver ces filles. Si vous voulez m'aider, allons chez moi pour organiser la suite.

— Euh… fit Ezra. Tu n'as plus de chez-toi. »

Sayer cligna des yeux, réalisant ce qu'elle venait de dire. « Merde. »

Elle n'avait pas seulement perdu ses photos et ses livres, elle avait perdu absolument tout ce qu'elle possédait. Elle n'avait plus de vêtements. Elle n'avait même plus de brosse à dents.

Sayer pensa au bateau de Holt.

« Je sais où on peut aller, dit-elle dans un sourire carnassier. Je dois récupérer ma moto en passant, et on pourra se réunir là-bas. »

Après avoir échangé quelques messages avec Holt pour s'assurer qu'elle ne voyait pas d'inconvénient à ce qu'ils se réunissent sur son bateau, l'état émotionnel de Sayer se stabilisa, son indignation laissant place à une colère parfaitement affûtée. Elle pourrait s'occuper du besoin irrationnel qu'avait Anderson de l'attaquer lorsqu'ils auraient résolu cette affaire. Pour l'heure, elle allait trouver l'homme qui s'en était pris à sa maison, à sa famille, et à ces pauvres enfants, et elle était bien décidée à le faire payer.

Lieu inconnu

Les muscles de Kate tremblaient tandis qu'elle faisait méthodiquement le tour de la pièce. Elle tituba jusqu'à la porte mais se rendit vite compte qu'elle était verrouillée de l'extérieur. Même en pressant de tout son poids contre le bois épais, impossible ne serait-ce que de l'entrouvrir. Les fenêtres étaient condamnées avec des planches tout aussi épaisses et maintenues par des clous. Kate passa un temps qui lui parut interminable à essayer de les arracher, en vain.

Abandonnant l'idée de s'enfuir, elle porta son attention sur les détritus entassés dans un coin de la pièce. Trois boulons rouillés. Une sorte de vilebrequin. Mais, surtout, un vieux téléphone à cadran comme on en voyait dans les séries télévisées que sa mère adorait. Peut-être pouvait-elle trouver un moyen de passer un appel avec.

Le téléphone était fissuré et il manquait un bon morceau de son boîtier. Au dos, un bouquet de câbles effilochés émergeait d'un cordon cassé. La partie microphone et la partie haut-parleur du combiné n'étaient plus reliées que par un câble usé. Mais le cadran lui-même semblait intact. Elle le fit tourner de l'index et il produisit un clic-clic-clic satisfaisant en revenant en place.

Le téléphone avait dû être branché quelque part.

Alors qu'elle parcourait du regard le mur en quête d'une prise téléphonique, sa vision se troubla.

« Concentre-toi, Kate », murmura-t-elle dans sa tête en imitant la voix de sa mère. Mais son cerveau était embrumé. Son corps était en train de défaillir sous l'effet de la faim.

Pendant un moment, tout lui parut si surréaliste qu'elle n'était pas certaine que ce qu'elle vivait fût bien réel.

« Arrête », dit-elle sèchement, et elle émergea immédiatement de son hébétude pour se concentrer sur les murs.

Elle finit par trouver un boîtier en plastique muni d'une petite prise femelle qui, si ses souvenirs d'école ne lui jouaient pas des tours, devait être une prise téléphonique.

La prise elle-même était tellement corrodée qu'il était impossible que les contacts à l'intérieur fonctionnent toujours et, pour ne rien arranger, le téléphone n'avait plus la fiche qu'elle était censée y brancher.

Malgré tout, de ses doigts engourdis elle arracha du mur la plaque en plastique et en sortit quatre câbles. Elle faillit éclater de rire à la vue de ces quatre fils ridicules. Ce vieux machin n'avait rien à voir avec les téléphones portables qu'elle s'amusait à démonter quand elle était gamine.

Kate étudia la manière dont ils étaient reliés à la prise téléphonique, le rouge et le vert branchés à un connecteur, et le noir et le jaune à un autre. Elle souleva les câbles effilochés qui pendaient de l'arrière du téléphone et les sépara en quatre câbles, même si ce n'étaient pas les quatre mêmes couleurs. Dans le doute, il n'y avait qu'une chose à faire : essayer plusieurs combinaisons.

À l'aide de ses dents, elle arracha la gaine en caoutchouc des câbles du téléphone et passa quelques minutes à les enrouler ensemble. À chaque combinaison qu'elle essayait, elle écoutait dans le combiné, mais elle finit par prendre conscience qu'il y avait de grandes chances que celui-ci ne fonctionne pas.

Elle n'avait aucun moyen de savoir si quelqu'un l'entendait.

Tremblant de fatigue, Kate décida d'être aussi méthodique que possible. Elle essaierait une combinaison, composerait le 911, parlerait dans le combiné en expliquant de son mieux où elle se trouvait, puis passerait à la suivante.

Avec quatre câbles sortant du mur et quatre câbles sortant du téléphone, elle savait très bien qu'il y avait plus de 250 combinaisons possibles… ou peut-être 500 ? C'était un calcul qui aurait dû être facile pour elle, et pourtant son esprit était incapable des opérations mathématiques les plus simples. Peu importe, elle essaierait jusqu'à ce qu'elle n'en puisse plus.

Kate tordit les câbles, composa le numéro des urgences, et parla dans le combiné encore et encore jusqu'à ce que ses mots deviennent une répétition monotone semblable à une prière.

À un moment, elle cessa de faire le 911 pour composer le numéro du portable de sa mère. À ce stade, elle était convaincue que tous ces appels étaient vains, elle voulait juste parler à sa maman.

Et puis, sans trop savoir pourquoi, alors que la réalité lui paraissait de plus en plus distante, elle composa le numéro de Declan. Elle savait qu'il était mort, mais elle avait besoin de lui parler. Elle essaya une ultime combinaison, ses doigts tremblant si fort qu'elle parvenait à peine à enrouler les câbles.

Elle murmura dans le combiné : « Declan, je… je suis désolée de t'avoir laissé mourir. J'ai peur. Cet homme nous a enfermées ici, et je ne sais pas où on est. » Sa voix se brisa sous le coup de l'émotion et elle cessa un moment de parler. « Tu me manques, j'ai l'impression d'être dans un cauchemar, je sais même plus ce qui est réel. On était dans une pièce sombre et si grande qu'on ne voyait pas les murs, avec du sable par terre. Et maintenant je suis enfermée dans une pyramide et je crois que c'est un tombeau, et dehors il y a des silos et un champ quadrillé de bouches d'égout, je crois qu'elles mènent en enfer. Il est possible que j'hallucine, et maman et papa me manquent et je voulais t'embrasser encore une fois. Et maintenant tu es mort et je n'ai pas pu te dire tout ça. »

Kate demeura longtemps courbée sur le téléphone cassé, ses larmes coulant sur le combiné en plastique.

Lorsqu'elle n'eut plus de larmes à pleurer, elle se roula en boule autour du combiné et sombra dans un sommeil agité.

APPARTEMENT DE SAYER

Alexandria, Virginie

Ezra et Al déposèrent Sayer devant chez elle pour qu'elle récupère sa moto. Avant de repartir, elle prit un moment pour observer les vestiges carbonisés de son ancienne maison. Des traces de brûlures jaillissaient des fenêtres et se répandaient sur la façade blanche tout effritée du bâtiment. Le toit avait totalement disparu.

Au moins, les maisons mitoyennes avaient été épargnées.

Prenant conscience qu'Ezra attendait dans sa voiture, elle lui fit signe de partir. Elle avait besoin d'être seule une minute.

Lorsque Ezra eut disparu, elle marcha jusqu'au jardin. Le mur du fond s'était entièrement écroulé, et les lourdes poutres qui soutenaient le plafond gisaient désormais sur le plancher. L'eau projetée par les lances d'incendie s'était mêlée aux débris calcinés, ne laissant que des caillots de bois et de cendre encore humides.

Il flottait dans tout le jardin une odeur âcre dont Sayer n'était pas certaine qu'elle se dissipe un jour.

Alors qu'elle contemplait la ruine, son téléphone sonna.

« Agent Altair, dit-elle doucement.

— Sayer ? » La voix de sa grand-mère lui paraissait lointaine. « Ton enquête sur les filles disparues fait la une de tous les journaux ici. Comment vas-tu ? »

Sayer leva les yeux vers sa maison. Il y avait quelque chose de presque comique dans la question de sa grand-mère. Elle était en train de contempler les vestiges de tout ce qu'elle avait jamais possédé, désormais réduit en cendre. Comment allait-elle ? « J'ai connu mieux, dit-elle, ne souhaitant pas entrer dans les détails pour le moment. Comment ça se passe dans le Montana ?

— Plutôt bien, je dois dire.

— L'épidémie de rougeole se passe bien ?

— Je voulais dire, aussi bien que possible étant donné les circonstances, naturellement. Nous pensons avoir réussi à maîtriser l'épidémie et je viens de passer la matinée à visiter des ranches pour convaincre les gens de se faire vacciner et de prendre soin d'eux. J'ai le sentiment d'accomplir quelque chose d'important… Puisque ma mission principale était d'aider à installer la clinique, je rentre à la maison dans quelques jours. Mais ils m'ont demandé si je voulais faire partie de l'équipe permanente.

— C'est super, mamie. J'ai l'impression que tu fais enfin quelque chose qui te plaît.

— Tu as raison. En plus, il y a un monsieur tout à fait charmant qui travaille avec nous. Un médecin du CDC… il est vraiment bel homme. »

Sayer entendait le sourire dans la voix de sa grand-mère. « Dis donc, tu n'aurais pas le béguin pour lui ? » demanda-t-elle d'un ton taquin. C'était agréable de bavarder avec Sophia. Cela lui rappelait que sa famille était en sécurité, et c'était tout ce qui importait.

Elle échangea avec sa grand-mère quelques minutes de plus, puis raccrocha et décida d'appeler Adi pour la prévenir de ce qui était arrivé à leur maison.

D'abord choquée par la nouvelle, la jeune fille se remit très vite de ses émotions, pressée de raconter à Sayer à quel point Stanford était un endroit merveilleux.

Après avoir dit au revoir à Adi, Sayer leva une dernière fois les yeux vers son ancienne maison. Elle avait le sentiment de clore un chapitre de sa vie – un chapitre rempli de chagrin et de deuil. Avec un hochement de tête satisfait, elle retourna à sa moto et roula vers le bateau de Holt.

BATEAU DE HOLT, MARINA

Sud-ouest de Washington, D.C.

Sayer rattrapa Ezra et Al à la marina et, ensemble, ils marchèrent le long de l'embarcadère en bois.

Alors qu'ils grimpaient sur le pont, Holt émergea de la cabine.

« Dites donc, c'est mignon chez vous! dit Al dans un sourire. Vous devez être la célèbre Janice Holt, ancienne directrice adjointe du FBI et spécialiste de l'histoire de DC. » Ce disant, il s'avança vers Holt et tendit la main en courbant légèrement la tête.

Les coins de la bouche de Holt se retroussèrent d'une manière que Sayer n'avait encore jamais vue. Au lieu de son classique sourire carnassier, Holt paraissait amusée. À moins que ce ne fût une autre émotion, que Sayer ne parvenait pas à identifier.

Holt et Al semblèrent se fixer pendant un temps beaucoup trop long. Lorsque Holt détourna finalement le regard, son visage reprit son habituelle expression renfrognée. « Donc vous avez été virés de l'affaire par Anderson », dit-elle d'un ton neutre en leur faisant signe de les suivre dans sa cabine.

Ezra essaya tant bien que mal de descendre l'étroit escalier, mais ses prothèses le gênaient plus qu'autre chose. Avec un soupir de frustration, il s'assit, les retira, puis se servit de ses bras pour descendre. Sayer le suivit et ils trouvèrent Al et Holt déjà assis serrés l'un contre l'autre d'un côté de la petite table. Holt poussa ses piles de cartes et de notes afin de faire de la place à Ezra, qui se hissa sur la chaise et sourit. « Quelqu'un pourrait me passer mon sac pour que je puisse installer mon ordinateur ? Je voudrais me connecter à un réseau crypté. »

Sayer attrapa le sac et Ezra en sortit son portable, puis commença à taper. Pendant qu'il s'affairait, elle fit mentalement le point sur l'enquête.

Luke Windsor était le suspect idéal. Sa connaissance de l'Égypte ancienne expliquait sa familiarité avec l'*Amdouat* et les douze déesses de la nuit. Son enfance marquée par des problèmes de discipline et de violences envers les animaux suggérait des tendances psychopathes. Son passé de toxicomane et d'alcoolique le prédisposait aussi à des troubles psychologiques. Mais, surtout, toutes les personnes ayant interagi avec le suspect avaient certifié que Windsor était leur homme.

Alors comment était-il possible qu'il ne fût pas le tueur ?

« OK, je suis connecté au réseau du FBI, je peux accéder à tout le dossier d'ici, dit Ezra. Puisque je, euh… ne travaille plus sur l'affaire, je vais devoir accéder à Rapid Start par un chemin détourné. »

Sayer y réfléchit un moment. « Non, ça risque de te retomber dessus. Connecte-toi à mon compte. En tant qu'agent spécial principal, je devrais pouvoir accéder à des affaires sur lesquelles je ne travaille pas officiellement. J'en prendrai toute la responsabilité si on nous demande des comptes. »

Sayer se pencha sur l'ordinateur pour entrer ses identifiants.

Lorsqu'elle eut terminé, Ezra récupéra l'ordinateur et s'affaira un moment. « Waouh, on était tellement occupés que j'avais jamais consulté l'historique des connexions au dossier, mais regardez ça. »

Il fit pivoter l'ordinateur de manière que Sayer, Al et Holt puissent voir l'écran. Le même nom apparaissait encore et encore.

« Anderson, dit Sayer.

— Ouais. Il semblerait que le directeur se soit connecté pour passer en revue tous les fichiers liés à l'affaire… » Ezra compta à voix basse. « Je vois au moins une trentaine de connexions au cours des deux derniers jours. Qu'est-ce qu'il peut bien y avoir dans ces fichiers qui l'intéresse autant ?

— Tu peux voir à quel fichier il a accédé précisément ? demanda Sayer. Peut-être que c'était moi qu'il surveillait.

— Il a lu tous les fichiers du dossier. Tu veux que j'essaie de découvrir pourquoi ? »

Sayer frotta les perles de son komboloï en réfléchissant. « Nan. On a bien plus important à faire.

— Pourquoi il vous déteste, ce type ? » demanda Al.

Sayer avait soif et mal à la tête. Elle se frotta les tempes. « Aucune idée. Il a essayé de me faire virer l'année dernière. Il a réussi à se débarrasser de Holt, mais quelqu'un que je connais a fait parvenir une vidéo aux médias. Qui donnait de moi une image très… positive, et qui a retourné l'opinion publique en ma faveur. »

Le visage de Holt s'assombrit et Sayer aurait pu jurer que la simple mention de son licenciement avait fait naître une aura noire qui tourbillonnait autour de sa tête.

« Ah, oui, je me souviens de cette histoire ! dit Al. Tout le monde ne parlait que du courage et du dévouement de l'agent Altair. »

Sayer sourit d'un air contrit. Elle haïssait l'idée qu'il ait fallu qu'un psychopathe intervienne avec un coup médiatique pour sauver son boulot, d'autant plus qu'on la reconnaissait maintenant dans toute la ville. « Après la diffusion de cette vidéo, Anderson ne pouvait plus se débarrasser de moi sans s'attirer les foudres de l'opinion publique. Peut-être qu'il attendait le bon moment pour retenter le coup, et que ce moment est arrivé.

— Il ne peut pas faire ça, répliqua Ezra d'un air indigné.

— On verra bien. » Sayer agita la main. « Je n'ai pas le temps de penser à ça pour le moment. » Elle regarda l'heure. « Il est déjà midi. En partant du principe que le suspect va continuer à s'en tenir à son planning, il tuera une des filles ce soir à 22 heures. À moins qu'il essaie encore à 21 heures. J'en sais rien. Mais, avant de nous attaquer à ça, passons en revue tout ce que nous avons sur Luke Windsor pour Al et Holt.

— D'accord, dit Ezra. Bien qu'il ait un alibi pour les meurtres, des agents sont toujours en train d'interroger plusieurs collègues de Luke Windsor à la résidence où il travaille. Ils disent tous qu'il a touché le fond l'année dernière, peu après la mort de son frère. Il s'est présenté au centre pour se faire soigner. Il a remonté la pente, trouvé un appartement, réussi à rester sobre assez longtemps pour qu'ils lui proposent un boulot au centre. Apparemment, ils embauchent souvent d'anciens résidents dans l'équipe, et ça fonctionne très bien. Ils ont aussi confirmé qu'ils n'avaient pas remarqué chez lui la moindre blessure ces derniers jours.

— Il n'a pas pu les maquiller ? » demanda Al.

Sayer secoua la tête. « L'homme avec lequel je me suis battue hier était gravement blessé. J'entends par là de grosses coupures sur son visage et ses bras. Impossible de maquiller ce genre de blessures. En plus, on a un scanner cérébral de l'institut Hearing Voices.

— Un scanner cérébral ? demanda Holt.

— Ouais. » Ezra expliqua l'histoire des deux scanners.

« Je savais que quelque chose clochait quand j'ai regardé les scans hier. Maintenant, je sais pourquoi ça ressemblait à deux cerveaux différents. Luke Windsor n'est pas notre homme. »

Ezra acquiesça d'un grognement. « Et, maintenant qu'ils ont perdu leur principal suspect, les agents à Quantico n'ont aucune idée de la direction à prendre.

— Ce qui signifie que c'est à nous de démêler ce bordel, dit Sayer. On était tellement sûrs d'avoir identifié le tueur qu'on n'a pas cherché plus loin. Où est-ce qu'on s'est plantés ? Et si le tueur n'est pas Luke Windsor, alors qui est-ce, bon sang ?

— Un doppelgänger ? hasarda Al. Je veux dire, ça ne pourrait pas simplement être quelqu'un qui ressemble énormément à Windsor ? »

Sayer hocha la tête. « Ça ne serait pas la première fois que ça arrive. À l'académie, j'ai passé en revue plusieurs affaires qui sont difficiles à croire. Il y a eu des dizaines de condamnations de personnes qui ressemblaient presque trait pour trait au véritable coupable. Et je pourrais y croire si on ne se basait que sur l'apparence physique du suspect. Mais l'effet doppelgänger n'explique pas le lien avec l'Égypte. Quelles sont les chances que quelqu'un qui lui ressemble comme deux gouttes d'eau soit en plus spécialiste de la cosmogonie de l'Égypte antique ? Est-il possible que ce soit une coïncidence ? demanda Sayer, les incitant à se remuer les méninges et à sortir des sentiers battus.

— N'oubliez pas le faux témoin et le faux agent du FBI, ajouta Holt d'un ton bourru. Toute cette affaire semble reposer sur des mensonges et des témoignages bidon.

— Il faut qu'on reparte de zéro et qu'on mette à plat tout ce qu'on sait, opina Sayer.

— Comment on dit, déjà ? Quand on a éliminé l'impossible, ce qu'il reste, aussi improbable soit-il, est forcément la vérité, déclara Al.

— Vous venez de citer Sherlock Holmes ? demanda Ezra dans un rire.

— On est une équipe de détectives, non ? » Al sourit. « Et si ça ne peut pas être Luke Windsor, c'est forcément quelqu'un d'autre. »

Sayer fronça les sourcils. Elle avait toujours détesté cette citation de Holmes. D'expérience, elle savait qu'une solution invraisemblable avait toujours une explication parfaitement logique. Il suffisait de la trouver. Ce n'était pas son travail d'accepter l'invraisemblable. Son travail était de dissiper le mystère afin de mettre au jour des faits tout ce qu'il y a de plus cohérent.

BATEAU DE HOLT, MARINA

Sud-ouest de Washington, D.C.

Sayer et sa nouvelle équipe clandestine consacrèrent l'heure qui suivit à passer en revue tous les éléments de l'enquête. Holt étala quelques cartes de DC sur la table minuscule, et Al et elle se penchèrent dessus pour les étudier.

« OK… la quatrième chambre de l'au-delà égyptien est la terre de Sokar, un royaume de sable grouillant de serpents monstrueux, dit Al. D'un point de vue métaphorique, la quatrième heure représente le début de la véritable descente dans le chaos périlleux du royaume des morts, ça doit donc être un lieu perturbant, labyrinthique même. Chaud. Effrayant.

— Vous savez, dans les années 1800, il y avait un quartier irlandais à DC, le Swampoodle. On y trouvait Jackson Alley, un labyrinthe surpeuplé et ravagé par la maladie, connu pour ses odeurs nauséabondes et sa forte population de serpents. » Holt sourit à Al.

« Qu'est-ce qu'il y a à cet endroit aujourd'hui ? demanda Al en lui rendant son sourire.

— Malheureusement, le quartier a été remplacé par le Bureau d'impression du gouvernement, qui héberge un autre genre de serpents », dit Holt.

Al rejeta la tête en arrière et rit un peu trop fort. « J'ai entendu dire que vous écriviez un livre sur l'histoire de DC.

— La rumeur dit vrai. J'étais en train de bosser sur la quatrième de couverture. Vous voulez que je vous la lise ? »

Al hocha vigoureusement la tête et Holt souleva une page et commença à la lire. « Imaginée par les Pères fondateurs comme un symbole de liberté, la ville de Washington se voulait un hommage aux valeurs démocratiques d'une toute jeune nation. Paradoxalement, cette ville dédiée à la défense des libertés se dresse sur des marécages volés à la tribu Nacotchtank et fut en partie construite par des esclaves. Contradictoire, l'histoire économique, politique et sociale de la nation est inscrite dans la chair et les os de Washington. C'est cette histoire explosive que l'auteure s'est donné pour mission de retracer dans ce livre, à travers son architecture emblématique, et parfois secrète.

— Donc, si j'ai bien compris, dit Al, vous écrivez un livre qui explique comment DC a été bâtie sur un marécage de corruption et de cupidité. J'adore ! »

Au début, Sayer ne comprenait pas la raison de tous ces sourires et éclats de rire un peu trop enthousiastes, en particulier dans un tel contexte, et puis, enfin, elle percuta : ils étaient en train de flirter. Cette idée suffit presque à la faire sourire.

« Vous voulez bien vous concentrer sur les localisations potentielles de la quatrième chambre, tous les deux ? Je sais que l'équipe de Quantico compte faire surveiller une nouvelle fois la fontaine ce soir, mais je doute fort qu'il y revienne. »

Al et Holt se replongèrent diligemment dans l'étude de leurs piles de cartes tout en poursuivant leurs discussions historiques.

Ezra était toujours rivé à son ordinateur.

Sayer ne savait pas quoi faire elle-même. Elle se leva pour marcher un peu en s'efforçant d'ignorer les aiguilles de l'horloge qui avançaient implacablement vers l'heure fatidique. Si leur suspect continuait d'opérer selon le même schéma, une autre fille mourrait dans quelques heures à peine.

« Montez sur le pont si vous avez besoin de marcher, Sayer », dit sèchement Holt après l'avoir regardée faire des allers-retours de deux pas dans la petite cabine.

C'était une bonne idée. Sayer grimpa sur le pont. Le soleil de la mi-journée éclairait de reflets dorés la surface de l'eau, et une brise froide soufflait doucement.

Soulagée d'être sortie de la cabine étriquée, Sayer soupira et commença à marcher en rond sur le pont en frottant les perles de son komboloï entre ses doigts douloureux.

« En haut tel qu'en bas », murmura-t-elle pour elle-même en passant mentalement tous les faits en revue. Elle savait qu'il leur manquait des informations cruciales. L'élément qui transformerait l'invraisemblable en parfaitement logique.

Sayer passa ses mains dans ses boucles, frustrée. Elle avait le sentiment que chaque nouvelle piste, loin d'apporter des réponses, soulevait au contraire de nouvelles questions. « OK, il faut qu'on fasse marche arrière et qu'on revienne au début de l'enquête. Que savons-nous avec certitude au sujet de notre suspect ? se demanda-t-elle. Nous savons qu'il souffre du syndrome de Cotard et qu'il pense être mort. Il en sait un paquet sur l'Égypte antique. Et sur l'architecture de DC. »

Sayer marqua une pause pour parcourir du regard les cafés et bars débordant d'activité qui longeaient le dock. Pendant un bref instant, elle s'imagina à la place de ces gens qui riaient et souriaient autour d'un verre, parfaitement insouciants, pendant qu'elle faisait les cent pas tel un animal en cage, la boule au ventre, en se creusant les méninges pour tenter d'empêcher une autre adolescente de se faire assassiner.

Un souvenir de Jake et elle ressurgit alors dans son esprit. Sayer travaillait à l'époque sur sa toute première affaire de tueur en série pour le FBI. L'enquête se passait si mal qu'elle avait cessé de manger et de dormir. Alors Jake avait insisté pour qu'elle s'accorde quelques heures de repos et l'avait emmenée dîner à l'extérieur. Il l'avait conduite, dans ses vêtements de travail tout crasseux, à l'auberge Chez François, le restaurant français le plus chic de la région, et ils avaient partagé une bouteille de vin et un repas somptueux. Pendant ces deux heures, Sayer avait réussi à oublier les horreurs de l'affaire.

D'une manière ou d'une autre, Jake parvenait toujours à lui donner le sentiment qu'il était possible de voler quelques instants de joie et de rire, même dans les moments les plus sombres d'une enquête, quand elle était immergée nuit et jour dans la mort.

Le soir même du dîner, les idées claires et le cœur plus léger, Sayer avait eu un déclic qui leur avait permis de résoudre l'enquête.

Elle chassa de son esprit le manque douloureux qu'avait fait naître le souvenir de Jake et s'apprêtait à reprendre sa petite ronde réflexive lorsqu'elle se figea une nouvelle fois en remarquant un duo inhabituel qui longeait le dock.

Un homme trapu et un gros chien aux airs de loup marchaient vers elle d'un pas vif.

« Livraison de pizza ! » lui lança Max Cho en soulevant la boîte. Kona et moi, on a entendu dire qu'il y avait des agents affamés ici, donc je me suis dit que j'allais apporter de quoi vous rassasier.

— Max ! » Sayer prit la pizza qu'il lui tendait pour pouvoir faire grimper Kona sur le pont, et la chienne lui donna un rapide coup de langue sur la main. Venant de l'animal le moins expansif au monde, c'était une véritable effusion de tendresse.

« Qu'est-ce que vous faites là ? demanda Sayer.

— J'ai appris qu'on t'avait retiré l'affaire. Anderson t'a vraiment dans le collimateur, hein ? » Max récupéra la pizza. « Je me doutais que tu n'allais pas passer tes journées dans ton canapé à te gaver de bonbons, donc j'ai pris quelques jours de congés… Je me suis dit que vous auriez peut-être besoin d'un coup de main.

— Max. » Sayer était touchée. « Si tu fais ça, tu risques de finir toi aussi dans le collimateur d'Anderson. »

Il haussa les épaules et caressa vigoureusement la tête de Kona. « Bah, qu'est-ce que j'en ai à faire, d'Anderson ? Je sais que l'équipe que tu as rassemblée représente la meilleure chance de sauver ces filles. C'est tout ce qui compte. »

Sayer cligna une ou deux fois des yeux, puis hocha la tête. « Qu'est-ce que tu sais de l'affaire pour l'instant ?

— Eh bien, je sais que Luke Windsor n'est pas la bonne personne.

— Exact. Maintenant, j'essaie de trouver qui ça pourrait être. » Sayer recommença à faire les cent pas. Kona surveillait ses mouvements d'un œil vif. « Nous savons que le suspect est un homme fort, rapide, qui a sans doute reçu un entraînement militaire. Ce sont des compétences assez spécifiques. Il faudrait qu'on puisse faire la liste de… » Sayer fit tourner sa main dans l'air. « Des anciens soldats qui ont étudié l'égyptologie, qui ont grandi à DC ou y ont étudié… et mince, je sais pas… » Elle laissa sa phrase en suspens en prenant conscience qu'ils connaissaient déjà une personne correspondant à cette description.

« Quoi ? fit Max en la voyant écarquiller les yeux, mais Sayer se précipitait déjà vers la cabine.

— Ezra, qu'est-ce que tu as sur Miles Windsor ? lança-t-elle.

— Miles ? Le frère décédé de Luke ? » Il leva les yeux de son écran et marqua un temps d'arrêt à la vue de Max et Kona qui avaient suivi Sayer dans la cabine. « Salut, Max. Je me doutais que tu viendrais nous aider.

— Et j'apporte de la pizza. » Max fit glisser la boîte sur l'unique coin libre de la table et se faufila vers la cuisine pour s'asseoir sur l'étroit comptoir. Kona se roula en boule à ses pieds.

Sayer ramena la conversation à Miles Windsor. « Si on considère les différentes compétences qui nous ont conduits à soupçonner Luke Windsor, je connais une personne qui lui ressemble comme deux gouttes d'eau et possède des compétences très similaires. Son frère, Miles, a aussi passé une partie de son enfance en Égypte. Il connaît très bien DC. Et c'est un ancien militaire. Il était même dans les forces spéciales. Son entraînement expliquerait comment il a réussi à gérer à lui tout seul une situation aussi délicate qu'un kidnapping d'autocar rempli d'adolescents.

Alors qu'Ezra tapait frénétiquement sur son clavier, le téléphone de Sayer sonna.

« Agent Altair.

— Sayer. »

Elle reconnut le timbre grave du sujet 037. « Quoi ? demanda-t-elle sèchement.

— J'ai fait quelques recherches pour essayer de découvrir qui vous suivait et j'ai appris quelque chose de tout à fait fascinant. » Sa voix dégoulinait d'entrain.

« D'accord, répondit-elle, volontairement évasive.

— Je sais que vous n'aimez pas les jeux. Mais moi, oui. Je vais donc vous donner cet indice, et ce sera tout. » Il marqua une pause pour ménager son effet. « Certains morts ne nous ont jamais vraiment quittés. »

Sayer se figea. Était-ce une confirmation de sa théorie ? « Nous venons de découvrir que Miles Windsor est toujours en vie, bluffa-t-elle.

— Qui ? » Le sujet 037 éclata de son rire grave et rocailleux. Le contrôle d'informations était une de ses armes les plus puissantes, et il espérait visiblement impressionner Sayer avec sa révélation.

Au lieu de lui donner cette satisfaction, Sayer répondit simplement : « Super, merci d'avoir confirmé ce qu'on savait déjà », puis raccrocha.

« Qu'est-ce que c'était ? interrogea Ezra, l'air inquiet.

— C'était 037.

— Qui ? demanda Al.

— Un de ses sujets d'étude, un psychopathe "non criminel", expliqua Max en mimant des guillemets. C'est une huile de DC. Peut-être un membre de la NSA.

— Hé, cette agence n'existe pas, déclara Ezra.

— Pardon ? fit Al, l'air perdu.

— Désolé, dit Ezra. La NSA. Vous savez, la National Security Agency. La blague, c'est que NSA signifie en réalité No Such Agency… Parce qu'elle est mystérieuse. Enfin bref, ce type s'est pris d'amitié pour Sayer. C'est lui qui a sauvé son boulot il y a quelques mois.

— Donc une sorte de meilleur ennemi ? demanda Al.

— Un meilleur ennemi extrêmement dangereux, confirma Sayer. Et il appelait pour me dire que certains morts ne nous ont jamais vraiment quittés.

— Il parle forcément de Miles, dit Al. Dites donc, jouer les détectives est bien plus intéressant qu'étudier de vieux machins. »

Sayer ferma les yeux pour laisser infuser dans son esprit l'idée que Miles Windsor était leur tueur. Ça collait parfaitement, à un détail près – comment un soldat des forces spéciales simule-t-il sa propre mort ? Et pourquoi ?

BATEAU DE HOLT, MARINA

Sud-ouest de Washington, D.C.

« Bon, notre priorité est de confirmer cette théorie. » Sayer se leva d'un bond, mue par une bouffée d'énergie qui frisait l'hystérie.

« Une seconde. » Ezra se pencha sur son ordinateur, tapant sur le clavier à une vitesse ahurissante. « D'après son dossier personnel, Miles Windsor était dans la Delta Force. »

Max siffla. « Ça rigole pas.

— En effet », opina Sayer. Elle n'était pas spécialiste de l'armée, tant s'en fallait, mais Max, oui. Et elle savait que la Delta était en quelque sorte l'élite des forces spéciales.

Ezra lut sur son écran. « Apparemment, Miles était un soldat modèle. Ses supérieurs sont très élogieux à son sujet. Il a reçu de nombreuses décorations et a participé à des dizaines de missions sensibles. Je n'en sais pas plus, il faudrait que je pirate les dossiers de l'armée pour avoir le détail de chaque mission, mais ce qui est sûr, c'est qu'elles sont classifiées.

— Donc rien de suspect ? Ces rapports n'ont pas pu être falsifiés ? demanda Sayer.

— Non, ils ont l'air authentiques, mais… il y a une chose qui pourrait être un signal d'alerte. » Ezra marqua une pause en parcourant l'écran. « Ce n'est pas quelque chose d'écrit, c'est plus une impression qui se dégage de tous ces rapports. Ils ne tarissent pas d'éloges au sujet de Miles, mais ils laissent aussi entendre que c'est quelqu'un qui a une notion assez floue de la distinction entre le bien et le mal.

— Comment ça ? » demanda Sayer.

Ezra hocha la tête. « C'est subtil, mais écoutez ça. » Il lut sur l'écran. « "Miles se distingue régulièrement par ses actes de bravoure qui vont parfois bien au-delà de ses obligations." » Ezra leva les yeux vers Sayer. « C'est moi qui me fais des idées, ou ça ressemble à une critique masquée ? On trouve ce genre de remarques dans pas mal de ces rapports. Miles qui avance un peu plus que nécessaire en territoire ennemi. Miles qui engage un combat qui aboutit à une victoire militaire mais cause des dommages collatéraux imprévus.

— Les dommages collatéraux, c'est généralement des vies innocentes, dit Al en fronçant les sourcils.

— Probablement, acquiesça Ezra.

— D'accord, donc nous avons un soldat dévoué, décoré à plusieurs reprises, mais qui en fait parfois un peu plus que ce que l'on attend de lui et croit peut-être que la fin justifie les moyens, résuma Sayer. Ezra, appelle ses commandants. Explique-leur sans détour ce qu'il se passe et vois ce qu'ils ont à dire. Et tâche d'en apprendre davantage sur les circonstances de sa mort.

— Ça marche. Je vais aussi essayer d'accéder à son dossier personnel. Ah, attendez. J'ai trouvé le résumé de l'enquête sur son décès, dit Ezra.

— Il y a eu une enquête ? » demanda Sayer, intriguée.

Ezra parcourut le rapport. « Ne t'emballe pas. Apparemment, c'était juste une enquête de routine de l'armée. Ils auraient fait appel au NCIS[5] s'ils avaient eu le moindre doute. On dirait que Miles participait à une mission top-secret.

— Ça m'étonne pas. Quasiment toutes les missions Delta sont top-secret, dit Max.

— C'est vrai. Mais le rapport indique qu'il se trouvait au nord de l'Irak lorsque son véhicule a été détruit par un engin explosif improvisé. »

Al secoua la tête. « Les horreurs dont les êtres humains sont capables envers leurs semblables… »

Ezra poursuivit. « Le véhicule a été entièrement détruit par l'engin explosif, et ils n'ont retrouvé que des os carbonisés. Néanmoins, son unité a confirmé qu'il était seul dans le véhicule à ce moment-là. D'après l'autopsie pratiquée sur le corps, tout laisse à penser qu'il s'agissait bien de Miles Windsor. Par conséquent, l'enquête a été classée. Selon sa volonté, sa dépouille a été incinérée et envoyée à son épouse. Fin. » Il leva les yeux.

« Et c'est arrivé il y a un peu plus d'un an ? demanda Sayer.

— C'est ça », confirma Ezra.

Sayer serra les lèvres puis reprit, réfléchissant à voix haute. « Les soldats des forces spéciales ne sont pas dans nos bases de données ? Je veux dire, on n'aurait pas dû avoir une correspondance pour son ADN et ses empreintes ?

— Si », admit Ezra.

Max dit alors, d'un air pensif : « J'ai entendu parler d'unités du renseignement extérieur qui ont fait supprimer leurs informations de toutes les bases de données officielles au cas où ils seraient capturés ou tués. Il n'est pas impossible que certaines unités des opérations spéciales bénéficient du même traitement. Le truc que j'ai du mal à comprendre, c'est comment un ancien

---

5. Naval Criminal Investigative Service, service des enquêtes criminelles de la marine (Ndlt).

soldat de la Delta en arrive à assassiner des gamins. Les soldats des forces spéciales passent tellement de tests et d'épreuves en tout genre que seuls les plus solides physiquement et mentalement sont acceptés. Je veux dire, je sais que ce qu'il voit sur le terrain peut transformer un soldat, mais, d'après son dossier, ce type s'est retrouvé au cœur de l'action un paquet de fois. Qu'est-ce qui a pu se passer pour qu'il pète un câble ?

— Un traumatisme crânien, dit Sayer. Vous vous souvenez du scanner du Dr Lilenhammer ? Cette personne avait subi une grave blessure à la tête. Le genre de blessure qui peut causer une altération drastique de la personnalité.

— Genre, de soldat d'élite à tueur en série ? demanda Max.

— Exactement. Vous avez déjà entendu parler de Phineas Gage ?

— C'est le type qui s'est fait perforer le crâne par une barre de fer et a survécu ? » demanda Ezra.

Sayer opina. « La barre est entrée par sa joue et ressortie au sommet de sa tête. La majeure partie de son lobe frontal gauche a été détruite, mais il a survécu. Après l'accident, sa personnalité a changé de manière spectaculaire. Le chic type s'est transformé en connard agressif. Au point que ses amis ne le supportaient plus. C'est un cas extrême, mais même un traumatisme crânien mineur peut causer un changement de la personnalité assez drastique. Et les lésions que j'ai vues sur ce scanner étaient précisément le genre de lésions associées à la psychose. Donc oui, passer de soldat d'élite à tueur en série est tout à fait possible, en particulier quand il s'agit d'un individu doué d'une notion assez floue du bien et du mal. Le traumatisme crânien l'a simplement fait basculer du mauvais côté.

— Merde alors, dit Al doucement. Ça fait flipper. Il suffit de se cogner la tête pour devenir une personne totalement différente ? Est-ce vraiment si facile de changer la personne que nous sommes fondamentalement ? »

Sayer n'avait aucune envie de se lancer dans une discussion philosophique sur les notions de personnalité et de conscience de soi. « Imaginons que Miles ne soit pas vraiment mort dans l'explosion de son véhicule en Irak. Nous ne savons toujours pas où il a passé l'année écoulée. Tâchons de le découvrir. Et, Ezra, transmets nos soupçons aux agents à Quantico. Je vais sur le pont appeler la veuve de Miles. Si elle possède toujours ses cendres, j'aimerais qu'on essaie d'en extraire de l'ADN. C'est pas gagné, mais je suis prête à parier que la personne dans cette urne n'est pas Miles Windsor. »

Sayer monta sur le pont et composa le numéro de Jackie Windsor. Demander à quelqu'un l'autorisation de pratiquer un test ADN sur les restes d'un être aimé était une tâche délicate, qu'elle préférait entreprendre seule.

« Bonjour, madame Windsor. Jackie. C'est l'agent Altair. Nous nous sommes parlé l'autre jour et j'aurais quelques questions supplémentaires à vous poser, si cela ne vous ennuie pas. » Sayer parla d'un ton volontairement désinvolte.

« Bien sûr, répondit Jackie de sa voix traînante. Vous avez réussi à retrouver Luke ?

— Oui. Mais cela a soulevé de nouvelles questions. Il n'y a pas de manière facile de demander une telle chose, donc je vais aller droit au but : avez-vous toujours les cendres de Miles ? »

Il y eut un long silence. « Oui, bien sûr, répondit-elle finalement.

— Est-ce que l'armée vous a dit comment ils avaient identifié son corps ?

— Quoi ? Pourquoi vous me posez cette question ? demanda-t-elle d'une voix tremblante.

— Je suis navrée, mais j'ai besoin d'une réponse.

— Eh bien, non, bien sûr que non. Tout ce qu'ils m'ont dit, c'est qu'il avait été tué au combat. J'ai supposé que… oh, je ne sais pas.

— Vous n'étiez pas certaine de l'état du corps, dit Sayer avec bienveillance.

— Voilà. Mais il n'y a jamais eu de doutes concernant… » Elle laissa sa phrase en suspens, comprenant peu à peu où allait la conversation.

« Accepteriez-vous que l'on procède à un test ADN de ses cendres ?

— Vous êtes en train de me dire qu'il est peut-être… » La voix de Jackie montait dans les aigus sous le coup de l'émotion.

« Nous ne sommes sûrs de rien pour le moment. Ce ne sont que des spéculations…

— Mais il y a une chance pour que Miles soit en vie, dit-elle, interrompant Sayer. Mon Dieu », ajouta-t-elle dans un souffle, comme si elle venait de penser à quelque chose.

Le ton de sa voix alerta Sayer, qui s'immobilisa. « Quoi ? »

Elle répondit à toute vitesse. « Un sans-abri s'est introduit chez moi une nuit quand j'étais au travail. C'était il y a trois mois environ. Il a réussi à entrer mais il n'a rien volé. Il a juste erré dans la maison jusqu'à l'arrivée de la police. Il a dû entendre les sirènes et sortir par la porte de derrière. Il s'est enfui, mais j'ai une caméra de surveillance et, quand j'ai regardé les images, je n'ai pas bien vu son visage, mais je me suis fait la réflexion qu'il bougeait exactement comme Miles. »

Le cœur de Sayer battait à tout rompre. « Vous avez cru que c'était Miles qui s'était introduit chez vous ?

— Non, bien sûr que non. Miles est mort… et cet homme était dans un état épouvantable. Ses cheveux lui tombaient devant le visage, ses vêtements étaient sales. Miles ne sortirait jamais comme ça. Je me suis dit… que je voulais juste le revoir… » Sa voix se brisa. « Vous pensez que c'était vraiment lui ? »

Sayer sentit un frisson la parcourir tandis qu'une certitude la gagnait tout entière : ils avaient vu juste. Miles était toujours en vie. C'était la pièce manquante qui expliquerait l'invraisemblable. « Vous avez toujours cette vidéo ? demanda-t-elle en retenant son souffle.

— Non, mais la police doit l'avoir, répondit Jackie dans un murmure.

— Je vous en prie, ne vous faites pas d'illusions. Si Miles est en vie, ce n'est sans doute plus l'homme que vous avez connu. Je vais envoyer quelqu'un chez vous pour récupérer ses cendres. Je vous promets de vous prévenir si nous découvrons quelque chose. »

Sayer n'ajouta pas que, s'il était vraiment en vie, son mari était probablement un tueur en série. Elle regarda l'heure. Deux heures de l'après-midi. Plus que huit heures avant que Miles Windsor tue de nouveau.

Elle s'apprêtait à retourner à l'intérieur lorsqu'elle reçut un message de Tino.

Je suis à l'hôpital avec Declan. Je viens d'apprendre que Nell Goodyear est réveillée. Je sais que tu n'es plus en charge de l'affaire, mais je me suis dit que tu voudrais peut-être lui parler.

Lieu inconnu

De retour dans le tombeau, l'homme tournait en rond comme un animal en cage. Le sang suintait de ses blessures, coulant sur le sang séché qui maculait déjà sa peau et ses vêtements, lui donnant l'air encore plus monstrueux qu'avant. Tout en marchant, il psalmodiait doucement, son regard glissant sans cesse vers Kate. Il était agité, mais il n'y avait aucune haine ou soif de sang dans ses yeux. On y lisait plutôt de la curiosité.

Elle brûlait de lui demander où il avait emmené Nell. Pourquoi il avait tué tous ces garçons. Pourquoi il avait tué Declan. Elle voulait l'attaquer une nouvelle fois, mais il lui paraissait beaucoup plus imposant qu'avant. Il y avait quelque chose dans ses blessures et dans la lueur de ses yeux qui lui conférait un air sauvage. Dangereux. Alors, au lieu d'attaquer, elle décida d'opter pour une autre tactique. Si elle parvenait à faire en sorte qu'il la voie comme un être humain, peut-être accepterait-il de l'épargner.

« Je m'appelle Kate Brooks. » Sa voix tremblait légèrement. « J'adore les sciences et j'ai un petit ami. »

L'homme cessa de faire les cent pas et posa sur elle son regard de dément.

« J'envisage d'aller au MIT à la rentrée pour étudier l'ingénierie, poursuivit-elle. Ce que j'aimerais vraiment faire, c'est construire des robots. »

Il secoua violemment la tête en laissant échapper un gémissement sourd. « Non. Non. Je connais ton vrai nom. Ton nom secret, Celle qui est grande par sa puissance, déesse de la quatrième heure de la nuit.

— Je ne suis pas une déesse. Je suis une lycéenne. Je vis avec mes parents à Washington. Savez-vous où nous sommes ? demanda-t-elle gentiment.

— Je sais exactement où je suis. » Il se pencha en avant et tint sa tête entre ses mains sales.

« Pourquoi vous nous faites ça ? » La voix de Kate se brisa, elle ne parvenait plus à retenir ses larmes.

Il leva la tête et la regarda d'un air suppliant. « Je veux juste rentrer à la maison. »

Le cœur de Kate battait de plus en plus vite. Il semblait tellement vulnérable. « Je peux vous aider. Si nous allons voir la police, ils vous aideront, je vous le promets. »

Elle prit conscience de son erreur trop tard, lorsqu'il écarquilla brusquement les yeux et se rua sur elle.

Elle eut un mouvement de recul, convaincue qu'il allait la frapper.

Au lieu de quoi, il s'arrêta à quelques centimètres de son visage et cria : « Je t'ai percée à jour ! J'ai rencontré le démon qui essaie de me stopper. Mais elle ne l'emportera pas. Je connais le véritable chemin des douze chambres. » Il se détourna et se remit à faire les cent pas. « En haut tel qu'en bas. Le trajet des étoiles marque les heures de la nuit. Trente-six étoiles circumpolaires pour me guider. Tout ce que j'ai à faire, c'est suivre le cycle de la nuit, et elles me montreront la voie à travers cette terre de ténèbres. »

Pendant qu'il parlait, Kate se retrancha dans un coin de la pièce.

Plus calme à présent, il la regarda et reprit doucement. « Les empires humains naissent et déclinent, les cultures s'épanouissent et se transforment à travers le monde, mais le motif implacable du cosmos se répète encore et encore au-dessus de nous. Les cieux sont dirigés par les dieux et les ancêtres. C'est un lieu de merveilles, un métronome sacré palpitant dans le ciel. C'est la seule chose en laquelle je puisse encore croire. Et bientôt, tu seras parmi les étoiles, une déesse immortelle. » Il inclina légèrement la tête en signe de respect.

Cet homme avait totalement perdu la boule, songea Kate. Elle ne parviendrait jamais à le raisonner. Alors, en désespoir de cause, elle se réfugia dans la prière que sa mère prononçait quand elle avait peur.

Recroquevillée dans un coin, seule et terrifiée, Kate Brooks répéta cette prière en boucle dans un murmure.

Route de l'hôpital de Fairfax, Falls Church, Virginie

Laissant Ezra et Max travailler sur le passé de Miles Windsor cependant que Al et Holt réfléchissaient au prochain lieu où il déposerait le corps, Sayer décida de faire un rapide saut à l'hôpital. Tino avait raison, elle voulait parler à Nell Goodyear. Même si elle savait que le FBI enverrait un agent de l'équipe officiellement chargée de l'enquête interroger la jeune fille, Sayer tenait à s'entretenir personnellement avec elle, en partie pour s'assurer qu'elle allait bien et en partie dans l'espoir qu'elle se souvienne d'un élément qui pourrait leur être utile, voire leur permettre une avancée majeure.

Sous la chaleur douce du soleil de la fin d'après-midi, elle longea Arlington Boulevard. Par habitude, elle jeta un coup d'œil dans son rétroviseur. La Porsche vintage la suivait à moins d'un kilomètre.

Une bouffée de colère monta en elle, qui se propagea dans ses membres tel un feu de forêt.

Qu'il s'agisse de 037 ou d'un autre de ces connards qui essayaient de leur mettre des bâtons dans les roues, elle en avait assez de ce ridicule jeu du chat et de la souris. En outre, elle ne pouvait pas prendre le risque de le guider jusqu'à l'hôpital, dans la mesure où il n'était pas impossible que ce fût la personne qui venait d'essayer de la tuer.

Pour autant qu'elle sache, ce pouvait être Miles Windsor lui-même, et elle avait une chance de mettre immédiatement un terme à tout ça. Elle prit quelques inspirations pour dissiper sa colère, s'éclaircir les idées, et elle se rendit compte qu'elle n'était pas très loin de sa maison.

Suivant son instinct, elle guida tranquillement sa moto vers la sortie de l'autoroute pour rejoindre le réseau de rues étroites quadrillant le centre historique d'Alexandria. Qui que fût cette personne, elle savait de toute évidence où elle habitait. Peut-être pouvait-elle la duper en lui faisant croire qu'elle se rendait à son appartement en ruines.

La voiture quitta l'autoroute derrière elle, gardant ses distances dans l'espoir de ne pas être repérée.

Alors que Sayer empruntait le dernier tournant avant sa rue, elle mit les gaz afin de la distancer de plusieurs pâtés de maison. En arrivant à son appartement, elle sauta pratiquement de sa moto, qu'elle gara devant la carcasse du bâtiment.

Au lieu de se diriger vers la maison, elle traversa la rue en courant. Son cœur dansait le fox-trot dans sa poitrine tandis qu'elle se glissait dans le jardin des voisins, se cachant derrière la clôture basse au moment où la vieille voiture s'arrêtait tout au bout de la rue.

Accroupie près du sol, Sayer se hâta de contourner la maison pour gagner l'allée. Hors de vue, elle courut à toute vitesse en direction de la voiture. Avec un peu de chance, son poursuivant aurait les yeux rivés à sa maison et ne la verrait pas arriver par-derrière.

Sayer rejoignit la maison située juste derrière la Porsche et tira son arme de son étui. Elle prit quelques inspirations de plus avant de tendre le cou pour jeter un coup d'œil vers la rue.

Une silhouette était assise au volant de la voiture qui tournait au ralenti. Elle discernait la casquette et les lunettes de soleil à travers les vitres sales.

Comme elle s'y attendait, il surveillait sa maison.

Tout ce qu'elle avait à faire, c'était s'assurer qu'il ne la voyait pas dans ses rétroviseurs.

Elle envoya un message à Ezra pour le prévenir avant de partir en courant, toujours baissée, vers l'arrière de la voiture.

Elle se colla au pare-chocs et se prépara à appréhender l'homme.

S'il s'agissait réellement de Miles, c'était un soldat d'élite. Pour le prendre au dépourvu, elle allait devoir se montrer rapide et agressive. Elle s'accorda un moment pour calmer ses nerfs, puis surgit devant la portière côté conducteur, son pistolet levé.

Elle tira sur la poignée. La portière s'ouvrit à la volée et elle cria : « FBI ! »

Le canon de son arme se posa sur la tempe de l'homme.

Celui-ci leva brusquement les mains et se tourna face à elle.

Sayer recula en titubant, son arme tremblant dans sa paume.

« Jake ? » parvint-elle à balbutier d'une voix rauque.

ANCIEN APPARTEMENT DE SAYER

Alexandria, Virginie

Sayer pointa son arme sur le visage de son fiancé mort.

Jake Pendleton la regardait fixement.

« Sayer », dit-il.

Elle ne répondit pas, clignant des yeux, s'efforçant de rester debout malgré le tourbillon d'émotions qui menaçait de l'emporter. Le chagrin. La colère. La confusion. Le doute. La nostalgie. La joie. Toutes luttaient pour prendre le dessus alors que le simple fait de respirer lui demandait un effort surhumain.

« Sayer, répéta Jake. Je… » Il laissa sa phrase en suspens.

Sa présence fit naître en elle un douloureux sentiment de familiarité qui la bouleversa jusqu'au tréfonds de son être. Comment l'homme qu'elle devait épouser, l'homme qui était mort depuis plus de quatre ans, pouvait-il se tenir devant elle ?

Abasourdie, elle demanda finalement : « Comment ?

— Tu veux bien baisser ça ? » répondit Jake en tendant la main vers le canon de l'arme braquée sur lui. Elle recula d'un pas mais garda son pistolet levé.

« Que se passe-t-il ?

— Merde, tu as toujours été un meilleur agent de terrain que moi. » Il détourna le regard avant de le poser de nouveau sur elle. « Je peux tout expliquer. »

Sayer sentait se fissurer les murs qui la protégeaient de ses émotions, ces murs qu'elle avait bâtis après la mort de ses parents, et renforcés après celle de Jake. S'ils s'écroulaient, elle savait que tout ce qu'elle ressentait risquait de se muer en une rage pure, destructrice. L'unique émotion qu'elle était prête à éprouver pour le moment.

« Oui, tu ferais bien de commencer, je crois, dit-elle, surprise par le calme de sa voix.

— Tu veux bien baisser ton arme, s'il te plaît ? On va attirer l'attention. Est-ce qu'il y a un endroit où on peut aller ? » De ses yeux verts brillants, il regarda autour de lui. Sayer réfléchit une demi-seconde avant de contourner la voiture à grands pas. Elle ouvrit la portière côté passager et s'assit, son pistolet toujours braqué sur Jake.

« Roule. On va à Quantico.

— On ne peut pas », répondit Jake d'un ton ferme en dirigeant lentement ses mains vers le volant. Sayer remarqua les cloques au bout de ses doigts, les poils roussis sur le dos de ses mains.

Le genre de blessures qu'on subit dans un incendie.

Elle jeta un coup d'œil à l'arsenal d'armes empilées sur la banquette arrière, parmi lesquelles se trouvait un fusil Bergara du même calibre que celui qui avait tué le faux agent du FBI à l'institut Hearing Voices.

« Je crois que tu n'as pas bien compris la situation », gronda Sayer.

Jake hocha la tête. « Ce que je veux dire, c'est que c'est dangereux là-bas. Pour toi comme pour moi. Je t'en prie, s'il y a une infime partie de toi qui me fait encore confiance, allons autre part pour que je puisse tout t'expliquer. Une fois qu'on aura discuté, si tu veux toujours que j'aille à Quantico, je le ferai. »

Sayer prit conscience qu'en dépit de toute logique elle lui faisait encore suffisamment confiance pour accepter de l'écouter. « D'accord. La Wharf Marina, près de l'arsenal. Maintenant, roule.

— Bonne idée, Holt est digne de confiance. »

Sayer ne répondit pas. Le bateau de Holt n'était qu'à quinze minutes de route et elle aurait besoin de son aide pour prendre une décision, car, le moins qu'on puisse dire, c'est qu'elle n'avait pas les idées bien claires.

Jake enclencha la première et sembla se détendre un peu lorsqu'ils commencèrent à rouler.

« Je t'écoute, dit Sayer sèchement. Pourquoi tu me suivais ? C'est toi qui as mis le feu à mon appartement ? »

Il parut blessé par la dureté de sa voix. « Tu penses vraiment que je veux te tuer ?

— Comment je suis censée savoir ce que tu veux, putain ? » Sa voix se mua en un cri sous l'effet de la colère.

Jake s'affaissa et hocha la tête. « Tu as raison. Je suis désolé. » Il lui lança un regard implorant. « Je t'en prie, laisse-moi t'expliquer. »

Elle se contenta d'opiner du chef, se méfiant de sa propre voix.

« Toi et ton ami, je vous ai sortis du feu, Sayer. Je te surveillais parce que tu ne sais pas contre quoi tu te bats.

— Mais toi, oui », dit-elle d'un ton neutre.

Jake grimaça encore. « Oui.

— Alors dis-moi. Contre quoi est-ce que je me bats ? Tu veux parler de Miles Windsor, ou il y a autre chose que je dois savoir ? » Elle laissa échapper un rire désabusé. « Enfin, je veux dire, en plus des raisons pour lesquelles je pleure ta mort depuis quatre ans alors que tu es là. Bien vivant. J'aurais dû me douter que cette autopsie, c'était des conneries. »

Jake inspira profondément. « Et j'aurais dû me douter que tu découvrirais qu'il s'agissait de Miles Windsor. Ils pensaient pouvoir t'envoyer sur une fausse piste, mais je les ai prévenus que tu ne te laisserais pas entuber si facilement.

— Qui ça, ils ?

— Laisse-moi commencer du début. »

Sayer grommela un oui, mais ses yeux lançaient des éclairs.

« Il y a quatre ans, on m'a contacté au sujet d'une mission…

— Quand tu bossais pour le FBI ?

— Oui, c'était un job secret, clandestin. Avec toutes les missions sous couverture que j'avais déjà à mon actif, ils se sont dit que j'étais la personne idéale.

— D'accord.

— J'allais refuser, puisqu'une des conditions était que je disparaisse totalement des radars. De façon permanente. »

Les pièces du puzzle commençaient à se mettre en place. « Ils voulaient que tu simules ta propre mort. Comme Miles Windsor. » Sayer avait entendu tout un tas de rumeurs au sujet de ce genre de pratiques, mais jamais au sein du FBI. Et, même dans le monde du renseignement extérieur, cela lui avait toujours paru assez improbable.

« Exactement. Mais pourquoi aurais-je accepté un boulot pareil alors qu'on commençait notre vie ensemble ? J'étais tellement heureux. » La voix de Jake se brisa. « J'ai dit non. Jusqu'à ce que le département de la Justice me contacte et me demande d'accepter.

— Pourquoi ?

— Parce que le groupe que j'étais censé rejoindre mène des opérations clandestines à travers le monde, des opérations souvent criminelles qui n'ont jamais été sanctionnées. Ils placent petit à petit leurs gens à des postes clés au sein de toutes les agences de renseignement de DC. À quelques exceptions près, ils contrôlent le renseignement américain. Tu sais le genre de pouvoir que cela implique. »

Sayer prit un moment pour y réfléchir. Si la machine politique de Washington est extrêmement puissante, le Président, la Cour suprême et le Congrès sont soumis à une surveillance rigoureuse. Même l'armée n'y échappe pas. En revanche, la communauté du renseignement est conçue pour opérer dans le plus grand secret. Et il existe un vaste réseau de plus d'une dizaine d'agences de renseignement américaines qui obéissent principalement aux ordres du directeur du renseignement national, bien que certaines soient sous l'autorité directe du Président ou du Congrès. Malgré ce réseau de surveillance, ils ont les coudées franches pour mener leurs opérations. Ajoutons à cela le fait que les agences de renseignement contrôlent des armées d'agents surentraînés et ont accès aux technologies les plus récentes et à des informations classifiées, et l'on commence à se faire une idée de l'étendue de leur pouvoir. En particulier si quelqu'un parvenait à tous les regrouper sous sa coupe.

« De quel genre d'opérations parlons-nous exactement ? demanda Sayer.

— Tout ce qu'on peut imaginer. Fomenter des guerres civiles, assassiner des dirigeants mondiaux. Le directeur de la CIA, c'était eux. »

Sayer se souvenait très bien du meurtre du directeur de la CIA, assassiné dans sa propre maison trois ans plus tôt. « C'est eux qui l'ont tué ? Bon Dieu, murmura-t-elle.

— Il commençait à avoir des soupçons.

— Donc le département de la Justice t'a contacté », reprit-elle, invitant Jake à poursuivre.

Il repoussa ses cheveux en arrière dans un geste douloureusement familier. « Ils m'ont demandé d'infiltrer le groupe. Ils savaient que quelqu'un était en train de créer cet organisme, mais ils ignoraient combien d'agents étaient impliqués, et jusqu'à quel niveau de la hiérarchie.

— Et tu as accepté », dit Sayer d'un ton sans réplique, car elle savait que c'était le cas.

Gardant les yeux sur la route, Jake se contenta d'opiner.

« À qui est le corps enterré à ta place ?

— Je… je sais pas. Ils m'ont promis que c'était quelqu'un qui était mort d'un accident au bon endroit au bon moment.

— Mon Dieu… » murmura Sayer. Au moins, elle comprenait maintenant pourquoi elle aboutissait toujours à une impasse quand elle essayait d'élucider le mystère de la mort de Jake. La tâche était impossible, puisqu'il n'était pas mort.

Ils gardèrent longtemps le silence pendant que Sayer réfléchissait à ce qu'elle allait dire. Sa colère se muait en une émotion bien plus viscérale, du chagrin mêlé au douloureux sentiment d'avoir été trahie. Elle avait tant souffert. Comment avait-il pu la laisser pleurer sa mort si longtemps ?

Jake la regarda plusieurs fois tout en dirigeant la voiture à travers la circulation de l'après-midi. Voyant qu'elle se taisait toujours, il dit, d'une voix hésitante : « Quand cette affaire et la mienne se sont recoupées, j'ai su que j'allais devoir veiller sur toi…

— C'était toi, le tireur de l'autre côté de la rivière à l'institut Hearing Voices.

— Oui, admit-il.

— Et c'est toi qui as sorti Tino du feu.

— Oui. »

Elle songea à Miles Windsor. « Miles était un de tes hommes. Il a simulé sa mort et intégré l'organisation.

— C'est ça. Mais ce ne sont pas mes hommes. Je te rappelle que je travaille sous couverture depuis quatre ans pour monter un dossier contre eux. Je gravis peu à peu les échelons.

— Et comment ça avance ?

— Lentement. Les choses ne se déroulent pas aussi facilement que je l'espérais. Quand ce sera terminé… je… je pourrai rentrer à la maison », bafouilla-t-il.

Sayer ne répondit pas. Au lieu ne serait-ce que d'envisager cette possibilité, elle concentra toute son attention sur l'affaire. « Et donc ? Miles a mis en scène sa propre mort il y a un an en Irak, rejoint ta petite organisation, et a pris le maquis il y a quelques mois ?

— Il y a quatre mois, Miles était en mission solo en Égypte. Il a été victime d'un grave accident de la route là-bas. Au moment où quelqu'un est arrivé sur place pour le ramener, il avait disparu. On sait qu'il est revenu aux États-Unis, mais on n'a pas réussi à le localiser. Une de ses spécialités, c'était les déplacements clandestins. »

Sayer essaya de se figurer Miles Windsor seul et blessé en Égypte. Peut-être avait-il oublié qu'il avait mis en scène sa propre disparition et était rentré chez lui pour découvrir que tous ses proches le croyaient mort. « Jackie Windsor dit qu'un sans-abri s'est introduit chez elle, mais n'a rien volé. Elle a trouvé qu'il ressemblait à Miles.

— Nous avons eu la confirmation que c'était bien lui.

— Après l'accident, il avait oublié qu'il s'était fait passer pour mort. En arrivant chez lui, il découvre ses cendres et une photo de lui sur le manteau de la cheminée…

— Et réalise que tous les membres de sa famille le croient mort, dit Jake, terminant sa phrase. On a failli l'arrêter juste après qu'il s'est introduit chez lui, mais on l'a de nouveau perdu. »

Sayer songea aux discussions que le Dr Lilenhammer avait eues avec Miles. Miles avait raison, tout compte fait ; il avait vraiment des agents du gouvernement aux trousses.

« Donc, reprit Sayer, il est blessé à la tête, il parvient à regagner clandestinement les États-Unis. Quand il arrive, tout le monde le croit mort, et c'est à ce moment-là qu'il développe un syndrome de Cotard. Miles en vient à se convaincre qu'il est une sorte d'esprit piégé dans les limbes entre le monde des vivants et celui des morts. Grâce à ses connaissances en égyptologie, il fait le lien avec l'*Amdouat* et imagine qu'il doit créer les douze chambres de l'au-delà pour pouvoir accéder au repos éternel. Donc il refait surface ici, et kidnappe et tue des gamins pour mener à bien son projet. » À mesure qu'elle saisissait toutes les implications qui en découlaient, Sayer sentit de nouveau sa colère enfler. « Tu savais qui on cherchait, mais tu ne nous as rien dit. À la place, tu as laissé tes hommes de main interférer avec mon enquête, et dans quel but ? Pour qu'ils trouvent Miles eux-mêmes ? Enfin, je suppose que le faux témoin et le faux agent du FBI, c'étaient tes hommes.

— Je leur ai dit que tu ne tomberais jamais dans le panneau. Que ça te distrairait pendant quelques heures tout au plus, mais je savais que tu finirais par comprendre. » Jake lui sourit et le cœur de Sayer se serra. « C'est encore pire que ce que tu penses, ajouta-t-il. Il n'y a pas que les fausses pistes, ils ont aussi essayé de te faire passer pour une incompétente. L'agent qui a recueilli le faux témoignage au sujet du bus…

— Celui qui aurait dû s'assurer que la déclaration était crédible avant de la faire remonter ? l'interrompit Sayer.

— Oui, c'est un de nos hommes. Il savait que le témoignage était bidon. Le but était de donner l'impression que tu faisais n'importe quoi, que tu gâchais du temps et des ressources sur une piste de toute évidence fausse. »

Une autre pièce du puzzle se mit en place. « La mère de Becky Blane… la conférence de presse.

— Ouais. Ils lui ont transmis des infos et l'ont incitée à dénigrer en public l'équipe en charge de l'enquête. En gros, ils se sont servis de sa fragilité psychologique. Mais tu avais toujours une longueur d'avance sur eux. Ils ont toute une équipe d'agents sous couverture qui travaillent contre toi, mais tu as quand même réussi à faire avancer l'enquête. Pavel, c'est l'homme qui s'est fait passer pour un agent du FBI, il t'a qualifiée de bulldozer de la justice. C'est pour ça que je ne peux pas prendre le risque qu'ils nous voient ensemble. S'ils savaient que c'est moi qui ai tué Pavel… »

Sayer fronça les sourcils. « Qu'était censé faire Pavel avec le garçon à l'hôpital ? Tu allais le laisser enlever Declan et le tuer ? »

Jake pâlit. « Je crois que son plan était simplement de faire peur au gamin, s'assurer qu'il ne savait rien.

— Mais comment vous saviez que Miles était le… » Sayer s'interrompit au milieu de sa phrase. « Oh, c'est vous qui l'avez supprimé du système. Vous aviez une alerte sur son ADN et ses empreintes. Aucune correspondance n'a été trouvée chez nous, mais vous, vous avez reçu un message. »

Jake opina d'un air contrit. « Quand vous avez soumis l'ADN et les empreintes prélevées sur la première victime, on a su que c'était Miles que vous cherchiez. L'organisation veut l'arrêter avant que vous ne mettiez la main sur lui. Si vous le trouvez en premier, il pourrait détruire tout ce qu'ils ont travaillé si dur à cacher.

— Donc, pour résumer, toi et cette organisation, même si vous saviez qui était Miles, vous avez décidé de le laisser continuer à mettre en œuvre son plan juste pour pouvoir l'arrêter en premier ? Tout en interférant avec mes tentatives de l'attraper. Un homme qui assassine des ENFANTS ! » La voix de Sayer résonna dans l'habitacle lorsqu'elle cria le dernier mot. « Il retient des adolescentes prisonnières quelque part avec l'intention de les tuer l'une après l'autre au fil de la semaine. Et vous alliez le laisser faire ? »

Jake ne répondit pas, mais Sayer savait exactement ce qu'il comptait dire. Il arguerait qu'il travaillait sur cette affaire depuis quatre ans. Qu'il ne pouvait pas tout foutre en l'air pour sauver quelques vies alors que des milliers d'autres étaient en jeu. Que le travail sous couverture impliquait des compromis parfois ignobles.

Sayer savait aussi pourquoi Jake ne traduisait pas toutes ces pensées en paroles – car il se doutait qu'elle protesterait. Leurs opinions sur le sujet divergeaient déjà à l'époque de leur relation, même si ce n'était alors rien de plus qu'un désaccord philosophique très abstrait.

Il s'arrêta à un feu rouge et la regarda.

Elle fixa ses yeux familiers. Sa discrète odeur de santal, la courbure de son visage, même le timbre de sa voix, tout cela éveillait en elle un étrange sentiment de réconfort, comme lorsqu'on rentre chez soi après une longue période d'absence. Sayer avait passé tant d'années à ressasser ces souvenirs agréables, obnubilée par leur amour et leur joie passés, qu'elle avait construit dans son esprit une version idyllique de leur vie ensemble.

Quel filtre étrange le chagrin avait posé sur ses souvenirs.

Jake, curieusement, était à la fois l'homme qu'elle se rappelait et cet individu assis à côté d'elle qui avait fait tant de choix horribles.

« Je suis désolé que mes actions aient failli vous détruire, toi et ta carrière », murmura-t-il.

Une nouvelle vague de colère l'envahit. Il avait raison. Elle avait elle-même failli détruire son propre bonheur en se refusant à accepter sa mort. Une mort qui n'était même pas réelle.

Une autre pièce se mit en place.

« C'est eux qui essaient de me faire virer », dit Sayer, sincèrement surprise. Elle savait que quelqu'un à DC ne ménageait aucun effort pour se débarrasser d'elle, mais elle n'en avait jamais fait grand cas, mettant la chose sur le compte de magouilles politiciennes au sein du FBI.

« Et Holt. Elle refusait de jouer le jeu, n'est-ce pas ? » demanda-t-elle.

Jake hocha de nouveau la tête, les lèvres pressées en une ligne fine. « Ils savent que Holt et toi, vous êtes… incorruptibles. Avec Holt à la tête de Quantico, ils ne pouvaient pas en obtenir le contrôle. Et toi… eh bien, tu es toi. Jamais tu n'aurais accepté de travailler avec eux. » Jake posa sur elle un regard si plein d'amour qu'elle en eut la nausée. Son chagrin et sa nostalgie durcissaient pour former une masse froide dans sa poitrine.

« Mais tu as réussi à conserver ton travail, poursuivit Jake. Et quand cette enquête a commencé, je savais que je devais garder un œil sur toi. Miles est quelqu'un d'extrêmement dangereux.

— Au cas où tu serais pas au courant, je l'ai rencontré hier soir.

— Oui. J'ai perdu ta trace quand tu as quitté l'institut Hearing Voices. Après avoir abattu Pavel, je devais me cacher pendant que tes agents passaient la zone au peigne fin. Je pensais que tu irais à l'hôpital et que je te retrouverais là-bas, mais, comme j'aurais dû m'en douter, tu avais une autre idée en tête. » Jake eut un rire amer. « Comme te battre avec un soldat d'élite surentraîné, seule dans les rues de DC. Je parie que tu t'en es voulu de l'avoir laissé filer, alors que c'est sans doute un des soldats les mieux entraînés au monde. La plupart des gens qui se bastonnent avec Miles n'y survivent pas. » Sa voix se brisa quand il ajouta : « Tu m'as manqué. »

Sayer ignora son étalage d'émotion. « Donc, si j'ai bien tout compris : tu as sciemment laissé un assassin continuer à tuer des enfants, et au lieu de me dire ce qu'il se passait, dans cette affaire et en général, tu m'as laissée courir après ma propre queue. Tout en me laissant continuer à croire que tu étais mort.

— J'étais obligé… commença Jake.

— Tu étais obligé de laisser Miles tuer tous ces gens? Ou de me laisser croire que tu étais mort? » La voix de Sayer se fit plus basse.

« Les deux. Mais je voulais dire, j'étais obligé de te faire croire que j'étais mort. Pour plusieurs raisons. » Jake se redressa un peu, comme s'il s'apprêtait à prononcer un discours longuement préparé. « Pour commencer, ils savaient à quel point je t'aime. S'ils te faisaient du mal, ils savaient que je me retournerais contre eux. C'était pour ta sécurité…

— Et qu'est-ce que ça donne? » Sayer désigna les doigts roussis de Jake. « Je veux dire, entre Miles et tes sbires, j'ai été attaquée, quoi, trois fois en deux jours?

— Ouais, cette affaire a tout changé. J'aurais dû venir te voir dès que j'ai compris qu'ils étaient prêts à te tuer.

— Non, tu crois? » Sayer éleva de nouveau la voix. Elle avait presque le tournis à force d'essayer de maîtriser ses émotions. « Et la deuxième raison, c'est quoi? Parce que bon, j'ai juste pleuré ta mort pendant quatre ans, putain. Tous les soirs, je m'asseyais à la table de la cuisine et j'essayais de comprendre ce qu'il t'était vraiment arrivé. Je n'ai jamais abandonné. » Sa colère se fissura un instant, laissant un torrent de chagrin prendre sa place. Ses yeux s'embuèrent de larmes, qu'elle essuya rageusement.

Jake encaissa les reproches sans un mot.

« Ces gens sont intelligents et impitoyables, dit-il finalement dans un murmure. Ta réaction à ma mort devait être sincère. Tu es peut-être un excellent agent de terrain, mais tu es une très mauvaise menteuse.

— Tu es en train de dire que mon chagrin n'était qu'un accessoire dans ton opération clandestine? » Sa voix était si basse à présent qu'elle était à peine audible.

« Non. Il était censé te protéger. Je suis vraiment désolé, Sayer. Je ne sais pas. Je pensais que tu le vivrais mieux. »

Ni l'un ni l'autre ne parla pendant un long moment.

« Tu aurais fait exactement la même chose à ma place, ajouta Jake.

— Comment peux-tu dire un truc pareil ? demanda-t-elle, légèrement hébétée.

— Parce que je te connais. Si je t'avais expliqué ce qu'il se passait à l'époque, tu m'aurais dit que je devais le faire. Mais, si je te l'avais dit, au lieu d'être en sécurité, tu aurais été en danger en permanence.

— C'est ce que tu te dis à toi-même ? »

Jake hocha la tête. « Oui. »

Sayer médita un moment là-dessus. Il avait peut-être raison ; peut-être lui aurait-elle dit d'accepter cette mission, mais rien ne pouvait atténuer la douleur bien réelle que lui avait causée sa mort. Et elle ne savait absolument pas quoi faire des sentiments qu'elle éprouvait en ce moment.

« Si Windsor n'était pas parti en vrille, tu agirais toujours pour le compte de cette organisation.

— Jusqu'à ce qu'on soit en mesure de la démanteler totalement, admit Jake. Ce que nous sommes tout près de faire. Mais cela dépend maintenant de toi, évidemment.

— Tu veux dire, si je décide de tout raconter ou pas.

— Oui.

— Je sais que je peux faire confiance à mon équipe. » Sayer songea à Ezra, Max, Holt et Al. « Et qu'est-il censé se passer à la fin de la mission, quand vous aurez démantelé l'organisation ?

— La plupart des hommes et femmes qui l'ont rejointe sont sincèrement convaincus d'œuvrer pour le bien commun, qu'ils débarrassent le pays de ses faiblesses, tu vois le genre. Ils ne sont pas nécessairement mauvais, mais ils se sont laissé manipuler. On leur donnera une chance de témoigner contre l'homme à la tête de l'organisation.

— Qui est…

— Je suis sûr que tu connais déjà la réponse.

— Anderson, dit Sayer d'une voix sourde.

— Anderson place des juges et des politiciens à des postes clés depuis des décennies, mais il a maintenant le directeur du renseignement national et de la plupart des autres agences de renseignement dans sa poche. Merde, il a même deux juges de la Cour suprême et la moitié du Congrès à sa botte. Ils sont tous victimes de chantage. En gros, on ne peut rien contre lui avec les méthodes classiques. »

Si n'importe qui d'autre que Jake lui avait raconté cette histoire, elle n'y aurait jamais cru. Acheter des membres du Congrès, c'était facile. Ces gens étaient obsédés par leur réélection et devaient veiller à ce que leurs fonds de campagne soient toujours bien alimentés et les scandales limités à de vagues rumeurs. Mais les juges de la Cour suprême, c'était une autre affaire. Si ce qu'il disait était vrai, son opération allait mettre la moitié de DC à genoux.

« Donc vous faites tomber Anderson et son organisation, et que devient le FBI ? Et toi ? Et moi ?

— Je comptais t'avertir de ce qui allait arriver. On avait prévu un programme de protection pendant que je témoignais contre eux.

— Un programme de protection… Tu pensais que j'allais accepter de quitter mon travail et d'aller me cacher dans le cadre d'un programme de protection des témoins ?

— Je les ai prévenus que tu pourrais refuser.

— *Pourrais* ? »

Jake lui sourit, et il espérait visiblement qu'elle lui rende son sourire. Peut-être même qu'ils rient ensemble de son entêtement, comme ils le faisaient avant. Mais aujourd'hui, ce petit jeu lui retournait l'estomac.

« Ça marchait peut-être à une époque, mais c'est fini, se borna-t-elle à dire.

— Je sais. » Il détourna les yeux. « Alors que fait-on maintenant ? »

Sayer regarda une dernière fois Jake, puis soupira et baissa son arme. Elle la rangea dans son holster et sortit son téléphone pour envoyer rapidement un message à Ezra, Max, Holt, Tino et Al, les mettant en garde de se méfier de tout le monde, y compris des agents du FBI. Les explications suivraient. Elle informa Tino qu'elle avait eu un contretemps mais qu'elle serait à l'hôpital dès que possible.

Après avoir envoyé son message, Sayer ferma les yeux et se tint parfaitement immobile pendant un long moment. Elle chassa la tempête d'émotions embrumant ses pensées et se força à visualiser les filles enfermées dans le car – terrifiées, furieuses, désespérées. Tout ce qui comptait pour l'heure, c'était elles. Et, quoi qu'elle décide de faire, ce devait être pour les protéger, peu importait le prix à payer. Contrairement à Jake, son unique priorité était de leur sauver la vie.

« Je dois aller parler à une des victimes de Miles à l'hôpital. Je dirai rien de tout ça… » Elle désigna Jake. « … à Quantico pour l'instant. Mais je ne laisserai pas mon équipe dans l'ignorance. Je vais tout leur expliquer, et tu vas nous aider à attraper Miles Windsor avant qu'il tue de nouveau. Ce n'est pas une négociation. »

Jake opina doucement en ralentissant au niveau de la marina. Il coupa le moteur et lui tendit la main. « Marché conclu. »

Elle accepta la poignée de main et il la regarda droit dans les yeux.

« Anderson fera tout pour te mettre des bâtons dans les roues à ce stade, dit Jake sans lâcher sa main. Tout ce qu'il a bâti repose sur une chose : t'empêcher de trouver Miles avant lui. Il était prêt à assassiner le directeur de la CIA. Tu comprends ce que je dis ? »

Sayer ressentit un discret frisson lorsque leurs paumes se touchèrent. Elle écarta sa main. « Je comprends, c'est dangereux. C'est pour ça qu'on t'emmène chez Holt. Tu pourras tout lui expliquer pendant que je discute avec une adolescente qui a failli mourir parce que tu pensais que c'était une perte acceptable. »

BATEAU DE HOLT, MARINA

Sud-ouest de Washington, D.C.

Debout sur le pont de son bateau, Holt dévisageait Jake. Une telle colère brillait dans ses yeux que Sayer décida de ne pas attirer son attention en parlant. Elle préférait laisser Jake en baver un peu.

« Madame la directrice adjointe, je peux tout expliquer. Je veux dire, si vous nous laissez monter à bord, je pourrai… » Il se tut sous son regard noir.

Sayer n'avait pas prévenu Holt du retour de Jake, craignant que leurs communications ne soient surveillées. « C'est une sacrée histoire, intervint Sayer. Ça explique beaucoup de choses, mais j'ai besoin d'une oreille neutre pour savoir s'il dit la vérité, parce que je suis incapable d'être objective. »

Le regard de valkyrie de Holt faiblit légèrement tandis qu'elle s'écartait avec un bref hochement de tête. « Très bien. Vous êtes autorisé à monter à bord. » Sur ces mots, elle pivota sur ses talons et marcha presque au pas de charge jusqu'à la cabine, enveloppée d'un halo de colère.

À l'intérieur de la cabine, Ezra fixa Jake d'un air interloqué alors qu'ils descendaient l'échelle. Il regarda Sayer. « C'est… » Puis de nouveau Jake. « Vous êtes… ? C'est quoi, ce bordel ? »

Jake ne prononça pas un mot tandis qu'il contournait Kona. La chienne se redressa sur son passage, ayant visiblement perçu la tension dans la pièce. Au fond de la cabine, il s'assit gauchement sur la rambarde devant l'aquarium rempli de crabes.

« Qui est-ce ? demanda Max, et Sayer prit conscience qu'il n'avait encore jamais rencontré Jake.

— Jake Pendleton, gronda Holt en se rasseyant à côté d'Al.

— Qui ? interrogea Al en lançant des regards autour de lui.

— Jake Pendleton était mon fiancé il y a quatre ans. Mais il est mort en service. » Remarquant que son émotion transparaissait dans sa voix, Sayer se tut.

« Euh, sans vouloir enfoncer une porte ouverte, il m'a l'air bien vivant, dit Al.

— Apparemment, il n'est pas mort, finalement. Jake, vous voulez vous expliquer ? » demanda Holt d'une voix douce qui portait bien plus de menace que ne l'aurait fait un cri.

Jake écarta les mains, paumes vers le haut, et promena sur la pièce un regard hésitant. « Je ne connais pas certains d'entre vous. Je préférerais éviter de…

— Et moi, je préférerais que vous parliez », l'interrompit Holt d'une voix toujours posée mais parfaitement claire.

Jake ravala sa salive et hocha la tête. « Bien sûr. »

Pendant qu'il s'expliquait, Sayer observa la réaction de ses collègues. Ezra ouvrait et fermait la bouche sous l'effet du choc. Le visage de Holt se faisait de plus en plus sombre et dur. Max écoutait avec un calme parfait sans jamais le quitter des yeux. Sayer pouvait presque entendre les calculs et les doutes bouillonner dans son esprit. Quant au pauvre Al, il paraissait déconcerté par la bombe émotionnelle qui venait d'être larguée sur sa bande de détectives.

N'ayant aucune envie d'écouter toute l'histoire une seconde fois, Sayer l'interrompit. « Pendant que Jake finit de tout vous expliquer, je vais faire un saut à l'hôpital. D'après tout ce que Jake m'a dit, je pense qu'on devrait être très prudents avec nos téléphones. S'il dit la vérité… » Sayer marqua une pause et darda sur lui un regard noir. « Ils surveillent sans doute nos communications. Je resterai vague si je dois vous écrire ou vous appeler. Autrement, silence radio à partir de maintenant. »

Alors qu'elle se dirigeait vers la porte, elle se figea, prenant conscience qu'elle avait laissé sa moto devant chez elle.

Comme s'il lisait dans ses pensées, Jake tendit ses clés. « Prends ma voiture. Personne ne connaît son existence. »

Sans un mot, Sayer hocha la tête, attrapa les clés qu'il lui lança, et fila.

Route de l'hôpital de Fairfax, Falls Church, Virginie

Sayer poussa la Porsche jusqu'à sa vitesse maximale, faisant vibrer le châssis dans l'espoir de chasser la torpeur qui s'était emparée d'elle.

Holt avait de toute évidence des questions difficiles à poser à Jake, et Sayer était soulagée de pouvoir s'éloigner de lui le temps de calmer l'ouragan d'émotions qui menaçait de l'engloutir tout entière. Elle tenta de se concentrer sur Nell Goodyear, mais ses pensées revenaient sans cesse à Jake. La petite maison de ville dont ils avaient fait un foyer rempli de rires. Pouvait-elle la retrouver ? Si elle avait l'occasion de se glisser de nouveau dans cette vie, le ferait-elle ?

Elle songea à Tino et Adi. À Vesper. Quelle place pourrait avoir Jake dans sa nouvelle famille ?

Elle n'était même pas certaine de vouloir lui en faire une.

Chassant de son esprit le tableau idyllique de leur maison du bonheur, elle pensa à l'homme qu'elle venait de laisser avec Holt.

Par son inaction, il avait laissé des enfants mourir. Si Jake lui avait dit ce qu'il se passait réellement, Nell serait peut-être saine et sauve chez elle, et non en convalescence dans un lit d'hôpital après avoir subi de multiples opérations abdominales. Peut-être même que Rowena et Becky seraient toujours en vie.

Sayer pouvait en toute logique comprendre le choix qu'il avait fait, mais elle ne pourrait jamais le lui pardonner. Quoique. En était-elle certaine ?

Reprends-toi, Sayer, se dit-elle. Tu as un tueur à attraper.

Lorsqu'elle arriva à l'hôpital, elle avait réussi à recouvrer un semblant de sang-froid. Elle décida de passer par la chambre de Declan pour mettre au courant Tino qu'il devait rester sur ses gardes. Impossible de savoir quand un des hommes d'Anderson déciderait de s'en prendre une nouvelle fois à Declan.

Tino et l'adolescent riaient lorsque Sayer pénétra dans la chambre. Vesper était allongé sur le dos contre la jambe indemne de Declan, qui lui caressait distraitement le ventre.

Tino avait toujours les deux yeux cernés de noir et sa respiration était encore légèrement sifflante, mais ses joues avaient repris des couleurs.

« Ah, revoilà notre redoutable chasseuse ! » Tino se leva et attira Sayer dans une accolade. Vesper sauta du lit pour la saluer et fit un rapide tour de ses jambes avant de retourner auprès de Declan. Elle éprouva un certain réconfort en voyant son voisin et leur chien, comme lorsqu'on rentre chez soi après un voyage long et terrifiant. Elle ne savait pas ce qu'elle ressentait pour Jake en ce moment, mais elle savait sans l'ombre d'un doute que sa famille, c'était eux.

« J'ai beaucoup de choses à te dire et très peu de temps », annonça-t-elle.

Tino plaça une chaise à côté de la sienne et Sayer s'y assit avec soulagement.

« J'ai reçu ton message énigmatique », dit-il.

Elle expliqua brièvement tout ce qu'il s'était passé avec Jake, en termes vagues, ne souhaitant pas que Declan entende des informations susceptibles de le mettre en danger.

Tino l'écouta en écarquillant les yeux.

Alors qu'elle terminait son histoire, une infirmière pénétra dans la chambre avec un sac en plastique qu'elle tendit à Declan.

« Tes effets personnels. La police a toujours tes vêtements, mais ils ont rendu ton téléphone portable. Je me suis dit que tu voudrais sans doute le récupérer. » Là-dessus, elle sourit et quitta la pièce.

Declan sortit son téléphone du sac et l'alluma. Il vibra plusieurs dizaines de fois. « On me demande des nouvelles », expliqua-t-il dans un sourire.

Sayer s'assura que Tino se sentait capable de rester seul, dit au revoir à tout le monde, puis s'empressa de rejoindre la chambre de Nell.

Alors qu'elle tendait la main vers la poignée de la porte de l'adolescente, une grande femme à la peau sombre vêtue d'un costume bleu ajusté en sortit. « Agent Altair ?

— Oui, répondit-elle, surprise.

— Je suis la mère de Nell Goodyear. Merci mille fois d'avoir sauvé notre fille. » Elle attira Sayer à elle et la serra délicatement dans ses bras. Sans la lâcher, elle ajouta : « Nell est réveillée et elle aimerait beaucoup vous voir. Je sais que tout le monde souhaite vous remercier personnellement. »

À l'intérieur, Nell était entourée d'une dizaine d'adultes et au moins autant d'enfants de tous âges. Bien qu'intubée et emmaillotée de tout un tas de tuyaux, l'adolescente avait le regard vif. Elle leva la main pour la saluer.

« Écoutez-moi, lança Mme Goodyear à la cantonade. Je vous présente l'agent Altair. C'est elle qui a sauvé Nell. »

Un murmure de joie et de remerciements emplit la pièce tandis que tous les proches de la jeune fille se pressaient vers Sayer. Les hommes lui serrèrent la main. Les femmes la prirent dans leurs bras en pleurant. Quelques-uns des gamins les plus âgés lui donnèrent des accolades un peu brusques, pleines d'émotions intenses, tandis que les plus jeunes s'agrippaient brièvement à ses jambes.

Lorsque toutes les personnes présentes dans la pièce l'eurent remerciée, Sayer avait repoussé tout au fond de son esprit sa propre détresse émotionnelle. Nell et les autres adolescents kidnappés et tués méritaient toute son attention.

Elle s'extirpa des étreintes chaleureuses et demanda à la mère de Nell : « Ça vous embêterait que je parle avec votre fille un moment ?

— Non, bien sûr ! » La femme fit signe à Sayer de s'installer sur la chaise à côté du lit. Lorsqu'elle s'y assit, elle prit conscience que la famille de l'adolescente n'avait aucune intention de partir.

Nell tendit la main vers elle, et Sayer la prit dans la sienne.

« Je sais que tu ne peux pas parler, mais il faut que je te demande si tu te souviens de quoi que ce soit qui pourrait nous aider à trouver les autres filles. »

L'adolescente lâcha la main de Sayer et montra du doigt un stylo. La mère de Nell s'empressa de le lui donner, ainsi qu'un carnet qu'elle avait visiblement préparé à l'avance.

Nell écrivit : Grande pièce colonnes sable au sol. Près de Howard University.

Sa mère écarquilla les yeux. « J'enseigne à Howard. Tu étais près du campus ? »

Nell hocha la tête.

« Tu m'as dit quelque chose au sujet de trous noirs ? » demanda Sayer, la pressant gentiment.

Beaucoup de trous dans le sol, écrivit-elle.

« Tu te souviens d'autre chose qui pourrait nous aider ? »

Nell secoua la tête d'un air désolé, ses yeux s'embuant de larmes.

« Ce n'est rien, tu t'en es très bien sortie. Ton boulot, c'est d'aller mieux. Le mien, c'est de retrouver tes amies. »

Elles se serrèrent une nouvelle fois la main et Sayer prit congé. Dans le couloir, elle s'apprêtait à envoyer un message à Ezra lorsqu'elle se rendit compte qu'elle en était incapable.

Sayer n'avait jamais été très à cheval sur les règles, mais elle était avant tout un agent du FBI. En dépit du passé somme toute discutable du Bureau, elle croyait en l'institution pour laquelle elle travaillait aujourd'hui. C'est pour cette raison que son premier réflexe fut d'envoyer tout ce qu'elle savait à Quantico, où plusieurs dizaines d'agents travaillaient d'arrache-pied pour retrouver les adolescentes.

Cependant, si Jake disait vrai, elle ne pouvait plus faire confiance à son cher Bureau. Anderson et ses hommes n'hésiteraient pas un seul instant à tuer Miles et les filles pour éviter d'être confondus.

Alors, au lieu d'informer Quantico que les filles étaient tout près de Howard University, Sayer décida de retourner au bateau. Peut-être Ezra ou Holt trouveraient-ils un moyen de se servir de cette information pour les localiser.

Elle marchait à grands pas vers la sortie quand Tino l'interpella : « Sayer ! »

Au ton de sa voix, elle comprit que c'était important.

Son voisin jeta un coup d'œil à l'agent posté devant la porte de Declan. « Euh, j'ai oublié de te dire un truc au sujet de la maison… »

Sayer comprit. Il avait quelque chose à lui dire mais ne souhaitait pas que l'agent potentiellement à la botte d'Anderson l'entende.

Dans sa chambre, Declan était assis droit comme un piquet sur son lit, tenant son téléphone comme un serpent qui essaierait de le mordre.

« Que s'est-il passé ? demanda Sayer.

— Declan écoutait les messages sur son téléphone, et il y en a un de Kate Brooks, dit Tino.

— L'adolescente disparue ?

— Ma petite amie, murmura Declan. Écoutez. » Il appuya sur lecture. Une petite voix tremblotante se fit entendre.

« Declan, je… je suis désolée de t'avoir laissé mourir. J'ai peur. Cet homme nous a enfermées ici, et je ne sais pas où on est. »

L'adolescente se tut pendant un long moment et Sayer crut qu'elle avait terminé, et puis elle parla de nouveau.

« Tu me manques, j'ai l'impression d'être dans un cauchemar, je sais même plus ce qui est réel. On était dans une pièce sombre et si grande qu'on ne voyait pas les murs, avec du sable par terre. Et maintenant je suis enfermée dans une pyramide et je crois que c'est un tombeau, et dehors il y a des silos et un champ quadrillé de bouches d'égout, je crois qu'elles mènent en enfer. Il est possible que j'hallucine, et maman et papa me manquent et je voulais t'embrasser encore une fois. Et maintenant tu es mort et je n'ai pas pu te dire tout ça. »

Le message se termina sur un déclic.

Declan reposa son téléphone, luttant contre les larmes. « Kate a dû me voir me faire tirer dessus. Elle ne sait pas que je suis en vie. »

Le cœur de Sayer battait à tout rompre. Cette nouvelle information, couplée à ce que Nell venait de lui dire, allait forcément les aider à trouver les filles. Elle regarda l'heure. Il ne restait que deux heures avant le prochain meurtre.

« Je dois prendre ton téléphone, dit Sayer brusquement.

— Bien sûr ! répondit-il avec empressement, lui lançant presque l'objet au visage.

— Je dois y aller. Soyez prudents, tous les trois. »

Tino l'embrassa sur la joue et elle quitta la pièce, rejoignant en courant la voiture de Jake. Elle roula si vite qu'elle craignit que la vieille Porsche ne se disloque avant qu'elle arrive à destination. Lorsqu'elle se gara enfin à la marina, elle courut vers le bateau, bien décidée à arrêter Miles Windsor avant qu'il ne tue de nouveau.

BATEAU DE HOLT, MARINA

Sud-ouest de Washington, D.C.

Sayer entra en trombe dans la cabine. Assis par terre au pied de l'aquarium, Jake promenait un regard fatigué autour de lui. Holt et Al étaient de nouveau plongés dans les plans de la ville tandis que Max et Ezra fixaient l'ordinateur de ce dernier, pratiquement collés l'un contre l'autre. Kona était roulée en boule aux pieds de Max, les yeux mi-clos.

Bien qu'une certaine tension se fît toujours sentir, les choses s'étaient visiblement tassées entre Jake et l'équipe de Sayer.

« Ezra, j'ai besoin que tu localises un appel sur le téléphone de Declan ! » Elle débita d'un trait le numéro de l'adolescent. « Kate Brooks l'a appelé et a laissé un message il y a moins d'une heure ! »

Elle appuya sur la touche lecture et la voix tremblante de Kate emplit la cabine.

Ils l'écoutèrent en silence, la mine grave.

Lorsque le message prit fin, Sayer se mit à parler à toute vitesse. « Donc, un lieu immense près de Howard University, avec un sol recouvert de sable. Une pyramide, une sorte de tombeau, des silos, et un champ quadrillé de bouches d'égout. Ezra ? Holt ? »

Holt repoussa quelques cartes, l'air de chercher quelque chose. « Ça me rappelle un truc. Attendez. »

Les doigts d'Ezra volaient au-dessus du clavier tandis qu'il procédait à ses propres recherches en ligne.

Pendant ce temps, Sayer balaya la pièce du regard.

« Alors ? demanda-t-elle à Max. Vous avez décidé si on pouvait faire confiance à Jake ?

— Je sais pas trop, dit Max. Je dirais juste que regarder Holt interroger Jake était un peu comme regarder un aigle tourner autour d'un rat des champs. Le pauvre n'avait aucune chance. »

Holt leva le nez de ses cartes. « Je vous entends, vous savez… »

Max sourit. « Plus sérieusement, je pense qu'on est tous d'accord, Jake dit sans doute la vérité. »

Holt, Ezra et Al hochèrent la tête à l'unisson sans lever les yeux de leurs recherches.

« OK, tant mieux. C'était aussi ce que je pensais. » Sayer soupira, s'adaptant lentement à cette nouvelle réalité. Il allait lui falloir quelque temps pour s'habituer à voir Jake assis dans la même pièce qu'elle. Pendant un instant, elle essaya d'imaginer un futur où il aurait sa place dans sa vie, mais elle ne parvenait même pas à en esquisser les contours.

« Trouvé ! » s'exclamèrent Holt et Ezra au même moment.

Ezra fit signe à Holt de parler la première.

« L'usine de traitement de l'eau McMillan, dit Holt.

— C'est exactement là que j'ai localisé l'appel ! fit Ezra en acquiesçant énergiquement de la tête. En revanche, je n'arrive pas à trouver l'endroit exact sur le site, vu qu'il n'est plus censé y avoir de lignes téléphoniques actives.

— Quelle usine ? » demanda Sayer.

Holt déroula une carte et désigna un vaste espace vide à côté du réservoir McMillan, dans le nord-ouest de Washington. « C'est les silos qui m'ont mise sur la piste. Je me souviens avoir vu des photos de cet endroit quand je faisais des recherches sur le quartier de Bloomingdale.

— Attendez, c'est quoi, cet endroit, exactement ? Et à quoi servent ces silos ? J'ai grandi ici et je n'en ai jamais entendu parler, dit Sayer.

— Il est fermé au public, donc la plupart des habitants ignorent sans doute son existence, répondit Holt. Il a été bâti au tournant du siècle dernier après que plusieurs épidémies de typhoïde ont frappé Washington à la fin du XIXe siècle. Ils ont découvert que la typhoïde était une maladie d'origine hydrique, donc ils ont construit cet énorme système de filtration qui utilise du sable pour purifier l'eau. Même si, pour être honnête, j'ignore si ça fonctionnait vraiment.

— Ezra ? demanda Sayer.

— Ouais, donc, d'après ce que je lis… » Il parcourut un moment son écran du regard. « C'est une immense installation, plus de dix hectares, avec vingt chambres souterraines qui ressemblent à des catacombes. Waouh, ça correspond à la description en tout cas. Chaque chambre mesure un demi-hectare et possède un sol de sable. Apparemment, l'eau sale s'écoulait lentement à travers plusieurs couches de sable et, lorsqu'elle ressortait au fond, elle était assez propre pour être bue.

— Donc, si j'ai bien compris, il y a une gigantesque installation dans le nord-ouest de Washington où l'on trouve encore aujourd'hui vingt structures souterraines ressemblant à des catacombes, et dont le sol est composé de sable, dit Sayer.

— Et regardez ça. » Ezra afficha une image à l'écran. « Chaque chambre possède une double porte et une rampe d'accès immenses. Largement assez grandes pour qu'un autocar y passe.

Miles Windsor a pu tout simplement conduire le car rempli de gamins dans une des chambres. C'est l'endroit idéal. Près du cœur de la ville, mais assez isolé pour qu'il n'y ait personne à proximité. »

Ezra repoussa ses cheveux bleus en arrière. « Regardez cette photo des silos et des bouches d'égout. Apparemment, ils stockaient le sable en trop dans les silos et il y a une grille de… waouh, deux mille plaques cachant des trous dont ils se servaient pour déverser le sable dans les chambres. Je lis ici qu'on peut voir ces plaques d'égout depuis l'espace ! »

Sayer se leva et essaya de marcher dans la minuscule cabine. « Et la pyramide dont Kate a parlé ?

— Hmm. » Ezra fit défiler les photographies du lieu. « Eh bien, il y a des petits abris qui hébergeaient les systèmes de contrôle des pompes à eau et, regarde, ils ont un toit pointu qui pourrait faire penser à une pyramide.

— D'accord, il est temps de prendre une décision. » Sayer regarda tour à tour les membres de son équipe dans les yeux. « On pourrait communiquer ce qu'on sait à l'équipe de Quantico. On prendrait le risque que les hommes d'Anderson débarquent et tuent Miles avant qu'on ait une chance de lui parler. Et j'aimerais qu'on soit sûrs de retrouver les filles avant de lui mettre une balle dans le crâne. Mais intervenir sans le soutien de Quantico pourrait être dangereux, et ça risque de nous retomber dessus plus tard. »

Max agita une main dans le vide. « On s'en fout. Tout ce qui compte, c'est que ces filles rentrent chez elles saines et sauves.

— Tu sais que j'en suis aussi, dit Ezra.

— Vous pouvez aussi compter sur moi, ma jolie. » Al sourit à Holt. « Je n'ai peut-être pas de flingue, mais je pourrais les aveugler avec mon brillant intellect.

— La question ne se pose même pas. » Holt adressa un rictus crispé à Sayer, puis un sourire radieux à Al avant de se tourner vers Jake pour darder sur lui un regard noir. « Jake ? »

Il leva les deux mains en signe de reddition. « Je ferai tout ce que je peux pour vous aider, bien sûr.

— Super, dit Sayer sèchement. D'accord. Max, Kona, Ezra et Jake, avec moi. Holt et Al, vous devriez rester ici et réfléchir aux lieux possibles pour le dépôt du corps. Il ne reste qu'une heure et demie avant le prochain meurtre. Si cet endroit ne donne rien, je veux savoir sur quel lieu on doit se concentrer ensuite. »

Ils se levèrent tous pour s'équiper.

« Et rappelez-vous, on ne communique pas par téléphone, ajouta Sayer. En fait, on devrait même les éteindre et désactiver le GPS.

— Euh, vous devriez plutôt les laisser ici, dit Jake. Ils peuvent localiser vos téléphones même s'ils sont éteints et que le GPS est désactivé.

— Génial, grommela Holt. Vous n'auriez pas pu nous prévenir plus tôt ?

— Si vous éteigniez tous vos téléphones en même temps, je savais que ça éveillerait les soupçons. Je n'ai pas de téléphone sur moi, donc ils ne savent pas que je suis ici, mais ils savent déjà que vous, oui, dit Jake d'un air contrit.

Les narines de Holt palpitèrent de colère. « Très bien. Inutile de crier sur tous les toits où nous allons. Attendez. » Elle se leva avec effort et disparut dans une pièce au fond du bateau. Elle revint une minute plus tard munie de talkies-walkies. « Je n'en ai que trois, mais nous devrions réussir à communiquer avec ça. Ils ont un rayon d'environ six kilomètres, soit à peu près la distance qui nous sépare de McMillan. »

Holt tendit une radio à Sayer, une autre à Max, et ils se branchèrent tous sur le même canal. « Soyez prudents », dit-elle d'un ton bougon tandis qu'ils empilaient leurs portables sur la table.

Sayer, qui se sentait légèrement perdue sans téléphone ni maison, guida sa petite équipe dans l'air froid du soir.

USINE DE TRAITEMENT DE L'EAU MCMILLAN

Washington, D.C.

Sayer gara la vieille Porsche le long d'un grillage sur la 1re Rue nord-ouest au sud de Michigan Avenue, et c'est avec soulagement que les quatre adultes et le chien qui s'étaient entassés dans la petite voiture s'en extirpèrent, déboulant à côté d'un portail délabré.

Pendant que Max s'affairait sur le cadenas avec un coupe-boulons, Sayer regarda à travers le grillage. Elle discernait vaguement un vaste champ herbeux parsemé de plaques d'égout disposées en lignes droites. Deux rangées de silos couverts de plantes grimpantes se dressaient de chaque côté du champ.

Max parvint à couper le cadenas, mais le portail était si rouillé qu'il tournait à peine sur ses gonds. Il ne réussit à l'ouvrir que de quelques centimètres.

« Bon, dit Sayer doucement. Je vois quatre abris à pompe. En supposant que ce sont les pyramides que Kate a décrites, commençons par eux. Max et Ezra, allez vérifier les deux sur la droite. Jake et moi, on prend ceux de gauche. »

Max couvrit Jake d'un regard suspicieux mais hocha la tête. Il fit signe à Kona de le suivre et ils se glissèrent dans l'ouverture. Ezra eut quelques difficultés à faire passer ses prothèses et sa canne, mais, lorsqu'il fut de l'autre côté, il rattrapa sans peine Max et Kona. Sayer les regarda s'éloigner.

« Merci de m'avoir laissé venir avec vous », dit Jake.

Elle hocha la tête d'un air détaché. « Allons-y. »

Elle fit rapidement le point avec Holt par radio, puis se glissa dans l'ouverture, réprimant une grimace de douleur lorsque ses côtes frottèrent contre le grillage.

Jake la suivit et ils coururent vers les abris. L'herbe céda la place à du gravier lorsqu'ils arrivèrent devant le premier bâtiment, et Sayer ralentit le pas pour masquer le bruit de son approche. Dès qu'ils atteignirent le mur du fond, Jake s'accroupit derrière elle. La sensation de son souffle sur sa nuque fit courir un frisson le long de son échine.

Ignorant la réaction de son corps à la présence toute proche de Jake, elle dégaina lentement son pistolet et se dirigea vers l'avant du bâtiment. Ils passèrent devant une fenêtre rendue opaque par la saleté. À l'entrée, l'épaisse porte en bois était tellement voilée qu'elle commençait à se fendre en son milieu.

Sayer poussa le bois gondolé et plaça sa lampe torche dans l'interstice pour éclairer l'intérieur.

« Kate ? » Les yeux plissés, elle parcourut du regard la structure abandonnée et ne vit rien d'autre que de vieux détritus éparpillés au sol. Rien qui fît penser à un tombeau. « RAS », dit-elle en se levant.

Jake acquiesça d'un grommellement et ils se dirigèrent vers l'abri suivant. Ils longèrent la rangée de silos, des cylindres en ciment tapissés de plantes grimpantes qui auraient pu tout aussi bien appartenir à un jardin anglais.

Même de loin, Sayer voyait que le deuxième abri était différent. Des planches relativement neuves recouvraient totalement les fenêtres. Tous les sens en alerte, ils approchèrent à pas de loup.

Un cadenas neuf fermait la solide porte d'entrée.

Sayer fit signe à Jake de reculer et ils se réfugièrent dans un tunnel vide sous le silo le plus proche.

Elle murmura dans la radio : « Max, je crois qu'on a trouvé la tombe. Comment ça se passe de votre côté ?

— Les deux abris sont vides. On vous rejoint.

— Prends le coupe-boulons. » Sayer mit fin à la communication et jeta un coup d'œil à Jake. Il fixait l'abri avec un regard d'une intensité qu'elle avait oubliée.

Pour la première fois, elle parvenait à passer outre sa propre colère pour considérer les choses de son point de vue. Il avait littéralement sacrifié une vie heureuse pour servir son pays en infiltrant une organisation extrêmement dangereuse. Quatre années durant, il avait patiemment monté son dossier, contraint à prendre des décisions d'une moralité douteuse pour gravir les échelons de cette organisation. Et à présent il mettait tous ces sacrifices et ce dur labeur en péril pour protéger Sayer.

Kona arriva juste avant Max et Ezra, ramenant brusquement Sayer au présent. Elle fit signe à Ezra et Jake de ne pas bouger pendant que Max et elle allaient ouvrir la porte.

Max coupa rapidement le cadenas et enfonça la porte d'un coup de pied.

Sayer s'engouffra dans l'abri, son pistolet levé. « FBI ! »

Max et Kona lui emboîtèrent le pas et ils tournèrent sur place, dos à dos, pour vérifier chaque angle de la pièce.

« RAS, aboya Sayer.

— RAS », confirma Max.

Ils baissèrent tous les deux leurs armes pour observer le spectacle saisissant qui s'offrait à eux. Ils se tenaient au centre d'une pièce qui, aux yeux de Sayer, ressemblait en tout point à un tombeau de l'Égypte antique.

Et il n'y avait aucun signe de Kate Brooks.

USINE DE TRAITEMENT DE L'EAU MCMILLAN

Washington, D.C.

Ils se tenaient tous à présent dans l'abri transformé en tombeau.

« C'est super glauque, putain », dit Ezra à mi-voix.

Les murs étaient entièrement recouverts de hiéroglyphes. Les écritures semblaient divisées en plusieurs panneaux, chacun représentant un fouillis complexe de personnages et d'idéogrammes. Même le plafond en était tapissé.

Un sarcophage rudimentaire trônait au centre de la pièce, un bassin rempli d'eau posé à ses pieds. Sayer ne put s'empêcher de remarquer qu'il était sans doute suffisamment profond pour y noyer quelqu'un. Était-ce là que Rowena et Becky avaient été tuées ?

« C'est sûrement là qu'il s'imaginait aller après avoir traversé les douze chambres, dit Ezra. Sa dernière demeure. »

Sayer donna un coup de pied dans une pile de détritus poussés dans un coin.

« C'est peut-être comme ça que Kate a passé son appel. » Elle s'accroupit à côté du téléphone à cadran démonté, qui était toujours relié au mur par un branchement sommaire.

Ezra s'approcha pour inspecter le téléphone. « Waouh, c'est un petit génie, cette fille. Je suis pas sûr que j'aurais réussi à brancher cette antiquité. »

Sayer se leva, portant son attention sur les hiéroglyphes au mur. Elle attrapa sa radio. « Holt ?

— On était sur le point de vous contacter, répondit celle-ci.

— Dites à Al que nous nous tenons dans ce qui ressemble à une reproduction d'un tombeau de l'Égypte antique. Il y a un sarcophage au milieu de la pièce et des écritures sur les murs. Je vois… » Sayer tourna sur elle-même et compta. « Douze panneaux.

— Ils sont tous divisés en trois sections par des lignes horizontales ? demanda la voix d'Al. Placez-vous devant le premier panneau à gauche de la porte et dites-moi ce que vous voyez. »

Sayer s'exécuta et observa le panneau. « Je vois neuf babouins au sommet. C'est l'*Amdouat*.

— Exactement. Je pense qu'il l'a reproduit sur ces murs. » Sayer l'entendait respirer. « Fantastique, dit-il finalement.

— Bon, Kate n'est pas là, mais on a trouvé le téléphone qu'elle a utilisé pour appeler. Il est neuf heures et demie. » Sayer n'avait pas besoin d'aller au bout de sa pensée. Ils savaient tous ce que cela signifiait. Miles était sans doute déjà en train d'emmener Kate au prochain lieu qu'il avait choisi pour sa mise en scène. Elle posa les yeux sur le bassin rempli d'eau. Peut-être était-elle déjà morte.

« C'est pour ça qu'on allait vous contacter ! s'exclama Al d'une voix tout excitée. Le parc zoologique national ! Le vivarium est une représentation parfaite de la quatrième chambre, à tous égards. Labyrinthique, chaud, grouillant de serpents…

— Le zoo… répéta Sayer en essayant de se rappeler la dernière fois où elle était allée au vivarium.

— En plus, intervint Holt, je surveille la progression de l'enquête à Quantico. Ils regardent les images des caméras de surveillance routière et ils ont repéré Miles dans la voiture que vous l'avez vu conduire à la fontaine. Il roulait vers l'ouest sur Michigan Avenue, qui mène au zoo, mais ils n'ont aucune idée de l'endroit où il va. Ils l'ont vu il y a vingt minutes à peine. Si vous vous dépêchez, vous arriverez peut-être à temps !

— D'accord. » Sayer sentit une décharge d'adrénaline affluer dans ses veines. « On y va, dit-elle. Je vous tiens au courant. » Elle raccrocha la radio à sa ceinture et prit un instant pour réfléchir. « Il faut quand même qu'on vérifie les vingt chambres souterraines, au cas où les gamines y seraient. Ça fait vingt salles d'un demi-hectare à fouiller, et nous n'avons rien qui porte l'odeur des filles. Est-ce que Kona peut les trouver quand même ? »

Max ébouriffa la tête de Kona. « Bien sûr qu'elle peut les trouver. On va utiliser les plaques d'égout. Je vais juste lui demander une recherche générale d'êtres humains. Si les filles sont dans une de ces chambres, elle me le fera savoir.

— Super. Ezra ?

— Holt peut appeler les secours, je reste ici pour les accueillir. Si… quand on trouvera les filles, elles auront sûrement besoin d'une assistance médicale.

— Parfait. Pendant que vous faites ça, Jake et moi on va au zoo. Ce n'est qu'à quelques kilomètres à l'ouest. On se tient au courant par la radio. »

Alors que Sayer se tournait pour partir, Max tendit la main et lui toucha doucement le bras. Il regarda Jake d'un air suspicieux. « Tu es sûre ?

— Oui », dit-elle d'un ton sans réplique. Elle avait appris à écouter son instinct pour savoir à qui elle pouvait faire confiance, et, malgré tout ce qu'il s'était passé entre eux, elle était convaincue que Jake disait la vérité.

Max la regarda d'un air dur mais hocha la tête et s'en fut en direction des plaques d'égout, Kona à sa hanche.

Sayer serra l'épaule d'Ezra en guise d'au revoir et se précipita vers la sortie, bien décidée à arrêter Miles une bonne fois pour toutes.

Route du parc zoologique national, Washington, D.C.

Sayer enfonça l'accélérateur, poussant la vieille Porsche au-delà de cent trente. Ils passèrent les premières minutes du trajet dans le silence, ne sachant ni l'un ni l'autre quoi dire dans de telles circonstances, après tout ce qu'ils avaient vécu.

Finalement, Jake dit : « J'y allais tout le temps, quand j'étais gosse. Il y a une route qui longe le zoo par le nord. On peut sauter par-dessus la clôture près d'une des entrées piétons et atterrir juste derrière le vivarium. »

Sayer était soulagée de pouvoir se concentrer sur leur mission. « Bonne idée. » Elle essaya de visualiser le vivarium. Cela faisait plus de vingt ans qu'elle n'avait pas visité le zoo, mais il était difficile d'oublier un tel bâtiment. Avec son architecture romano-byzantine et sa façade de briques ornée de sculptures de reptiles, il ressemblait davantage à un temple qu'à un pavillon de zoo. Mais ce dont elle se souvenait le mieux, c'était la mosaïque colorée représentant un stégosaure qui surmontait l'entrée.

« Une fois sur place, on se sépare ? » demanda Jake.

Sayer réfléchit. Le circuit traversant le vivarium formait un cercle, et les serpents se trouvaient vers le fond. S'ils arrivaient tous les deux du même côté, Miles n'aurait qu'à s'enfuir par l'autre. « Ouais, je prends à droite et tu prends à gauche. Comme ça, on le piégera au milieu. »

Il y eut un nouveau silence.

« J'ai absolument besoin que tu me fasses confiance, dit Jake finalement. Il se passe tant de choses en ce moment… c'est juste que… je veux que tu me fasses vraiment confiance.

— C'est le cas.

— Je veux dire, quoi qu'il se passe ensuite.

— Tu veux dire, quand je découvrirai tous les actes horribles que tu as commis sous couverture ? Jake, j'ai toujours su ce que ça impliquait, ce genre de missions. Tu as tout abandonné pour faire ce que tu pensais être juste.

— D'accord. Merci. » Sa voix trahissait son émotion. Il se tourna vers la fenêtre et se racla la gorge. « Je n'ai jamais cessé de t'aimer.

— Moi non plus », répondit Sayer en détournant le regard.

Ils passèrent le reste du trajet à écouter le grondement du moteur. Il n'y avait rien à ajouter.

USINE DE TRAITEMENT DE L'EAU MCMILLAN

Washington, D.C.

Ezra balaya le tombeau du regard. Ne souhaitant pas perturber l'odorat de Kona pendant qu'elle fouillait la zone avec Max, il décida de rester dans cette pièce pour étudier les hiéroglyphes recouvrant les murs. Ils étaient magnifiquement tracés à l'encre noire sur les murs turquoise. Chaque panneau était divisé en sections dans lesquelles étaient dessinés des dieux et des hommes surmontés d'écritures en lignes verticales.

Il s'arrêta plus longuement devant le quatrième panneau. Ce soir était, en théorie, le quatrième. Il se sentit légèrement nauséeux en observant les serpents omniprésents. Certains avaient des ailes quand d'autres se cabraient comme s'ils s'apprêtaient à attaquer.

« Sois prudente, Sayer », murmura-t-il pour lui-même.

« Je suis sûr qu'elle s'en sort très bien », répondit une voix inconnue en provenance de la porte.

Ezra pivota sur ses talons et se trouva face à un homme qui le tenait en joue. Il reconnut immédiatement leur faux témoin. Le cœur d'Ezra se mit à battre sensiblement plus vite que d'ordinaire, mais il se sentait étrangement calme tandis qu'il fixait le trou noir au bout du canon.

« Vous venez livrer un nouveau faux témoignage ? » demanda-t-il.

L'homme ne répondit pas. Son regard balayait le tombeau. « Bon sang, Miles a vraiment pété une durite, hein ?

— Il me semble que le terme que vous cherchez est traumatisme crânien.

— Où est Jake Pendleton ? » gronda-t-il.

Ezra haussa les épaules. « Qui ça ?

— Vous savez très bien de qui je parle.

— Désolé, je ne connais aucun Jake. » Ezra sourit d'un air innocent.

Les narines de l'homme se mirent à palpiter de colère, et puis il pencha la tête comme s'il venait de comprendre quelque chose. « Je vois. Vous pensez le protéger ? » Il éclata de rire. « D'après vous, qui nous a dit où vous trouver ? »

Le courage qui avait jusque-là permis à Ezra de garder une contenance s'évanouit, remplacé par un sentiment d'horreur qui lui tordit les tripes. Si Jake travaillait toujours avec ces hommes, Sayer courait un terrible danger.

« Ah, voilà que vous comprenez. Mais je dois admettre que je pensais qu'il m'attendrait ici. Où sont-ils partis ? demanda-t-il en agitant lentement l'arme devant lui.

— Je ne connais toujours aucun Jake. Si c'est votre ami, pourquoi vous ne lui posez pas directement la question ? répliqua Ezra, parvenant à garder une voix ferme.

— J'ai une autre idée. Vous me dites où sont Sayer et Jake, et je vous épargne. D'ailleurs, nous avons observé votre travail. Vous pourriez venir travailler pour nous, si vous le souhaitez. »

Ezra sourit, surpris que son calme soit revenu. Si c'était ainsi que ça devait se terminer pour lui, autant que ce soit à sa manière.

« Écoutez, je sors depuis peu avec une fille super. Elle est absolument brillante, et belle, et elle a des goûts musicaux atroces, et j'adorerais avoir une chance d'apprendre à mieux la connaître. Donc, oui, j'aimerais beaucoup m'en tirer vivant. Mais il n'y a rien que vous puissiez dire ou faire pour me convaincre de travailler avec vous. » Il cracha presque le mot « vous ».

« Ah, je vois. » L'homme haussa faiblement les épaules. « Je viens seulement faire le ménage, régler les derniers détails. Si Jake n'est pas ici, je suis certain qu'il s'occupera de Sayer et de tous ceux qu'il jugera nécessaires. Bien, question suivante : où sont les filles ?

— Elles ne sont qu'un autre détail à régler pour vous ? gronda Ezra. Je ne vous laisserai pas leur faire de mal. »

L'homme rit de nouveau. « Vous pensez pouvoir m'en empêcher ? Je vous propose un marché. Vous me dites ce que je veux savoir, et je ferai en sorte que votre mort soit la moins douloureuse possible.

— Jamais de la vie. » Ezra sentait ses yeux s'embuer, mais une sensation de calme se propageait dans son corps.

« Comme vous voudrez. Nous avons d'autres moyens de les trouver. Par curiosité, pourquoi une telle loyauté envers cette femme ?

— Sayer ? Parce qu'elle protège ceux qui ont besoin de son aide, quelles que soient les conséquences pour elle. » Pour Ezra, c'était une telle évidence que les mots sortirent tout seuls.

L'homme sembla méditer un moment cette idée, puis haussa de nouveau les épaules. « Et moi, je protège ce pays des gens comme vous, qui nous affaiblissent de l'intérieur. »

Sur ces mots, il braqua son arme droit sur Ezra.

Celui-ci savait qu'il ne sortirait jamais du bâtiment à temps, mais il n'allait certainement pas lui faciliter la tâche. Il baissa la tête et chargea.

Ses jambes en métal claquèrent bruyamment sur le sol et le portèrent vers l'homme à une vitesse qui le surprit lui-même.

Malheureusement, le coup de feu partit avant qu'il ne l'atteigne.

Il poussa un cri mais ne ressentit aucune douleur.

L'homme s'écroula au moment où Ezra arrivait sur lui et il trébucha sur le corps effondré par terre. Alors qu'il tombait en avant, il remarqua le sang qui se déversait d'un trou dans la gorge de l'homme, et ses yeux déjà dépourvus de vie.

« Qu'est-ce que… » Ezra leva les yeux et vit Max qui se tenait cinq mètres plus loin, son arme braquée sur l'homme à terre. Kona était accroupie à ses pieds, prête à attaquer.

« On a trouvé les filles, annonça Max gaiement. On revenait te chercher avant de descendre dans la chambre. »

Ezra s'écarta du cadavre en roulant, s'assit, et fut pris d'un haut-le-cœur si violent qu'il bascula une nouvelle fois vers l'avant.

« Hé, tout va bien. » Max prit rapidement le pouls de l'homme afin de s'assurer qu'il était bien mort, puis rangea son arme. Il tendit la main vers Ezra pour l'aider à se lever.

« Sacré timing, mon pote », dit Ezra.

Max se courba dans une révérence théâtrale. « Je vise toujours le meilleur. »

Recouvrant ses esprits, Ezra se rappela les paroles de l'homme. « Il faut qu'on prévienne Sayer ! Jake travaille toujours avec eux !

— Putain », lâcha Max tandis qu'Ezra essayait de contacter Sayer avec son talkie-walkie.

Il n'entendit en retour que des parasites.

PARC ZOOLOGIQUE NATIONAL

Washington, D.C.

Sayer et Jake gravirent péniblement une petite colline recouverte d'épaisses broussailles qui leur labouraient le visage et les vêtements. Lorsqu'ils atteignirent un haut grillage, Jake lui fit la courte échelle et, arrivée au sommet, elle l'aida à grimper à son tour.

Quand elle retomba au sol de l'autre côté, une décharge de douleur transperça ses côtes et lui arracha un gémissement. Au même moment, sa radio crépita. Elle s'empressa de l'éteindre, de crainte que le bruit ne trahisse leur position tandis qu'ils s'approchaient discrètement du bâtiment dont la silhouette se dessinait devant eux.

Les sons des animaux se faisaient entendre à travers tout le terrain du zoo. Les pépiements des singes. Un grondement grave de félin. Le hululement inquiétant d'une chouette.

Ils atteignirent le flanc du vivarium et longèrent rapidement le mur jusqu'à l'entrée. Comme ils approchaient, une odeur animale emplit l'air, humide et étouffante, et Sayer sentit une terreur viscérale enfler en elle.

Elle leva une main pour faire signe à Jake de s'arrêter devant l'entrée. La vitre de la porte était brisée, formant une ouverture assez grande pour qu'ils passent au travers. Un chant lent et monotone se faisait entendre au loin.

Un frisson électrique parcourut l'échine de Sayer à la perspective d'un nouvel affrontement avec Miles Windsor. D'autant que, cette fois, elle n'était pas seule.

Elle jeta un coup d'œil à Jake, qui hocha la tête pour lui faire signe d'y aller. Elle s'apprêtait à franchir la porte brisée lorsque le premier coup de feu retentit.

La détonation perçante fut suivie d'un puissant fracas. Et une fille se mit à hurler.

USINE DE TRAITEMENT DE L'EAU MCMILLAN

Washington, D.C.

Ezra regarda Max découper la chaîne qui maintenait fermées les grandes portes en bois voûtées. Elles s'ouvrirent avec un grincement qui résonna longtemps autour d'eux, et Ezra eut le sentiment qu'ils s'apprêtaient à pénétrer dans un lieu de cauchemar, une crypte peuplée de monstres et de fantômes.

Durant un bref instant, il regretta sa passion pour les films d'horreur, car il n'avait aucun mal à imaginer des clowns aux dents acérées ou des hordes de zombies voraces attendant de les cueillir dès qu'ils auraient atteint le bas de la rampe.

Max alluma sa lampe torche, illuminant le sol de sable, ce qui ne fit qu'accentuer les craintes d'Ezra.

« Voilà pourquoi je ne suis pas agent de terrain », marmonna-t-il alors qu'ils descendaient la rampe.

Kona ouvrit la voie avec enthousiasme, s'engageant dans l'immense salle souterraine où s'étendaient à perte de vue des rangées de piliers carrés.

Ils marchèrent pendant un temps qui lui sembla interminable. Ezra avait le plus grand mal à tenir le rythme à cause du sable, et, lorsque l'autocar argenté apparut dans le cercle de lumière devant eux, il était trempé de sueur.

Le car paraissait vide. Les adolescentes étaient-elles toujours en vie ? Seraient-elles terrifiées ? À bout de forces ?

Ezra sortit les épaules et s'efforça de prendre un air rassurant.

« Y a quelqu'un ? lança Max. C'est le FBI.

— Vous êtes du FBI ? répondit une voix enfantine.

— Agents spéciaux Max Cho et Ezra Coen. Et Kona, mon chien de la brigade canine », dit Max en s'affairant sur la barre en métal bloquant la porte du car.

Quelques instants plus tard, huit jeunes femmes sortirent du car en file indienne, clignant des yeux dans le faisceau de la lampe torche. Malgré leur fatigue évidente, elles avaient le regard vif et ne paraissaient ni faibles ni terrifiées, mais furieuses. Aucune ne s'effondra dans les bras d'Ezra. Au lieu de quoi, elles restèrent groupées, se tenant par leurs mains contusionnées, passant leurs bras meurtris sur les épaules les unes des autres. Certaines tenaient toujours dans leurs poings serrés des barres en métal couvertes de sang.

« Kate a réussi. On a réussi. » Elles se félicitèrent, s'embrassèrent, se serrèrent les épaules et les mains.

Une des filles se tourna vers Max. « Dites-moi que vous l'avez attrapé.

— Ils sont en train de l'appréhender », dit-il d'un ton assuré.

Ezra était heureux que ce soit à Max qu'elle eût posé la question, car il était lui-même bien trop inquiet pour Sayer pour répondre avec un tel aplomb.

Les adolescentes se tournèrent et observèrent le car.

Max et Ezra reculèrent, leur laissant autant de temps qu'elles en avaient besoin.

Finalement, elles se retournèrent et l'une d'elles dit doucement : « Nous sommes prêtes à rentrer à la maison. »

En les suivant jusqu'aux ambulances qui les attendaient, Ezra essaya de contacter Sayer une nouvelle fois.

Mais personne ne répondit.

PARC ZOOLOGIQUE NATIONAL

Washington, D.C.

Faisant fi de toute prudence, Sayer fonça dans le vivarium. Un autre coup de feu, et encore un autre, retentirent à l'intérieur. Les hurlements de la fille, de plus en plus aigus et désespérés, lui faisaient l'effet de coups d'éperon l'exhortant à accélérer.

Elle déboula en trombe dans le couloir et entendit les pieds de Jake claquer sur le plancher tandis qu'il courait dans la direction opposée.

Un torrent d'eau se déversa sur ses bottes lorsqu'elle franchit le virage donnant sur la section des serpents.

Debout au centre de la salle, Miles Windsor tirait sur les vitrines. Les reptiles sifflants et cliquetants s'échappaient de leurs enclos de verre en ondulant, si nombreux que le plancher disparaissait presque entièrement sous leurs corps enchevêtrés.

Kate Brooks était étendue au sol, attachée, au milieu de la masse grouillante. Son hurlement se mua en une plainte de terreur lugubre.

Sayer n'avait pas particulièrement peur des serpents, mais la vue de toutes ces créatures massées au même endroit lui fila la chair de poule. « Miles ! lança-t-elle. FBI ! »

Miles leva brusquement la tête. Ses cheveux pendaient sur son crâne en mèches sales et emmêlées. Du sang suintait toujours des plaies ouvertes sur son visage émacié. Ses yeux, profondément enfoncés dans leurs orbites, brûlaient de haine.

« Ils vous envoient de nouveau pour me tester », dit-il en dirigeant le pistolet vers Sayer.

Elle plongea en arrière lorsqu'il fit feu. Les balles se fichèrent dans les carreaux derrière elle, faisant jaillir dans l'air des nuages de poussière.

« Vous ne vous échapperez pas cette fois, Miles », répondit Sayer dans l'espoir de capter son attention. Elle savait que Jake devait déjà être en train de libérer Kate, profitant de ce que Miles avait le dos tourné.

« Je fais face aux Ténèbres Unifiées, psalmodia Miles en anglais, s'adressant à Sayer. Je sais ce qui est fait, la transfiguration pour Rê, les âmes-Ba secrètes. Je connais leurs noms secrets. » Il criait de plus en plus fort à mesure qu'il s'approchait d'elle. « Je connais les portails et les chemins qu'emprunte le grand dieu. Je connais ceux qui prospèrent et ceux qui sont anéantis. Je ne serai pas anéanti ! » vociféra-t-il en arrivant au bout du couloir.

Son cri de rage faiblit lorsqu'il découvrit qu'il n'y avait personne.

Sayer lui fit signe depuis la porte, puis sauta en arrière lorsque Miles ouvrit de nouveau le feu. Elle espérait l'attirer à l'extérieur pour laisser Jake libérer Kate.

Alors qu'elle sortait à reculons du vivarium, le métal dur d'un pistolet entra en contact avec l'arrière de son crâne.

Elle se figea.

« Agent Altair. » Elle reconnut la voix traînante de patricien d'Anderson, et un nouveau frisson lui parcourut l'échine.

Sayer retint son souffle tandis que Miles sortait en titubant du vivarium, puis s'arrêtait net à la vue du directeur du FBI.

« Vous, siffla Miles en le fixant. Je me souviens de vous… »

À cet instant, Sayer put réellement se rendre compte à quel point Miles Windsor avait perdu les pédales. La peur et la confusion déformaient les traits de son visage tandis qu'il essayait de comprendre ce qu'il se passait. « Comment je vous connais ? demanda-t-il.

— Bonjour, Miles, dit Anderson d'un ton mielleux. Vous travailliez pour moi autrefois, mais vous êtes parti depuis longtemps. Il est temps que vous rentriez à la maison.

— À la maison ?

— Oui, à la maison », répéta Anderson d'un ton réconfortant en éloignant son pistolet de Sayer.

Il le dirigea sur Miles et lui tira une balle en pleine poitrine.

Miles demeura figé, tête baissée, contemplant le sang qui commençait à s'écouler du trou dans son torse.

Il leva les yeux vers Sayer et la regarda avec étonnement. « C'est enfin terminé ?

— Reculez. » Anderson agita son pistolet pour intimer à Sayer de retourner dans le vivarium.

Ils s'approchèrent de Miles, qui bascula à la renverse. Ses yeux fous roulaient dans leurs orbites, sa respiration était de plus en plus courte et sifflante. Un gargouillis s'échappa de sa gorge et il essaya de lever le bras lorsqu'ils l'enjambèrent.

Anderson abattit son pied sur la main tendue vers eux, qui produisit un horrible craquement, et continua de pousser Sayer vers l'intérieur. Ils franchirent le coude menant au vivarium, où ils trouvèrent Jake agenouillé devant Kate. Il avait sorti son canif mais n'avait toujours pas libéré la jeune fille.

« Jake ! » cria Sayer.

Celui-ci leva la tête et vit qu'ils n'étaient pas seuls. « Monsieur le directeur. » Il salua nonchalamment Anderson d'un signe de tête. « Excellent timing, comme toujours.

— Jake, lança gaiement Anderson. Merci de m'avoir signalé votre position. Je me suis déjà occupé de Miles.

— Parfait, je ne pouvais pas retarder les choses plus longtemps », répondit Jake en se levant, laissant Kate attachée au sol. Il s'essuya les mains sur son pantalon et rangea le couteau.

Sayer sentait le monde tanguer autour d'elle. « Jake ?

— Je suis navré, Sayer », dit-il d'un air attristé. Il la regardait droit dans les yeux, mais elle n'était pas certaine du message qu'il voulait lui faire passer. Travaillait-il vraiment avec Anderson, ou cela faisait-il partie de son stratagème ? Elle n'en avait aucune idée.

« Et les autres ? demanda Jake, toujours aussi désinvolte.

— J'ai envoyé quelqu'un s'occuper des filles dans le car. Ezra Coen et Maxwell Cho étaient aussi sur place. Quel splendide coup de filet. Je vais me débarrasser en une soirée de toutes les épines que j'avais dans le pied. » Anderson eut un petit rire. Il poussa Sayer jusqu'au mur. Puis il pointa son pistolet sur elle, se délectant de son expression ébahie.

« Vous êtes sûr que c'est une bonne idée de tuer autant d'agents en même temps ? demanda Jake d'un air inquiet. Ça va être difficile à maquiller, non ? En plus de toutes ces gamines mortes ? »

Les yeux d'Anderson brillaient de triomphe. « Vous vous inquiétez toujours pour rien. L'opinion publique est prête à croire tout ce qu'on lui dit. Je chargerai un de mes journalistes de tourner l'histoire à notre avantage. Nous ferons porter le chapeau à Miles, le soldat rebelle devenu tueur en série. Quant à vous… » cracha-t-il en regardant Sayer. « Quelle emmerdeuse vous avez été. J'ai bien cru que je n'arriverais jamais à me débarrasser de vous. Je pensais pouvoir le faire en même temps que Holt, mais il semblerait que vous ayez des amis haut placés. »

Sayer ne répondit pas, se contentant de darder sur Anderson un regard plein de défi.

Jake se racla la gorge. « Hmm, monsieur le directeur, je pensais que nous étions d'accord pour épargner Sayer. C'est ma seule demande. »

Anderson pinça les lèvres. « Vous savez bien que c'est impossible. Vos… sentiments pour cette femme vous ont toujours rendu vulnérable. Faible. Il est temps que ça cesse. »

Lentement, un sourire carnassier se dessina sur le visage de Jake. « Quant à vous, dit-il, c'est votre incapacité à concevoir que quelqu'un puisse se retourner contre vous qui vous a toujours rendu vulnérable. Quand je vous ai appelé pour vous prévenir que j'avais réuni Miles et Sayer au même endroit, je savais que vous ne résisteriez pas à la tentation de venir en personne. Votre arrogance a fini par vous perdre. »

Le regard d'Anderson glissa vers Jake et son assurance se troubla face à la colère qui irradiait de son agent.

« J'ai tout abandonné pour vous détruire, poursuivit Jake. Mais vous étiez intouchable. Jusqu'à maintenant.

— Qu'est-ce que vous racontez ? gronda Anderson.

— Je porte un micro. Tout ce que vous venez de dire est à présent entre les mains du département de la Justice. »

Le visage d'Anderson s'empourpra de rage. « Sombre idiot. Vous pensez que votre petit enregistrement peut quelque chose contre moi ? Vous n'imaginez pas le nombre de personnes que je contrôle.

— Un enregistrement seul ne suffira peut-être pas. Mais, s'il est couplé au dossier accablant que j'ai passé quatre ans à monter, c'est une autre histoire. Nous allons faire passer cet enregistrement sur toutes les chaînes de télévision du pays. Quand le public apprendra que vous étiez prêt à assassiner des enfants et des agents fédéraux pour nettoyer votre propre bordel, vos laquais ne se feront pas prier pour témoigner contre vous en échange d'un aménagement de peine. Ils se retourneront si vite que vous en aurez le tournis. C'est terminé, Anderson. Vous avez perdu. »

Dans un cri de rage, Anderson fit pivoter son arme.

Comprenant ce qui allait se passer, Jake se jeta sur Kate au moment où il pressait la détente. Il tira comme un forcené dans leur direction sans se soucier de ce qu'il atteignait.

Au mépris de la douleur dans ses côtes, Sayer bondit sur lui et le renversa à l'instant où fusait la dernière balle. Elle se retourna et vit Jake prendre Kate dans ses bras, la protégeant de son corps juste avant que la balle atteigne sa cible.

La tête de Jake partit en arrière tandis que le sang jaillissait de sa nuque.

« Non ! » Sayer pivota vers Anderson et lui envoya une droite au visage. Elle sentit le nez aquilin se briser sous son poing enragé.

Il essaya de lever son arme, mais elle ne lui en laissa pas l'occasion, frappant et frappant sans relâche avec ses poings, sans se rendre compte que le long rugissement qui résonnait dans le vivarium sortait de sa propre bouche.

Anderson recula en titubant et Sayer s'avança pour le pousser jusqu'à ce qu'il parte à la renverse. Elle tomba avec lui et lui fracassa le crâne contre le sol en briques. Sa tête rebondit puis retomba avec un craquement répugnant.

Sayer se redressa et leva le poing pour recommencer à le frapper.

« C'est fini ? »

La petite voix la ramena au présent avant qu'elle porte le coup qui, elle le savait, eût été fatal.

Anderson gisait inconscient à côté d'elle.

Kate Brooks s'assit avec effort, toujours encerclée de serpents. Elle leva ses mains liées. « Les autres filles sont retenues prisonnières dans un car, dans une pièce souterraine. Elles ont besoin d'aide.

— Elles ont déjà été secourues, normalement », dit Sayer, les yeux rivés à Jake. Tremblant de tout son corps, elle s'approcha lentement de lui.

Elle s'accroupit et prit son pouls. Son cœur battait encore, mais elle savait que c'était fini. Elle resta un long moment pétrifiée à côté de lui avant de prendre conscience que la fille était en train de prier tout bas.

Alors, elle émergea de son hébétude et porta son attention sur Kate. Elle enleva prudemment quelques serpents du corps de la fille et découpa les serre-câbles qui enserraient ses chevilles et ses poignets. L'adolescente s'écroula avec soulagement dans ses bras et lâcha un long soupir tremblant.

Tout en tenant la fille, Sayer contempla le corps sans vie de Jake. Elle ne parvenait pas à éprouver la moindre émotion.

BÂTIMENT DU DÉPARTEMENT DE LA JUSTICE DES ÉTATS-UNIS

Washington, D.C.

Tout de noir vêtue, Sayer franchit l'entrée à colonnes du département de la Justice. Visiblement, le vigile l'attendait, puisqu'il lui fit signe de passer avant même qu'elle sorte son badge.

« Dernier étage, agent Altair », l'informa-t-il en désignant les ascenseurs.

Elle suivit les indications jusqu'au bureau du procureur général et arriva devant une porte en bois enchâssée dans une petite rotonde tapissée de fresques illustrant l'histoire judiciaire des États-Unis. Alors qu'elle s'apprêtait à pénétrer dans le bureau, son téléphone sonna.

« Agent Altair, dit-elle doucement.

— Oh, vous ne répondez pas avec votre aboiement habituel, dit le sujet 037 d'un ton légèrement amusé. Je tenais à vous présenter mes condoléances. Quel sentiment étrange ce doit être que de pleurer une nouvelle fois la mort de quelqu'un que l'on pensait avoir perdu depuis des années. »

Sayer ne répondit pas.

« Vous savez le plus drôle ? Quand je vous ai dit que certains morts ne nous ont jamais vraiment quittés, je parlais de Jake. J'ignorais complètement qui était Miles Windsor. » Il ricana.

« Hilarant. Que voulez-vous ?

— Pour être honnête, je voulais vous remercier. Même si je ne savais pas qui était Miles Windsor, je n'ignorais rien des magouilles d'Anderson. Je savais que je ne pouvais pas le laisser continuer, mais je n'avais pas encore trouvé le moyen de démanteler son cher projet. » Il marqua une pause. « Je voulais être certain d'être le seul dieu dans cette ville. Si j'avais su que vous vous en chargeriez pour moi… Nous sommes de formidables partenaires, vous et moi.

— Nous ne sommes pas partenaires.

— Vous avez raison, peut-être n'est-ce pas le terme le plus adapté. Enfin bon, transmettez mes amitiés à Adi et à Sophia. D'après mon agent sur le terrain, votre grand-mère devrait rentrer du Montana d'ici quelques jours.

— Laissez ma famille tranquille, » gronda-t-elle. Elle n'était pas d'humeur à se quereller avec 037.

« Oh, Sayer, fit-il avec condescendance. Que dit l'adage, déjà ? En haut tel qu'en bas ? » Il marqua une pause avant de reprendre, sur un ton beaucoup plus dur. « Tout est lié. Vous, moi, Jake, Miles, Anderson, nous faisons tous partie d'une toile qui s'étend très loin dans le passé et le futur. Il existe des connexions entre nos vies dont nous n'avons même pas encore connaissance.

— J'ignorais que vous étiez adepte du mysticisme, dit Sayer, peu habituée à l'entendre parler ainsi.

— Il n'y a rien de mystique là-dedans. Mais vous ne pouvez nier la splendide symétrie de tout cela. Jake vous a quittée pour faire tomber Anderson, et il a échoué. Il l'a fait pour vous protéger, mais c'est grâce à vous et à votre entêtement à retrouver Miles qu'il a finalement réussi à accomplir sa mission. La vie et la mort. Le chagrin et la joie. La solitude et l'amour. Ce sont là les cycles infinis qui régissent l'existence du commun des mortels.

— Le commun des mortels ? »

037 rit. « Vous savez pertinemment que je n'en fais pas partie. Je suis l'araignée qui tisse les toiles. Un jour, bientôt, je vous montrerai. » Sur ces mots, il raccrocha avec un cliquetis sonore.

Sayer contempla longuement son téléphone. Elle ne savait toujours pas quoi penser du petit discours de 037. Agacée par son délire mégalomane, elle soupira, balaya du regard le couloir vide et pénétra dans le bureau.

À l'intérieur, le procureur général était assis dans son fauteuil à haut dossier. Il avait tout à fait le physique de l'emploi, avec ses épais cheveux châtains ondulés, sa mâchoire ciselée et ses yeux intelligents. Elle ne l'avait encore jamais rencontré, mais il avait la réputation d'un homme dévoué corps et âme à la justice.

« Agent Altair. » Il lui fit signe de s'asseoir à une petite table à côté de l'imposant bureau.

« Monsieur », dit-elle en s'asseyant. Elle qui d'ordinaire était allergique à toute forme d'autorité, elle obéit, incapable d'éprouver la moindre émotion.

« Au cours des quatre années passées, j'ai travaillé en étroite collaboration avec Jake Pendleton, et j'ai tant entendu parler de vous que j'ai presque l'impression que nous sommes de vieux amis. » Il se glissa sur la chaise face à elle. Ces paroles bienveillantes l'agacèrent profondément. Elle commençait à en avoir assez des huiles de Washington qui se targuaient de la connaître.

« Je vous en prie, permettez-moi de vous présenter mes plus sincères condoléances, dit-il. Jake était l'une des personnes les plus loyales et dévouées à son travail que je connaisse. »

La façade calme de Sayer se fissura. Au cours des derniers jours, elle avait ressenti tantôt un chagrin déchirant, tantôt une torpeur qui engloutissait tout le reste, et c'était dans celle-ci qu'elle parvenait à se maintenir la plupart du temps. Malheureusement, dès que quelqu'un lui présentait ses condoléances, ce voile posé sur ses émotions se déchirait, exposant la profonde rivière de chagrin cachée en dessous.

Elle se força à le remercier d'un hochement de tête.

« Je vous ai invitée ici aujourd'hui car je tenais à vous le dire en personne. Mais aussi parce que je suppose que vous avez des questions. »

De fait, elle en avait. Ne sachant pas trop comment aborder les choses, elle décida de commencer par le début. « À un moment donné, vous vous êtes mis à soupçonner le directeur Anderson de bâtir une organisation clandestine…

— Oui. » Le procureur général fronça les sourcils. « Au début, ce n'étaient que des accusations murmurées, mais, au fil du temps, les preuves de ces accusations se sont accumulées sur mon bureau. Nous surveillions ses communications depuis un certain temps, mais ce n'est que lorsqu'ils ont contacté Jake que l'occasion s'est présentée d'infiltrer cette organisation et de nous faire une idée de son ampleur. Et elle s'est révélée bien plus étendue que je l'imaginais.

— C'est à ce moment-là que vous avez demandé à Jake de les infiltrer. De devenir l'un d'eux.

— Je vais être honnête avec vous. Jake ne m'a jamais caché l'immense sacrifice que c'était pour lui. Il voulait tellement être avec vous. C'est moi qui ai décidé que nous ne pouvions pas vous intégrer au projet. Il n'était pas d'accord, mais il a respecté ma décision, puisqu'il y avait en tout et pour tout cinq personnes impliquées dans l'opération.

— Donc, il a passé quatre ans à gravir les échelons de l'organisation, à gagner la confiance d'Anderson.

— Et Anderson montait des coups de plus en plus audacieux. La démission forcée de Holt, celle à laquelle il espérait vous contraindre aussi, cela faisait partie de son plan visant à prendre le contrôle total du renseignement américain. Je ne peux pas trop entrer dans les détails, mais sachez que le FBI, l'ATF[6] et le directeur du renseignement national ont tous été corrompus.

— Mais avec l'aide de Jake, vous avez réussi à monter un dossier solide contre Anderson, poursuivit Sayer.

— Oui, mais il avait placé tant de garde-fous, dressé tant de cloisons entre tous ses agents, même ceux en qui il avait le plus confiance, que nous ne pouvions jamais être certains de ceux qui étaient à sa botte. En outre, il communiquait toujours par messages codés. Même lorsqu'il parlait à Jake en privé, il se méfiait. Nous craignions que, même avec ce solide dossier contre lui, il nous échappe. Nous n'avons jamais rien trouvé d'assez concret pour être certains qu'il serait poursuivi en justice.

— Donc vous avez sorti le grand jeu ? demanda Sayer d'une voix dure. Avec Miles Windsor ?

— Quand Miles a perdu les pédales, Anderson a dû intervenir pour limiter les dégâts. » Il fronça de nouveau les sourcils. « Nous pensions que ça le rendrait vulnérable. Que ça l'obligerait à prendre des risques qu'il n'aurait jamais pris en temps normal. Nous savions que si nous parvenions à enregistrer une confession, il pourrait magouiller autant qu'il voulait, il n'échapperait pas aux poursuites. Et Jake a plus que réussi à obtenir ce dont on avait besoin.

— Au prix de sa propre vie… »

Le procureur général hocha lentement la tête. « Jake savait qu'il y avait de grandes chances que ce soit une mission suicide. D'ailleurs, il a laissé ceci pour vous, au cas où. » Il fit glisser une enveloppe sur la table.

---

6. Bureau of Alcohol, Tobacco, Firearms and Explosives, service fédéral en charge de la lutte contre le trafic d'alcool, tabac, armes et explosifs (Ndlt).

Sayer la contempla, absolument certaine qu'elle ne voulait pas la lire. Au lieu de ramasser la lettre, elle déclara sèchement : « Vous vous êtes servis de ces adolescentes comme d'un appât.

— Je ne nie pas que nous avons pris un risque. Néanmoins, Jake m'a assuré que vous les retrouveriez et que vous les sauveriez, quoi qu'il arrive à Anderson. Il avait une foi absolue en vos capacités, et je sais aujourd'hui qu'il avait raison. »

Il fallut à Sayer quelques secondes pour retrouver sa voix.

« Et maintenant, vous allez faire tomber Anderson », dit-elle d'une voix grave, presque menaçante.

Le visage du procureur général se plissa dans un sourire de satisfaction. « En effet. Je suppose que je vais passer les prochaines années de ma vie à démanteler l'organisation d'Anderson. » Il plongea son regard dans celui de Sayer. « Je vais m'assurer que tout le travail que Jake a accompli portera ses fruits. Je vous le promets. »

Route de la nouvelle maison de Tino, Alexandria, Virginie

En quittant le département de la Justice, Sayer eut d'abord le réflexe de partir en direction de l'hôpital, puis elle prit conscience qu'elle ne savait pas à qui elle comptait rendre visite. Kate et les autres jeunes femmes du car étaient déjà rentrées chez elle. Nell était réveillée et se remettait peu à peu, mais Sayer savait qu'elle serait entourée de sa famille. Tino et Vesper étaient au chevet de Declan, et les médecins leur avaient assuré qu'il pourrait rentrer chez lui d'ici quelques jours.

Ne restait que Miles Windsor, et elle n'avait aucune envie de le voir.

Il avait par miracle survécu à la balle qu'il avait reçue à la poitrine, et il était toujours en soins intensifs, où il se remettait de son opération. Sayer savait que le Dr Lilenhammer faisait pression pour qu'il soit transféré à l'institut Hearing Voices à sa sortie, et il pouvait compter sur le soutien de la femme de Miles.

Sayer se fichait de ce qu'il adviendrait de lui, tant qu'il n'était plus en mesure de faire du mal à qui que ce fût.

Au lieu de l'hôpital, elle décida de se rendre à la nouvelle maison de Tino, qu'il lui avait demandé de visiter. Peut-être aussi *sa* nouvelle maison.

Elle roula jusqu'à Alexandria et se gara sur le trottoir. La maison coloniale jaune vif semblait tout droit sortie d'un magazine. Même dans la grisaille brumeuse de l'hiver, elle était nimbée d'une atmosphère cosy et accueillante. Le long de toutes les surfaces étaient disposés des pots de fleurs en jachère, qui s'épanouiraient au printemps et pareraient le jardin d'une explosion de couleurs. Situé à quelques kilomètres seulement de la vieille ville, le quartier résidentiel avait été construit au début du XIXe siècle, et toute la rue était bordée de splendides demeures de style colonial.

Sayer longea la clôture en bois jusqu'au portail du fond pour jeter un œil à la dépendance.

Elle fit quelques pas avant de s'arrêter net, abasourdie par le spectacle qu'offrait le jardin sauvage. Un chemin sinueux s'enfonçait entre les treillages puis longeait un petit étang avant d'aboutir à la dépendance, un grand cottage qui se dressait devant la clôture du fond.

« Sérieusement ? » dit-elle à mi-voix en marchant sur le chemin pavé.

Lentement, elle grimpa sur la large véranda, où plusieurs rocking-chairs faisaient face au jardin.

Le cadenas de la porte d'entrée s'ouvrit facilement et Sayer pénétra dans le cottage sans trop savoir à quoi s'attendre.

À l'intérieur, une cheminée accueillante dominait le séjour, qui, malgré l'absence de meubles, paraissait très raffiné avec ses corniches et son plancher couleur miel.

Sayer déambula de pièce en pièce, essayant d'imaginer sa vie dans un endroit aussi joli. Après avoir fait plusieurs fois le tour du cottage de deux chambres, elle composa le numéro de Tino. « Je suis chez toi. C'est la plus belle maison que j'aie jamais vue. Et je parle seulement du cottage.

— Merveilleux ! La maison est encore mieux. J'ai les papiers sur moi. Je vais les signer et les envoyer de ce pas. Garde la clé. D'ici quelques heures, cet endroit sera à toi.

— Tu es sûr que ce n'est pas trop cher ? Et pour le loyer ? demanda Sayer, qui essayait toujours de se faire à l'idée d'un déménagement aussi soudain.

— Hors de question que tu paies un loyer. Nous sommes une famille et, non, ce n'est pas trop cher. »

Il raccrocha et Sayer demeura abasourdie au centre du séjour.

Lorsque l'enveloppe de Jake produisit un bruit de papier froissé dans sa poche, elle décida qu'elle avait assez repoussé ce moment, s'assit par terre et commença à la lire.

Sayer, mon amour,

J'espère que tu n'auras jamais à lire cette lettre. Mais tu es en train de le faire, ce qui signifie que, cette fois, je suis parti pour de bon. Je suis tellement désolé de tout ce qu'il s'est passé. Tu m'as manqué chaque instant de ces dernières années et je veux enfin t'expliquer pourquoi j'ai fait tout ça.

La seule chose que nous aimons autant que l'autre, toi et moi, c'est notre travail. Malheureusement, tout ce que nous entreprenions, nous et les autres agents, était saboté par Anderson. Quelqu'un devait le détruire, et j'étais le mieux placé pour le faire, quelles qu'en soient les conséquences. À présent, tu peux faire ton travail en sachant que tu œuvres pour un monde juste et sûr. J'espère avoir au moins accompli cela pour toi. Tu vas aussi pouvoir continuer à bâtir ta vie et profiter de ta famille. Tu as une fille ! Et Tino et Vesper sont géniaux. Sans parler de Sophia, qui assure toujours autant.

Je ne te demande qu'une chose : vis ta vie en continuant de défendre farouchement la justice comme tu l'as toujours fait. Si je peux m'assurer que tu le feras, alors tout cela en valait la peine, et je serai mort afin que tu puisses continuer à sauver le monde.

Je t'aimerai toujours.

Regarde l'horizon,

Jake.

Sayer baissa la lettre et laissa s'échapper le sanglot qui menaçait de la détruire de l'intérieur. Elle pleura pour Jake, mais aussi pour toutes les choses importantes qu'elle avait négligées au cours de ces quatre dernières années passées à entretenir son propre chagrin.

Lorsqu'elle n'eut plus aucune larme à pleurer, Sayer se leva. Jake était vraiment parti. Elle avait fait son deuil. Cet endroit magnifique était une page blanche sur laquelle elle allait enfin pouvoir bâtir la vie qu'elle avait mise en suspens pendant bien trop longtemps.

COTTAGE DE SAYER

Alexandria, Virginie

Trois jours plus tard, Sayer se tenait devant le plan de travail de sa cuisine, contemplant sa nouvelle maison. Assis par terre, Max et Ezra étaient en train d'assembler sa bibliothèque, dans un grand carré de lumière que dispensaient les fenêtres. Kona était allongée, le dos contre la jambe de Max. Pour le plus grand agacement de la chienne, Vesper était étendu juste à côté d'elle, les pattes sur son visage.

Adi faisait des allées et venues entre le salon et sa chambre, le sourire jusqu'aux oreilles. Sa visite de Stanford s'était bien passée et elle avait décidé d'accepter la bourse d'étude complète que l'université lui avait offerte.

Tino s'affairait dans la cuisine derrière Sayer. Bien qu'il eût toujours les yeux tuméfiés et le nez gonflé, il était de bonne humeur et chantonnait tout bas d'une voix encore sifflante. L'odeur alléchante de sa soupe au citron vert, combinée à celle des enchiladas épicées qui cuisaient dans le four, emplissait l'air.

En écoutant le murmure discret d'Ezra et Max qui bavardaient, le rire d'Adi au téléphone avec une amie dans sa chambre, et le bruit réconfortant de Tino à ses fourneaux, Sayer eut la certitude que c'était là tout ce qu'elle voulait de la vie. Cet endroit et ces gens lui apportaient un sentiment de sécurité et de bonheur qu'elle se fit la promesse de ne jamais plus prendre pour acquis.

Tino lui donna gentiment un coup de hanche pour qu'elle se pousse et le laisse accéder à la cuisinière. « Sans vouloir interrompre tes rêveries, il faut que je touille », dit-il en s'affairant sur la soupe. Lorsqu'il eut terminé, il se plaça à son côté et contempla avec elle son nouveau foyer. « Voilà comment on baptise une maison. De bons amis et de bons petits plats. Il ne manque que les margaritas à l'avocat. Si quelqu'un pouvait finir de préparer les avocats, je pourrais m'y atteler… »

Sayer baissa les yeux et prit conscience qu'elle rêvassait depuis plusieurs minutes avec un avocat à moitié épluché à la main. Elle laissa échapper un petit rire.

Alors qu'elle finissait de peler le dernier, Ezra lança : « Je crois que c'est l'heure. »

S'essuyant les mains, Sayer courut vers la petite télévision du salon et l'alluma. Holt leur avait conseillé de regarder les infos aujourd'hui, et ils étaient tous curieux de découvrir les dernières retombées de l'affaire Anderson.

Deux présentateurs étaient assis devant une photographie d'Anderson. Sous le visage du directeur du FBI, les mots « en disgrâce » s'affichaient en énormes lettres rouges.

Une journaliste au brushing parfait se pencha vers la caméra, les yeux brillant d'excitation. « Merci d'être avec nous sur KDCN. À la une de l'actualité cet après-midi, le dernier scandale en date impliquant le FBI. Le département de la Justice a lâché une bombe hier en annonçant qu'il enquêtait sur le directeur du FBI depuis maintenant quatre ans. » Elle se tourna vers son collègue. « Brock ?

— C'est exact, Brittany. Après avoir publié un rapport accusant Anderson de chantage et de corruption, le procureur général a démis Anderson de ses fonctions. Le rapport n'a pas encore été rendu public, mais nous avons réussi à nous procurer des informations en exclusivité. D'après une source proche de l'affaire, Anderson est accusé d'avoir créé un groupe clandestin de soldats et d'agents qui menaient pour lui des opérations sans la moindre surveillance. Et le scandale ne s'arrête pas là, puisque Anderson aurait lui-même fait chanter plusieurs membres haut placés du gouvernement.

— C'est très choquant, Brock. » La journaliste hocha la tête d'un air entendu. « Mais le plus choquant dans cette affaire est sans doute son lien avec le kidnapping de vingt-quatre lycéens de Washington la semaine dernière. L'homme qui a kidnappé ces adolescents et tué treize d'entre eux était en réalité un des agents clandestins d'Anderson. Miles Windsor a simulé sa propre mort il y a un an afin d'intégrer le groupe d'Anderson.

— Tout à fait. Ce serait suite à un grave épisode psychotique qu'il aurait commencé à tuer… » Le journaliste fixa la caméra de son regard d'acier. « Le nombre total de victimes de Windsor s'élève à dix-sept, parmi lesquelles quatre adultes et treize lycéens. Nous nous rendons à présent au département de la Justice, où le procureur général s'apprête à faire une annonce au sujet de l'enquête. »

L'écran afficha la vaste salle où la conférence de presse avait lieu. Le procureur général se tenait sur une estrade, Janice Holt à son côté.

« Ouais, Holt ! » s'exclama Ezra dans un cri de triomphe.

Sayer sourit en voyant l'ancienne directrice adjointe vêtue de sa tenue fétiche, un tailleur-pantalon vert émeraude. Son brushing casque était impeccable et sa bouche dessinait une ligne sévère entre ses épaisses bajoues.

Le procureur général attendit devant le micro que le silence se fasse. « Je vous ai réunis ici aujourd'hui pour vous annoncer que, alors que notre enquête pour corruption est toujours en cours, nous allons restructurer le FBI et mettre en place des garde-fous dans toutes les agences de renseignement afin d'en assurer une meilleure surveillance. Dans cette optique de restructuration, j'ai décidé de nommer Janice Holt directrice du FBI. Après avoir été contrainte par Anderson de quitter son poste l'année dernière, elle saura, nous en sommes certains, guider le FBI vers un futur honorable. »

Les journalistes commencèrent à crier des questions.

Le procureur général leva les mains. « Nous ne répondrons à aucune question aujourd'hui. Une version simplifiée du rapport sera bientôt rendue publique, et nous vous tiendrons informés de l'évolution de l'enquête. Pour l'heure, je voulais simplement annoncer la nomination de Janice Holt au poste de directrice et assurer aux Américains que nous prenons cette affaire très au sérieux. Merci. »

Il descendit de l'estrade et Holt le suivit, un grand sourire aux lèvres.

Sayer éteignit la télévision, souriant elle aussi.

« Merde alors, si c'est pas un parfait exemple de justice poétique, je sais pas ce que c'est ! » Ezra rejeta la tête en arrière en riant.

« Je me demande quelle va être l'ampleur de cette restructuration, dit Tino.

— Ça va être énorme, je pense, répondit Ezra en se concentrant de nouveau sur la pile de planches étalées par terre.

— Qu'est-ce que t'en penses, Sayer ? Jake t'a dit jusqu'où ça allait ? » demanda Max.

Elle réfléchit un instant. « Je pense qu'Ezra a raison. Même si Anderson n'avait vraiment qu'une dizaine d'agents clandestins, il avait des centaines de laquais au Bureau. Et apparemment, il avait aussi deux dizaines de membres du Congrès dans sa poche. Sans parler des juges de la Cour suprême et Dieu sait combien d'autres officiers du renseignement. Ça fait beaucoup de corruption à éradiquer. Je pense que ça va être le plus grand remaniement de l'histoire de DC… »

Adi émergea de sa chambre pour finir la phrase de Sayer. « Et vous allez tous en sortir blancs comme neige. Il fait beau. On est tous ensemble en train d'aménager notre nouvelle maison. Et on s'apprête à manger un des plats délicieux de Tino. En plus, mamie sera là d'une minute à l'autre. »

La bonne humeur d'Adi était contagieuse. Tino se dirigea en hâte vers la cuisine et revint une minute plus tard avec un plateau de margaritas à l'avocat vert pétant, qu'il tendit à Max, Ezra et Sayer. Il en donna une sans alcool à Adi et souleva la sienne.

Ils levèrent tous leur verre.

« À notre nouvelle maison ! dit Sayer.

— À notre nouvelle maison ! » reprirent les autres en chœur.

Alors qu'ils trinquaient et buvaient une première gorgée, on frappa à la porte.

« Sophia ! » lancèrent-ils à l'unisson, pris dans l'euphorie du moment.

Sayer courut ouvrir la porte. Bien qu'elle eût passé la journée à voyager, Sophia était rayonnante. Entre ses cheveux soufflés par le vent, ses joues bronzées et son regard pétillant, elle paraissait dix ans de moins qu'une semaine plus tôt.

Les deux femmes se prirent dans les bras l'une de l'autre. « Je suis désolée pour Jake, murmura Sophia.

— Contente que tu sois rentrée. »

Sophia attrapa sa petite-fille par les épaules et l'observa à bout de bras. « Tu vas bien ? »

Sayer hocha la tête. Même si elle ne remontait qu'à quelques jours, la mort de Jake avait quelque chose de différent à présent. Depuis que le voile de mystère enveloppant la cause de son décès avait été levé et qu'elle savait qu'il était mort en accomplissant une mission nécessaire, elle avait moins de difficultés à l'accepter. La douleur s'était atténuée.

Ce n'est qu'à ce moment-là que Sayer remarqua le grand gentleman aux cheveux argentés qui attendait patiemment derrière sa grand-mère. Vêtu d'un complet gris clair assorti à ses cheveux, il tenait à la main un chapeau, et son beau visage était plissé à force de sourires.

Sophia libéra les épaules de Sayer et se tourna vers l'homme. « Je te présente Bastian. C'est le médecin dont je t'ai parlé au téléphone. Il devait se rendre à DC pour une conférence, donc nous avons euh… pris l'avion ensemble… » Elle se tut et rougit légèrement.

Sayer cilla, surprise de voir sa grand-mère bredouiller ainsi en s'empourprant, puis éclata de rire lorsqu'elle comprit qu'elle en pinçait vraiment pour ce monsieur.

Bastian lui adressa un large sourire, courba la tête, et tendit la paume vers la sienne. « Bonjour, Sayer, dit-il d'une voix grave et rocailleuse en lui serrant la main. Quel plaisir de faire enfin votre connaissance. »

Sayer se figea tandis que son sang se transformait en glace dans ses veines. Elle resta pétrifiée, incapable de bouger, tenant la main de l'homme qu'elle savait, sans l'ombre d'un doute, être le sujet 037.

NOTE DE L'AUTEURE ET REMERCIEMENTS

Tout ce qui touche au symbolisme de l'Égypte ancienne et à l'histoire architecturale de Washington D.C. est vrai. De même, les concepts neurologiques, médicaux et psychologiques présentés dans ce livre se basent sur des phénomènes réels. Rendez-vous sur ellisoncooper.com pour en savoir plus.

Je tiens à remercier de tout mon cœur toutes les personnes qui ont aidé à rendre ce livre possible.

Je suis immensément reconnaissante envers mon agente, Amy Tannenbaum, pour tout ce qu'elle a fait. Merci également à Jessica Errera et toute l'équipe de l'agence Jane Rotrosen, qui sont tout simplement formidables.

Merci à ma fantastique éditrice, Leslie Gelbman, et à toute l'équipe de St. Martin's Press/Minotaur Books, parmi lesquels Tiffany Shelton, Hector DeJean, Alison Ziegler, Joe Brosnan, Paul Hochman et Kelley Ragland.

Merci à Megan Coen, ma précieuse amie et partenaire de brainstorming, qui soutient toujours mes idées, aussi sombres soient-elles.

Merci à Theresa Iantosca d'avoir corrigé mes erreurs avec son œil de lynx ! Je lève mon verre à toute l'équipe de Curbside Crew, les meilleurs voisins au monde.

Enfin, je ne remercierai jamais assez ma famille de m'avoir toujours encouragée à poursuivre mes rêves. Comme toujours, je remercie tout particulièrement mon mari, Sean – mon meilleur ami, mon âme sœur, mon partenaire dans le crime.

MIXTE
Papier issu de sources responsables
FSC® C003309

L'éditeur de cet ouvrage s'engage dans une démarche de certification FSC® qui contribue à la préservation des forêts pour les générations futures.

Pour en savoir plus :
www.editis.com/engagement-rse/

Achevé d'imprimer en septembre 2021
par Normandie Roto Impression s.a.s. à Lonrai
N° d'impression : 2102587

Imprimé en France